講談社文庫

Ank:

a mirroring ape

佐藤 究

講談社

目次

Ank: a mirroring ape

プロローグ

声だ。
鳥が鳴いているのか？
夕暮れの空を翼の影で埋めつくす鳥の群れが？
鳴く。わめく。さらに激しく。
おれの耳元で。
おれを取り囲んで。
——ちがう。これは鳥の声ではない。
おれもよく知っているあの生きものの声——
それにしても、何て声なんだ。

これが原始の亡霊《ファントム》なのか。人間が触れてはならない叫びなのか。
耳をふさいでも逃げられない。
この声——いったいどこからこんな声が？
生命《いのち》が鳴いているのか？　臓器？　脊椎《せきつい》？　筋肉？　筋膜？　血管？　神経？
脳？——
叫び——狂乱し——警告する——
そこで。鳴いているのは誰。
そこに映って。いるのは。
なつかしい。とても恐い。
おれは。ここからやってきたのだ。
この。声。
耐えろ。誰も。殺すな。

◀２０２６年10月28日・水曜日・午後11時（日本時間）
京都暴動発生第三日目
アメリカ合衆国・ワシントンＤＣ・10月28日・水曜日・午前10時（現地時間）
国務省・国務長官記者会見（概要）

――報道されているとおり、十月二十六日に発生した京都暴動《キョート・ライオット》において多数の死傷者が出ており、そのなかには京都滞在中の合衆国民もふくまれている。

――われわれは、京都及び日本滞在中のすべての合衆国民の安全を日本政府に要請し、日本政府は京都府、またわが国の在日大使館並びに総領事館と連携して、合衆国民の保護と救助に当たっている。

――すでにわが国は専門家を派遣し、日本政府と合同で、今回の突発的な暴動の究明に取り組んでいるが、現在判明している点は以下のとおりである。

ウイルス、病原菌、化学物質が原因ではない。

テロ攻撃の可能性は低い。

意図的な情報操作によって暴動が扇動《せんどう》された形跡はない。

――暴動発生翌日に当たる二十七日以降、合衆国全域においてツイッター、フェイスブック、インスタグラム、ユーチューブ等、ほぼすべてのソーシャル《S》・ネットワーク《N》・サービス《S》における動画配信の機能が停止しているが、これは噂されているようなサイバー攻撃によるものでなく、合衆国政府の国家《N》安全《S》保障局《A》の要請に各社が応えた結果である。各社の迅速な対応に心より感謝したい。なお、この要請と京都暴動《キョート・ライオット》の関連についてだが、現時点では答えられない。

――京都暴動《キョート・ライオット》を〈AZ〉すなわち〈ほとんどゾンビ《オールモスト・ゾンビ》（Almost Zombie）〉と呼ぶ根拠のない発言の拡散によって、無用なパニックが誘発されているだけでなく、わが国の日系人や在米日本人への差別行為も起きている。〈AZ〉のような興味本位の発信は至急やめるべきだ。現実は映画ではない。言うまでもないが、〈ゾンビ〉などどこにも存在しない。死者がよみがえった事実もない。京都暴動《キョート・ライオット》に巻きこまれた人々は、誰もがわれわれと同じ人間なのだ。

――誤解を恐れずに言えば「むしろ〈ゾンビ〉がいればよかったのかもしれない」とさえ言いたいところだ。なぜなら、誰もがわれわれと同じであることにこそ、今回の事態のとてつもない悲劇があるからだ。

――京都は日本のみならず、世界有数の歴史的都市の一つだ。その美しい街で惨事に巻きこまれた犠牲者、その遺族には心から追悼《ついとう》の言葉を捧《ささ》げる。すべての傷ついた人々にたいして。

――暴動《ライオット》という語の持つ本来の意味にしたがえば、われわれは京都で起きたこの事態を暴動と呼ぶことすらできないのかもしれない。だがこれが戦争でない以上、現在ではほかに呼びようもないのだ。

――在日アメリカ合衆国軍は、日本政府の支援要請があれば応じる。

1

霊長類研究者

なぜなら、われわれの主張するところ、自然は無駄なものはなにも造らないからである。動物のなかで人間だけが言葉をもつ。なるほど音声は快と苦を伝える信号ではある。それゆえ他の動物にも音声はそなわる。というのは彼らの自然本性は快と苦を知覚し、それらをたがいに伝えあうところにまで進んできているからである。

——アリストテレス著『政治学』（牛田徳子訳）

◀２０２６年10月23日・金曜日
京都暴動発生まで三日
京都市・下京区
インタビュー（1）

メディア応対をうまくやり遂げるのは、科学者にとっても重要だ。身だしなみはもちろん、ちょっとした発言にも気をくばらなくてはならない。何が引き金となって、批判の渦に巻きこまれるかわからないからだ。

科学は万人《ばんにん》のためのもの――たとえ建前でも、そう信じてもらう必要がある。世論や自治体を敵に回すようでは研究自体ができなくなってしまう。

いつの時代も人間は群れのなかでしか生きていけない、鈴木望《すずきのぞむ》はそう思いながら二杯目のコーヒーを飲む。群れの掟、それは七〇〇万年前から変わらない。あるいはもっと昔から。

取材つづきで、頭がぼんやりしていた。だがそんな日々も、もうすぐひと区切りがつく。あと二つの事前インタビュー、そして明日のメディア公開を乗り切れば、寝食を忘れて研究に没頭する日常に戻れるだろう。

ＪＲ京都駅に近いキャンパスプラザ京都内の喫茶店。公益財団法人の運営する施設。その一階に〈カフェ・ケニア〉がある。

窓際の席に望は座って、メディア公開に先駆けて申請された事前インタビューを連日こなしていた。

カフェで応対しているのは、ＫＭＷＰセンターで取材を受ければ、特定のメディアだけが施設に優先されて入ることになり、公開の持つ平等性が失われてしまうためだった。

駅のそばのカフェは、待ち合わせ場所としてはわかりやすかった。それでもたいていの記者が望を見つけられなかった。

三十一歳。登山用のサンドカラーのレインハット。アディダスのジャージの上着。薄汚れたジーンズにスニーカー。

一八四センチの長身で、無精髭《ぶしょうひげ》こそ剃《そ》っていたものの、望は京都在住のミュージシャンといった風情《ふぜい》だった。私生活はだらしなく、ギターでもＰＣでもマニアックな音楽を作る男。

現実の望は、特殊な状況下での聴覚には自信があったが、ほとんど音楽を聴かない。

約束から七分遅れて、高額の月会費で知られる会員制ビジネス誌の編集長が〈カフェ・ケニア〉に現れた。

元金融庁職員という経歴の持ち主で、赤いサングラスをかけて口髭をたくわえたその男は、さっそく望の会話を録音しはじめたが、自分がいったい何を取材しているのか、よくわかっていなかった。

望は進化論の話を途中で打ち切り――本音では取材そのものを打ち切りたかったが――ていねいな口調で告げた。「話をいったん戻して、もう一度整理しておきましょう。よろしいでしょうか？　チンパンジーは猿ではありませんよ」

「猿じゃない？」サングラスごしの目に困惑の色が浮かんだ。「チンパンジーが？」

「ええ」と望はうなずいた。「猿《モンキー》と類人猿《エイプ》は同じ霊長類でもまったくちがうのです」

穏やかとはいえ、小学生を諭《さと》すような望の言い方に、会員制ビジネス誌の編集長は、少なからずプライドを傷つけられた。「そんなの言い方の問題でしょう」と編集長は言った。「ニホンかニッポンか、みたいなものですよ」

「いいえ」と望は首を振った。「猿と類人猿、これらは異なる生きものなのです。ごく簡単に区別すれば、猿にはしっぽがある。類人猿にはしっぽがない。あってもないに等しいほど短い」

「しっぽ？　だとすると」編集長は怪訝《けげん》な顔で言った。「孫悟空《そんごくう》っているじゃないですか」

「孫悟空」と望は繰り返した。「それは中国古典の『西遊記《さいゆうき》』と漫画の『ドラゴンボール』、どちらの孫悟空ですか」

「もちろん『ドラゴンボール』です」と編集長は言う。「あの漫画のなかで〈バブルス〉って猿を悟空が追いかけるんですが、あれは何ですか」

「その〈バブルス〉にはしっぽがありましたか？」

「ありますよ」

「では学問の分類上、猿です。ただし同じ〈バブルス〉でも、マイケル・ジャクソンの飼っていた〈バブルス〉は類人猿です。つまり、あれはチンパンジーですからね」

望はコーヒーを飲み、テーブルに視線を落としたまま、淡々と話しつづけた。

生命進化の系統樹。その頂点に人類《ホモ・サピエンス》が立っている。もっとも近くに迫ったものが類人猿だ。なかでも大型類人猿《グレイト・エイプ》の知能は他の霊長類を圧倒している。

大型類人猿は四種しかいない。

――チンパンジー。

――ボノボ。

――ゴリラ。

――オランウータン。

このうちチンパンジーとボノボはとてもよく似ており、長く同種として分類されてきた。

両者は人類にとてもよく似通った遺伝情報を持つ。どちらも進化の謎を解くには格好のサンプルだが、多くの場合、過去のデータ量の多いチンパンジーが研究対象として好まれる。

人間とチンパンジーは、およそ七〇〇万年前まで同じ生きものだった。言ってみれば、とてつもなく遠い親戚だ。

人間とチンパンジーを結ぶ〈共通祖先〉は、もはや地上にいない。絶滅したその種族は、人間にとって究極のノスタルジーを喚起《かんき》させる存在であり、まさに失われた類人猿《ロスト・エイプ》と呼ぶのにふさわしい生きものだ――

「じゃあ、あれはどうなの？」と編集長が言った。「映画。『猿の惑星』」

「しっぽで判断してもいいですが、原題ですぐわかります」望はコーヒーカップをソーサーに置いた。「『プラネット・オブ・ジ・エイプス（PLANET OF THE APES）』。あなたのおっしゃった邦題はすてきです。『類人猿の惑星』だと長すぎる。しかしそのおかげで、日本の霊長類研究者は、いちいち訂正しなければなりません」

つぎのインタビュアーを待つあいだ、望はカード型端末のスクリーンに触れて、フ
ェイスブックに記載された彼女の経歴と、プロフィール写真を確かめた。

ケイティ・メレンデス。

二十八歳。

アメリカ合衆国、ペンシルベニア州ハリスバーグ生まれ。

一般向け科学雑誌『ザ・ダークマター』の専属契約サイエンス・ライター。編集部
はニュージャージー州トレントン。

ケイティ・メレンデスは人工知能――ＡＩの取材をメインに、野生動物から幼児用
学習ブロックまで、科学一般について幅広く執筆していた。

望は職業上、専門誌、一般誌、紙媒体、デジタル媒体、さまざまなスタイルの科学

雑誌を知っている。顔なじみの記者たちも少なくない。だが『ザ・ダークマター』の名ははじめて目にした。とはいえ、自分が知らないことを評価基準にはできない。

この瞬間にも、たくさんの科学雑誌が生まれている。科学者自身の手で発行される雑誌があり、学者以上の知識を有するきわめてユニークなアマチュアの書き手たちが世界中にいる。

人類にとってのニュースは結局のところ科学しかない、望は日ごろからそう思っていた。ほかはおまけのようなものだ、と。

どんなにマイナーな雑誌であれ、サイエンス・ライター相手の取材は、会員制ビジネス誌の赤いサングラスの編集長を相手にするよりもずっと楽だった。むしろ、楽でなければならない。

ケイティ・メレンデスがフェイスブックに載せた、赤毛の縮れ髪をアフロのように広げている笑顔の写真を見たあとで、望は腕時計の針に目を向けた。

ロレックス社の〈エクスプローラー〉。

望と同じ分野にいる三十代の研究者なら、まず手にできない高級品だ。大学に籍を置いたままであれば。

◀2026年8月17日・月曜日
京都暴動発生まで七十日
南スーダン共和国・ジュバ
国際連合南スーダン派遣団（UNMISS）検問所

たった半月で、北東アフリカの停戦協定はあえなく破られた。

ふたたび激しい戦闘地帯へと舞い戻った南スーダンの首都ジュバで、UNMISS——国連南スーダン派遣団——の兵士が検問所を通過しかけた一台の貨物トラックを呼び止めた。

現地で雇った情報員から、数分前にある話が検問所に届いたばかりだった。

戦闘グループが武器購入の資金源として、人身売買をおこなっている——通過しかけたトラックは、情報員の話す車と特徴が一致していた。

一度は通行を許可されたはずのトラックのアフリカ人ドライバーは、呼び止められたことへの怒りを隠さなかった。

自爆テロに巻きこまれる恐れもあったので、兵士たちはドライバーを降ろして拘束すると、自動操縦の無人装甲車をトラックに近づけ、七・六二×五一ミリのNATO弾を装填したロボットを使い、レーザーを当てながら荷台の再検査をおこなった。まもなく二重底の下から情報員の言ったとおりの〈商品〉が見つかった。

ただし、それは人間ではなかった。

隠れていたのは一頭のチンパンジーだった。赤ん坊ではないが、大人でもない。少年といったところで、傷つき、弱っていた。

UNMISSの兵士の尋問に、ドライバーはこう答えた。「おれは奴隷《どれい》商人じゃない。おれはチンパンジーを運べと頼まれただけだ。ウガンダの密猟者から金をもらって国境を越えてきた」

ウガンダ共和国――

南スーダンと国境を接する、赤道直下の国――

その国土には、アフリカの真珠と讃《たた》えられる美しい森が広がっており、地球上にわずかしかない野生チンパンジーの生息地となっている。

「おれはチンパンジーをウガンダの密猟者から預かって運ぶ」とドライバーは語る。

「それを南スーダンの戦闘グループが買う。金をもらうのは密猟者でおれじゃない。

そのあと戦闘グループは、自分たちの払った何十倍もの高値で、別の国の金持ちに売りつける。顧客はあんたたちの国、ＥＵの好事家《こうずか》連中さ。アフリカの紛争地には類人猿《エイプ》のオーダーがたくさん来ているよ。銃撃戦が起きれば法の網目も破れる。チンパンジー、それにゴリラは宝石と同じなんだよ」

ワシントン条約違反等でドライバーは逮捕され、戦闘グループや密猟グループのくわしい情報——何も知らないに等しかった——を引きつづき尋問されたが、問題は負傷したチンパンジーの受け入れ先だった。

ＵＮＭＩＳＳは現地で活動する非政府組織《ＮＧＯ》所属の獣医師を呼び、チンパンジーの治療をさせた。

七歳のオス。チンパンジーはおよそ八歳で大人になるが、彼の体つきはまだ幼さを残している。親がそばにいた可能性もありますが、と獣医師は言った。密猟者に射殺されたか、別の街で売られたのでしょう。

そのチンパンジーも散弾銃で撃たれ、喉に金属片が刺さっていた。声帯を傷つけられて声を出せない。金属片を取り除いても、声が戻るかどうかは獣医師にも未知数だった。受け入れ先についてＵＮＭＩＳＳから相談された獣医師は言った。「ごらんのとおり、紛争地である南スーダンに、高度な知能を持つチンパンジーを保護する場所はありません。密猟されたウガンダに返還するのが妥当でしょう」

ＵＮＭＩＳＳは、ウガンダ野生生物局に連絡を取った。

彼らの返答はこうだった。

当方の保護施設でのチンパンジー数は限界を超えている。加えて、そちらで保護された個体が、チンパンジーにとって重要なコミュニケーション手段である〈声〉を出せないとなれば、たとえ受け入れたとしても状況は厳しいものになる。仲間たちに意思を示せず、攻撃される可能性があるだろう。

ウガンダ野生生物局側に断られたＵＮＭＩＳＳは、検問所で保護しつづけているチンパンジーの受け入れ先について、同じ南スーダンで活動する各国のＮＧＯに広く呼びかけ、解決策を求めた。

まもなく連絡してきたのは、フランスの難民支援団体だった。

ただしフランスで受け入れるという話ではなかった。彼らはＵＮＭＩＳＳにこう告げた。「シンガポールの霊長類研究プロジェクトが飼育用のチンパンジーを探している」、と。

◀２０２６年10月23日・金曜日
京都暴動発生まで三日
京都市・下京区
インタビュー（２）

望はガラス張りのカフェの奥から見える水盤《すいばん》を眺《なが》めた。

黒い直方形の石のなかで、泉のように静かに湧《わ》きだす水がきらめいている。その先を、黄色い車体の道路パトロール車が走りすぎていった。道ゆく人々のほとんどが上着を脱いでいる。京都の残暑は十月もつづく。

店内が昼食客で混みはじめてきたころ、ガラスの向こうにケイティ・メレンデスの姿が見えた。

彼女の容姿は、望になつかしい感覚を与えた。

襟つきのポロシャツ。ポケットのたくさんついたミリタリー仕様のタクティカルパンツ。

化粧気のない日焼けした顔に、好奇心いっぱいの目を輝かせている。手にしているのは使いこんだ地図だ。背中にはぱんぱんに膨《ふく》らんだバックパックを担いでいる。

望がウガンダ共和国へチンパンジーの野生調査《フィールドワーク》に旅立ったのは二十代半ばだった。大学の博士課程を修了し、さらに新たな論文を提出したあとで、期間は一年――。そのあいだにケイティのような雰囲気のバックパッカーの女性と大勢会ってきた。〈ブドンゴ森林保護区〉で。

ブドンゴに来るバックパッカーの目当ては〈エコツーリズム〉だった。霊長類研究者や野生生物局の隊員とともにジャングルに分け入って、本物のチンパンジーやゴリラを観察できる。こうした企画のシステムはきちんと確立されており、参加費の支払いはクレジット・カードでもできるほどで、自然保護活動の貴重な財源のひとつだった。

「お会いできてよかった」ケイティ・メレンデスは英語で言った。彼女はほかの記者とちがって迷わず望のテーブルに進んできた。「ケイティと呼んでください。お伝えしたようにインタビューは英語でおこないますが、構いませんか」

「問題ないよ」握手を交わして望は答える。「ところでそのバックパック、テントも入ってる？」

「ええ」ケイティはうなずく。「旅をすると、どこで何があるかわからないから。でも今回はホテルに泊まるわ。せっかく京都に来たんだもの」

「京都ははじめて？」

「日本には東京に一度来ただけ」

「まあ何か飲みなよ」

「そうね」ケイティはカフェのメニューを見る。「これ、この〈漢字〉で書いてあるやつ、お茶でしょ？　何て読むの？」

「柚子《ユズ》だな」望は逆さになったメニューをのぞきこむ。「ようするに柑橘類《シトラス》の一種」

運ばれてきた柚子茶を味わいながら、ケイティはほっと息をつく。「本当に会えてよかったわ。遅刻したからキャンセルされてもしょうがないと思って。科学者って気分屋さんが多いから」

「みんな強気でうらやましい限りだ」と望は言う。「僕なんてメディア応対でびくついて夜も寝られないね」

「あなたは科学界のスターの一人なのに」ケイティは笑う。

「スター」望は苦笑して首を振る。「僕がね」

「事前の単独インタビューなんて、軽く飛ばされちゃうって予想していたの。施設公開を明日やるわけだし」

「ずいぶん正直に言うね」望は肩をすくめる。さすがはアメリカ人だ——と思ったが、それは口にしなかった。「どんなに忙しくても約束は守るよ。それにAIの取材をもっとも得意とするきみにしてみれば、スターは僕じゃなくて、僕の雇い主のダニエル・キュイだろう？」ほら見ろ、顔に書いてあるじゃないか」

ケイティの表情を見ながら望は思う。AIに興味ある人間で、ダニエル・キュイを知らないものは、この世界にはいない。

ダニエル・キュイ。

望がセンター長を務める研究プロジェクトの出資者。プロデューサー。世界中から集められたメンバーが取り組む研究は、まだはじまったばかりだ。

KMWP（Kyoto Moonwatchers Project）——京都ムーンウォッチャーズ・プロジェクト。

ケイティは直径二センチほどの丸いシールを、テーブルの中央に貼った。テーブルに伝わった振動から相手の声を拾い上げ、端末に転送して録音する、おなじみの超薄型音声記録メディアだ。彼女が使っているのは録音専用のシールレコーダーだが、再生機能付きのシールスピーカーも販売されている。グラスや紙コップに貼ると、その物体の振動を利用して、音声や楽曲を再生することができる。

「京都には世界一を誇れるものが、二つある。まずは観光だよ」と望は言う。「説明するまでもないかな。何度も世界一の観光都市に選出されてきた。きみの国の『トラベル・アンド・レジャー』誌とかでさ。すごいことだ。ピラミッド――万里の長城――円形闘技場――こうした史跡を擁《よう》する都市と競っての一位なんだ。地球規模のコンテストの勝者だよ」

「そうね。旅行者なら一度は来てみたい都市だわ」

「一年間の観光客数は六〇〇〇万人を超える。海外から訪れる宿泊客数は五〇〇万人近い。モンスター級の観光都市だ。国別では台湾の旅行者がもっとも多い。それから中国、アメリカ、オーストラリア、フランス、韓国、イギリス、スペイン、タイ、と世界各国がつづく。十月はもうすぐ終わりだが、今月の累計だけでもこの都市には一五〇万人が滞在し、そのうち五〇万人は海外の人々だ。来月は〈紅葉《レッド・リーブス》〉のシーズンなんだが、毎年そのころになると渋滞で車が動かなくなる。車を捨てて歩いた方が早い。もう一、二週間したら、世界中からとんでもない数の人が押し寄せてくるんだ」

「あなたも紅葉を楽しみにしてる？」

「葉っぱの色素が落ちるだけさ」望は肩をすくめた。「とはいえ、それだけの現象で人々を動員することが驚異的だ」

英語圏のサイエンス・ライターが、科学者の機知《ウイット》やユーモアを好むのは望もよく知っていた。人間味を伝える材料になるからだ。日本と異なり、ときには問題発言すれすれのブラック・ジョークさえも歓迎される。

「世界が抱いている京都のイメージは」ケイティは望の読みどおり笑った。「あなたには関心なさそうね」

清水寺《きよみずでら》。金閣寺《きんかくじ》。銀閣寺《ぎんかくじ》。西本願寺《にしほんがんじ》。東《ひがし》本願寺。

小学生ですら訪れるような京都の史跡——日本人学生の修学旅行先のじつに三分の二が京都だという——に足を踏み入れたことがない、そんな話を望はケイティに聞かせた。

望が京都に来たのは十代で、東京の世田谷《せたがや》から転校した高校生のときだったが、それが逆説的に、彼を史跡からより遠ざけた。京都市内の進学校は、史跡の集団見学をいっさい企画しなかった。地元ならではの判断だ。小中学生ならまだしも、高校生になれば自分で行ける。拝観したいのなら好きにしなさい、ということだった。

「こんなことを打ち明けると非難囂々《ごうごう》だな」と望は言う。「しかし厳密に言わせてもらえば、僕の仕事場は同じ京都府《キヨート・プリフエクチヤー》でも、京都市の西隣りの亀岡《かめおか》市なんだ。ただし京都がモンスター級の観光都市、世界一であることは、僕にとっても誇りだよ。この都市を維持しつづける人々を尊敬している。それだけは強調しておきたい。観光について語る資格はないけれどね」

「オーケー」ケイティはうなずく。「じゃあ、二つめの京都の世界一は何？」

「霊長類研究だ」と望は答える。

ＮＳＳ分析用データ（京都市・右京区《うきょう》・嵐電嵐山《らんでんあらしやま》駅前・防犯カメラ映像）
Monday, October 26, 2026 at 0：32 a.m.
〔暴動発生第一日目〕

まるで火災や地震に見舞われたように、人々が着のみ着のままで深夜の路上にあふれている。

裸同然の下着姿の女性もいる。どの顔にも不安、恐怖、苦痛の色が浮かび、負傷したものは放心状態に陥《おちい》っている。

骨折。打撲。裂傷。眼球破裂。

奇妙なのは、人々が助けを求めながらも、他人に近づこうとしないことだ。暗がりのなかで、微妙な距離を取り合っている。

そして家族で寄り添っているものが非常に少ない。

父親、母親、息子、娘、祖父母、夫婦、こうした血縁関係にあって同居する人間同士が、おたがいに遠ざけ合っている様子が観察される。家族間だけでなく、恋人間でも同様だ。

やがて二台の救急車が到着するが、台数が足りない。

それでも傷ついた人々はようやくわれに返り、こぞって救急車に押し寄せる。その様子は、独裁者を戦車から引きずりだそうとする群衆のように映るが、この時点で暴動はもう収束している。多くの犠牲者がひしめいているにすぎない。救急隊員はもみくちゃにされ、すぐに姿が見えなくなる。

画面の端で、力をなくした娘の体を抱いた母親が、助けを求めて泣き叫んでいる。だが愛する娘を傷つけたのもまた、彼女自身である可能性が高い。

▼2026年9月1日・火曜日
京都暴動発生まで五十五日
南スーダン共和国・ジュバ
国際連合南スーダン派遣団（UNMISS）駐留基地

フランスの難民支援NGOのメンバーの仲介——彼は野生動物保護のNGO活動にも関わっていた——で、密猟に遭った七歳のチンパンジーを保護しているUNMISSの基地に衛星電話で連絡が入った。

電話に出たのは、チンパンジーの面倒を見ていたオーストラリア軍の二等軍曹だった。

「キョート？」と二等軍曹は問い返す。シンガポールの研究施設と聞いていたので、頭が混乱していた。「それは日本の京都ですか」

「はい」ノゾム・スズキと名乗った日本人は、流暢《りゅうちょう》な英語で答えた。「われわれがチンパンジーを受け入れます。すでにウガンダ共和国政府の合意も得ましたので」

「しかし、シンガポールが受け入れるという話を」

「おっしゃるとおりです。それは誤情報ではありません。シンガポール人企業家が出資した霊長類研究施設が京都府内に建造されていて、そこで引き取るということです」

「ミスター・スズキ、あなたは大学の方ですか」

「いえ、大学ではありません。私が勤めているのは民間の施設で、〈ＫＭＷＰセンター〉といいます。私はそのセンター長、総責任者の立場にあるものです」

チンパンジーの日本行きはまったく予想していなかったが、オーストラリア人二等軍曹には事態の成り行きが理解できた。いずれ書類の確認で嫌でもさらに詳しく知るだろう。

「ジュバの検問所でチンパンジーを保護したのは先月、八月十七日ですね」と望は言った。

「ええ」

「すぐに獣医師が来て、傷の手当てをしましたか」

「保護の二時間後、現地のＮＧＯの獣医師を呼びました」

「何か病気は？」

「散弾の傷を喉に負っている以外は健康のようです。いくぶん衰弱が見られましたが、かなり回復しました。声はまだ出せません」

「凶暴になったり、人を遠ざけたりするような様子は？」

「いいえ」と二等軍曹は答えた。「兵士たちの人気者ですよ。ケージごしにでも、彼に会うと任務の疲れが取れるというものもいます。非常にかしこいですし――何と言うか、チンパンジーがこれほど人間に近いとは思ってもみませんでした。日々驚かされます」

「そうでしょう」望は共感をこめて笑った。「名前はつけたのですか」

「正式にはまだです。南スーダン共和国の首都ジュバで保護されたので、われわれはとりあえず〈ジュバC〉のコードネームで呼んでいます。Cはチンパンジーの頭文字です」

「わかりました。ではジュバCの今後ですが、今月の十七日まで待ってください」と望は言った。「あと二週間、つまり保護のちょうど一ヵ月後の日までです。チンパンジーを外国に持ちだすには一ヵ月の検疫期間が必要で、それを経なければどこにも出せません。本来は彼のいたジャングルのある国で検疫させるべきなのですが、正確な密猟地が特定できません。逮捕されたドライバーが『ウガンダ』と言っただけで、証拠がないのです。ですから緊急措置として、南スーダンで出国に不可欠な検疫期間をすごすことになります。こちらで連絡を取った現地NGOの獣医師も派遣して、再検査もおこなう予定です。そのあいだにわれわれは、日本国内での受け入れ手つづきを完了させます」

衛星携帯電話を使って兵士に話しながら、望はチンパンジーを日本に入国させるのに必要な作業を頭に浮かべた。

――「動物の愛護及び管理に関する法律」――

――第二十六条――人の生命、身体又は財産に害を加えるおそれがある動物として政令で定める動物（以下「特定動物」という。）の飼養《しよう》又は保管――環境省令で定めるところにより――都道府県知事の許可を受けなければならない――

「ところで輸送方法なのですが」と二等軍曹は言った。「われわれの軍用機では法令上、ジュバCを日本へ輸送できません。また紛争地域の南スーダンに一ヵ月後にあなたがた民間人が入国できる保証もありません。戦闘が激化すればNGOも退避せざるを得なくなります。かといって日本の自衛隊もいないのですから――」

「輸送方法は考えています」と望は言った。「当センターの出資者であるシンガポール人企業家が、おそらくアメリカに依頼するでしょう。その上で、南スーダンに派遣されたアメリカ軍の輸送機が日本へ運ぶ予定です。それが最短距離なのです。むろん書類は用意しますが、日本人にとってはあまりよい印象を与えない手段ですので、内密に進めます。チンパンジーの受け入れ自体に問題があるのではなく、紛争地からアメリカ軍が直接何かを運んでくるということに抵抗があるのです。しかし軍用機でいったんアメリカに運び、そこからまた日本へ——という長時間のフライトを重ねることは、チンパンジーにとって致命的なストレスをもたらします。われわれは日本国内のアメリカ軍基地に届いたチンパンジーを、関西の空港検疫に向かわせる予定でいます」

「どんな方法にせよ」二等軍曹は言った。「実行は上官の許可が下りしだいになりますが」

「ありがとう」電話を切る前に望は言った。「また連絡します。アフリカの兄弟へのサポートを感謝します。それでは」

▼2026年10月23日・金曜日
京都暴動発生まで三日
京都市・下京区
インタビュー（3）

「霊長類研究に関しては、京都が世界一の高みにある」鈴木望はケイティ・メレンデスに向かって話す。「とくに大型類人猿のチンパンジーについては」

「つまり」とケイティは訊く。「〈京都大学霊長類研究所〉が切り拓いてきた道のことね。かつて、あなたもそこにいた」

「ああ」望はうなずく。「でも僕はもう大学を去った人間だ。彼らの研究について何かを言う立場にはない。だが少なくとも彼らの偉大さを讃えることは許されるだろう。アメリカやEU、イギリス、オーストラリアの研究施設もすばらしいし、アフリカ諸国の調査基地の活動も重要だ。それでも京都は特別なんだ」

「いったい、何が特別なの？」

「簡単に説明するのはむずかしいが——言ってみれば連綿と受け継がれてきた独自の考え方が特別なんだよ」

「考え方？」

「〈京都大学霊長類研究所〉を設立した今西錦司《いまにしきんじ》先生から、その弟子たちに手渡され、より深められた考え方だ。だから結局は、人材の問題だな。たとえばボクシングのジムでも、アニメーションのスタジオでも、才能ある人間は自然と同じところに集まってくる。それと似ているよ。もし今西先生が沖縄《おきなわ》に研究所を作っていたら沖縄が拠点になっただろうし、あるいは北海道になった可能性もある。まあ南はともかく、北の寒冷地の気候は飼養研究に向いているとは言えないが」

「で、あなたがさっき言った、独自の考え方って何なの？」

「十年以上も前だけれど、きみと同じアメリカ人のサイエンス・ライターが〈京都大学霊長類研究所〉の印象を本に書いている。彼はそこで何か異質なものを感じたんだ。チンパンジーと科学者がうまく共存しているアメリカの施設と比較しても、〈京都大学霊長類研究所〉は雰囲気がちがっていた。はじめはそれが何なのか、彼にはさっぱりわからなかったが、やがて気づく。研究者の考え方が異なるのだ、と。つまりアメリカの研究者は、チンパンジーの個体を徹底的に分析しようと試みているが、日本の京都にいる研究者は、個体ではないものを見ている」

「それはチンパンジーの全体、ようするに群れっていうこと？」

「もっと進んで、社会の心の動きと言ってもいい。カリフォルニアの研究者が一頭のチンパンジーを個として観察するような場合でも、京都の研究者はそこに群れや世代の心理を見てとろうとする。それも禅の直観のような、じつに深いレベルでだ。自然とそういう見方ができる。これは科学者にとって、たやすく真似られるものではないんだよ。人文で言う〈京都学派〉のようなものかもしれないな。西洋哲学と東洋思想のハイブリッドされた思考と呼べばいいのか——」

「そういう考え方のルーツが、〈京都大学霊長類研究所〉を設立した今西錦司にあるのね」

「むろん〈京都学派〉とそっくり同じものではないが、少なくとも僕はそうではないかと思っている。そしておそらく、ここには日本人の国民性も関係しているだろうな。『和を以《もっ》て貴《とうと》しとなす』とか、『以心伝心』といった古い言葉があるんだが、前者は個の考えを超えた社会性を、後者は非言語コミュニケーションを指すものだ。ナショナリズムは霊長類研究に何の役にも立たないけれども、こうした感覚を培《つちか》うことのできる文化の土壌は、大きく役立っていると言えるだろう。何といっても、チンパンジーの社会は言葉なしで成立しているからね。西洋人にとって、われわれ日本人を神秘的なものに見せている部分――つまり他者へのまなざしのあり方――を最大限に使って、霊長類を研究しているのが〈京都大学霊長類研究所〉だ。だから、ほかの研究者には思いも寄らなかった発見ができる。チンパンジーが群れから群れへと引っ越しのように移動する現象をタンザニアで発見し、それまで学界の常識だった放浪説を覆《くつがえ》した西田利貞《にしだとしさだ》先生、チンパンジーが高いレベルで石や木を道具として利用する姿をギニアで発見し、はじめて世界に知らしめた杉山幸丸《すぎやまゆきまる》先生――ほかにもたくさんの名前が挙げられるが、やはり誰よりも僕が尊敬するのは――」

「テツロウ・マツザワ？」

「そのとおりだ」望は微笑《ほほえ》む。「松沢哲郎先生は僕のヒーローだよ。数や色を記憶する飼育チンパンジー〈アイ〉の研究で、世界中の度肝《どぎも》を抜いた。チンパンジーがかしこいことは知られていたが、彼の研究によって、この分野は新しい次元に突入したんだ」

「たしかにあなたの言うとおりね」ケイティはうなずく。「松沢の研究は衝撃的だったわ」

「そういった成果の背後に、〈京都大学霊長類研究所〉で培われた研究者の考え方があるんだ。個体に囚《とら》われず、全体を見る。言葉にならない相手の心の動きを読み取る。京都——この街で学んだものは、みんな霊長類研究の輝かしいスターになる」

「でもあなたは、京都大学を去った」

「だから僕はもう彼らと関係がない。せめて迷惑をかけないように努力するだけだ」

「日本人らしく控えめな発言ね。だけど現在のあなたは、巨額の研究予算を手にしたわ。霊長類研究にこれほどの資金が投じられる理由は、単純に言って何だと思う？」

「それは」望は静かにコーヒーを飲む。「僕が説明しなくても、きみにはよくわかっているはずだ。はるばる京都に来たのなら」

霊長類研究に資金が投じられる理由——

ケイティは考える。鈴木望が取り組んでいるのは、霊長類研究のなかでも大型類人猿、そのうちのチンパンジーの研究だ。

チンパンジーと人間の遺伝子のちがいは、わずか一・八パーセント程度でしかない。自分たちとたった一・八パーセントだけしか変わらない生きもの。彼らを知ることが、人類進化の謎を解く手がかりになる。

人類が、どうして人類たりえているのか。

その問いに答えられる科学者は、いまだにいない。

それはつまり、人類全体が記憶喪失にある——ということでもある。なぜなら、自分が過去にたどってきた道を正確に説明できないのだから。

みずからのルーツがわからないものに、未来が思い描けるだろうか？

「『われわれはどこから来たのか　われわれは何ものか　われわれはどこへ行くのか』」とケイティはつぶやく。「何度も使われてきた言葉だけど、そう言うしかないわね。いかに科学技術が進歩しても、人間の置かれている状態は、ポール・ゴーギャンが十九世紀に描いた絵のタイトルと変わらないわ。その問いに答えるために、人間に最も近いチンパンジーの研究には、あらゆる分野から人が集まってくる」

「集まるというより」と望は言う。「結局、みんな出向《しゅっこう》してくると言った方がいい。生物、言語、社会、心理、性——人類の手にしたほとんどの知識が、チンパンジーに注がれている。これは恐竜の研究とはまったく意味がちがう。関心が他分野にまたがっていれば予算もつく。ところで、もともとチンパンジーは日本に生息しない生きものだ。アフリカ大陸のサハラ以南の限られた森にしかいない。それなのに、アフリカから一万キロ以上も離れた極東の島国にある京都が、どうしてこれほどチンパンジー研究で成果を上げられるのか？　ここには研究者の質以外に、もうひとつわけがある。何だと思う？」

ケイティはしばらく考えるが、答えをあきらめる。「わからないわ。なぜなの？」

「その地図を貸してくれないか？」望はケイティがテーブルの端に畳んだ地図を指す。ケイティが渡した地図を望は広げる。「ここだ、中京区《なかぎょう》。西洞院通《にしのとういんどおり》と油小路通《あぶらのこうじどおり》に挟まれた場所に、猩々町《しょうじょうちょう》という町がある。猩々は昔の言葉で、日本の伝統芸能――能の曲目《タイトル》にもなっている。能はわかる？」

「知ってる。ちゃんと見たことはないけど」

「僕もその程度さ。何を伝えたいのかというと、猩々は、能の曲目になるくらい古い言葉ってことだ。そしてそれは、類人猿を意味する言葉でもあるんだ。日本人はかつて、オランウータンを猩々と呼んだ。チンパンジーは黒猩々だ」

「――ショウジョウ――クロショウジョウ――」ケイティは望の発音を繰り返す。

「わかるかい？」と望は言う。「猩々町とは、すなわち**類人猿の町**《タウン・オブ・ジ・エイプス》ってことなのさ。京都はずっと昔から、すぐれた霊長類研究者を輩出する運命にあるってことだ」

「――タウン・オブ・ジ・エイプス――」ケイティは澄ました顔でコーヒーを飲む望を見つめた。数秒ほどして、これが『プラネット・オブ・ジ・エイプス』に引っかけたジョークであることに気づき、彼女は笑った。

望は真顔でコーヒーを飲みつづけた。「さっきも言ったように、僕は大学を去った人間だ。でもお金のために民間に移ったわけじゃない。京都が霊長類研究では世界一だと自負しているからこそ、つぎの行動を選べたんだ」

「それがＫＭＷＰね」

「出資はシンガポールだけれど、京都に新たなチンパンジー研究施設を作る――そんな話が持ち上がって、僕の心も決まったよ。さっきも言ったとおり、僕は寺をろくに眺めたことがない。けれども、そんな僕でも知っていることがある。寺院には左右一《いっ》対《つい》の仁王《におう》がいる。そして神社には左右一対の狛犬《こまいぬ》がいる。それと同じようにね、ケイティ、京都の霊長類研究も二つの頂《いただき》で形成することができたらすばらしい、と思ったんだ。左右どっちでもいいけれど、仮に一方が〈京都大学霊長類研究所〉だとしたら、他方はＫＭＷＰ――京都ムーンウォッチャーズ・プロジェクト――そんな風に。だけど、じっさいの地理で言うと、〈京都大学霊長類研究所〉は、愛知《あいち》県犬山《いぬやま》市にある。そしてＫＭＷＰセンターは京都府亀岡市に建てられた。日本の大学とシンガポールの企業出資、愛知と京都、犬山と亀岡、厳密には対《つい》にはなっていない」

犬と亀。日本語と漢字のわからないケイティには、最後の部分のジョークが理解できなかった。とはいえ、一般読者を悩ませるような話の難解さは、これまでのところどこにも感じていない。三十一歳の若き霊長類研究者の日本人と、彼にとっての京都の印象の特異性を読者に伝えるためには、上出来の導入部だと思えた。

コーヒーも柚子茶も空になり、ケイティは、どこか別の店で昼食をとりながらインタビューのつづきをするのはどうか、と提案した。

望は同意してうなずく。このあとに約束した取材もない。「じつは僕もそう言おうと思ってたんだ。朝からずっとこの店で取材――それも先週から毎日だよ」

「どこかおいしい店知ってるの？」ケイティはテーブルの中央に貼ったシールレコーダーをはがしながら訊く。

「観光ガイドとしては本当に無力なんだ」と望は車のキーを出して答える。「駐車場から車を取ってくるから、行きたい店があるなら、きみが調べておいてくれ」

◀２０２６年10月23日・金曜日
京都暴動発生まで三日
京都市・東山区
インタビュー（４）

キャンパスプラザ京都のカフェを出たケイティは、塩小路通《しおこうじどおり》に立ち、有料駐車場から車を回してくる望を待った。

彼女は目の前で、路上駐車した白いホンダの車が警官に違反切符を切られるのを見た。京都の道路事情も東京と同じようね、と思った。ペンシルベニアやニュージャージーのように気楽にその辺には停《と》められない。

ケイティは頭上を仰《あお》いだ。青空を背に、京都タワーがそびえている。一九五〇年代のSF映画に登場しそうなレトロなデザインが人目を引く。ニコンのデジタルカメラでタワーを撮影していると、近くで車が二度クラクションを鳴らすのが聞こえた。

すぐに望だと思った。

カフェでは難なく望を見つけられたケイティも、車はなかなか見つけられなかった。

視界には入っていたが、無意識のうちに除外していたのだ。

メルセデス・ベンツSLS－AMG――F1レースで、セーフティーカーとして活躍したこともあるスーパーカー。

騎士の美しい甲冑《かっちゅう》のような銀色の塗装が日差しにまばゆく輝き、流体力学を計算しつくした車体の窓のなかから、アディダスのジャージ姿の望が手を振っている。

その様子はケイティにとって、KMWPの豊富な資金力の象徴に映った。どこの国でも、霊長類研究者はこんな車に乗ってなどいない。

ケイティが近づくと、望は左ハンドルの車を降りた。SLS－AMGにはガルウィング・ドアが採用されており、水平ではなく、垂直に――真上に向かってドアが開く。

「こういうドアの車、はじめて乗るわ」ケイティは鳥が羽ばたくジェスチャーをしてみせた。

「もう生産していないビンテージのガソリン車だからね」と望は言った。「科学者としては肩身が狭いよ」

温室効果ガス排出量削減の会議が京都でおこなわれたことを言っているのだ、とケイティは思った。有名な国際会議だ。「だったら電動車にすれば？」

「――そうだよな――この車、ダニエルから買ったんだ。押しつけられたというべきかな――」

「ダニエル・キュイ？」

「ああ」

「彼がこれに乗ってたの？」

「そのころ僕は、一八〇〇ドルくらいで買えるトラックに乗っていてね。『センター長がそれじゃみすぼらしいから、私の車を買え』って言われたのさ」

「もらったんじゃなくて、買ったの？」

「ダニエルはビジネスマンだからね。ただでは人に何もあげないよ。すぐにシンガポールからこいつが届いて、代金は給料から引いてもらうことになった」

「大変なローンね」ケイティは同情した。「いくらで買ったの？」

「日本円で二〇万円、一八〇〇ドルくらいかな？　僕の乗っていたおんぼろトラックと同じ値段だ」

「そんなに安く？」ケイティは目を丸くした。定員二名のガルウィング・ドアのスーパーカー。この車が一八〇〇ドル。ただ同然だ。

「まあダニエルのアドバイスのようなものだよ。もはやマッド・サイエンティストの時代じゃない。一流の科学者もいい車に乗ったり、イメージに気を遣えってことさ。ただし、ガソリン車じゃ台無しだ」

望がギアを入れてアクセルを踏みこむと、金管楽器のチューバを低音で吹き鳴らしたような響きとともに、振動がケイティの背中に伝わった。

豆腐。生湯葉《なまゆば》。東寺揚《とうじあげ》。田楽《でんがく》。焼麩《やきふ》。刺身。京野菜の煮物と天麩羅《てんぷら》。東山区《ひがしやま》の料亭で席に運ばれてくるのは、どれもケイティの胸を躍らせた。いずれもカロリーが低く、使われている油も上質だった。体調を気にしなくてもいいのがうれしかったし、花の形にカットされたにんじんなどは、眺めるだけでも贅沢な心地がした。

だがひとたびシールレコーダーが作動すると、料理は視界から消えた。

鈴木望とダニエル・キュイとの出会い。

そしてKMWPセンターの誕生について、もっと聞きたい。

明日の施設公開ではメディアが多すぎて、こんな風にゆっくり話す暇はないだろう。それにガイド役を望が務めるという保証もない。ＫＭＷＰセンターには最高の科学者がそろっている。

「ケイティ」望の方から話を切りだした。「きみはＡＩがメインのサイエンス・ライターだったんだろう？　フェイスブックのプロフィールにそう書いてあった」

「ええ」とケイティは答える。

「だとすると、ダニエル――ＡＩ研究でカリスマだった彼――が、ＡＩ事業から撤退して霊長類研究に移り、その結果きみがこの分野に興味を抱いたことは、よくわかるよ。だけどきみは、これまで霊長類――大型類人猿をじかに見たことがあるのかい？」

「――野生下ではまだないわ。飼育下なら――」

「ほう」と望は言う。「それはどこで？」

「ゴリラとオランウータンは、カリフォルニアの〈ハメット霊長類研究センター〉と、オーストラリアの〈ニール・カウリー財団類人猿トラスト〉で。スタッフは彼らと楽しそうにじゃれ合っていたけれど、私は外側のブースで見るだけだった」

「ゴリラとオランウータンは大きいしね」望はうなずいた。「力もすごい。スタッフはきみの安全に気を遣ってくれたんだろう。チンパンジーを見たことは？」

「アイオワ州の〈ツイスター類人猿研究所〉を見学させてもらったわ」

「ツイスターに行ったのか？」望の目つきが変わる。「それはいい経験をした。すばらしい施設だ。最高の研究者もそろっている。世界一と言ってもいい」

「あら」ケイティは意外な顔をする。「京都が一番じゃないの？」

「そこで何を見た？」望はケイティの軽口に付き合わなかった。

「割と基本的なチンパンジーの認知研究を見せてもらったわ。モニタで絵を見せて、その実物を選んでもらうの。絵のリンゴが出たら、本物のリンゴを選ぶ。それこそ松沢哲郎が京都で編みだしたようなトレーニングね」

「ほかには？」

「〈チューブ・テスト〉。曲がりくねったプラスチックのチューブのなかに、ナッツが入っているの。チンパンジーはナッツを食べたいけど指だと届かない。だから水を入れてナッツを浮かせて取ろうとする」

「まあ、基本だよな」と望は言う。一般人なら目を丸くするような、チンパンジーの高い知能を示すエピソードも、望には当然の話でしかない。「ほかには？」

「あとは〈ピンボール〉よ」

「〈ピンボール〉？」

「閉店したどこかのバーからもらってきた〈ピンボール〉で、チンパンジーが遊んでいたわ」

「なるほど」望は笑うどころか、眼差しをさらに鋭くした。「ボールが穴に落ちたらゲームオーバーというルールを、彼《チンプス》らに理解させていたかい？」

「私が見る限り、ルールもちゃんとわかっているようだった」

「ふむ」望は宙を見つめ、やがてケイティに視線を戻す。「きみはチンパンジーのそういう姿をはじめて見て、少なからずショックを受けただろう？」

「それはもう、驚いたわ」とケイティは答える。「かしこいとは知っていたけれど、自分の目でじっさいに見ると、あなたの言うとおりショックだった。――まるでSFの世界にいるみたいで――」

「チンパンジーの知能は」望はうなずく。「自分の目で見るまでは、なかなか信じられないからね。みんなサーカスの芸くらいに思っている。でもあれは、純粋な知能なんだよ」

新たな皿を運んできた料亭の仲居に、二人は料理を食べるようにうながされた。これまでひとくちも箸《はし》をつけていなかった。

抹茶の粉を混ぜた美しい緑色の塩を天麩羅につけて食べながら、ケイティはアイオワ州の〈ツイスター類人猿研究所〉の思い出を語った。伝説的なAI研究者、ダニエル・キュイを追いかけることが何よりの目的だった自分が、チンパンジーに深く関心を抱いたのだ。

——その強烈な感覚は、午後の休憩をすごしている飼育チンパンジーの群れを眺めて座っていたときにやってきた。

アイオワの広大な土地に作られた施設内。

ケージに囲まれた屋外広場に、タイヤやロープを取りつけた遊戯用タワーが建てられていた。三十頭近くのチンパンジーがそのタワーの周囲に集まり、太陽の光を浴びてすごしている。

チンパンジーたち。

寝そべって肘枕《ひじまくら》を突くもの。

脇腹をぼりぼりと掻くもの。

仲間同士の毛づくろい《グルーミング》。

頭の後ろで両手を組んでタワーの壁に寄りかかり、口をすぼめて、気怠《けだ》るそうに雲を見つめているもの。研究者にもらったアウトドアメーカー〈コールマン〉のマットを器用に尻の下に敷いているもの。

四歳の子どものチンパンジーは、遊びたくてしかたがない。タワーを上から下まで跳び回って、ブレイク・ダンスのようにくるくると回る。母親が追ってきて捕まえるが、また逃げて駆けだす。

ケイティはタワーのそばの地面に腰を下ろして——彼女にはコールマンのマットはなかった——じっとチンパンジーたちを眺めた。

全身が黒い体毛に覆われているほかは、ニューヨークのセントラルパークで日光浴をする人々の様子と変わらない。

この光景は飼育下だからではなく、野生の、チンパンジーのごく自然な姿なのだ。

何かがケイティの心を揺さぶった。

やがて、一頭のメスのチンパンジーが近づいてきた。彼女は木陰に用意された蟻《あり》の巣に木の枝を差しこみ、枝についた蟻を食べつづけていた。それはチンパンジーの高度な行動のひとつで、〈蟻釣り〉として知られている。

近づいてきたチンパンジーは、枝をケイティに差しだした。

ケイティとチンパンジーの目が合い、ケイティはその瞳をのぞきこんだ。枝の上で行き場をなくした蟻が這《は》い回っている。

どう？　とすすめているのがケイティにはわかった。バーベキューのパーティーで、焼きあがった串をすすめる人間のように。

その瞬間、ケイティはさっきから自分の心を揺さぶっている思いの正体を理解した。それはとてつもなく強烈な感覚だった――

ここは映画のセットだろうか？　そうだ。何人もの俳優が私の前にいる。彼らはみんな着ぐるみを着て、無言劇《パントマイム》を繰り広げている。

DNAの遺伝情報の配列が、人類にもっとも近い生きもの。彼らがそういう存在であることは知っている。でもここには、それだけでは測りがたい何かがある。彼らの中身は、きっと人間なのだ。動物の群れを眺めているとはとても思えない。


「それがチンパンジーだ」ケイティの話を聞き終えた望は、力強く言った。「きみが経験したのは、僕らが野生調査《フィールドワーク》で、ジャングルのなかで味わうものと同じだよ。そういう感覚は、ほかの生きものでは起こり得ない。心がつながっているとは感じても、『彼らは、本当は人間なんじゃないのか？』という錯覚にこちらが陥ることはない。しかし、今日はいい日だな。きみのようなサイエンス・ライターと話せるんだから。きみの前に現れた男はひどかったんだよ」

「よかったわ」とケイティは言う。「KMWPのリーダーに信頼してもらえたかしら？」

「きみが聞きたいのは」望は相変わらず料理を食べずに言う。「AI研究を見限ったダニエル・キュイが、なぜKMWPを立ち上げたのか。どうして僕と組んだのか。どうして研究プロジェクトのリーダーに僕を抜擢したのか。こういうことだろう？」

「それを聞かなくちゃ、この料理は私個人が支払うことになるわ」

「企業秘密《ア・カンパニー・シークレット》についてはノーコメントだし、そしていったい何が秘密なのかについても言わないよ」

「残念ね。でも、ぎりぎりのところまで教えて」

「ああ、すっきりしたな」突然に望はそう言って、背伸びをしてみせる。そして何のことかわからず、眉をひそめるケイティに向かって微笑む。「僕は研究一筋で就職したことがないんでね。一度言ってみたかったんだ。企業秘密」

◀２０２６年９月18日・金曜日
京都暴動発生まで三十八日
京都府・亀岡市
ＫＭＷＰセンター「温室ドーム」

駆けていく。

枝から枝へ飛び移る。

長く垂れる蔓《つる》につかまって、空中を移動する。

巨大な温室ドーム内に作られた人工ジャングルを、いくつもの黒い影が、忍者さながらの身のこなしで動いている。だが忍者は、彼らのような大声では叫ばない。

たった今、響いた声。

それは、〈パントグラント〉と呼ばれるもので、一頭のチンパンジーが別の一頭に屈したときに発せられる降参の合図だ。

序列第一位――ボスのクゥエンボに、序列第三位のトラドリが喧嘩《けんか》を挑み、それをきっかけに複数の争いが起きて、人工ジャングルですごす四十頭からなる群れは、興奮に包まれていたが、騒ぎは終わりつつある。

高さ二〇メートルにも及ぶアブラヤシに登ったチンパンジーが、クゥエンボの勝利を祝うように、葉を揺らして叫んでいる。葉を揺らすしぐさは、どこかサッカーの熱狂的サポーターを思わせる。

真っ黒な毛に覆われた、長い腕と短い足、群れの頭上で湾曲するドームの天窓の彼方《かなた》で、斜めから差す午後の太陽が輝いていた。アフリカでなく、京都の太陽――ＫＭＷＰセンターは京都府亀岡市の牛松山《うしまつやま》の麓《ふもと》にあり、その広大な敷地は緑に囲まれている。豊かな緑は、まもなく美しい赤や黄へと色を変えるだろう。

西日の差すなかで、身長二メートル七センチの黒人スタッフが、人工ジャングルで暮らすチンパンジーの夕食の支度をしている。ぜい肉のない彼の体に、プロバスケットボール選手を思わせる筋肉が躍動している。

アンソニー・セカンワジはウガンダ共和国の出身で、今年で四十五歳になる。彼の前職はウガンダ野生生物局のレンジャーだった。ＡＫ－47ライフルを携《たずさ》えてジャングルをパトロールし、密猟者を取り締まる。密猟者は凶悪で、銃撃戦を何度も経験した。

ブドンゴ森林保護区に配属されたとき、長期野生調査中の鈴木望と出会い――望はまだ二十代半ばだった――彼の見識や能力を目にして、これまでどこか心を許していなかった〈チンパンジー学者〉にはじめて畏敬の念を抱いた。

アンソニー・セカンワジは、家族を残して京都にやってきたのちに、ＫＭＷＰセンターのトップを任された望が最初に協力を要請したのが自分だったと知らされた。世界中の有名な研究者を差し置いて、一番に声がかかったのは光栄だった。

野生チンパンジーの生態を知りつくすもの。それでいて知識に偏《かたよ》りがちな学者以外の人物が、少なくとも二年は施設に常駐する。それが研究に厚みをもたらす。望はそう考え、それにはセカンワジほど適任の男はいなかった。

そんなセカンワジに望への畏敬の念を抱かせたのは、望のすぐれた聴覚と、その聴覚に結びついた方向感覚だった。

ブドンゴ森林保護区でのエコツーリズム――野生チンパンジーの観察体験――をスムーズに実施するためには、とにかくチンパンジーの居場所を特定しておかなくてはならない。その捜索は参加者を連れたガイドには任せられないものだ。ガイド自身もレンジャーなので武装しているが、チンパンジーを探しながら参加者の安全に気を配るのはむずかしい。何よりも、チンパンジーは一箇所にとどまってはくれない。群れは森を移動しつづける。ゼロの状態から群れを追っていけば、参加者は一日ジャングルを歩き回るはめになるだろう。

　過酷すぎるツアーには誰も参加しないから、ガイドに先立って森に入るトラッカー――追跡者――が用意される。トラッカーはレンジャーの誰かが務め、全地球測位システム《GPS》装置などを使ってチンパンジーを探すのだが、こうした機材を持たずにトラッカーに同行する望の方が、群れを先に見つけることがよくあった。

　熱帯雨林のジャングルとは、高さ五〇メートルもの広葉樹がひしめき合って葉を広げる、原始の迷宮だ。自分が迷わないことはもちろん、行動範囲の広いチンパンジーを自力で見つけだすのはとてつもなく困難なミッションだと言える。

　野生調査を終えた望が日本に帰るとき、セカンワジは望にこう言った。「あなたが密猟者じゃなくて、よかったよ」

　温室ドームの人工ジャングルですごす四十頭のチンパンジーの食事管理。湿度と温度管理。ジャングルでのレンジャー経験にもとづく研究者たちへのアドバイス。

　ＫＭＷＰセンターに雇われたセカンワジの仕事は、おおむねこのようなものだった。湿度と温度に関しては、ほとんどコンピュータ制御されているので、食事管理とアドバイスが主になる。

飼育チンパンジーのメインディッシュは固形飼料、つまりビスケットだった。霊長類用に栄養バランスの考えられたビスケットで、平たいもの、棒状、球状といろいろな形があり、いくつかのメーカーが生産している。

セカンワジが望と相談し、群れの反応も見て選んだ霊長類用ビスケットは、日本製が八割、フランス製が二割だった。

食事にはビスケットのほかにバナナが用意される。実験で必要とされる場合に限り、猿の肉も出される。

野生のチンパンジーは小型の猿を捕まえて食べることがある。彼らの狩る〈ブルーモンキー〉や〈コロブス〉の肉は、言うまでもなく日本には売っていない。必要な場合は、書類をそろえてアフリカから冷凍肉を輸入することになる。

セカンワジは人工ジャングルの外側のゲートで、電動カートの荷台に大量のビスケットを積む。大型類人猿四十頭分の食事はおやつを用意するようにはいかない。セカンワジにはカナダ人とチェコ人の助手がいるが、いつも一人で先に作業に取りかかる。筋力トレーニングになるし、ジャングルでの任務に比べればずっと楽だった。

額に汗が浮かぶころ、通路を歩いてくる足音に気づく。助手かと思ったが、現れたのは望だった。

「おやGM《ジーエム》」セカンワジは明るく声をかける。彼はいつも望をGMと呼んでいる。センター長は英語でGeneral Manager――ゼネラル・マネージャーだ。

二人の会話は英語で進む。職員の三分の二が海外出身研究者で占められるKMWPセンター内では、日本語の出番はほとんどない。

「どうしてここへ？」とセカンワジが言う。「今日の仕事はもう終わったんですか」

「いや、もうだって？」望は凝った首をつらそうに回す。「三日も徹夜してるんだぞ」

望は温室ドームに隣接する、正二十面体の外観をしている研究棟――〈オメガ棟〉から出てきたばかりだった。進化遺伝学者のテレンス・ウェードとひたすら遺伝子解析室にこもっていた。KMWPセンターには四つの遺伝子解析室があるが、〈オメガ棟〉の解析室には望とテレンスしか入れない。ほかの研究者が特別扱いの二人を揶揄《やゆ》して「またランデブー《あいびき》だな」と口にするのを、望はすでに受け入れていた。

「毎日何をやってるんです」セカンワジは望が答えないのを承知で訊く。

「少なくともランデブー《あいびき》よりは実のあることだよ、セカン」望はアンソニー・セカンワジを〈セカン〉と呼んでいる。「それに僕も、テレンスも、おたがいタイプじゃないしな。『ロンドンの路地裏で会ってたらおまえを殺しているぞ』って今日言われたよ。いや、昨日かな？　今日は何日なんだ？」

「十八日ですよ」

「何月の？　もしかして十月か？」

「九月ですよ」セカンワジは笑う。

「よかった」望は胸を撫《な》で下ろす。「十月にはここのメディア公開がある。その前に個別のインタビューが山ほど入っているんだ。こんなに取材要請が来るとはね。脳が破裂しそうだな。あとで四階の磁気共鳴装置《MRI》にかけて調べた方がいいかもしれない」

「大変ですね、GMともなると。ブドンゴにいたときはもうちょっと顔色がよかったはずですよ。そうだ、脳検査の前に、彼らと遊んでいったらどうです？　気分転換にもなる」

「それは」望は眉をひそめる。「つまり、手伝えってことじゃないのか？」

霊長類用ビスケットを積んだ電動カートに乗って、二人はゲートを通過し、飼育チンパンジーの居住区域を進んでいった。

全面強化アクリルガラス張りの温室ドーム内の人工ジャングル。

平均温度二八度。平均湿度四一パーセント。

延べ床面積九〇〇〇平方メートルの温室ドームは、京都市内にある府立植物園観覧温室の約一・九倍もの広さがあった。

ゆったりと電動カートを走らせるセカンワジの隣で、望はチンパンジー用のバナナをかじりながら訊いた。「そう言えば、劉《リュウ》はどこに行ったんだ？　〈オメガ棟〉でも見なかったな」

「関西国際空港《KIX》に行ったんですよ」

「空港？　劉に出張の予定なんてあったか？」

「フライトじゃなくて、検疫課に用があって行ったんです。南スーダン共和国からアメリカ軍輸送機に乗った孤児のチンパンジーが着いたんですよ。今ごろ日本側に引き渡されているはずです。ＧＭ、あなたが引き取るといった七歳のオスですよ」

望はしばらく呆然《ぼうぜん》とし、それから笑っているセカンワジを横目に、自分自身にあきれて首を振った。劉が戻る前に思いだせてよかった、と胸を撫で下ろした。さもなくば、「路地裏で会ったら殺してやる」と言ってくる相手は、テレンスだけではなくなってしまう。

空港の検疫課に出かけた劉は、すぐに孤児のチンパンジー——ジュバＣ——を連れて帰ってくるわけではなかった。チンパンジーの国際間の移動には、出発国と到着国で一ヵ月ずつの検疫期間が必要とされる。その間、チンパンジーを検疫舎の外へ連れだすことは違法だ。

南スーダンのUNMISSで一ヵ月の検疫期間を終え、ダニエル・キュイの交渉でアメリカ軍によって運ばれてきたジュバCは、本日より一ヵ月、日本での検疫期間に入ることになる。

しかしジュバCはペットでなく実験動物なので、農林水産省が管理する空港の検疫課でなくとも、KMWPセンター内で検疫を実施することができた。それは法律で許されており、むしろKMWPセンターの方が、農水省の設備をはるかに上回っている。

それでも望があえて〈所外機関〉である関西国際空港の検疫課に調査を依頼したのは、「外国資本《シンガポール》で運営される研究所の閉鎖性」という印象を、行政に持たれたくなかったからだった。京都を本拠地とする以上、役人たちとうまくやっていかなければならない。そしてそれ以上に、大学は善で、民間は悪という科学研究にありがちなレッテルを貼られることを——そういう面は否定できないとよく知っているからこそ——避けるためでもあった。

セカンワジは清潔さが保たれているチンパンジーの水飲み場で、電動カートを停めた。チンパンジーは水を飲みながらビスケットを食べる。電動カートを降りた望は、そびえ立つアブラヤシを見上げて、じっと耳を澄ました。

反響するうなり声。短い叫び。金切り声。

三時の方角でボスのクゥエンボが鳴いた。

二時の方角にいるのはトラドリか。

真正面、十二時の方角にタヴォカがいる。距離は三〇メートル前後だろう。十一時の方角にグエマとクリステル。母親と娘だ。

「徹夜明けでも勘は鈍っていないですか、GM?」セカンワジが愉快そうに訊く。

「そう願いたいよ」望は肩をすくめる。「ジャングルに戻れる資格はまだある、とね」

「夕食は、私が呼びますか？　それとも――」

「ひさしぶりだから、僕が呼ぶよ」

「任せます。でもそのレインハットは脱いでください。また持っていかれます」

セカンワジの言うとおり、これまで望はいくつものレインハットをチンパンジーに献上し、樹上で引き裂かれるたびに同じサンドカラーのものを買っていた。

レインハットを脱いだ望は、人工ジャングルのなかで叫んだ。

——フゥホォ、フゥホォ、フゥウウ——ホワァアアッ——

はじめは静かな音で、しだいに大きくなっていき、最後に絶叫を放って終わる。〈長距離音声《パントフート》〉と呼ばれる、チンパンジーに固有の叫び声。この声で、彼らは深い森の奥に散らばっている仲間に呼びかけ、姿の見えないおたがいの居場所を確かめる。地形にも左右されるが、研究者たちの調査の結果、長距離音声《パントフート》は最大で二キロ先にまで届くと見られていた。

——フゥホォ、フゥホォ、フゥウウ——ホワァアアッ——

望の呼びかけに応じて、木々の向こうから長距離音声《パントフート》が響く。
やがて、チンパンジーたちがぞろぞろと現れ、望とセカンワジのそばに集まってくる。
彼らの歩行の基本は、ナックルウォークだ。ゴリラと同じように、両手の指関節を折り曲げて、拳を地面につけて進む。

あるものは野犬のようにすばやく走り、あるものは風に吹かれる回転草《タンブルウイード》のようにユーモラスに前転したりしながら、彼らはやってきた。

序列第一位のクゥエンボが、望とセカンワジに挨拶に来る。

年齢は三十歳を超えている。人間で言えば初老をすぎた域にあるが筋肉に包まれた体は衰えを知らない。

体長九七センチ。

体重八八キロ。

二本の足で立てば、頭の高さは一メートルを超える。

クゥエンボはひさしぶりに出会った望の周りを、短い叫びを発しながら駆け回った。それから堂々としたナックルウォークで急に近づくと左腕を伸ばした。

差しだされた長く黒い指に、望は自分の指で触れた。

すると、クゥエンボがぐっと身を寄せてきた。

一八四センチの望は膝を曲げて、クゥエンボと額をつき合わせ、こうして二人のボスはおたがいに再会を喜び合った。

クゥエンボと人間の挨拶が終わると、にぎやかな食事がはじまる。

ビスケットを口に詰めこみ、望の首にしがみつく。セカンワジの肩にぶら下がる。

ホースから掌《てのひら》に移した水を望にかけてくる。

力強く、しなやかで、繊細さのなかにユーモアをそなえたチンパンジー。みんな望のことが好きだった。

だが、研究者である望と本当の意味で親しいチンパンジーは、人工ジャングルに一頭も存在しなかった。彼らの居住区域は温室ドームの外の研究棟だった。研究棟――正二十面体の外観をしたその建物は、ＫＭＷＰセンターの敷地に二つ作られている。〈アルファ棟〉と〈オメガ棟〉。

NSS分析用データ（京都市・右京区・嵯峨広沢《さがひろさわ》アジア文化学園・学園内監視カメラ映像）
Monday, October 26, 2026 at 4：05 a.m.
〔暴動発生第一日目〕

一人の夜勤警備員が、懐中電灯を手に学園の敷地を歩いている。「猿のような影」が監視カメラに映ったのは二分前だ。未明の学園に学生はいない。

警備員は南側の〈朱雀館《すざく》〉へ向かい、その付近で猿を発見し、すぐに待機中の同僚に無線で伝える。その様子はモニタに映っている。同僚二名を加えて、警備員は三人で学園内にまぎれこんだ猿を追いかける。〈彫刻ひろば〉を抜ける。〈記念校舎〉に走っていく映像。〈事務局〉の東側の壁で彼らは猿を追いつめ、懐中電灯で照らす。

暗闇に浮かび上がるのは猿ではなくチンパンジーの姿だ。強い光を浴びせられ、チンパンジーは歯をむきだして威嚇《いかく》している。

つぎの瞬間、三人の警備員は懐中電灯を放り捨て、頭を抱えて苦しみだす。二〇秒ほどのち、彼らは転がった懐中電灯の光の交差のなかで、たがいに格闘をはじめる。チンパンジーのことは眼中にない模様だ。三人は激しくもつれ合いながら、事務局の壁の方へ移っていき、一人が相手を突き倒し、残る一人を事務局の窓ガラスに叩《たた》きつける。割れたガラスで首を切った方が倒れ、その顔面を別の警備員が足で踏みつける。

するともう一人の警備員が襲いかかり、抱きすくめるように組みついて、頭突きを加える。頭というよりも、顔面それ自体を打ちつけている。まるで痙攣《けいれん》しているような動作だ。

彼は自分の額や鼻が裂けても、攻撃をやめない。

◀2021年3月11日・木曜日
京都暴動発生まで五年
京都市・中京区
ダニエル・キュイと鈴木望（1）

熱帯雨林のジャングルが雨季に入る三月、望は十一ヵ月にわたったウガンダ共和国──ブドンゴ森林保護区でのチンパンジー野生調査を終えて、京都に帰ってきた。二十六歳の春だった。

大学で霊長類研究をつづけるためのデータは潤沢なまでにそろっていたが、一方で望のなかには虚《むな》しさもあった。

自分の書いた学術論文が、まったく話題になっていない──

それは卒業論文や博士論文ではなく、大学院で博士号を得た直後──アフリカへ野生調査に渡る直前──にいっきに書き上げたもので、五大科学誌の一つ『インターセクション』の論文部門に受理され、全文が掲載された。にもかかわらず何の音沙汰《おとさた》もない。ブドンゴ森林保護区で会った同年代の研究者にも尋ねてみたが、誰も知らなかった。

『インターセクション』に載った論文は一年後にインターネットで無料公開されるので、あとはその反響を待つしかない。そう思ってはいたが、それが希望的観測にすぎないのもわかっていた。

誌面掲載時に反響のないものが、その後注目されることは少ないからだ。

論文について考えれば考えるほど、望は落胆していった。欲しいのは〈霊長類研究者・鈴木望〉への評価そのものではなく、みずからが求める研究のできる環境作りであって、だがそのためには結局、〈霊長類研究者・鈴木望〉への評価が不可欠だった。注目がなければ予算も出ない。

アフリカから京都に戻った望は、大学の先輩に昼食に呼ばれて出かけた。彼は霊長類研究者ではなかった。細菌学が専門で博士号も取っていたが、研究員として大学に残らず、熱帯魚専門店で観賞用の水草を育てる仕事をしていた。

一年振りに再会する二人は、伏見《ふしみ》区の食堂でおばんざいをつまみながらビールを飲んだ。

別の席には子連れの観光客がいて、二人がちりめん山椒《さんしょう》と冷奴《ひややっこ》を味わっているあいだ、ベビーカーのなかで赤ん坊が泣きどおしだった。まだ一歳かそこらだ。見た目では性別もわからない。食堂にはBGMもなく、ただ泣き声だけが響く。

「——人間の赤ん坊が、なぜいきなり泣きだすのか——」と望は言った。「その理由を知っていますか？」

「いろいろと気にくわないんだろ」先輩はそう答えた。「それにしたってうるせえな」

「本当はわかっていないんです。突然泣く理由はね」と望は言った。「それでいて、聞いてのとおり、この爆発的な泣き声です」

「親だけでなく、科学者にも理由がわからないってわけか」

「とくに夜泣きは進化上の謎です。たとえばチンパンジーの赤ん坊は絶対に夜泣きしません」

「そうなのか？　なぜだろうな」

「人間とちがって母親がずっとそばにいるから、と言われています。子育てのあいだ、二十四時間抱かれていますので」

「なるほど」先輩は冷奴の角を箸で削り取った。「じゃあ人間の赤ん坊は母親が近くにはいないから、呼ぶために泣くのか」

「とりあえず、そう言われています。でも本当にそうでしょうか？　見てください。

あのベビーカーの赤ん坊は抱かれてこそいませんが、母親を認識しています。なぜあんなに泣く必要があるのでしょう？　考えてみれば奇妙ですよ」

望の先輩は箸を置く。「いいこと教えてやるよ。昔、『胎児の夢』っていう考えを持った小説家がいたんだ。彼によれば、胎児は母親の胎内にいるとき、原始時代から現在までに至る天変地異、進化上の闘争、仲間同士の血なまぐさい殺戮《さつりく》、そんな状景を映画のように見つづけている。おかげで生まれたばかりの赤ん坊は、その強烈な悪夢を覚えていて、ああいう風にベビーカーで眠っていたのが、突然泣きだすのさ」

「おもしろいですね」と望は言う。「動物学者エルンスト・ヘッケルのようなアイデアです。あながち、的外れとも言えませんよ」

そのとき、望の衛星携帯電話が鳴った。メールや写真の機能はないが、京都の山奥やアフリカ全域でも通じる。ウガンダ行きの前に購入したものだった。

望が眉をひそめながら、英語で話すのを聞いていた先輩は、笑ってこう冷やかした。「どうしたんだよ？　野生調査で出会ったガールフレンドがここまで追いかけてきたのか？」

望は笑わなかった。煮物の鉢《はち》をゆっくりと引き寄せ、低い声で告げた。「先輩、ダニエル・キュイって知ってますか？　今から会えるかって訊かれたんです」

「ダニエル・キュイ？」先輩の顔色が変わった。「――あの、ダニエル・キュイか？――」

「誰かに担がれてるのかな」と望は言った。「おれ、日本に帰ってきたばかりですから」

ダニエル・キュイ――Daniel Cui――

シンガポール人。

北米ビジネス誌が選ぶ〈世界で最も影響力のある１００人〉に名を連ねるＡＩの研究者、開発者。

巨額の資産を有するＩＴ企業の最高経営責任者《CEO》。

彼の名声はまさしく地球規模で、〈アジアのレオナルド・ダ・ヴィンチ〉とメディアに讃えられ、開発したＡＩ用言語プログラム〈グランド・ユニフィケーション《大いなる統一化》〉は、信仰心に近いほどの熱狂的な支持を得ている。大きな成果を残したＡＩ分野から謎の撤退をした現在も、彼の復帰を求める声はやまない。

レインハットをかぶって、アディダスのジャージにジーンズ姿の望は、約束どおりに中京区の〈スターバックス〉にやってきた。先輩と昼から飲んでいたが、酔ってはいなかった。

いったい誰にだまされたのかと思いながら、店のドアを開けようとすると、目の前に黒いリムジンが停まり、男が一人降りてきた。

それは本物のダニエル・キュイだった。

三十七歳。ネクタイなしのジャケット姿で、褐色の顔に大きな目を輝かせていた。

「突然呼びだしてすまなかった」とダニエル・キュイは言った。彼の英語には、シンガポールで使われるマレー語の発音が残っている。「どうしてもきみに会ってみたくてね」

ハリウッド俳優ならまだしも、〈世界で最も影響力のある100人〉の顔を覚えている客はいないようだった。

大物に漂うただならぬ気配で多少の注目を集めつつも、ダニエル・キュイは誰にも気づかれることなく望と握手を交わし、みずからカウンターに行って、数百億ドルの資産をコントロールするその手でポケットから日本円の小銭を取りだすと、コーヒーを二杯買った。クレジット・カードを使わないのは、ＩＴ企業のＣＥＯならではの判断で、個人情報がビッグデータ化される仕組みを理解している側の人間だからこそだった。

目の前に本人が座っても、望はまだ信じられなかった。ダニエル・キュイがおれにスタバでコーヒーをおごっている？　呆然としつつ、望は考えた。そっくりさんじゃないだろうか。だとしたら、ずいぶん大がかりなジョークだ。リムジンのレンタル料だってばかにならない。――海外のテレビ番組がおれを引っかけているのか？

自社製の腕時計型ウェアラブルを見たダニエル・キュイは、伊丹《いたみ》空港にプライベート・ジェットを駐機させていて、整備が終わりしだい、香港《ホンコン》に発《た》つと語った。

「日本にはいつ？」と望は訊いた。

「さっきだ」とダニエル・キュイは答えた。「きみに電話したころかな」

「どこで僕の番号を？」

「驚かせて悪かったね。進化人類学者のホルガーに教えてもらったんだ」

「――ホルガー――ホルガー・バッハシュタイン？」

「ああ」とダニエル・キュイは言った。

望はホルガー・バッハシュタインと一度だけ会ったことがある。彼もまた、ウガンダ共和国のブドンゴ森林保護区にチンパンジー野生調査に来ていた。ドイツ人で、

〈リンデマン進化人類学研究所〉の研究員だった。髭をたくわえた屈強な金髪男。護身用に空手を習得していた。

「ホルガーとは、入れちがいだったんです」望はコーヒーを飲んだ。「僕がブドンゴで荷ほどきをしていると、ホルガーは荷造りをはじめました。宿舎の夕食でいっしょにマトケ——青バナナに似た果物の煮こみ——を食べて、野生調査の学者の慣例で連絡先を交換し、翌朝彼は南アフリカ共和国に旅立っていきました」

「ヨハネスバーグで、古人類の化石発掘プロジェクトに参加するため——だろう？」

「そうです。よくご存知ですね」

「出資したのは私だからね」

「それは知らなかった」と望は言った。「——なるほど——それでは、なぜ僕を呼んだんです？　あなたが最近まで関わったＡＩのことは何もわかりませんし、霊長類学の分野でもヒエラルキーの下層にいるものです。もしかして人ちがいではありませんか？」

「『インターセクション』に載ったきみの学術論文を読んだよ」ダニエル・キュイはコーヒーを飲みながら言った。「タイトルは〈ミラリング・エイプ〉だった」

「あれを？」望は驚きを隠せなかった。

「ホルガーに読むようにすすめられたのさ」

「――そうですか――」

「彼はこう言ったよ。『おれにはまだ理解できないが、あんたなら興味を持つんじゃないかと思ってね』、と。じっさいそのとおりになった。だから私はここにいる」

望はだまって紙コップを見つめ、そして考えた。

世界に轟《とどろ》いたダニエル・キュイの名声も、彼の作ったカウンセリング用ＡＩが社会に与えた衝撃も知っている。だが、その彼がなぜＡＩ研究を見限ったのかについては、多くの人々と同じように知るよしもなかった。

話すＡＩ。

応答のレベルを超越した、完璧な会話。言葉の力によって、人間を暗闇から救いだせるほどの。

「あなたの歩んでいた道は」と望はダニエル・キュイに向かって言う。「人類だけが持つ〈言語〉の謎に迫る偉大な旅《オデッセイ》でした。どうして旅の途中で船を降りたんです？」

「旅《オデッセイ》と呼んでくれるのはうれしいね」褐色の顔がほころんだ。「人によっては『ダニエルの不思議な旅《ダニエルズ・マジカル・ジャーニー》』と皮肉を言うものもいる。彼らはコンピュータが真の言語を持つはずがないと信じていて、私のＡＩ分野からの撤退を、手を叩いて喜んでいる。彼ら自体には何の魅力も、能力もないが――」

「認めたんですか、彼らの言い分を？」と望は訊く。「ＡＩは真の言語、意識を持たない、と？」

「少なくとも私は――」ダニエル・キュイは静かに答える。「謎を解く旅《オデッセイ》をあきらめてはいない。別の道を探しているんだ。その過程で、コ、ン、ピ、ュ、ー、タだけを相手にしているようでは、永遠に謎が解けないと感じたのさ。今のところはね」

「――別の道――」

「それが基本に立ち戻って、人類がどうやって言語を獲得したのかを調べることだ。頭蓋骨の形状、脳の容積、進化の分析、つまり古人類の化石調査だった」

「少しずつ話がわかってきましたよ」と望は言う。

「少しずつどころか、全部わかったんじゃないのか？」

「人類の進化を調べるには、われわれ以前の古人類を調べる必要があります」望はコーヒーを飲んで言う。「けれども、人類《ホモ・サピエンス》以外の人間はなぜか地球上から絶滅している。ゆえに化石を相手にするしかない。――ですが、人類の謎を解くには、シリコンチップや化石を相手にするだけでは不十分なんです。目には目を。歯には歯を。生命には生命を。古代の人間が死に絶えている以上、われわれは人類にもっとも近い大型類人猿を研究するほかはない――」

「一周遅れで」ダニエル・キュイは笑った。「私の方がやっときみの領域に追いついたのさ」

「言っておきますが」と望は告げる。「僕は類人猿の遺伝子操作や、突然変異には興味がありません。ただ進化の過程で何が起きてわれわれが生まれたのかを知りたいだけです」

「私も同じ考えだ」とダニエル・キュイは言う。「一部の科学者が取り組んでいるような『類人猿の言語習得』も可能だとは思っていない。それは『ＡＩに自我が芽生える』のと同じくらい、あり得ない話だ。そういう挑戦への失敗は、すでにとおってきた道なのでね。順番が逆なんだ。われわれができることをＡＩや類人猿に教えたところで、進化の謎を解くことにはならない。だから――」

「何がわれわれに言語を、意識を獲得させたのかをまず知ることが、究極的なＡＩにつながる、ということですか」

「これはまさに旅《オデッセイ》なんだよ。そして航行するその船には、〈ミラリング・エイプ〉という学術論文を書いた鈴木望という人物が欠かせないと私は思っている。――どうだろう？　大学を辞めて、私と組まないか？」

◀２０２６年10月23日・金曜日
京都暴動発生まで三日
京都市・下京区
ケイティ・メレンデスの孤独な夜（１）

満月に近づいた月を眺めながら、ケイティは二つの巨大な仏教寺院に挟まれた道を、南に向かって歩いている。

右側に西本願寺。

左側に東本願寺。

アメリカ合衆国の建国より前に建造された二つの寺は、空から見下ろせば、まるで鏡像のように月明かりの下で向き合っていることだろう。

ケイティは暗がりでガイドブックを読む。

西本願寺は浄土真宗本願寺派の本山で、将軍豊臣秀吉《とよとみひでよし》の寄進により建造された。

東本願寺。浄土真宗大谷《おおたに》派の本山。先の豊臣秀吉を倒した将軍徳川家康《とくがわいえやす》の寄進により建造された。

ケイティは仏教の歴史には詳しくないが、ガイドブックを読んだ印象だと、寺の形を借りた二人の将軍が都《みやこ》で対峙しているように感じられる。両者のあいだを歩くケイティは、夕方までつづいたインタビューで望が言ったことを思いだす。

――寺院には左右一対の仁王がいる。神社には左右一対の狛犬がいる。それと同じようにね、ケイティ、京都の霊長類研究も二つの頂で形成することができたらすばらしい、と思ったんだ――

右と左。

西と東。

二つの頂《いただき》。

この京都は、対称性《シンメトリー》を好む都市だ。まるですべてを鏡映しにするように。

歩きながら、ケイティはさらに考える。

京都大学霊長類研究所とKMWPセンターの対称性《シンメトリー》。

この両者は西本願寺と東本願寺がそうであるように、テーマは同じでも寄進者がちがう。前者は日本の国立大学の一部だが、後者のKMWPセンターは施設こそ京都府にあるものの、寄進したのはシンガポール人のダニエル・キュイだ。

新たな将軍であるダニエル・キュイと望が交わした会話の内容を、ケイティはもっと詳しく聞きたかった。スターバックスに突然呼びだされたエピソードを望は語ってくれたが、話の中身はあれだけのはずがない。

望の言うとおり、〈ミラリング・エイプ〉という論文がダニエル・キュイに与えた影響は大きかったのだろう。ケイティもその論文を読もうとしたことがあるが、インターネットの無料公開欄からは削除されていた。メジャー科学雑誌『インターセクション』のバックナンバーを購入しようとしても、手に入らない。図書館にもない。

ＫＭＷＰセンターが意図的に人目につかないようにしているのか、そうケイティは望に訊いたが、望は否定した。とすれば論文を世間から消したのはダニエル・キュイの判断ということになる。

その可能性について、望は何も答えなかった。そして〈ミラリング・エイプ〉という論文に何を書いたのかも教えてくれなかった。

結局のところ、望が話してくれたのは、たったこれだけだ。

〈ミラリング・エイプ〉という論文がダニエル・キュイとの接点になった――

ＫＭＷＰは大学ではない。ひとつの企業体の傘下にある組織で、企業秘密《カンパニー・シークレット》を持つのは当然だ。

とにかくケイティとしては、ダニエル・キュイが巨額の資金を投じて霊長類研究プロジェクトを開始した背景を、サイエンス・ライターとしてぜひつかみたかった。

手首につけた使い古しのアップルウォッチで時間をたしかめた。午後九時を回っている。望のインタビューを終えて、あちこち観光して歩きすぎたようだ。

明日は京都駅から電車に乗って、亀岡市に向かう予定だった。

二〇二四年、二年前に亀岡市に建造された霊長類研究施設、ＫＭＷＰセンターの内部がはじめてメディアに公開される日だ。


七条通《しちじょうどおり》のホテルのシングルルームで、ケイティはコンビニエンスストアで買ったおでんを食べた。じゃがいもと大根はポトフに似ておいしかったが、こんにゃくは味のないスライムで、同じく味のないスライムがヌードル状になり、さらにスニーカーのひものように結ばれた糸こんにゃくに至っては、Ｈ・Ｇ・ウェルズの『宇宙戦争』に出てくる火星人さながらの不気味さだった。

ケイティは、糸こんにゃくが空から大挙して、京都タワーに襲いかかるイメージを心に浮かべた。

心──

インタビューを終えて料亭で別れるときに、車の前までパパラッチのようにしつこく食い下がった自分に向かって、望が答えた言葉を思いだした。シールレコーダーはもう切っていた。

あのとき私は、とケイティは思った。ダニエル・キュイがAI研究から撤退した理由をもう少し詳しく聞かせて、と頼んだのだ。本来はダニエル・キュイに聞くべき質問だと承知しながら。でも彼を無名のサイエンス・ライターが捕まえることはできない。

「そりゃ僕も訊いたよ」と望は肩をすくめた。「どうして、あのすばらしいカウンセリング用AI〈ルイ〉の権利を売却したんですかってね。答えは単純だったよ。ダニエルはこう言った。**それは論理《ロジック》ではあるが心《マインド》ではない**」

◀２０２１年３月11日・木曜日
京都暴動発生まで五年
京都市・中京区
ダニエル・キュイと鈴木望（２）

突然呼びだされたスターバックスで、鈴木望はダニエル・キュイと話しつづけた。

「私の父は厳しくてね」とダニエル・キュイは言う。「誕生日でもないのにいろんな〈レゴ〉を買ってくれるのはいいんだが、箱を見るのも、触れるのも許さなかった」

「レゴって、あのブロックの玩具《おもちゃ》ですか？」と望は訊く。

「ああ」

「箱を見るのも、触れるのも許さないとは、どういうことです？」

「箱から出したばらばらのブロックを前にして、私はそれがひとつにまとまった完成図を描かなくてはならなかったんだよ。触れずに頭のなかで組み立てるんだ。箱には完成写真があるだろう？　あれを見ないでやるのさ。むずかしいものだよ。想像図じゃない、完成図だ。建築家がクライアントに見せるような。完成図が描けるようになると、つぎはパソコンを使ったプログラムで再現するように要求された。どちらも十歳になる前の話だ」

「すごい教育ですね。でもおかげで、右脳と左脳が鍛《きた》えられる」

「そのとおり。数学的な抽象思考がイメージ力とともに鍛え上げられ、見えている現実に対して、私ならではの視点でアクセスができるようになった」

「全体は部分から成り、部分は全体から成る。小さな哲学者が誕生したわけですね」

「建築家だった父の目的は、私を同じ建築家にすることだったから、結局のところ、彼の教育は失敗したんだよ。とはいえ、完全な失敗でもなく、まあまあ成功したくらいは言えるんじゃないかな。カーネギーメロン大学《CMU》を出て、ＡＩを作り、売り、権利はもう売却したが、アメリカに本社を置いたときには現在の五倍の資産もあったしね」

「今だってじゅうぶんに億万長者ですよ」望は軽く両手を広げた。「どうして、あのすばらしいカウンセリング用ＡＩ〈ルイ〉の権利を売却したんですか？」

ダニエル・キュイは淡々と答えた。「答えは単純だ。それは論理《ロジック》ではあるが心《マインド》ではない」

「――心《マインド》――」

「それを思いださせてくれたのは」ダニエル・キュイはスターバックスの紙コップを指で弾いた。「皮肉にも、子どものころに向き合ったレゴだった」

「レゴが？」

「〈ルイ〉の世界的なプロモーションがひとまず終わって、私はシンガポールの生家に帰った。父が病気で寝ていたからね。そのとき、私は組み立てられずに箱に収まっているたくさんのレゴを見つけた。まだこんなにたくさんあったのか、と自分でも驚いたよ。ちょっとしたショップが持てるほどの箱の数だった。そして私は、かつては図面やプログラムで完成させることしか許されなかったレゴを、『ちょっと手で作ってみよう』と思ったんだ。その瞬間に、グラスを落として割ったような感覚に襲われて、私は振りだしに戻ったのさ」

「――どういうことです？――」

「単純すぎる話でね。ＡＩはレゴの完成図だろうと、透視図《パース》だろうと完璧に描ける。ロボットアームを使って、すばやく組み立てることもできるだろう。だが『今日はレゴで遊んでみよう』とは絶対に思わない。そうプログラムされていない限り」

「自由意志がない、と？」

「われわれ人間の意志にはたして〈自由〉があるかは別としてだよ、たとえばレゴでなくてもいい、きみの国のボードゲーム〈将棋〉で考えてみろ。今じゃどんな名人もＡＩには敵《かな》わない。論理や戦略において、ＡＩは完全無欠に近づきつつある。でもこの国では、公園に老人たちが集まって、将棋を指しているんだろう？　老人たちはいろんな理由でやってきたはずだ。天気がいいから。友人がいるから。ただ何となく。そして、あれこれおしゃべりをしながら、ゲームを楽しむ。しかし、ＡＩはそんなことはしない。『天気がいいから公園で将棋を指そう』なんて思わないんだよ。もしあるとしたら、意志に見せかけたプログラムが働いているだけさ。重要なのは、対象が将棋にしろ、レゴにしろ、ＡＩには基本的にわけがわかっていないという点なんだ」

「――基本的にわけがわかっていない――」

「私が学生時代に読んだ名著、『言語を生みだす本能』の一節さ。心理学者スティーブン・ピンカーは、その著書のなかで〈手話を学んだチンパンジー〉に会いに出かけ、そしてじっさいに会った印象をこう記している。『語彙、音韻、語形態、統語などをすべて棚上げにしたとしても、チンパンジーの手話を見てもっとも印象に残るのは、彼らがとにかく基本的なところで〈わかっていない〉ということである。手話をすれば訓練者が喜ぶことや、手話を通じてほしいものが手に入る場合が多いことは知っているが、言語とはなにか、どうやって使うものかということを一度も実感として理解していないのだ』、と」

ふいに望は、自分もその著書を知っていることを思いだした。発表当時、有名な心理学者の痛烈な〈チンパンジーの言語習得〉への批判は、霊長類研究に内外から激震を与えたのだ。予算を湯水のように使って、まったく無意味なことをしている。それが大型類人猿の認知研究ではないのか？

「驚いたよ」ダニエル・キュイは苦笑した。「私がＡＩに抱いていた不満を鏡に映したような考えが、チンパンジーについて書いてあったんだから。『一度も実感として理解していない』とか、そういう文章もとくにね」

「ピンカーが書いたのは」と望は言う。「言語をメインとした大型類人猿研究自体へのネガティブな見方で、容赦のない否定でした。彼に深く共感したあなたが、よくこの分野に興味を持ちましたね」

「ネガティブな面での見解が一致しているというのは」ダニエル・キュイはまた紙コップを弾いた。「すなわち、問題の本質も非常によく似ているということだ。ＡＩ研究者もチンパンジー研究者も、人類の心を探るという旅《オデッセイ》のなかで、同じ壁にぶつかっている。だが両者には決定的なちがいもある。わかるだろう？」

「――物質と生命――」と望は告げる。「コンピュータはケイ素《シリコン》でできた物質で、チンパンジーはＤＮＡの遺伝情報を持つ生きものだから、謎を解くには後者の方に可能性がある――ということですね？――あなたと僕は同じ旅《オデッセイ》の途上にいると――」

◀2001年7月30日・月曜日
京都暴動発生まで二十五年
イスラエル領空
旅客機内ファーストクラス

一九八四年にシンガポールで生まれたダニエル・キュイは、シンガポール人の父親とインド人の母親に育てられ、父親は建築家、母親は大学で教える数学者だった。

一人っ子のダニエルの遊び相手は、ごく普通の子どもたちと同じ、〈レゴ〉のブロックだった。ばらばらのブロックを手でつかんで、ある形へと作っていくプロセスは〈ティンカリング〉と呼ばれ、柔軟な知性を発達させるとして、教育分野で重要視されている。

だが、ダニエルのレゴ遊びは普通ではなかった。

父親に箱を見ることも、手で組み立てることも禁じられ、ブロックをテーブルに散乱させたまま、それらが一つの形にまとまったときの姿を正しく描くことを求められた。

何を言われているのかさえ理解できない一歳のころから訓練がはじまり、五歳のときには建築家志望の学生も顔負けの美しい透視図《パース》が描けるようになっていた。ダニエルは、まだ構想段階でしかなかったシンガポールの超高層ホテルの設計に関わっていた父親から、部外秘の図面をこっそり見せてもらい、完成像をイメージしてすごした。その秘密の図面が〈マリーナベイ・サンズ〉のものだったと知るのは、ずっとあとのことだった。

透視図を覚えたダニエルがつぎに教わったのは、プログラミング言語だった。ここでもレゴが登場して、ダニエルはブロックを積み重ねて作るはずの車や店や消防署を、いっさい触れずにコンピュータのなかで完成させた。

中学生になったとき、ダニエルのプログラミング能力は本業は建築家でしかない父親を凌駕《りょうが》していたが、一方で大きな問題も起きていた。

ダニエルには感情の起伏がほとんどなかった。幼児期のごく限られた月日をのぞけば、彼が喜ぶ姿や泣く姿を誰も見たことがない。

ダニエルの母親は夫を責めた。「ブロックに触れさせずに透視図やプログラミングばかりやらせたせいで、この子は感情を失った」、と。

息子の教育方針をめぐる口論は毎晩続き、ついに母親がシンガポールの高級住宅を去って、翌月二人は正式に離婚した。

父親に引き取られたダニエルは、相変わらず感情の起伏のない少年だった。彼に転機が訪れたのは十七歳のときだ。高校の夏休み、エルサレムに新築される美術館のプロジェクトに関わっていた父親に連れられて海を渡った。ベン・グリオン国際空港に向かう機内のファーストクラスで、ダニエルは映画を見て時間をつぶした。機内には新作映画だけでなく、過去の名作ライブラリーのデータもあった。

そこでダニエルは『２００１年宇宙の旅』を選んだ。〈ＳＦ映画の金字塔〉と銘打たれてはいるものの、ダニエルにとってはレトロな遺物でしかないその作品を選んだのは、たまたまその年が２００１年だったからだ。

フライト中の暇つぶしのつもりが、見終わるころには思いがけないことが起きていた。

十七歳のダニエルは、涙を流していた。

激しく嗚咽《おえつ》して、苦しげに咳《せ》きこんだ。

驚いた父親がパニックになり、備え付けの酸素マスクを取りだし、息子に無理やりに着けさせようとして、フライトアテンダントを呼び止めて医師の搭乗を確認させたほどだった。それくらいにダニエルが泣くというのは、あり得ないできごとだったのだ。

ダニエルの心を揺さぶったのは、ディスカバリー号の支配権をめぐって船内で繰り広げられる、デイビッド・ボーマン船長とAI〈HAL9000〉の命懸けの争いのシーンだった。

一度は宇宙空間に締めだされたボーマン船長は、身を危険にさらして船内に突入する。そして仲間をすべて殺した〈HAL9000〉の心臓部をめざし、AIの魂《たましい》とも言えるディスクを少しずつ引き抜いていく。

アナログ写真を現像するような、真っ赤な光に照らされる薄暗いブース。

自身のプログラムを解除され、確実に死へと追いやられるなか、〈HAL9000〉はメロディを口ずさむ。

自分を作ってくれたチャンドラー博士が最初に教えてくれた歌――デイジー――デイジー――

血の色に染まったブースに響くAIの歌声を耳にしているうちに、いつしかダニエルの目に涙があふれていた。涙を止めることができなかった。

『2001年宇宙の旅』のなかで、ダニエルにとってもっとも重要だったのが、ヒトザルでも、モノリスでも、デイビッド・ボーマン船長でもなく、ＡＩの〈ＨＡＬ９０００〉コンピュータだった。ダニエルは乗組員殺しの〈ＨＡＬ９０００〉とみずからを重ね合わせた。学校で同級生たちに「機械」「アンドロイド」と呼ばれ、敬遠される自分自身を。それでも機械にも哀しみはあるのだ。論理《ロジック》しか持たないものの哀しみ――デイジー――デイジー――

親子の乗った機がベン・グリオン国際空港に近づき、すべての電子機器の使用が禁じられた時間帯、ダニエルはフライトアテンダントに頼んで紙とペンを用意してもらった。

そして『２００１年宇宙の旅』を監督したスタンリー・キューブリックが二年前に死去しているのも知らず、熱烈な手紙を書いた。誰かに手紙を書いたことなどなかった。

「あなたの撮った映画には、永遠に滅びない何かが刻まれていました。モノリスの正体は、僕にはわかりません。それはミスター・キューブリック、あなたも同じなのでしょう。僕にとって大事なのはつぎのことです。すでにたくさんの科学者が、僕と同じことをあなたに言ったかもしれません。ですが、僕は約束します。〈ＨＡＬ９００0〉のような高みに並ぶＡＩを、僕はきっと実現させてみせます。ただし映画では哀しい結末でしたので、現実の場合はもっと明るいエピソードを描くつもりです」

◀２０２６年10月23日・金曜日
京都暴動発生まで三日
京都市・下京区
ケイティ・メレンデスの孤独な夜（２）

何となくテレビでゴルフの試合を見ているうちに、ホテルのシングルルームのデジタル時計が午後十一時半になった。

ケイティは二階の大浴場がまだ開いているのを思いだした。午前零時まで使える。もちろん部屋にはシャワールームもある。どうしようかと迷っているうちに、画面のなかでロングパットが決まった。

彼女はテレビを消した。行ってみようかな、と思った。日本の〈温泉〉――

ケイティはホテルの英文パンフレットを広げる。

プールのように広い浴槽の写真、鏡の前に整然と並べられた椅子と洗面器、タイルに描かれた壁画。説明にこう書いてある。

「当ホテルの大浴場は地下より汲《く》み上げた天然温水を使用した温泉です」

備品の浴衣《ゆかた》で行こうと、着ていた服を脱ぎだしたケイティは、ブラジャーにかけた手をふいに止めた。そして、もう一度英文ガイドを読む。

「ご利用の際は備品のタオルをお持ちください。なお、タトゥーのある方のご入浴はお断りしています」

タトゥーのある方はお断り。

ケイティはじっと説明書きを見つめた。日本でタトゥーは歓迎されないとは聞いていた。それはイレズミと呼ばれ、古くからマフィアのしるしとされている。ほとんどの大浴場や天然温泉では皮膚に墨《すみ》を入れた人間は立入禁止なので、六年前の東京オリンピックのときにもいろいろと騒がれた。

だが手軽な解決策はある。海外旅行者の多くはタトゥーをテーピングで隠して湯船に浸かっている。まるで激戦を終えたばかりのアスリートのような姿で。

怪我《けが》をしたときのために、テープがあったはずだ。ケイティはそう思って、バックパックのなかを探った。しばらくしてベージュ色のテープを見つけ、ブラジャーを外し、ロール状に巻かれたテープを伸ばしかけたところで、また手を止めた。

テーピングを施して胸のタトゥーを隠し、大浴場の鏡に映っている自分の姿が目に浮かんだ。

タトゥーを隠す。それでいいのだろうか？

問題は、裸になっているのに、それが鏡に映らないことだ。

なぜなら裸になって鏡に映すために、そのタトゥーを彫ったからだ。それは自分が生きるために下した決断の証《あかし》だった。

大浴場をあきらめたケイティは静かにブラジャーを外し、一人きりのシャワールームに入って栓《せん》をひねった。

シャワーヘッドからバスタブに落ちる湯の音を聞きながら、ケイティは髪を洗った。

白い湯気に包まれる彼女の左胸、鎖骨の真下から乳房にかけて、タトゥーが彫られている。四行のスペイン語で、左右が反転した鏡文字だった。

Si está vivo quien te vió,
toda tu historia es mentira;
pues si no murió, te ignora:
y si murió, no lo afirma.

シャワールームの曇った鏡のなかのケイティの裸には、正しい向きの文字が映っている。

Si está vivo quien te vió,
toda tu historia es mentira;
pues si no murió, te ignora:
y si murió, no lo afirma.

それは母親のテレサが口ずさんでいた、とても短い歌だ。

ケイティは湯気のなかで赤毛の髪を洗いながら、自分でも知らないうちに小声で繰り返しうたっている。――シエスタヴィヴォキエンテヴィオ――トダトゥイストリアエスメンティーラ――プエスシノムリオ――テイフノーラ――イシムリオノロアフィールマ――シエスタヴィヴォキエンテヴィオ――

◀２０１７年７月16日・日曜日
京都暴動発生まで九年
ペンシルベニア州・ピッツバーグ・サウスオークランド
ケイティの知らないスペイン語（１）

カーネギー美術館の彫刻の間《ホール・オブ・スカルプチャー》——スタンリー・キューブリックが『２００１年宇宙の旅』で描いた透視画法のように幻想的な場所——で十九歳のケイティは意識を失った。

救急車で近くの病院へ運ばれながら、ケイティは記憶と夢がごちゃ混ぜになった幻を見ていた。

ピッツバーグのサウスオークランド地区の安アパート。

明け方に帰ってくる母親は、ケイティが学校に持っていくサンドイッチを作ってくれている。そして母親は小声でうたいだす。——シエスタヴィヴォキエンテヴィオもの哀しいメロディは、すぐに終わってしまう。

メキシコ移民の母親は、ケイティにスペイン語を教えなかった。

「ママ、何てうたってるの？」とケイティは訊く。

「不思議な歌よ」母親はやさしく笑って答える。「あなたはまだ小さいから、知ればちょっと恐くなるかも。答えは大きくなったらね」

「恐い歌なの？」

「いいえ。本当はとても美しい詩よ」そう答えた母親の顔は、夢のなかでいつのまにかケイティ自身の顔になっている。


ケイティの母親テレサ・メレンデスは、故郷メキシコを二十歳で捨て、最初はテキサス州で働き、二十四歳でアメリカ人のボイラー技師と結婚すると夫の住むペンシルベニア州に移った。ケイティが生まれてすぐに離婚したテレサは、ホテルや病院の掃除係として働き、生計を切りつめては、娘が育ったときの学費を積み立てた。読書好きで、よく詩や小説――英語よりはスペイン語の――を読んでいた。

テレサは、ケイティに勉強だけに集中するように求めた。どんなアルバイトも許さず、それでいて自分のハードワークはやめなかった。

父親ゆずりの赤毛の娘。幼いころから頭の回転が早い。学業に専念すれば、学者になるとテレサは信じていた。人を教える立場になるのは、何よりもすばらしいことだ。移民の誇りにもなる。

そんな母親のもとで、ケイティは将来アメリカ航空宇宙局《NASA》で働く目標を立てた。宇宙開発に関われればお金も入ってくるだろうし、環境学からＡＩ研究まで、膨大な分野の最前線を目にできる。

ピッツバーグの名門大学の超難関テストを突破したケイティは、世界中から集まる秀才と机を並べ、電子工学と自然保護学を専攻する学生生活を送りはじめた。

ケイティが十八歳になり、ドナルド・トランプがメキシコとの国境に壁を造ると言いだしたころ、母親は野球場で倒れた。ピッツバーグ・パイレーツの試合後、スタンドの掃除の仕事をしている最中だった。

搬送された病院で、肺がんのステージ４の診断を下された。

複数の骨に腫瘍《しゆよう》が転移して、治療の手段もない。

おそらく五ヵ月もてば奇跡だ。

そう医師に告げられたテレサは、まだ四十代なかばで、娘の将来を何よりも楽しみにしていた。

ケイティは大学に休学届を出した。友人からも遠ざかり、病室で毎日母親といっしょにすごした。母親はケイティを叱《しか》ったが、まもなくその気力をなくした。朦朧《もうろう》とした意識のなかで、母親は自宅に戻ることを望み、サウスオークランド地区の安アパートの三階、その部屋の窓際が二人の居場所になった。窓からはやわらかい西日がベッドに差した。

五ヵ月もてば奇跡と言われた母親は、その期限をすぎても奇跡的に生きていたが、ただ生きているだけだった。衰弱しきって呼吸さえもままならなくなっていた。ケイティは、メキシコにいる母親の親類を誰も知らない。この世でたった一人の家族の命が、目の前で燃えつきようとしている。

七月十六日。日曜日。

ケイティは朝から微熱を感じていた。起きるのがつらかった。レモンを切ってレモネードを作り、市販の風邪薬を飲んで、いつものように母親のそばに座った。疲れた体に初夏の日差しを浴びていると、眠くなった。スマートフォンにメールが届いた音で目が覚めた。

大学の男友だちからだった。彼は演劇を専攻しており、母親のことで頭がいっぱいになったケイティが遠ざけた相手だ。

『じゃあ、あとで。美術館でね』

メールにはそれだけ書いてあった。何度読んでも誤送信としか思えなかった。休学してからずっと音信不通の相手に送る文面ではない。別の人間に送ったはずのものが、まちがって自分に届いたのだ。そう思って画面を見ていると、ふいにベッドで寝ていた母親がささやいた。

「――行ってきなさい。天気がいいわよ――」

ケイティは驚いて、母親にキスができるほど顔を近づけた。弱々しい息が聞こえた。目は閉じられ、顔は天井を向いており、スマートフォンのメールを読めたはずがない。

――気づかないうちに、私が自分でメールを声に出して読み上げたのだろうか？

――

だが母親は、もう何日も呼びかけに応じていない。試しにケイティは母親の名を呼んだが、返事はなかった。

しばらくして、ケイティは不思議な感覚に見舞われた。美術館へ行ってみよう、という気になったのだ。

自分でも説明がうまくつかなかった。

何があっても母親のそばをはなれたくなかったのに。なぜ——

ケイティは美術館に行ってみることにした。メールには場所の指定はなかったが、この街で美術館といえばひとつしかない。

カーネギー美術館。なかば夢遊病者のように、ケイティはふらふらとアパートを出てバスに乗った。最低限の日用品の買い物をのぞけば、外出するのは五ヵ月振りだ。

そしてケイティは、日曜日の人でにぎわう彫刻の間《ホール・オブ・スカルプチャー》に足を踏み入れたところで倒れ、意識のないまま病院に運ばれていく。

NSS分析用データ（京都市・右京区・花園水堂《はなぞのみずどう》運動公園・防犯カメラ映像）
Monday, October 26, 2026 at 7 : 17 a.m.
〔暴動発生第一日目〕

全員がジャージ姿の女子高生で、クリケット部の部員だ。

彼女たちは早朝練習をおこなうために、学校よりも駅に近い運動公園に集合して、準備運動をしている。

同じ区内の嵐山で、夜のうちに原因不明の暴動があったニュースを彼女たちは知っているはずだ。少なくとも何人かは。だが続報もなく、外出禁止令も出ていないので、予定どおり公園に集まってくる。

その彼女たちが、何の前触れもなく頭を抱えてうずくまる。時間にして一〇秒。つぎに顔を上げたとき、彼女たちはいっせいに争いはじめる。むきだしで持っていたクリケットのバットやバットを収めたケース、そしてユニフォームの詰まったボストンバッグなどを放り捨て、獣のように仲間に襲いかかる。

とてつもない暴力性が見られる。たがいの顔を爪で切り裂き、目をえぐり、押し倒すとひたすら拳を振り下ろす。驚いた野良猫が運動公園の砂場を駆けていく様子が映っている。

奇妙なのは、何の脈絡もない暴力の直前に見られる行動だ。彼女たち全員が硬いバットを手放したという点である。攻撃意志はあるが、明らかに武器として使えるはずの道具には無関心になる。

一人の少女が、別の少女に馬乗りになっている。上の少女は下の少女に鉄槌《てつつい》を何十回となく振り下ろし、周囲に血飛沫《ちしぶき》が散っている。鉄槌とは素手の拳の側面を、文字どおりハンマーのように打ちこむ打撃を指す。

殴られつづけている少女は、ほとんど偶然の動きで、下から殴り返す。打撃はあごの先端をとらえ、上の少女はおそらく脳震盪《のうしんとう》を起こして、うつ伏せで失神する。

敵の下から這いだした少女は、血に染まった顔で周囲を見渡し、ふいに落ちているクリケットのバットをつかむ。

しばらく呆然として、カヌーのシングルパドルに似た木製の道具を見つめている。

やがて少女は、何かに取り憑《つ》かれたように、先ほどまで自分を打ちのめしていた相手に一撃を加える。失神したまま後頭部を殴打された少女の耳から血が流れだす。

バットを手にした少女は、新たに襲ってくる相手の側頭部も横殴りに打ち抜く。それを見ていた別の少女が、一瞬の棒立ちになったあとで、みずからもバットを拾い上げる。

数秒後には、立っている全員がバットを拾い、殺し合いをはじめる。それがケースに収まっていようと、収まっていまいと関係がない。運動公園は戦場に変わり、少女たちの未来は奪われていく。

◀2026年10月19日・月曜日
京都暴動発生まで七日
大阪府・泉佐野市
関西国際空港内農水省検疫課

待ちに待った新入生と、ようやく会える。

獣医師のルーシー・ギラードは、目に見えて浮き足立っていた。

彼女は昨日、京都市内の美容室で肩まであった髪をさっぱりしたショートにカットしてもらい、色もブルネットからブロンドに染め直し、そのときが来るのを待ちわびていた。

KMWPセンターの同僚、進化人類学者のホルガー・バッハシュタインは、この日数度目となる皮肉を投げかけた。「なあ、今日のために美容室に行ったんだろ?」

ルーシーは首を振った。「ちがうわ、偶然よ」

「まったく」ホルガーはあきれてソファにのけぞった。「チンパンジー好きの人間も研究する必要がありそうだ。ルーシー、きみはまるで卒業記念のダンスパーティーに出かける学生だよ。何と言ったっけな――アメリカ人学生が異常にこだわるパーティーは――」

「プロムですか？」と劉立人《リユウ・リーレン》が答えた。

三人は関西国際空港合同庁舎のオフィスで、農水省検疫課の課長とともに検疫舎へ向かったセンター長の望が戻るのを待っていた。

いずれも京都府亀岡市、牛松山の麓に建造されたＫＭＷＰセンターの職員だった。温室ドーム、〈アルファ棟〉、〈オメガ棟〉、飼育チンパンジーの認知能力の順に三つに区分けされた施設のなかで、最高レベルに当たる〈オメガ棟〉に勤務するメインスタッフたち。各自の専門分野において広く名が知られている。

ルーシー・ギラード。

三十五歳、獣医師、アメリカ合衆国出身、ハーバード大学卒業。ウガンダ共和国のジャングルを駆け回り、狩猟用の罠《わな》で傷ついたゴリラを治療する彼女の姿は、イギリスのドキュメンタリー番組で放映され、賞を取った。

ホルガー・バッハシュタイン。

五十二歳、進化人類学者、ドイツ連邦共和国出身、ベルリン・フンボルト大学卒業、元リンデマン進化人類学研究所主任研究員。ドイツの誇る古人類研究の異端児で、学界で常に物議をかもしてきた。猿人《アウストラロピテクス》をテーマにしたハリウッド映画『アウェイクマン』では監修を務めた。一流のフリークライマーでもあり、マッターホルンの岩壁を登る姿はドイツビールのＣＭにも使われている。

劉立人《リュウ・リーレン》。

三十八歳、進化心理学者、台湾出身、カリフォルニア大学ロサンゼルス校《UCLA》卒業。母親は台湾の有名女優。彼女の美貌を受け継いだ彼も幼少期から芸能界に入った。だが親の七光りや、自身のアイドル扱いに嫌気が差し、心理学者を志してアメリカへ単身留学。名門ＵＣＬＡで博士号を取得し、幼児心理を研究する過程で大型類人猿に興味を持つ。三十三歳で出版した著書『ホワット・ダズ・アン・エイプ・シー？（類人猿は何を見ているのか？）』は全米科学書のベストセラーになった。

検疫課のオフィスに座って望を待ちながら、劉は考えた。

これから現れるチンパンジー。密猟者に散弾を撃ちこまれ、隣国の戦闘地帯である南スーダンで売られそうになり、国連軍に保護されて、アメリカ軍輸送機に同乗して日本にやってきた。

それは、いったいどんな気分だろうか。

もしも彼が七歳の人間だったら？

考えるまでもない、劉は目を閉じた。とてつもない心的外傷《トラウマ》が残るだろう。それでいて、状況の変化がまったく理解できないにちがいない。空港も、街も、ＫＭＷＰセンターも、そして私たちのことも。

人間には耐えがたい孤独が幼いチンパンジーを襲う現実について、劉は静かにもの思いにふける。彼の向かいにたくわえた髭を撫でつけるホルガーが座っている。探検家のような野性味のある面構えで、ＫＭＷＰセンターの常備食が冷凍の海南鶏飯《ハイナンジーファン》と、チリクラブ味のインスタントヌードルしかないことを、ルーシー相手にしきりにぼやいていた。

「まずくはない」とホルガーはルーシーに言った。「うまい方だ。でもおれは食い飽きたんだ」

「しかたないでしょ。あれがシンガポールの味なんだから。ボスの祖国の味くらい、認めるべきよ」

「だからといって、常備食が二種類って話はない。だいたいＫＭＷＰのボスは鈴木望なんだろ？　だったらあいつの祖国の味に合わせるべきだ。そうすりゃ、おれたちはいつだって刺身と天麩羅が経費で食える。しゃぶしゃぶも」

「食べたきゃ街に出れば？　好きなものを食べられる以上の給料をもらってるんじゃない？」

「あのなルーシー。おれが言ってるのは、カ、カ、カメオカですごす真夜中の話だよ」

「それならコンビニね。世界最高のコンビニが日本にあるわ」

「そいつはわかるよ」ホルガーはそう言って天井を仰いだ。「――でもなあ――もし京都じゃなく、シンガポールにKMWPセンターが建っていたら、ダニエルはおれたちをホテルに呼んで、豪華なディナーを食わせてくれたと思うがね」

「海南鶏飯とチリクラブヌードルの支給が倍になるだけよ」

ホルガーは太いため息をついた。「だろうな」

――ダニエル・キュイが無名の霊長類研究者だった鈴木望をヘッドハンティングしてスタートした研究プロジェクトは、本来、彼の母国シンガポール共和国の同名首都であるシンガポールに建設される予定だった。
SMWP――シンガポール・ムーンウォッチャーズ・プロジェクト。

ライオンとチンパンジーを組み合わせたロゴ――シンガポールの語源はサンスクリット語の〈ライオンの町〉に由来する――もすでにデザイン済みだった。

プロジェクト名の〈ムーンウォッチャーズ〉は、ダニエル・キュイが愛してやまない映画『2001年宇宙の旅』にちなんでいた。

映画の冒頭に出てくる猿人《エイプ・マン》のリーダーが、劇中で名こそ呼ばれないものの、原作と脚本で〈月を見るもの《ムーンウォッチャー》〉と命名されている。人類進化の謎を解く気運を高めるために、ダニエル・キュイはあえてセンセーショナルに、優秀なチンパンジーをそう呼ぶことにした。

センターのビジュアルデザインはすでにダニエル・キュイが描いていた。

高さ五〇メートルの温室ドーム（東京ドームに匹敵し、熱帯雨林最大級の樹木も育成できる）、完全地熱発電設備、そしてドーム正面に接する二つの正二十面体研究棟（正三角形×二十面の立体）。二つの研究棟はまったく同じ設計で、『2001年宇宙の旅』のディスカバリー号と同じく、内部には白を基調とした正八角形のトンネル型通路を配置する。

しかし、そうしたダニエルの計画を実行に移せるだけの資金はあっても土地がなかった。ただでさえ国土の狭いシンガポールには見つけられない。エンターテインメント施設ならまだしも、部外者立入禁止の霊長類研究所であればなおさらだ。

ダニエル・キュイは望に相談し、たった二度目のミーティングで望の「京都に建設する」という案を受け入れた。

望にとっては「京都が霊長類研究で世界一」という自分の心情もそこに込められていたが、それ以上に、実験動物を輸入する規則《レギュレーション》について異国で一から覚え直す手間を省きたい、という意図も大きかった。法律などに構っている暇はない。

こうしてSMWPはKMWP——京都ムーンウォッチャーズ・プロジェクトへ、当初の計画を維持したまま場所と名称だけを変え、シンガポールで制作されたロゴのみがキャンセルされた(ダニエル・キュイは『陰陽道の五芒星《ペンタグラム》をロゴにしてはどうか』と会議で提案したが、地元の神社仏閣との兼ね合いや、余計な関心をあおりかねないことから、望が却下した)。

センターの建造はダニエル・キュイがCEOを務めるIT企業〈ムカク〉の全面出資により、京都府亀岡市牛松山の麓で二〇二一年に着工され、二〇二四年に落成した。完全地熱発電を利用する霊長類研究施設としては、KMWPセンターが世界最大となった。

検疫課のオフィスで待つ三人の耳に、望の声が届いた。

「手つづきは済んだ。こっちへ来てくれ」

三人はソファを立ち、舞い上がるルーシーを先頭にして通路を別室へと向かった。

窓のある小さな部屋に檻《おり》ごと移動されたチンパンジー。

南スーダンと日本、合わせて二ヵ月の検疫期間を終えて、農林水産省の検疫で一〇〇パーセント安全と保証された個体。もっとも望をふくむ全員が、KMWPセンターの検査精度の方が高いとは知っていたが――

いまだに正式な名前はなく、UNMISSの兵士がつけたコードネーム、ジュバCの名で呼ばれている。

ルーシー、ホルガー、劉の三人は、檻のなかのジュバCの目をのぞきこんだ。望から聞いていたとおり、散弾で傷ついた首にコルセットを巻いている。白く塗られているが、布ではなく金属製だ。これをつけておかないと爪で傷を引っかき、そこから黴菌《ばいきん》が入ってしまう。

琥珀《こはく》色に澄み切った瞳が、不安げに初対面の科学者たちを見上げていた。

三人はそれぞれの母国語で挨拶をした。

ハロー。グーテンターク。你好《ニーハオ》。

検疫課の職員が檻を開け、望が手を差し伸べると、ジュバCは望の指をそっとつかんだ。それから左右に肩を大きく揺らして二本足で歩き、恐るおそる檻を出て、望の胸にしっかりとしがみついた。最初に抱くのを楽しみにしていたルーシーは、ひどく悔しがった。

◀２００８年６月12日・木曜日
京都暴動発生まで十八年
東京都・世田谷区
鈴木海城宅

望は頬を殴られ、衝撃で倒れると床に激しく背中を打ちつけた。

自分の家。

東京の高級住宅街、世田谷区。二階建て。

その応接間に望はいる。

応接間だが、いまだに来客の訪れたためしがない。

その部屋の壁を埋めつくす大きな一枚鏡に、床に転がった自分の姿が映っている。

まるで死んだ自分を描いた絵が飾ってあるようだ。

青黒く変色し、急激に腫《は》れ上がっていく頬。望は鏡をじっと眺めた。くちびるが切れている。流れているのは真っ赤な血。

望は十三歳の中学一年生だ。

夕食を終えた望は、つい今しがたまで二階の部屋で新聞を読んでいた。すると父親が帰ってきて、母親を通じて「一階の応接間に降りて来るように」と呼びつけられた。

望は四日前に起こった〈無差別殺傷事件〉を報じる新聞を閉じて、階段を降りていった。

応接間に呼びつけられることの意味は、よくわかっていた。

一人息子の望が現れると、父親の鈴木海城《かいじょう》はこう告げた。

「おれは応接間で葉巻を吹かすとき、絶対に灰を床に落とさない。そんなのはクズどものやることだ」感情の昂《たかぶ》りを感じさせない、理路整然とした口ぶりだった。「たとえ灰皿に吸いさしを残していったときでも、おれは灰がカーペットを汚さないように計算している。ところがよく見ると、ほら、灰がそこに落ちているだろう？　しかもこのテーブルから一メートルも離れた位置にだ。これはなぜだと思う？」

望は正面を向いたまま答えなかった。視線を逸《そ》らせば、よりひどい目に遭うと知っていた。

「おれはこう思う」父親はなおも淡々と言った。「状況から察するに、おれがいないあいだにおまえがここに来て、勝手に葉巻を吸おうとしたのだ、と」

望は口を閉ざしつづけた。答えなど、はなから求められていない。

「どうした？　きちんと筋道《すじみち》立てて否定してみろ」起伏のなかった父親の口調がしだいに激しさを帯びていく。「いいか、おれの目を見ろ。逸らすなよ」

いつの夜も、ほんのちょっとしたことで父親の怒りに火がついた。そうなると手がつけられない。父親には信念がある。すべての悪に犯人がいて、そいつは自分の意図がどうあろうと、必ず代償を払わなくてはならない。

望が父親に向かって、無実を訴える機会などなかった。昔からそうだったので、親子とはそういうものだとさえ思っていた。

父親は法。応接間は法廷。

落ちた葉巻の灰を見つめる父親の目には、憎しみが燃えたぎっている。

望には会ったこともない赤の他人のように映る。父親の顔つきが目の前で変わっていく。

転校していく同級生がくれた、映画のＤＶＤが頭に浮かんだ。ジョン・カーペンター監督の『遊星からの物体Ｘ』。極寒に閉ざされた南極基地で、突然人間の皮がばりばりと裂け、醜悪な〈X〉が姿を現す。つまりこうだ、と望は思う。僕の本当の父さんは死んでいて、肉体だけがちがう奴に乗っ取られている。

いっさいの口答えをしなかった望は、いきなりゴルフクラブの七番ウッドで顔面を殴られた。

あごの骨が砕けかねない、強烈な一撃だった。望の視界はゆらぎ、激痛と心臓の鼓動が何度も重なって、陸《おか》に打ち上げられた魚の群れが自分の内側でのた打ち回っている感覚に襲われた。

父さんはめったに顔を殴らないのに。倒れながら望はそんな疑問を抱いた。めずらしいな、よっぽど機嫌が悪いんだろう。

家族は父親と母親の二人だけ。だから、助けを求めるには母親を呼ぶほかなかったが、望はそうしなかった。なぜなら母親も殴られているからだ。今日は自分の番だったた。

利き腕を折った母親が苦労して料理をする姿を見たことがあった。自分もこれくらい耐えなくてはならない。

帰宅すると、ささいなことで逆上し、母親や望をゴルフクラブの七番ウッドでめった打ちにする。それが父親だ。それでも頭と顔は殴らない。

望の全身はあざだらけで、夏でも母親に長袖を着せられていた。体育や水泳の授業はつねに見学で、望は病気を抱えているか、虚弱児だとみんなに思われていた。

小学生のころは、父親が頭や顔を決して殴らないことが、愛情の証だと思ってぃた。そのやさしさは誇らしくさえあった。だが中学生になるとしだいに現実が見えてくる。

父さんが頭と顔を殴らないのは、殴った痕がみんなにばれない工夫で、何よりも殺さない用心にすぎない。

ほかにも見えてきた現実があった。

毎日のように母さんが家の階段の〈すべり止めテープ〉を貼り直しているのは、何かの拍子にあざが他人に見つかったとき、「階段から落ちたんです」と言いつづけて、いつのまにか自分でもそう信じこんでいるからだ。

父さんが家でやっていることは誰にも知られないだろう。父さんは悪をあばく正義の味方だから。

望の父親、鈴木海城は東京地検特捜部の検事だった。役職は副部長。四十一歳で、将来の特捜部長の座を同期と争っていた。トレードマークはひと昔前に流行《はや》ったような鼈甲縁《べっこうぶち》の眼鏡《めがね》。あだ名は〈ベッコウ〉。同僚や記者の出世予想では、この数年のあいだ世間を騒がせた収賄《しゅうわい》事件を立てつづけに担当したベッコウが、頭一つ抜けているとうわさされていた。

望が両親と暮らす自宅の応接間は二十畳の広さで、サウジアラビア産の赤を基調にしたカーペット、スウェーデン製の本革張りソファ、ドイツ製のマホガニーのテーブルが置かれていた。シンプルな内装だが値段の張るものばかりだ。

何よりも際立っているのは、高さ二・八メートル、幅六メートルの堂々たる一枚鏡だった。

望の四代前、銀行家だった高祖父《こうそふ》が鎌倉《かまくら》に所有していた別荘で、舞踏室の壁を飾っていた鏡だ。

老朽化した別荘が解体されるに当たって、曾孫《ひまご》の父親が取り外して倉庫で保管し、世田谷の自宅の新築に合わせて運びこんだもので、何しろ二・八×六メートルの一枚鏡だから、家の建築中でもなければ、容易には屋内に入れられない。

父親が家族に暴力を振るうのは、決まってこの鏡を飾った応接間だった。感情を制御できなくなる自分。その自分に打ちのめされる妻や息子の姿を鏡のなかに見ては、さらに怒りを増していく。

七番ウッドを顔面に叩きつけられ、床に転がった望は、つぎも顔に来ると思い、本能的に腕でかばった。しかし、冷静さをわずかに取り戻した父親の一撃は、息子の右腕に加えられた。それから背中。足。腹。

おもしろいように殴られ、望は激痛に息さえ奪われた。

やがて何も感じなくなった。

目の前には、大きな鏡があった。

十三歳の少年は、苦しみと恐怖のすべてを、鏡の向こうに送りこんだ。そのほかにできることはなかった。

殴っているのは鏡のなかの父さんだ。

殴られているのは鏡のなかの僕だ。

鏡のなかには母さんもいる。あざだらけでかわいそうだな。今起きていることは、何もかも鏡の向こう側。鏡のなかに〈遊星からの物体X〉がいる。あれは父さんじゃない。本物の僕は無傷で暮らしている。

僕や母さんが怪我をしたのは、階段から落ちたせい。本物の父さんは正義の味方。

七番ウッドを喉元に打ちつけられ、しだいに意識が遠のきかけていた望は幻想から覚めて、顔を真っ赤にして苦痛に目を見開いた。鏡の自分と目が合った。そしてこう思った。

父さんのこの暴力は、いったいどこからやってきたのか？

◀２０１８年７月２日・月曜日
京都暴動発生まで八年
ペンシルベニア州・ピッツバーグ
ケイティの知らないスペイン語（２）

ケイティは二十歳の誕生日を、地元のドラッグ依存症者ケアセンターで迎えた。彼女は何も考えず、普段どおりにセンター内の早朝ミーティングの席に着くと、職員が集まった入所者にこう言った。「みんなにお知らせがあります。今日は――」

ふいに依存症と戦う仲間たちがいっせいに立ち上がり、クラッカーを鳴らした。破裂音と色とりどりの紙テープが交差するなかで、誰もが口々に叫んだ。

ハッピー・バースデイ、私たちのケイティ！

昨年の七月、カーネギー美術館の彫刻の間《ホール・オブ・スカルプチャー》で倒れたケイティは、昏睡状態のまま病院へ運びこまれた。

ベッドで目を覚ますと、医師に「念のため精密検査を受けた方がいい」と言われた。「今のところ、きみにはどこにも異常はない。ときどき人間は、過度のストレスから自分を守るために、意識をなくしたように眠りつづけることがある——おそらく、きみには自分が倒れた理由がわかっているんじゃないかね」

「——母の——」ケイティは消え入りそうな声で答えた。看護のせいかもしれないと言おうとして、急に上体を起こした。「今日は何日ですか？」

「十八日。火曜日だよ」

十八日——ケイティは呆然とした。美術館に出かけたのが十六日だから、丸二日経っている。私は二日も眠っていたの？

「帰らなきゃ。母が一人きりなんです」

ベッドを飛びだそうとしたケイティを医師がやんわりと制した。そして説明をはじめた。

昏睡状態にあったケイティが搬送されてきたとき、看護師は財布にあった学生証で氏名をたしかめ、彼女の在籍する大学に問い合わせた。そして彼女が休学している事情を聞いた上で、病院のスタッフをサウスオークランド地区のアパートに派遣した。娘が昏睡状態にある状況を伝えるためだった。しかし、ドアをノックしても応答はない。スタッフは大家に事情を説明して鍵を開けてもらった。

そのとき母親はすでに死んでいた。

警察の検死結果では、看護で疲れ切ったケイティが美術館に出かけた直後に息を引き取っていたようだった。

ケイティは声を失った。

私は母親を一人で死なせたのだ。

あの日美術館に行かなければ、母親を看取れていたのに。

ケイティは自分を憎んだ。この世の悪意を呪った。湧き上がってくる感情はあまりにも激しすぎて、しだいに氷のような冷たさに変わり、ついにはどこかへ消えてしまい、絶望だけが残った。

たった一人の家族を永遠に失った。

大学もＮＡＳＡも、何もかもどうでもよくなった。


退院してすぐに、ケイティはドラッグに逃げこんだ。乾燥大麻にはじまりヘロイン注射へ。大学を辞めた四ヵ月後には、鏡を見ても自分だとわからないほど痩《や》せこけていた。ある朝、地元のドラッグ依存症者ケアセンターで目を覚ました。なぜここにいるのか、まるでわからなかった。彼女は時間をかけて、自分の行動を振り返った。そして少しずつ思いだした。自分の足でここにやってきて、ドアを叩き、助けを求めたのだということを。

——クラッカーの祝福のあとで、ケイティと同室のマリーナ・エリオットがギターを抱え、〈ピース・オブ・マイ・ハート〉をうたった。半世紀前、その曲を有名にしたジャニス・ジョプリンは伝説的なロック・スターで、彼女もまた過剰摂取《オーヴァードーズ》で命を落としていた。

演奏が終わると、みんなでバースデイ・ケーキを食べた。

ケーキが片付くとケアセンターの職員が仕事の募集をおこなった。回復期にある入所者が近い将来の社会復帰に慣れるためのものだ。

公園の掃除。

ＡＩ制御の完全自動運転車の試乗モニター。

七十代のカウンセラー見習いの男性と電話で会話する。

募集の最後の項目が読み上げられ、沈黙が流れたのち、ケイティはいつのまにか手を挙げていた。別に望んだわけではなかった。ほかに誰も手を挙げなかったからだ。

誕生日を祝ってもらって、何となく責任のようなものを感じていた。

「ご協力ありがとう《サンキュー・フォー・ユア・ヘルプ》、ケイティ」職員がそう言って、ミーティングは解散になった。


固定電話で話すように、とケイティは告げられた。

そもそも入所者には携帯の所持が許可されていない。インターネットへのアクセスも限定されている。売人とのつながりを戻しかねない要素は徹底して排除される。

ケイティが通されたのは、ケアセンター内の職員採用面接で使われる部屋だった。

テーブルが一つ。椅子が四つ。庭の緑が見える窓。

テーブルの中央にプッシュ式の固定電話がぽつんと置いてあった。受話器はすでに外してあり、通話中のランプが赤く光っている。

「もうかかってきてるの？」ケイティは困惑《こんわく》した表情で、同行してきた女の職員に訊いた。

「ほんの少し前よ」と職員は微笑んだ。「気にしないでいいわ」

ケイティはさらに眉をひそめて椅子に座り、外された受話器に手を伸ばした。

七十代のカウンセラー見習いの男性。――それって、たんに寂しがり屋のおじいちゃんじゃないの――？――

「ハロー」ケイティは名乗った。

「私はルイだ」相手はそう言った。低音で、温かみのある、しわがれた老人の声だった。「ルイ・スタンプ。今日は話してくれて本当にありがとう。ケイティと呼んでも構わないかな」

「ええ、どうぞ」

「隠しごとをしたくないので言っておくが、私の前にはカウンセラーを育てるインストラクターが座っている。孫と同じくらいの若者さ。彼は優秀な指導者でね。ケイティ、きみは一人かい？」

「いいえ、女の人が同席してる」おもむろにケイティは、受話器を手で覆って職員を見る。「――私の居場所は、言ってもいいの？――」

「構わないわ」と職員は答える。

ケイティは受話器を覆った手を外す。「彼女はドラッグ依存症者ケアセンターの職員なの。私はそこの入所者なのよ」

「そうなのか」ルイはゆっくりと言った。「きみは戦いのさなかにいるわけだ――教えてくれて光栄だよ。自分の苦境を語れるのは、強い人間だ。強い心のなせる業《わざ》だよ」

「全然強くはないけど」ケイティは言いながら、荒野を旅する老カウボーイと話しているような錯覚を感じた。心地よい低音のしわがれ声。それはまだ大学にいたころ、電子工学の教授からすすめられたカントリー歌手の声とよく似ていた。「カウンセラー見習いって、こういう研修をするの？」

「いろんな研修があって、これもその一つだ。私のような老いぼれにも、何か世の役に立つことがあるんじゃないかと思ってね。勉強してるんだ」

「立派だわ」あのカントリー歌手は誰だっけ、とケイティは思った。「普通は若い私の方が、あなたの話を聞いてあげなきゃならないのに」

「でもケイティ、考えてみてくれ。普通などこの世にない。ただ普通に見えているものがあるだけだ。この世が普通でないから、私はきみと話す機会を得た。生きていて、よかったよ」

「――だったらいいんだけど――」

「年齢は問題ではないよ」とルイは言う。「われわれは旅の途中にいるのさ。二人ともね。そして人は誰でも馬から落ちるものだ。若者も、年寄りも」

「馬？」とケイティは訊き返す。古ぼけた比喩《ひゆ》に笑みがこぼれた。「じつは、最初にあなたの声を聞いたとき、『カウボーイみたい』って思ったのよ。もしかして、本当にカウボーイだったの？」

「きみがそう思うならカウボーイだ、それでいこう」

「じゃあ決まりね」ケイティはしだいに、この会話が楽しいものになっていくような気がしてきた。会ったこともなく、世代もかけ離れた相手なのに、言いようのない共感を覚える。

「若いころ、アリゾナ州で運送会社に入ったんだ」とルイはいった。「もう大昔だがね。あのときは馬の世話で忙しかった」

「馬の世話？」

「トラックの運転で稼ぐつもりが、馬の世話ばかりやらされたよ。会社のオーナーが馬好きでね。朝の食事から晩の厩舎《きゅうしゃ》の掃除まで、ひたすら働いた。何であんなに一生懸命やったんだろう？」

「真面目なのね」とケイティは言った。

「厩舎の掃除を放りだして、表の会社の看板を確かめに行ったことがある。『おれは酔っ払って牧場に来ちまったんじゃないのか？』、そう本気で思ったんだ」

ケイティは笑った。キャッシュ。その瞬間、ケイティはルイと声がうり二つのカントリー歌手の名を思いだした。ジョニー・キャッシュ。

「アリゾナの夏、満月の夜だった。馬に乗れるようになっていた私は、会社を辞める決心をしたとき、お気に入りの一頭を連れていこうかと思った。若いメスだ。けれども養える自信がない。私は彼女の宝石のような目を見つめて、首筋を撫でてやり、永遠の別れを告げた。思えば不思議な縁だった。それから辞表を馬の鞍《くら》に貼りつけてね」ジョニー・キャッシュの声でルイは言った。「厩舎を出て、身一つで歩きだしたよ。まだ若かったからね」

ＮＳＳ分析用データ（京都市・左京区《さきょう》・哲学の道・押収映像）
Tuesday, October 27, 2026 at 6 : 16 a.m.
〔暴動発生第二日目〕

警告　当映像には音声がふくまれ、完全遮断対応を要する。

サミュエル・ロンゴリア（Samuel Longoria）。ニューヨーク・シティでグラフィティを扱う画廊のオーナー。三十九歳。

ポール・グルーシン（Paul Grusin）。オレゴン州ポートランドの雑貨店の店員。二十七歳。

二人のあいだに面識はないが、同じアメリカ人であり、同時期に観光客として京都に滞在、なおかつ「暴動」の映像をインターネットにアップロードするという共通目的が、彼らを引き合わせたと思われる。

豪雨が降りやんで間もない夜明けの光のなかで、レインコートに身を包んだロンゴリアが〈哲学の道〉を歩いていく姿がビデオカメラに収まっている。撮影しているのはグルーシンだ。

平日も観光客でにぎわうはずの〈哲学の道〉には、まったく人影がない。

ロンゴリアとグルーシンが、京都府の発令した外出禁止令を理解した上で外に出たことは、ツイッターへの投稿から判明している。

前を行くロンゴリアを映していたカメラが急にぶれ、枯れた桜の木を映し、つぎに雨雲を映しだす。カメラは暗い空のなかをジグザグにさまよったのち、飛行中のCV－22Bをとらえる。同機はアメリカ空軍の特殊作戦型〈オスプレイ〉であり、撮影時刻から見て、京都府京丹後《きょうたんご》市の在日アメリカ軍レーダー基地より発進したものと思われる。

通常の〈オスプレイ〉とは仕様が異なる機体に興奮したロンゴリアがカメラに向かってまくし立てている。このときロンゴリアの背景を黒い影が横切る。距離にして、およそ二〇メートル後方だ。

状況のわからないロンゴリアを置いて、撮影者のグルーシンが走りだす。乱れる映像。〈哲学の道〉の石畳が激しく揺れる。

グルーシンが影を追って走りだした四六秒後、カメラは投げだされ、落下して回転する。枯れた桜の木と、昨夜の雨が石畳の上に作った水たまりが映る。

画面には映っていないが、このときロンゴリアとグルーシンはたがいに襲撃し合っていると見られる。勝ったのは若いグルーシンだ。

やがて落下したカメラのフレームに、血に染まって歩くグルーシンの姿が入りこむ。限界を超えた殴打により拳は砕け、開放骨折した骨が白く突きだしている。だがグルーシンの皮膚は変色しているわけでも、腐敗し爛《ただ》れているわけでもない。インターネットのデマによって騒がれた〈ゾンビ〉の兆候はどこにもなく、言うまでもないことだが、彼は〈よみがえった死者《リビング・デッド》〉などでは断じてない。

興味深いのは、無人の〈哲学の道〉を歩くグルーシンが唐突にひざまずき、石畳に頭突きを放つ場面だ。

激しい頭突きに額が裂け、出血し、ほどなくして頭蓋骨が陥没《かんぼつ》する。痙攣しはじめたグルーシンがなおも頭突きを繰り返す相手は、石畳ではない。

水たまりだ。

◀２０２６年10月21日・水曜日
京都暴動発生まで五日
京都府・亀岡市
ＫＭＷＰセンター「パズルの部屋」（1）

飲み終えて空になった炭酸飲料のペットボトルに、望はミネラルウォーターを注いだ。

飲み終えた直後であれば、まだ容器に香り《フレーバー》が残っている。そこに水を入れるとかすかな香り《フレーバー》が移る。その水が、望のお気に入りの飲みものだった。

水を飲みながら、望は進化心理学者の劉立人《リュウ・リーレン》とともに、ＫＭＷＰセンター〈オメガ棟〉二階のシアタールームで、録画されたテレビ番組を見ていた。

カナダで製作されたチンパンジーのドキュメンタリー。

一般向けだが、三日後に控えるメディア公開での説明《ブリーフィング》に役立つかもしれなかった。

——チンパンジーは、地球上でもっともかしこい生きものです、とナレーターは言った。——ただし、人類をのぞけば——

——ゾウやイルカに高い知能があることも知られてはいますが、彼らの体は、人間とデザインが大きく異なります。つまり、物をつかむ手がなく、椅子に座ったりするお尻もありません。

ですから、彼らがどこまで私たち人間と近いのかを判断する「課題」そのものを与えられないのです。

チンパンジーに多くの研究者が惹《ひ》かれるのは、このような事情によります。

彼らの体は私たちとよく似ており、「道具の使用」のレベルを観察することができるのです。

人間に訓練されなくとも、野生のチンパンジーは道具を扱っています。彼らは固いアブラヤシの実を石で叩き割り、丸い葉っぱを傘にして雨をしのぎ、同じ葉っぱを地面に敷いて座ったりもします。別種の生きものにたいする好奇心も旺盛で、昆虫をじっと観察することもあります。

彼らの日常をジャングルで目撃した人々は、絶滅した猿人《アウストラロピテクス》の影をそこに見いだすでしょう。人間の脳に眠っているはるかなノスタルジーが、彼らの暮らし振りによって呼び覚まされます――

録画されたドキュメンタリーを見終わった望は劉と別れ、エレベーターで三階に行き、八角形の白いトンネル型通路を歩いて、カフェスペースに向かった。

カフェスペースは、日夜研究に励む職員たちにとって、仮眠室と並ぶ安らぎの場だ。

そこでは「癒《いや》しのマスコット動物」が放し飼いにされている。

シロテテナガザルの〈キンカク〉。

ルリコンゴウインコの〈ミカド〉。

ゴールデンレトリーバーの〈シキブ〉。

センターにいるチンパンジーは学術論文の主役なので、京都にちなんだふざけた名前にできないが、これらの小型類人猿、鳥、犬には遠慮なくつけることができた。

望はカフェスペースの常駐スタッフが紙コップに淹れてくれたコーヒーを受け取り、チョコレートバーを一本もらって、テーブルへと歩いた。いたずら好きのシロテテナガザルがあとを追ってくる。

普通の人間なら、ここでたやすくチョコレートバーを奪われてしまう。しかし何度もキンカクにやりこめられた職員たちは、シロテテナガザルという生物の動きをすっかり予測できるようになった。むしろ注意しなければならないのは、上空からやってくるルリコンゴウインコのミカドだ。

チョコレートバーを死守した望は、紅茶を飲んでいたアンソニー・セカンワジの前に座った。「セカン、今日の紅茶はどうだい？」

「まあまあですね」とセカンワジは言った。

望は紙コップの二重になったふたを外した。こぼれたときにキンカクが火傷《やけど》をしないための配慮だったが、このふたを見るたびに望は思った。カフェスペースに癒しのマスコット動物なんていない方が気楽なんじゃないか——

望はコーヒーをすって顔をしかめた。「こりゃ熱いな」

「どうですか、ジュバCの様子は？」とセカンワジは言った。「いきなり〈オメガ棟〉の天才たちのなかに投げこまれて、戸惑《とまど》っていませんか？」

「どうだろうな。とりあえず襲われてはいないよ」と望は答えた。「ただ〈リクター〉には目をつけられて、恐がっているようだね」

セカンワジは笑った。「それでも温室のジャングルに放りこむよりは危険が少ないですよ。喉をやられていれば、降参の声《パントグラント》も出せません。GM、あなたはいい判断をしました」

「〈アルファ棟〉主任のタチアナが『こっちにも実験チンパンジーを寄こして』とうるさくってね」望は頭上のミカドに気をつけながら、チョコレートバーをかじる。「まあ、彼女はまちがっちゃいない。『ものごとには順序というものがあるわ』という言いぶんは、もっともさ」

ＫＭＷＰセンターにやってくるチンパンジーが、はじめから〈オメガ棟〉に入れられたケースはこれまで一例もない。

施設にいるチンパンジーは、認知能力のレベルに応じて三つの飼育環境に分けられていた。

ランクＣ。温室ドーム内人工ジャングル。クゥエンボを群れのボスとして、四十頭の個体が自然環境に近い状態ですごす。

ランクＢ。〈アルファ棟〉。世界基準のチンパンジー認知テストをクリアでき、通常の研究所ではエリートとして扱われるレベルのチンパンジー。二十四歳のメス〈ドリル〉のほか、九頭がいる。

ランクA。〈オメガ棟〉。認知テストで圧倒的に高い成果を見せたチンパンジー。事実上の超Aクラス。プロジェクト出資者、ダニエル・キュイのコンセプトにしたがって、〈月を見るもの《ムーンウオッチャー》〉と呼ばれている。

月を見るもの《ムーンウオッチャー》の数は、わずか三頭にすぎない。

――リクター。オス。十一歳。

――セネト。メス。九歳。

――タンゴ。メス。四歳。

この三頭は研究の核《コア》となる特別なチンパンジーとして、さまざまな新しく難解なテストに挑み、成功や失敗にかかわらず、その結果を分析されつづけている。

「温室が困難なら、順序としてはジュバCを〈アルファ棟〉に入れるべきだ」望はコーヒーを飲みながら言う。「でもそうしなかったのは、セカン、きみの助言があったからだよ」

「私の？」

「もう五年も前か。ブドンゴの野営地で、喧嘩騒ぎを起こした研究者がいただろう？覚えていないかい。夕食のときだ」

「そんなことがありましたか」

「すぐにきみが二人を同時に組み伏せて、こう言ったんだ。『友好度は知能と比例する』って。ようするにおまえらはバカだ、と」

「ずいぶん言いますね」

「学者にとっては、きつい皮肉だったはずだ。銃で武装したレンジャーのきみに言われると強烈にね」

「――楽しいエピソードのようですが――」セカンワジは首をかしげる。「――当時の私の日常には、あまりにも多くの争いごとがありすぎて――」

「ジュバCをどこに移入するか考えたとき」望はチョコレートバーの包み紙を丸める。「セカンの言葉が頭に浮かんだのさ。『友好度は知能と比例する』――」

「なるほど」セカンワジはうなずく。「それがランクAの〈オメガ棟〉に入れた理由ですか。新入りが傷つけられる可能性がもっとも少ない。なぜなら、そこにいる連中の知能がとてつもなく高い」

「あとは、月を見るもの《ムーンウオッチャー》に刺激を与えてみたかったのさ。顔ぶれが固定されているからね」

「トリオがカルテットになるわけだ」

「しかしね、セカン、『友好度は知能と比例する』というきみの言葉は奥深いな。人類《ホモ・サピエンス》の根源が問われる問題だ。われわれほど無用な戦闘を継続している種はいない——じつに重い言葉だ」

「——褒《ほ》めてもらって光栄ですが——」

「いいさ。覚えてないんだろ」

ゴールデンレトリーバーのシキブが近づいてきて、望に撫でられると目を細めて尾を振った。

チンパンジーをリラックスさせる部屋は、ときとして人間の幼児の遊戯室と変わらない。

劇場やデパート、ファストフード店に設けられたあの託児所。

敷き詰められたパステルカラーのマット。

すべり台。

トランポリン。

ロープを編んだネット。

そんな遊戯室でチンパンジーが楽しめるのは、彼らの知性が限界まで発達したとしても人間の二歳程度でしかないからだ。どれだけすぐれた個体もその先には進めない。

人間の二歳。

それは世界の霊長類研究に共通する、大いなる壁《グレート・ウォール》だった。

地上五階建ての〈オメガ棟〉には、いたるところにこんなスローガンが貼ってあった。

〈*beyond two*《二歳の先へ》〉――

三十分前まで望とともにチンパンジーのドキュメンタリーを見ていた進化心理学者の劉は、遊戯室ですごしていたセネトとタンゴを連れだした。九歳のセネトは劉と手をつないで八角形のトンネル型通路を歩き、四歳のタンゴは劉の左足にしがみついている。

やがて劉は〈パズルの部屋〉に着いた。〈*beyond two*《二歳の先へ》〉のスローガンが貼られたドアを開けると、人間側のブースで獣医師のルーシー・ギラードが待っていた。

「彼の様子はどう？」と劉は訊いた。

「見てのとおりだわ」とルーシーは言った。「とっても心細そうよ」

劉はアクリルガラスで仕切られた側から、真っ白な部屋の片隅にぽつんと座っているジュバCを見つめた。

部屋の中央には長いテーブルが一つ。

片側にだけ椅子が四つ並んでいる。

テーブルの上に、木の箱が十個置かれている。

それぞれの箱に、完成形の異なる立体パズルが収められ、ピースはばらばらに分解されている。組み立てに接着剤は必要ない。磁石の力でくっつくようになっている。

劉はセネトとタンゴを連れ、〈パズルの部屋〉に入った。そしてテーブルに向かい、分解された立体パズルを組み立てるように二頭をうながした。

一つのテーブルの同じ側で、チンパンジーと白衣を着た人間が並んで立体パズルに挑んでいる。その光景だけでも世間を驚かせるのにはじゅうぶんだったが、ＫＭＷＰセンターにとってはそうではなかった。

現時点で優秀なチンパンジーの認知能力の、本当の限界を調べなくてはならない。体罰をふくんだ馴化《じゅんか》ではなく、遊びのなかのトレーニングで。

立体パズルを組み立てる二頭のメス――それに人間一名――をジュバCは心もとなげなまなざしで眺めていた。

ピースとピースを合わせて正六面体を作りながら劉は思った。

――かわいそうにな。彼は、僕らが何をしているのかさえ、わからないだろう。無理もない。チンパンジーにとっては立体パズルに取り組むだけでも、大変な知能を要する。何がゴールなのかを理解できなければ、パズルは決して完成しない。取り組み自体が存在しないからだ――

これまでの最高到達記録は、ＫＭＷＰセンターの知能ランクの頂点に立つセネトが完成させた正八面体だった。分解時のピース数の少ない単純なものだったが、重要なのは、彼女が正八面体という完成図を理解できた点にある。偶然か、必然かの判定は慎重におこなわなくてはならない。それでも、セネトの成し遂げたことは、前人未到ならぬ前類人猿未到の領域にあった。

しかし彼女の知能もそこまでだった。正十二面体となるとお手上げだ。途中で放りだして、テーブルの上で踊りだしたりする。さらに複雑な正二十面体には挑むこともできない。

劉は二頭の様子を観察しながら、自分のために正二十面体の立体パズルを手に取った。

赤と黄色、色ちがいの同じ立体パズルが分解され、木の箱のなかでごちゃ混ぜになっていた。劉はまず色ごとにピースを分け、黄色を自分の左側によけておいて、赤のピースを組み立てはじめた。

組み立てながら、アクリルガラス越しのブースをのぞくと、論文を読んでいるルーシーの背後にも〈*beyond two*《二歳の先へ》〉のスローガンが貼ってあるのが見えた。

長い道のりだ、と劉は思った。二歳の壁。話す動物の壁。

人間とは話す動物であると語ったアリストテレスのことを思いだすうちに、いつのまにか手のなかで正二十面体が完成している。チンパンジーにとっては波動方程式レベルでも、人間にとっては朝飯前だ。

劉はもう一方、黄色のピースの正二十面体に取りかかろうとする。

だが、それはすでに完成している。

彼の動きが止まる。自分の行為を思い返す。黄色の方を作った覚えは、ない。

白衣の胸につけた小型マイクで、論文を読んでいるルーシーを呼びだす。「僕のほかに、誰かここへ入ったかい？」

「ええ」ルーシーは視線を下に向けたまま、投げやりに言う。「ドミノ・ピザの配達員とレディ・キロワット（アメリカの電力会社のマスコット・キャラクター）が入ったわ」

「真剣に訊いているんだ。本当に誰も来なかった？」

「どうしたのよ？」ルーシーの声が大きくなる。「見ればわかるじゃない」

「そっちへ行く。モニタの映像を見たい」

劉とルーシーは、実験中のチンパンジーをあますことなく記録する映像を早戻しにして再生する。

そこに映っているものを見てルーシーは叫ぶ。「大変だわ」

◀2018年7月2日・月曜日
京都暴動発生まで八年
ペンシルベニア州・ピッツバーグ
ケイティの知らないスペイン語（3）

七十代のカウンセラー見習いのルイと、ドラッグ依存症を乗り越えて社会復帰に一歩ずつ近づくケイティは、固定電話を通じて話しつづけた。通常のカウンセラーとクライアントが交わすものとはちがって、とても愉快なおしゃべりだった。

ケイティはケアセンターの職員が同席していることをいつのまにか忘れてしまった。

カウンセラーとクライアントの会話ではない。祖父と孫娘の会話とも異なる気がする。自分には祖父はいないけど。じゃあ、この楽しい会話は何だろう。肩の力がすっと抜けていくような――友だちや恋人の会話でもない。

ルイと話しながら、ケイティはふと思った。

これは、旅人の会話なんだ。あてのない放浪者が、世界のどこかで偶然に居合わせて、長旅の疲れを癒すようにちょっとした会話を楽しんでいる。故郷を遠く離れて、明日が来れば、おたがいにちがう道を行くことになる二人。再会の約束もなく。

ルイは、自分はカウンセラーとしては時代遅れなんだろう、とケイティに打ち明けた。人々の手助けをしたい気持ちはたっぷりあるが、頭の回転が足りないのだ、と。

「そんなことないわ」とケイティははげました。「ルイ、あなたの自然な感じがきっといいのよ。押しつけがましくないし、学者っぽくもない。医者でも弁護士でも会計士でもないし、ニューエイジとか、伝道師ともちがう。何て言ったらいいのかしら——その——人間っぽいところ。それがいいのよ。少なくとも私は、話していて楽しいわ」

「ありがとう《サンキュー》」とルイは言った。「きみのおかげで自信が持てたよ。本当にありがとう《ムーチャス・グラシアス》」

そのとき、同じように別れを言いかけたケイティの口が止まった。彼女は受話器をにぎりしめたまま、ルイの言葉について考えた。一度目のありがとうは英語で、二度目はちがった。

ムーチャス・グラシアス——スペイン語。

「スペイン語ができるの？」とケイティは訊いた。

「そう願いたいところだ」とルイは答えた。「メキシコを長く旅したのはずっと昔だから。ケイティ、きみは？」

「母はできたけど、私に教えなかったの。とにかくアメリカ人として何かのトップに立つのが大事で、ほかのことで脳を余計に使わせたくないって。思えば、変な考えよね。エリートはたいてい多言語ができるのに。まあ、しかたないわ。母は本物のエリートを見たこともなかったから」

ルイが何かを言いかけて、口をつぐんだのが気配でわかった。ケイティは待ったが、沈黙はさらにつづいた。

「どうしたの？」ケイティが尋ねた。

「ケイティ、もう時間のようだ。インストラクターが腕時計を指している」

「――そう――」

「話せてじつに楽しかった。きみからとても学んだよ。あっという間だった」

「――ねえ、ルイ――」とケイティは言った。「一つだけ訊いていいかな」

「何だい？」

「私が小さなころ、母がよく口ずさんでいた短い歌があったの。スペイン語よ。その歌詞の意味を聞く前に、母は死んじゃって――あなたにわかるかしら？」

「どんな歌だろう」

ケイティは受話器に向かって、うたってみせた。母親テレサが狭いキッチンでサンドイッチを作っていた背中を思い浮かべて。

聴き終えたルイはかすかにうなり、しばらく黙りこんだ。「そのまま少しだけ待ってくれないか。切らずにちょっと待ってくれるかね」

「もちろんよ」

ケイティは待った。

窓の外の芝生に雀が降りてきた。ケイティは数を数えた。雀は二羽、三羽と増えていき、たぶん十羽になったところで、いきなり飛び立った。

「待たせたね」ふいにルイの声が戻ってきた。彼はしわがれた声で、ケイティが口ずさんだ歌を、スペイン語と英語を混ぜながら読んで聞かせた。

――シ・エスタ・ヴィヴォ・キエン・テ・ヴィオ――おまえの姿を見た者がまだ生きているのなら、――トダ・トゥ・イストリア・エス・メンティーラ――おまえの話はすべて嘘、――プエス・シ・ノ・ムリオ――まだ死んでいないのなら、――テ・イフノーラ――おまえの姿を見たはずはない、――イ・シ・ムリオ――もう死んでいるのなら、——ノ・ロ・アフィールマ——見たものを話すことなどできない。

「——そういう意味なの？——」ケイティは驚いてため息をついた。「——母はそんな歌を——」

不思議な歌よ。あなたはまだ小さいから、知ればちょっと恐くなるかも。答えは大きくなったらね。

「きみのお母さんは読書好きだったかい？」

「ええ。スペイン語の本をよく読んでたわ」

「そうだろう。これは歌詞じゃないんだ。詩だよ。この詩は、スペイン・バロック期の偉大な詩人であり、偉大な作家、フランシスコ・デ・ケベードの書いたものだ」

「——フランシスコ——」

「フランシスコ・ゴメス・デ・ケベード・ビジェーガス・イ・サンティバーニェス・セヴァージョス。彼の文学を読んで知る人もいるが、アルゼンチンの幻想文学作家が紹介したことによって、この詩を知るものの方が多いだろう」

「アルゼンチン？」

「ホルヘ・ルイス・ボルヘス。アルゼンチン人の彼がケベードの『バジリスク』の一節を取り上げた。ボルヘスは今も広く読まれている」

「ルイ、あなたって、じつは文学史の教授なの？」

「いや、ただ詩が好きなだけの老いぼれさ。有名なものだけ、頭のなかにコレクションがあるんだ。若いころに覚えた。旅をするときにかさばらないから。とはいっても、書斎に戻って調べたんだがね。でもケイティ、この詩を歌にしたのは、はじめて聴いたよ。たぶんメロディは、きみのお母さんのオリジナルだった可能性が高い。ケイティ、この歌はきみにとって大事なものだろう？」

「大事――ええ――きっとそうね――」とケイティは答えた。「私の家族は、もうこの歌しかいないかもしれない」

「それなら、私もこの歌を大事にして生きていこう。そうだな、夜空の月に書きこんで、詩を読めるようにしておくのがいい」

「月に？」

「ああそうだ。ついでにこうしよう。きみと私にしかわからないように、鏡文字で書くよ。まるで秘密の地図のようにね。そして美しい月が見えたら、私もその詩をうたうとしよう」

「ルイ、あなたは立派な詩人よ」

「老いぼれをおだててもいいことはないぞ。きみのおかげで、死ぬその日まで月を見る楽しみができたよ」

——電話を切ってからも、ケイティの耳には、ルイが低くしわがれた声で読み上げた詩がこだましていた。

おまえの姿を見た者がまだ生きているのなら、
おまえの話はすべて嘘、
まだ死んでいないのなら、
おまえの姿を見たはずはない、
もう死んでいるのなら、
見たものを話すことなどできない。

◀2020年4月4日・土曜日
京都暴動発生まで六年
京都市・下京区
鈴木望の論文草案「ミラリング・エイプ」（1）

二十五歳。理学博士の博士号を取得した望には、どうしても書いておきたい論文があった。

博士論文では手がつけられなかったテーマ。

だがチンパンジーの野生調査《フィールドワーク》でアフリカへ発つ準備に追われ、時間がない。

そこで入力音声を自動文章化するAI――望はこの手のソフトが何となく嫌いだった――に話しかけ、まずは草案をまとめることにした。

野生調査用の方位磁石を購入するため、四条河原町《しじょうかわらまち》の登山用品店に出かけると、地下にスポーツバーがあった。望は階段を降りていき、ペリエとナッツを注文した。

ビール片手にサッカー中継を楽しむ客の歓声を避けて、奥の席に座り、実況アナウンサーよろしくヘッドセットを装着した。

ペリエをひと口飲むと、タブレット端末に向かっていっきに話しはじめた。

——人類《ホモ・サピエンス》とは何か——

——それを調べるには、地上にいた古人類がなぜかすべて死に絶えている以上、DNAの遺伝情報がわれわれにもっとも近い類人猿を研究するほかはない——

テナガザル科四属からなる小型類人猿——

そして四種の大型類人猿——

チンパンジー——

ボノボ——

ゴリラ——

オランウータン——

進化の途上において、彼らとヒトは同じ生きものだった時期が存在した。

その生きものを「共通祖先」と呼ぶ。

もちろん、どの時点における共通祖先も現存していない。

それが、どういう生きものだったのかは、わからない。

それでも類人猿だったのは、たしかだ。

だからこの「共通祖先」のことを総称して、失われた類人猿の一族――ロスト・エイプと呼んでみよう。

ロスト・エイプがたどった進化の終着駅、それは言うまでもなく、われわれヒトである。

そしてヒトにつぐ高みに、チンパンジーとボノボがいる（この二種は同格なので、以降、チンパンジーに焦点を絞って話をつづける）。

同じロスト・エイプからヒトとチンパンジーが分岐したのは、推定一〇〇〇万～六〇〇万年前。

ここでは七〇〇万年前としよう。

七〇〇万年前。このときヒトとチンパンジーは、ロスト・エイプから分かれている。これが進化の物語のなかで、もっとも巨大な裂け目のはじまりだと言われている。ヒトと類人猿を隔てる、とてつもない距離の原点。つまり「言語」を持つものと、持たないものの分かれ道のことだ。われわれは話し、類人猿は話さない。

だが進化の物語のなかには、もう一つの巨大な裂け目が隠されている。「言語」につぐような、深い谷間が。

テナガザルとオランウータン。この二種のあいだで、それは起きている。

一九〇〇万年前にロスト・エイプから分岐したテナガザル科。

一五〇〇万年前にロスト・エイプから分岐したオランウータン。

彼らを隔てる進化のルート上に、別の巨大な裂け目が存在しているのだ。

それは何か？

その正体を知るには、複雑な脳波測定機に頼ったり、遺伝子ラボにこもったりする必要はない。

どこにでも手に入るもの、それだけを用意すればよい。

それは、鏡だ。


われわれにとって鏡とは何か。

赤ん坊をのぞけばその説明は不要だろう。

ヒトのほとんどは、鏡に映る自分の像を、一日に数回見て生きている。

個室。

洗面台。

浴室。

トイレ。

コンパクト。

車のバックミラー。

これらの場所に置かれた鏡に映るのは、自分自身の「鏡像《きょうぞう》」である。

鏡像がなければ、われわれは自分の顔を見ることができない。

したがって、免許証、社員証、各種IDやSNSに使われる「顔写真」も、鏡像の一種である。

「自撮り」という行為がある。

その行為のなかで、危険な場所に行き、より刺激的な自分自身の鏡像を手に入れようとして命を落とす、という事故が起きる。

それらの人々は、戦地に赴いた報道写真家ではない。

ただ、自分の鏡像を得ようとして、死に至るのだ。

こういうことが起きるのは、ヒトに**自己鏡像認識**の能力があるためである。

ヒトはおよそ一歳半から二歳までのあいだに、自己鏡像認識を獲得する。

そして、鏡を見て自分の名を呼べるようになる。

ただし、その瞬間を覚えているものはいない。

この私にも、鏡のなかの自分を「ノゾム」と呼んだ決定的瞬間があったはずだが、まったく記憶がない。

というよりも、自己鏡像認識を得る以前の記憶そのものがない。


話を少し、戻そう。

そこに鏡があれば、肉体を持つ生物は、すべて映るはずだ。

ところが、すべての動物に自己鏡像認識が可能なのではない。

どういうことだろうか。

たとえば、シロテテナガザルには、その能力がないのだ。

「鏡に映っている像は自分」ということが、どうしてもわからない。

これは、シロテテナガザルのみならず、すべてのテナガザル科、つまりすべての小型類人猿において共通している。

では、大型類人猿はどうだろうか。

彼ら四種、すなわちチンパンジー、ボノボ、ゴリラ、オランウータンは、いずれも自己鏡像認識の能力を持つ。

一九七〇年代に端を発する類人猿のマークテストで、こうした事実は明らかにされてきた。

マークテストとは、類人猿の顔に紅を塗ったり、頭の上に砂糖菓子を載せてみる実験のことである。その後に鏡を見せて、紅を塗られたのが「自分の顔」であり、砂糖菓子を載せられたのが「自分の頭」であることに気づけるかどうかを、調べるのだ。

先ほどのシロテテナガザルは、気づけない。

鏡に何が映っているのかを、絶対に理解できないのだ。

念のため付《ふ》しておこう。

自己鏡像認識の兆候は、哺乳類ではゾウとイルカ、そして鳥類の一種でも報告されている。

しかし、これらの報告例はきわめて数が少なく、大型類人猿の例と比べれば、限りなくゼロに近い。

そのため、現段階では、これらの動物を除外して話を進める。

注目すべきは、つぎの点だ。

ロスト・エイプからつづく進化の分岐において、自己鏡像認識の獲得に到り、なおかつ現存するのは人類と大型類人猿のみ、地球という惑星上にたった五種だけ、ということである。

これを踏まえた上で、人類に連なるロスト・エイプがたどってきた道を俯瞰《ふかん》すると、大変に興味深いことがわかる。

一九〇〇万年前に分岐したテナガザルには、自己鏡像認識がない。

一五〇〇万年前に分岐したオランウータンには、自己鏡像認識がある。

これによって、自己鏡像認識とは、一九〇〇万年前と一五〇〇万年前のあいだ、つまり四〇〇万年の空白のどこかで、ロスト・エイプが獲得した能力だと言えるのだ。

そこで鏡がはじめてこの世に現れたのだ、と。

この言い方は、奇妙に聞こえるかもしれない。

だが、認識という点に立って言えば、一九〇〇万年前には鏡は存在しなかったのである。

簡単な話だ。

一九〇〇万年前から進化していないテナガザルを見ればよい。

彼らはマークテストをクリアしない。

鏡に何が映っているのかわからない。

鏡像を理解できなければ、鏡はないのと同じだ。

旧石器時代の人類にコンピュータを放りこんだとしても、けっしてコンピュータではない。

何のためにあるのか理解できなければ、それはケイ素、鉛《なまり》、スズ、アルミニウムといった物質の異様な集合体でしかないだろう。むろん、それさえもわからないはずだが。

認識についてだけでなく、じっさいの「物」という意味でも、一九〇〇〇万年前には、われわれの知る鏡は存在しない。

これは当然の話だ。

ガラスの鏡は、十四世紀のベネチアではじめて作られた。

では、とてつもなく遠い過去、一九〇〇〇万年前の鏡とは、いったい何だったのだろう？

それはまず、川、海、湖、そして雨が去ったあとの土のくぼみに残された水たまり、つまり「水」だっただろう。

また、地殻変動で地中から地上に突きだした鉱物の、美しい結晶でもあっただろう。

これらの自然物は、鏡面として、光を反射することができる。

水。

鉱物。

そこにロスト・エイプの顔が映っている。

だが、まだ鏡は存在しない。

それが誰の顔なのかは、誰にもわかっていない。

◀2019年9月22日・日曜日
京都暴動発生まで七年
ニュージャージー州・トレントン
「ガブリエラズ・タトゥーショップ」

ドラッグ依存症者ケアセンターを出所したケイティは、就職活動をつづけていた。

サイエンス・ライター。

それが、彼女の目指した職業だった。

ケアセンターの出所者の就職先として用意された職場はいくつかあったが、そのリストにサイエンス・ライターはなかった。

自分の手で未来を切り拓くほかはない。

応募の電話やEメールで、彼女はアピールした。

——大学こそ中退しましたが、のちにエリートになるはずの同期と机を並べていたのは、まぎれもない事実です。科学の分野であれば自分には一般知識以上のものがありますし、ケアセンターで世間と隔絶されていたぶんの遅れは、すぐにアップデートできます――

あっさりと編集部に採用される。そんな未来を描いていた。

だが、見とおしは甘かった。

その理由は、ケイティが自分の経歴を洗いざらい先方に伝えたからだった。

相手に真実を伝えるのは義務だ、と彼女は考えた。あとでいろいろと明るみに出るのも面倒だった。ケイティは残らずメールに書いた。母の死。大学中退後、ドラッグ依存症になり、ケアセンターに入ったこと。

科学誌の編集部に自分を売りこみ、返事を待つが、反応はない。

面接にさえ、たどりつかない。

大学中退がいちばんのネックになっている、とケイティは推測していたが、問題視されていたのはドラッグの件だった。

元依存症者が、ふたたびドラッグに手を出す確率は高い。

そうした人々に社会進出のチャンスを与えることの重要さは、誰もが頭ではわかっている。

しかし支援できる職種と、そうでない職種があった。

サイエンス・ライターという仕事は、科学の最新情報を誰よりも早く嗅《か》ぎつけ、主婦からSFマニアまでの幅広い読者に向かって、全員の心をつかむような文章を土日休みなく一年中書きつづけるというハードワークであり、たいていの場合、徹夜と孤独がセットになる。多くの編集部の判断はこうだった。

徹夜に苦しむ単独行動の元依存症者。そういう人が、ふたたびドラッグに手を出さないための社会的支援がわれわれにはできるのか。

さらに編集部からすれば、ケイティは「プライドという翼が折れた大学エリートの元依存症者」でもあった。

あらゆる面で扱いにくく、実績もない。

数ヵ月に及ぶ就職活動の空振りを経て、ようやく「会って話を聞く」という編集部が現れた。

ケイティは約束の三日前——何もすることがなかった——にペンシルベニアのアパートを出て、連絡をくれた編集部のあるニュージャージー州へ向かった。州都トレントン。その街の安いホテルに泊まりこんで、面接に備えた。

宿泊初日の夜、「約束はない」と門前払いされる夢を何度も見て、ベッドで眠るのをあきらめ、ケイティは服を着て外に出た。

ニュージャージーの夜空に美しい半月《ハーフ・ムーン》が浮かんでいた。下弦《かげん》の月だった。

じっと見上げるうちに、ルイの声が聞こえた。あの低くしわがれた、温かい声。今では世界中の誰もが異なる響きで耳にしている。

それでもいいじゃない、とケイティは思った。私にとって大事なのであれば、それで。

――それなら、私もこの歌を大事にして生きていこう。そうだな、夜空の月に書きこんで、詩を読めるようにしておくのがいい。ついでにこうしよう。きみと私にしかわからないように、鏡文字で書くよ。まるで秘密の地図のようにね。そして美しい月が見えたら、私もその詩をうたうとしよう――

私はこの街で仕事をつかむ。

月を眺めるケイティの心にそんな決意が浮かぶ。いつまでも寄り道していられない。そのためには、私自身の覚悟が必要だ。

生まれてはじめて真夜中のトレントンを歩くケイティは、なまめかしい赤に輝くネオンサインを見つけた。

ガブリエラのタトゥーショップ《Gabriella's Tattoo Shop》――


ガブリエラ。スペイン語系。女性の名前。

ケイティは見えない何かに背中を押されるようにして、地下へと伸びる暗い階段を降り、タトゥーショップの重いドアに手をかけた。

〈メタリカ〉の曲が会話もできないほどの音量で流れ、レザージャケットを着た女たちが電子煙草《たばこ》を吹かし、ビールを飲んでいた。何度か行ったライブハウスの様子とあまり変わらない。

ケイティはカウンターの奥にいるタンクトップの女に「タトゥーを入れたい」と伝えた。

彼女がオーナーで彫師《ほりし》のガブリエラだった。

「今夜は空いてるよ」とガブリエラは言った。「誰かが『満月の夜に彫ると運気が倍になるって錬金術の本にある』なんて言いだしたもんだから。タトゥー好きは、迷信好きなのさ。まったく、その本を焼き払ってやりたい」

「あなたは、スペイン語がわかりますか？」とケイティは騒音のなかで声を張り上げた。

「わかるけど」とガブリエラは言った。「何？　スペイン語で話してほしいの？」

「いいえ」ケイティは首を振った。「ただ、まるでわからないって人に彫ってほしくないんです。やり直しが利かないから」

ガブリエラに連れられて、機械のある部屋へ移った。ドアが閉まると、メタリカのサウンドがまるで聞こえなくなった。

「仕事中は静寂を求めるのが私のスタイルでね」とガブリエラは言った。

ケイティは秋用のコートを脱ぎ、ブラウスを脱ぎ、ブラジャーを外した。そして左胸のあたり、心臓の上を指し示した。

機械がうなりをあげるあいだ、一年前の夏に思いを馳せた。

あの瞬間。片時も忘れたことはない。

ルイとの電話を終えたケイティの心は、今までになかった感覚に満ちていた。胸の底にそっと横たわったような、力強い希望。

それはルイとの短い会話から生まれたものだ。ユーモア、ウィット、やさしさ、温かさ。

ケイティの目には、会ったこともないルイの薄くなった白髪や、生きてきた歳月を刻んだ顔のしわ、太い指にはめた亡き妻の結婚指輪――奥さんが存命かどうかは訊かなかったが――などが、はっきりとした映像になって残っている。

受話器を置くと、同席した女の職員から、じつに一二〇項目にも及ぶ回答欄が用意された書類とペンを手渡された。ルイとの会話に関する設問で、こんなにたくさんあるの、と思ったが、ケイティは真摯《しんし》に設問に向き合って回答した。

ペンを置いたところで、見知らぬ白人の女が入ってきた。女はこう言った。「いかがでしたか？」

きっとルイの査定に関わる人物なんだ、とケイティは思った。

「楽しかったわ」とケイティは答えた。「ルイはすばらしい人よ」

「よかった」と女は微笑んだ。「用紙に記入されたと思うんですが、会話をしてどんなイメージを抱きました？　たとえば医者と話しているようだとか――」

「旅人のイメージ。見知らぬ旅人同士が、たまたま居合わせて、人生についてちょっとした立ち話をしたって感じ。おかげで気持ちが軽くなったの」

「それは何よりでした」と女は言った。「まずあなたのご協力に心からの感謝を申し上げます。同時にわれわれは、あなたに謝罪をしなくてはなりません。われわれの目隠《ブラインド》しテストにご協力いただいたことに」

「――目隠しテスト――」

「このような形を取らなければ、目隠しテストはできなかったのです。ミス・メレンデス、あなたの体験は科学の発展と、多くの人々の救済に活かされます」

「――科学の発展？――」

「あなたの賛辞を聞けば、きっと開発者のダニエル・キュイも喜ぶでしょう。あなたの今のお気持ちが変わらないことを、われわれは何よりも願っています」

「――開発者？――」

「はい」

「何を言ってるの？」

「正直にお伝えしますと、〈ルイ〉は、私どもCUI社の代表ダニエル・キュイが開発したカウンセリング用AIなんです」

「AI？　ルイが？」

「どうかお気を悪くなさらないでください」

「――え？――ルイは――いないの？――」

「その判断がむずかしいのですが、DNAを持つ有機体という意味では実在しません」

ケイティを襲った衝撃は測り知れなかった。自分がケアセンターにいるあいだに、外の世界で一世紀が経《た》ったのではないかと思った。

彼がAI。あの声が機械だったというの？

偶然に満ちた会話のなかで、何もかもがスムーズに進み、二人で笑い合い、そのあいだにルイがAIだと見抜けるような一瞬はまったくなかった。

CUI社からやってきた女は、こう語った。

「ミス・メレンデス、あなたの声のトーン、呼吸のリズム、沈黙の時間などを、ルイが読み取り、話の展開を組み立てたのです。つまり言葉の意味する以外の領域、〈非言語〉のレベルで、ルイはあなたの心に話を合わせることができたのです」

私が感じたことは、みんな幻だったのだろうか？　旅人同士の会話だと思ったことも。

混乱するケイティをなだめるように、女はゆっくりと話しつづけた。「ルイの会話には、〈誘導〉の要素がふくまれているんです。ルイが会話の冒頭で言ったことを覚えておいででしょうか？『われわれは旅の途中にいるのさ。二人ともね。そして人は誰でも馬から落ちるものだ。若者も、年寄りも』、と」

「――たしかに、そう言ったけど――」

「それが無意識のうちで、旅のイメージをあなたに与えたのですよ。こうした手法を、ダニエル・キュイは世界中のコーチや精神科医を招いて学び、分析し直した上で、カウンセリング用ＡＩのプログラミングを書き上げました。それが、〈グランド・ユニフィケーション《大いなる統一化》〉です。現在のルイは試験段階ですが、まもなく世界へ旅立つでしょう。あなたのような皆様のご協力のおかげです。繰り返しお礼を申し上げます。ミス・メレンデス」

ダニエル・キュイ――

ケイティが呆然と見つめる窓の外で、西日の光が金色に輝いていた。

信じられない。いったい何が起こったのか。でも、もし本当にルイがＡＩなら、彼を作った男に会ってみたい。ダニエル・キュイ。会うのがむずかしいのなら、インタビューを申しこみたい。とにかくどんな手段でもいい。知りたい。どんな人間が、あのルイを生みだしたのか？

作業が終わると、ケイティは椅子から起き上がって、自分の胸を見下ろした。左胸の皮膚が焼けるように痛く、血は窓を垂れる雨のように流れつづけていたが、もっとも恐れていた「鏡文字でない正しい文字」で彫りこまれる事態は、ちゃんと避けられていた。それは鏡文字でなくてはならなかった。

きみと私にしかわからないように、鏡文字で書くよ。

ガブリエラはケイティの望んだとおり、一字一句まちがいなく、心臓の上に重なるようにスペイン語の詩を彫ってくれていた。

「――何だか知らないけど、ハードコアじゃん――」とガブリエラは言った。「鏡文字ってのはなかったね。髑髏《スカル》とかはいらない？」

Si està vivo quien te vió,
toda tu historia es mentira;
pues si no murió, te ignora:
y si murió, no lo afirma.

安ホテルに戻ったケイティは、服を脱ぎ、鏡の前に立ち、保護用のラップの下にあるタトゥーを見つめた。痛みのなかで自分の生を実感し、鏡に映ったタトゥーが反転するのを眺めた。

自分が『ザ・ダークマター』のサイエンス・ライターに採用される未来が見えた。

それは希望とも予感ともちがう感覚だった。それは確信だった。

だが、「一日が一時間しかない」と揶揄されるダニエル・キュイのインタビューをいつまでも実現できない未来や、それどころか、彼がＡＩ研究自体から撤退して、ＣＵＩ社を売却する未来は、彼女の確信の外にあった。

そんなことになるとは、うなされる夜の悪夢にさえ出てこなかったのだ。

◀２０２６年10月21日・水曜日
京都暴動発生まで五日
京都府・亀岡市
ＫＭＷＰセンター「パズルの部屋」（２）

〈パズルの部屋〉に集まった人間たちは、息を呑んでモニタの録画映像を見つめている。

長いテーブルの上。黄色の正二十面体のピースをまとめて左へよけて、赤の正二十面体の立体パズルに取りかかった劉立人《リユウ・リーレン》。

彼はもの思いにふけっていて、左側からこっそり顔をのぞかせた七歳の新入りチンパンジー、ジュバＣに気づかない。

ジュバＣは劉の隣の椅子によじ登り、同じ速度でピースをつかんでは、磁石同士でくっつけ、組み立てていく。

　正二十面体が完成すると、ジュバCは首に巻かれた金属製のコルセットを不快げにかきむしり、テーブルの下に消えていく。

「何だかわからないけど」ルーシーが声を震わせ、その目には涙さえ浮かんでいる。「すばらしいことが起きたわ」

　劉は気づかなかった恥ずかしさも忘れて呆然とし、普段は粗野な憎まれ口を叩くホルガーは声をなくして目を見開いている。

　いちばんすぐれた知能を持つセネトでさえ、一年五ヵ月取り組んで、正八面体を作るのが限界だった。

　それをやってきて三日目のチンパンジーが追い抜いたのだ。しかも彼は、ほかの正多面体――四面、六面、八面、十二面といった立体には触れもせずに、いきなり二十面を成し遂げた。

　奇跡や突然変異といった言葉が、映像を見たものたちの胸中に浮かんでは消えていく。

　望はだまって映像を凝視していた。誰の声も聞かず、誰にも話しかけなかった。やがて望は沈黙を破り、静かに皆に告げた。「再現性が必要だ。もう一度、彼に同じことをやらせてみよう」

録画時と同じように、劉が〈パズルの部屋〉に入った。彼はジュバCの前に立体パズルのピースを置いてみたが、何一つ完成しなかった。単純な正四面体を組み立てることもジュバCはできなかった。

でたらめに打った球が、ホールインワンになったようなものだろうか？

望はアクリルガラス越しに七歳のチンパンジーを見つめる。

正二十面体。その形は、偶然には完成しない。しかし、それを組み立てられるものが、正四面体さえ作れない。そんなことがあり得るのか。複雑な微分方程式は解けても靴ひもが結べない、人間に見られるアスペルガー症候群のようなものなのか。

望はふいに立ち上がり、ドアを開け、アクリルガラスの向こう側へ足を踏み入れる。

長いテーブルの上で、赤と黄色、二つの正二十面体のピースをばらばらにする。それから壁際で小さくなっているジュバCと軽いスキンシップを取り、だまってテーブルに向かった。

数十秒間、ばらばらになったピースを見つめ、望は黄色の方を組み立てはじめる。

すると、それまで興味を示さなかったジュバCが、劉のときと同じようにこっそり横へやってきて、椅子によじ登り、すすんで組み立てに取りかかった。彼のピースはさっきと逆で赤だった。

完成までのあいだ、望はいちどもジュバCに顔を向けずにいる。しかし視界の端に映る姿を、しっかりととらえている。

まず望が考えたのは、模倣《イミテーション》だった。

チンパンジーのその行動は、アフリカの保護施設や、KMWPセンターの人工ジャングルでも見ることができる。

たとえば、セカンワジがシャベルで土を掘り返していると、チンパンジーたちは転がっている別のシャベルを手に取って、思い思いの場所で土に突き立てる。

セカンワジは、新たな植物の根を埋めるために掘っている。

チンパンジーはそこまで理解していない。

好奇心を刺激されて、模倣《イミテーション》しているのだ。

だが――

自分と同じ速度、同じ順序で立体パズルを組み立てていくジュバCを横目にしながら、望はそう考えつづける。

これは本当に模倣《イミテーション》だろうか。

真似は真似でしかない。

チンパンジーがシャベルを持ったところで、刃の先端がでたらめに土に刺さるだけだ。五センチも掘り進まない。それは遊びなのだ。

ちがう。おれが見ているのは模倣《イミテーション》ではない。

これは――

鏡像行為――ミラリングだ。チンパンジー観察史上、類のない高度な同調行動なんだ。


赤と黄色、二つの正二十面体が同時に組み上がった。

望はアクリルガラス越しに響く、KMWPセンターの部下――仲間たち――の歓喜の声を聞いた。

白衣の胸につけた無線マイクのスイッチを入れ、望は彼らに向かって語った。「KMWPセンター一の賢者、セネトの名前は、古代エジプト語に由来する。彼女が子どもを生んだら、オスメスどちらだったにしても、授《さず》けようと思っていた名前がある。

でもその名前をたった今、この場で、愛すべきジュバCに授けることにするよ。セネトと同じく古代エジプト語だ。アンク。今日からジュバCはアンクだ」

無線マイクから拍手が聞こえてきた。望はまだマイクのスイッチを切らなかった。入力状態にしたまま、テーブルの下に隠れたチンパンジーの頭を撫でて、ゆっくりと、一語ずつ嚙みしめるように発音した。「よろしく、アンク。すばらしい模倣《イミテーション》だったね」

◀２０２０年４月４日・土曜日
京都暴動発生まで六年
京都市・下京区
鈴木望の論文草案「ミラリング・エイプ」（２）

「現代人が日常に使っている鏡は、ガラス裏面に硝酸銀溶液を塗った鏡で、その製法技術はドイツで十九世紀に生みだされた」望は地下のバーで自動文章化ソフトに音声入力をつづける。「それ以前の鏡は、金属を使用したものだった」

――現存するもっとも古い鏡。
古代エジプト第六王朝の遺跡から、それは発掘されている。
第六王朝が栄えたのは一七七年間。
推定で紀元前二三二二年に興り、前二一四五年に滅んだ。
見つかった鏡は、金属を叩き、研磨して、太陽の形に似せたもので、古代エジプト人は「アンク」と呼んでいた。

古代エジプト人にとっての鏡《アンク》は、庶民の日用品などではなかった。

恐るべき呪力を秘めた宗教的な秘具。

権力者だけに所有の許された神器《じんぎ》。

こういった、神秘と鏡、権力と鏡を結びつける文化は、世界中に見つけられる。

古代中国の神獣鏡《しんじゅうきょう》。

日本の神社の深奥《しんおう》に秘されている神鏡《しんきょう》。

フランスのベルサイユ宮殿の「戦争の間」を満たす鏡。

鏡こそ用いないが「鏡割り」「鏡開き」と呼ばれる日本古来の慣習や、鏡に吸血鬼が映らないという西洋の伝承も、鏡に宿った神秘的な魔力を表現している、と言える。

ここで、およそ四〇〇〇年前の古代エジプトのはるか過去へとさかのぼり、一九〇〇万年前以降の地球に降り立ってみよう。

自己鏡像認識のなかったロスト・エイプは、水や鉱物に映る自分自身を見て、なぜ「これは自分だ」とわかったのだろうか？

まず、犬や猫のように警戒しつつ近づくだろう。鉱物に映っている場合は、そこに隠れている相手を探して裏側をのぞこうとしたかもしれない。犬猫でおなじみの光景だ。

しかし、それでも、正体がわからない。つぎに取る行動が、おそらく鍵をにぎっている。身振りである。

自分が手を挙げれば、鏡像も手を挙げる。まったく同じだ。首を振れば首を振り、ジャンプすればジャンプし、歯をむきだせば歯をむきだす。股をかいても、木の実を食べても、何をやっても同じだ。

念のため付しておく。ヒト以外は左右の概念を持たないので、ここでは左右の鏡像反転の問題は取り上げない。

話を戻そう。

身振り。

原理的には、これしかない。

こうした身振りのフィードバックを、気の遠くなるような歳月のなかで、何世代にもわたって積み重ね、ついに自己鏡像認識を獲得する。

ロスト・エイプのある個体が、ある日、気づく。なぜこいつは自分と同じ動きをするのか？　いや、そうではない。**映っているのは自分だ。**

むろん、彼らに言語はない。それは心のなかの、測りがたいかすかなさざめきのようなものだ。

言語がなくて自分を認識できるのか？

できる。そうとしか、言いようがない。

なぜなら現に、大型類人猿は自己鏡像認識を持つことを、われわれは知っているからである。しかし、彼らは、言語を持たない。

ひとつ、大事なことを述べておこう。

自己鏡像認識には、「映っているのは自分だ」と理解するのと同じくらい、絶対に欠かせない要素がある。

京都の劇場で、ある有名な催眠術師のショーを見たときのことだ。

催眠術師は、客席から無作為に選んだ男性客をステージに上げ、男性客に見えるように、一枚の鏡を椅子に立てかけた。

それから、こんな催眠をかけた。

「鏡に映っている像は、本物のあなたです」

その直後に男性客の発した悲鳴は、嘘偽りのない本物の絶叫だった。

何が起きたのか。催眠術師が金《かな》づちで鏡を叩き割ろうとしたのだ。

男性客は、自分の頭が叩き割られそうな恐怖に襲われたのである。

催眠術師は、男性客の催眠を解き、笑ったり、凍りついたりしている客席に向かって、こう語った。

「人は鏡に映った自分を見ているとき、その像が**自分であり**、**かつ自分ではない**、と同時に理解しているのです。どちらか一方はあり得ません。どちらか一方であれば、人は鏡を見ても、それが自分だとわかりません。もしくは、自分が映りこんだ鏡を、命懸けで守るはめになるでしょう。ステージに上がってくれた、この紳士のように。皆様、こちらの紳士に盛大な拍手を」

まさしく、催眠術師の語るとおりなのだ。

一九〇〇万年前以降のロスト・エイプにも、これは当てはまる。

水であれ、鉱物であれ、そこに映るのは、**自分であり、自分ではない**。だからこその鏡なのだ。

ロスト・エイプのある個体から、オランウータン、ゴリラ、ボノボ、チンパンジーを通過し、ヒトまで受け継がれた自己鏡像認識は、ヒトにおいて、もはや現実の鏡すら超えた、深層心理にまで到達している。

ミラリング。もしくは、**ミラーリング**。

心理学者が、そう呼ぶものがある。

鏡像行為。あるいは、同調行動。

この行為は、ヒト間のコミュニケーションで、ごく当たり前に起きている。

たとえば、会話の途中だ。

相手が鼻の頭をかけば、自分も鼻の頭をかく。

相手が耳たぶに触れれば、自分も耳たぶに触れる。

相手が足を組み替えれば、自分も足を組み替える。

模倣ではなく、あたかも相手を映す鏡になったかのように、無意識のうちにおこなうのが、ミラリングである。

だから、目の前にいる相手があくびをして、自分でも気づかないうちに本物のあくびをしているとしたら、それは、ミラリングと言い得る。

他人のあくびがうつるのは、誰しも覚えがあるはずだ。眠くなかったはずなのに、眠気に襲われる。

類人猿研究で、こんな実験があった。

ヒトの子どもに「別の子どもがあくびをする」映像を見せる。

すると、実験に参加した半分が、同じようにあくびをしたのだ。

二分の一。驚くべき数字だ。

つづいて、チンパンジーの実験がおこなわれた。「別のチンパンジーがあくびをする」映像を見せる。

結果、三分の一があくびをした。これも見逃せない数字だ。ヒトにつぐ確率の高さである。

NSS分析用データ（京都市・上京区《かみぎょう》・烏丸通《からすまどおり》・京都市消防局映像記録・消音処理済）
Monday, October 26, 2026 at 12：25 p.m.
〔暴動発生第一日目〕

暴徒の波が、北側から押し寄せてくる。

彼らは〈正常な人間〉を狙っているのではなく、〈他者〉を狙っているのだ。

ゆえに、暴徒間で殺戮を繰り広げながら、移動してくる。

仮に相手から逃げているものがいれば、それは逃避ではなく、新たな標的を追っているのである。

理性をつかさどる脳の部位——前頭前皮《ぜんとうぜんひ》質《しつ》の完全なる機能停止。

それでいて暴徒は、何らかの病気の〈感染者〉ではない。インターネットによって爆発的に拡散した〈ゾンビ〉説はいっさいの根拠を欠く。

〈感染者〉に咬《か》まれるといったような一次接触は言うまでもなく、血液への二次接触などもふくめ、〈正常な人間〉が〈感染者〉に触れて暴徒化するというメカニズムは、どこにも見られないのだ。

つぎの点は注目に値する。

暴動を映している映像のなかで、突然カメラが落下する。おそらく撮影者のいる二キロ圏内で〈ノイズ〉が発生したためと思われる。

その現象により、約八分間の錯乱が再始《リブート》され、応援に駆けつけた上京警察署地域課の警察官も暴徒化する。

上空へ向けての威嚇射撃の途中だった警察官は、みずからの拳銃を認識する脳の機能を瞬時に喪失したようだ。操作法はむろん、その道具が何を意味するのかもわからなくなっている。

ベルトの吊《つ》り紐《ひも》とつながった拳銃が、素手で暴れる警察官の動きに合わせて、振り子のように激しく揺れている。

2

これは感染爆発ではない

古代エジプトでは、鏡は単なる日常生活品ではなく、宗教的な意味合いがあった。鏡は人の姿を映し出すので、魔術的な力があると考えられ、古代エジプト語で「アンク」と呼ばれた。これは、生命の意味でもある。

『図録　国立カイロ博物館所蔵　黄金のファラオと大ピラミッド展』

◀2026年10月24日・土曜日
京都暴動発生まで二日
京都府・亀岡市
KMWPセンターメディア公開（1）

アラームより先に目が覚めた。カーテンを透かす薄明かり。

ケイティはベッドを出て、身支度をはじめた。

ホテルの朝食、和食のバイキングを味わいたかったが、午前七時のレストランの営業を待つ余裕はない。

使い古しのアップルウォッチを手首にはめ、アフロのように広がった赤毛の縮れ髪をヘアリングでまとめる。

電車に乗るつもりでいたが、この時間は通勤客で混雑するとフロント係に聞かされた。

ケイティはホテルを出ると、七条通でタクシーを止めた。一台目のドアが開くと、後部座席に頭だけ入れて、「英語は？」《イングリッシュ》と訊いた。運転手は首を振った。二台目の運転手は、自動翻訳ソフトをインストールしたタブレット端末を立ち上げ、シート越しにケイティを振り向いた。端末はスピーカーにつながっていて、そこからルイに比べれば明らかに機械っぽい声が「ハロー」と言った。「どちらまで行かれますか？」《ウェア・アー・ユー・ゴーイング》

そこは低い山々に囲まれた小さな町だった。生い茂る緑に白い霧がかかっている。霧はやわらかく、幻想的に映った。〈禅〉の瞑想に誘われる気さえした。ケイティは地図に載っていた六二九メートルの牛松山を探したが、どの山なのか見分けられずにいた。

タクシーは林道を走った。運転手の話す京都弁を、自動翻訳機が英語に換えて言った。「あなたはきっと驚くでしょう」

運転手の予告はまもなく的中した。写真で見るよりもずっと大きい。洗練されていて、それでいて異様でもある。

ＫＭＷＰセンターは、森閑とした風景のなかに突如として現れた。内部に熱帯雨林の環境を再現する、高さ五〇メートルの温室ドーム。その全体は熱線反射ガラスに覆われ、現代美術館の外観に見られるようなハーフミラー効果が、空と森を映しだしている。巨大な光学迷彩といったところだ。

「どんな気持ちでしょうか？」と運転手の言葉が自動翻訳される。「ものすごい建築物が建っているでしょう？」

タクシーがさらにセンターに近づくと、木々にさえぎられていた研究棟が見えてくる。

温室ドームに接する正二十面体の建築物が二つ。大きさはドームの十分の一ほどで、寺院の仁王像や神社の狛犬よろしく左右対称に配置されている。事前にケイティが調べた情報によれば、二つの研究棟の中心が描く角度は、一〇四・五度になるように設計されている。水分子――H_2Oの「O‐H結合」の角度と同じだ。

左右の研究棟の壁面はオリーブグリーンで統一され、外観だけではどちらがアルファで、どちらがオメガなのか、区別がつかない。

「二年前にこれが完成したとき、大騒ぎでした」運転手の言葉をAIが翻訳して伝える。「牛松山にUFOが着陸した。インターネットにそれを書き立てられたんです。おかげで、人が見に来ました。私もたくさんお客様を乗せました。海外から結構いらっしゃいました。映画やアニメのTシャツを着たお客様も多かったです。『スター・ウォーズ』とか『エヴァンゲリヲン』のTシャツ。それと立派なカメラを抱えていました。ここ亀岡市は、京都市ほど人が来ないので、地元の方は驚いたと思います。ですが、残念なことに、経済効果はなかったようです。写真を撮ったらお客様は京都市に帰ります。タクシーと鉄道が儲《もう》かって、それで終わりです」

◀２０２６年10月24日・土曜日
京都暴動発生まで二日
京都府・亀岡市
ＫＭＷＰセンターメディア公開（２）

地熱発電を利用した霊長類研究施設としては、世界最大の温室ドームの人工ジャングル。

各国から訪れた一〇三名からなる報道陣は、ボスのクゥエンボから、つばを吐きかけられるという手厚い歓迎を受けた。

ケイティにとってはめずらしくもないチンパンジーの示威行動だが、慣れない記者は悲鳴を上げ、飼育担当のアンソニー・セカンワジにもらったタオルでつばを拭いた。

ケイティは温室ドームの全景に目を配り、デジタルカメラのシャッターを切った。

飼育チンパンジーを見るだけであれば、アメリカでも可能だ。ここまでやってきたのは、ダニエル・キュイがAI研究を放棄してまで、霊長類研究に投資した意図を知るためにほかならない。ほとんどのメディアの興味はそこにある。

それにしても大きなドームだわ、とケイティは思った。

樹高二〇メートルのアブラヤシの背丈よりも、天井がはるかに高い。

――フゥホォ、フゥホォ、フゥウゥ――ホワァアァッ――

湿った密林にこだまするチンパンジー特有の長距離音声《パントフート》を聞きながら、ケイティは、七〇〇万年前の地球環境を作り上げた宇宙ステーションに乗っている気分を味わった。タクシーの運転手が語った「牛松山にUFOが着陸」といううわさの話は、そんなに的外れでもない。

温室ドームを出た報道陣は、アルゼンチン人の動物行動学者タチアナ・フエゴのあとについて、〈アルファ棟〉の取材に向かった。オリーブグリーンの正二十面体研究棟。温室ドームを正面に見た場合、右側がアルファだった。

厳重な二重ドアのセキュリティが、チンパンジー逸走防止用に設けられ、それを二ヵ所くぐりぬけたところで、動物行動学者タチアナ・フエゴが報道陣に向けて英語で語った。彼女は〈アルファ棟〉で九頭のチンパンジーをあずかる責任者だ。

「人間だけが言語を話し、他の動物は話さない。その理由とはいったい何でしょうか？」タチアナは報道陣を見回す。「世界のトップクラスの研究者、彼らがどう語っているかをご紹介しましょう。『何もわかっていない』、『悩みの種』、『脳の容積で説明できなかったのが痛手』。もうおわかりのように、こうした声こそが現状を表しています。謎なのです。われわれもまた、ヒトにもっとも近いチンパンジーをとおして、言語の謎に挑んでいます。ここでの取り組みは〈指示と行動〉です。両者が一致しなければ、言語はあり得ません。指示と行動が結びつくところに〈意志〉があり、その連続性が〈意識〉を生む、と私は考えています。すなわち言語です」


大勢の報道陣に混ざったケイティが案内されたのはシチュエーション・コメディのセットめいた部屋の前だった。ひととおりの家具や電化製品がそろっている。テレビスタジオや劇場とのちがいは、内と外がショーウインドウのような透明のガラスで隔てられている点だ。だがそれは窓ではなく、マジックミラーで、向こうからこちらは見えない。

まもなく部屋のドアが開き、一頭のチンパンジーがナックルウォークで入ってくる。名前は〈ドリル〉。二十四歳のメスで、人間で言えば五十代に相当する。

誰もいない部屋。

ふいに、固定電話が鳴る。

ドリルは電話を取る。かけてきたのは、報道陣側のブースにいるタチアナだ。タチアナは人間たちに聞こえるように言う。「ドリル、ラジオの音を大きくして。じゃあよろしくね」

ドリルは受話器を戻す。

彼女は言われたとおり、音を大きくする。ドヴォルザークの交響曲、〈新世界より〉が、チンパンジー側に設置されたマイクから人間側のスピーカーに流れてくる。

同じような手順で、ドリルはタチアナの電話を取りつづけ、テレビをつけ、グラスに水を注ぎ、椅子をそろえ、ベッドのシーツを回収する。最後にタチアナが部屋のチャイムを鳴らし、ドリルはドアを開けて彼女を迎え入れ、うれしそうに抱きつく。

報道陣から賛辞の拍手と、笑い声が同時に起きた。

ケイティも記事のために一〇〇枚ほど写真を撮ったが、さして興味を引かれる実験ではなかった。

アメリカやオーストラリアの現場で見てきたレベルだ。少しだけ異なるとすれば、指示を出すタチアナの姿がチンパンジーには見えないことだ。もしかしてそれは、少しでなく、大きなちがいなのかもしれない。「チンパンジーは言語を理解しない。人間の反応を見て、指示を実行しているにすぎない」といったような、認知テストへの批判をかわすことができる。

でも、とケイティは思う。チンパンジーは電話でタチアナの〈声〉を聞いているわけだし、実験後にハグされるのも、何度か経験済みのはずだ。だったらやはり「喜んでもらえる反応が欲しくて、動いているだけ」ということになる。

〈アルファ棟〉の取材後、一〇三名は三つのグループに分けられた。ケイティは第二グループに入り、最初の集団と間隔を空けて〈オメガ棟〉へと案内された。二つの棟自体はつながっていないので、温室ドームの回廊を通じて移動し、ふたたび逸走防止の厳重なドアをくぐる。

〈オメガ棟〉の一階で報道陣を出迎える顔ぶれを見て、ケイティはここがダニエル・キュイの新たな城であり、彼にしかできないプロジェクトなのだとはじめて実感した。これまでは、現代美術のような建築を見たり、二〇〇名を超すという総職員数を耳にしても、今一つぴんとこなかったのだ。

ケイティは思った。たしかにダニエル・キュイ本人はいない。インターネットテレビ電話での挨拶もなければ、録画したビデオメッセージもない。それでも彼はここにいる。これだけのメンバーを亀岡市に集められるのはダニエル・キュイの人物と資金があってこそだ。

古人類化石発掘で世界的知名度を誇る進化人類学者、ホルガー・バッハシュタイン。

全米ベストセラーとなった著書『類人猿は何を見ているのか?』の記憶も新しい進化心理学者、劉立人《リユウ・リーレン》。

密猟者の罠で傷ついたゴリラの保護活動で有名な獣医師、ルーシー・ギラード。

脳の言語《げんご》野《や》研究でノーベル賞候補にも挙げられながら、進化遺伝学へと転向したロンドンの異端児、テレンス・ウェード。

ほかにも、まるで科学賞のパーティー会場にいるかと見まがうような豪華な顔ぶれがそろっている。サイエンス・ライターとしてはぜいたくすぎる舞台だ。個別のインタビューだけで本が一冊書き上げられるだろう。

そして役職上、彼らの頂点に立っているのが、まったく無名の鈴木望なのである。いかにもダニエル・キュイらしい采配《さいはい》のセンスだった。

ケイティは静かな興奮を覚えた。八年前、ペンシルベニアのドラッグ依存症者ケアセンターで試験段階のルイと話して以来、ずっとダニエル・キュイを追いつづけてきた。インタビューこそまだ実現していないが、自分は停滞しているのではない。過去に歩んできた道は、この研究棟へと着実につながっている。

ケイティのいる報道陣の第二グループのガイドは、劉立人が務めるようだった。前日に望のインタビューをしてよかったわ、とケイティは思った。メディア公開当日に、センター長の話をじっくり聞ける保証はない、そう予想した彼女の勘は当たった。

認知研究エリアのロビーでケイティが目にしたのは、報道陣のためにセラミックのナイフでレモンをカットするチンパンジーの姿だった。

チンパンジーが刃物を持つ姿は誰も見たことがなかった。まして果物を切っている姿については言うまでもない。

月を見るもの《ムーンウオッチャー》――

ＫＭＷＰセンター内で、〈オメガ棟〉に暮らすチンパンジーにのみ与えられる称号。その名が示すとおり、この研究所の根幹を支える存在だ。

九歳のセネトが、用意された皿にカットしたレモンを並べていく姿をケイティは夢中で写真に収めた。報道陣を気遣ってなのだろう。セネトは食品工場で働く人間のように、ビニール手袋をしている。

驚き、賛辞、そして笑い声に包まれる報道陣に向かって劉立人が言った。「レモンの清潔さは私が科学者として請け合いますが、お口にされるかどうかは皆さんのご自由です」

メジャー科学誌『スペース&タイム』のライターが、首をかしげて劉立人に質問をした。「――動物に刃物――私の知る限り、前例はないですね。パフォーマンスとしてはおもしろい。でも危険すぎるのではありませんか？」

「知能とは攻撃性の制御です」と劉立人は言い切った。「それさえ可能であれば、あとは不慮の事故を防ぐだけの話ですよ」

セネトが大きなビニールを持って歩き、報道陣からレモンの皮を回収しはじめると、場はいっそうなごやかな空気に包まれた。

四歳のタンゴ。

黒い体毛から露出する顔や指は黒くなく、ピンクにも近い色合いをしていて、タンゴが子どものチンパンジーであることを小柄な体つきとともに物語っている。

彼女が実験室で挑んでいるのは、ケイティには単純なタッチパネル・テストに見えた。

タッチパネル・テスト。

類人猿の認知研究ではめずらしくない。

左右二つのモニタがある。

左が絵。右が名詞。

左のモニタに〈バナナ〉の絵が浮かぶと、チンパンジーは右のモニタにいくつも表示された名詞から〈バナナ〉を選び、指でタッチする。

ガイドの劉立人は無言だった。

ケイティは人間側のブースから、四歳のチンパンジーの肩越しにモニタを見つめた。

そして気づいた。

どちらのモニタにも同じ絵が表示されている。

同じ絵？　どういうことかしら？

公園と公園。家と家。部屋と部屋。町と町。

ケイティはふいに理解する。〈まちがい探しクイズ〉なのだ。

見分けがつかないそっくりな二枚の絵。そのちがいを見つけるむずかしさは誰もが知っている。高い脳機能が要求されるのは、人間の認知症予防にこの種のクイズが用いられることからも、実証済みだと言える。

衝撃的な光景だった。

チンパンジーにとって、このクイズの難易度はおそらく人間の比ではない。ケイティはアイオワ州の〈ツイスター類人猿研究所〉で聞かされた話を思いだす。

「同じものが近くにあると、チンパンジーには両者の区別をつけられません。たとえばワイングラスが二個あって、テーブルの端と端に置いてあるとしましょう。私が一方のワイングラスを指して、『あれを取ってくれないか』と言うと、チンパンジーはワイングラスを一個持ってくることができます。しかし、同じワイングラスが二センチ間隔で並んでいた場合、どっちを持ってくればいいのか、急にわからなくなるのです」

——そんなチンパンジーが、人間でも頭を抱える〈まちがい探しクイズ〉に挑んでいる——

しばらくして、報道陣への謎かけを楽しんでいた劉立人は、ケイティが考えていたのとほぼ同じ内容を全員に向かって説明した。

◀２０２６年10月24日・土曜日
京都暴動発生まで二日
京都府・亀岡市
ＫＭＷＰセンターメディア公開（３）

八×八メートルのプールが設置された〈プールの部屋〉で、リクターが橋を組み立てていた。

十一歳のオス。

八歳で大人になるチンパンジーの世界では若者の部類だが、〈オメガ棟〉ではリーダー格だ。ここには彼のほかに九歳と四歳のメスしかいない。

「おわかりのように」と劉立人《リュウ・リーレン》が話す。「この〈プールの部屋〉には、プールサイドというものがありません。前後にわずかな〈陸地〉があるだけです。深さはそれほどありませんが、水に入らずに向こう岸に渡ることはできない設計になっています」

縦横八メートルのプールの水は、内壁の四方から放たれるジェット水流で泡立ち、渦巻いている。

　ケイティはアクリルガラス越しに、水面にさざ波がきらめくのを眺め、劉立人が「向こう岸」と呼んだ狭い陸地にバナナやマンゴーといった果物が置いてあるのを見た。

「リクターは向こう岸の果物を取りたいと思っています」劉立人はそう話す。「ですが足の着かないプールに入ることは、絶対にできません。すべてのチンパンジーは、水をひどく恐がります。その理由は――」

　――チンパンジーが水を恐れる理由。水の豊かなアフリカの熱帯雨林地帯に暮らす彼らが、浅瀬さえ嫌がるのはなぜか？

　筋肉が多くてすぐに沈む。ワニを本能的に避ける。もともと水に慣れていた類人猿が進化して樹上生活に移ったので、今さら水に戻ることはしない。

　さまざまな説が提唱されているが、はっきりした答えはない。

　確実なのは、チンパンジーが絶対に泳げないことと、耐えられる深さはせいぜい下半身が浸かる程度ということ――

「——したがって、プールに飛びこむ個体はいません」劉立人は話しつづける。「それでも彼は果物を目指します。水を避けて向こう岸へ行く。それには〈橋〉が必要です。レンガ大の強化プラスチックブロックをつなぎ合わせて、一本の橋を作ろうとするのです」

そこまで劉立人が話すと、プールの右側の壁のドアが開き、そのなかからスイムスーツを着た二人の男が顔をのぞかせて、報道陣に向けて手を振った。プールには側路《サイド》がないので、ドアは水面の上の垂直の壁に取りつけられている。

「当実験には細心の注意を払っています」劉立人は言う。「科学のためにリクターに何らかの強制をすることは、決してありません。あくまで彼が自由意志——果物を食べたいという本能と言うべきかもしれませんね——で、すすんで向こう岸をめざした場合にのみ、実験はおこなわれます。それ以外の条件で水の上を渡ることは、チンパンジーにとって大きなストレスとなりますから」

劉立人は言葉を切り、スイムスーツを着た二人の男を振り返って、ふたたび報道陣へと向き直った。「プールの水深は一・七メートル、水温は二六度です。また実験時には、彼ら二名の救助スタッフが常時スタンバイしています。二人ともアメリカ人の霊長類研究者ですが、ライフセーバーの資格があり、サーファーとしての腕前も一流です。万が一リクターが転落しても、彼らに救助できないということはあり得ません。ここにホオジロザメさえ出なければ、ね」

穏やかな口調で切りだされたユーモアに、報道陣から笑いが上がる。

「われわれの施設は日本の京都にあります」劉立人は話をつづけた。「われわれは日本の法令にしたがいます。KMWPセンターの全職員は、環境省の定めた『動物の愛護及び管理に関する法律』や『実験動物の飼養及び保管並びに苦痛の軽減に関する基準』などのレクチャーを定期的に受けています。こうした日本の法令遵守《じゅんしゅ》に加え、国際原則である3R《スリーアール》にみずからの実験計画を常に照らし合わせて、日夜研究をおこなっているのです」

――国際原則3R――

実験動物を用いない代替法の検討（Replacement）。

科学的信頼を損なわない範囲での使用頭数の削減（Reduction）。

実験動物の受ける苦痛を最大限に軽減する（Refinement）。

望の指示どおり、〈プールの部屋〉の前で報道陣への解説をつづける劉立人の背後で、リクターはレンガ大のブロックを組み立て、八メートルのプールに橋を架けようとしていた。

成人したチンパンジーの背筋には、バナナの木をまるごと一本引き倒すほどの力が秘められている。若者のリクターにとって、八メートルの強化プラスチック・バーをひといきに持ち上げ、向こう岸に架けることはたやすい。泳ぐことに比べればはるかにだ。

最終ステージ。〈立体パズルの部屋〉。

〈*beyond two*《二歳の先へ》〉のスローガンが貼られたドア――ケイティはもちろん撮影した――を開けると、そこはリクターのいた〈プールの部屋〉よりも広かった。

白い壁、白いテーブル、赤い椅子。

テーブルの上に並んだ木箱に、さまざまな立体パズルのピースがばらばらになって収納されている。

単純な色彩、立体パズル、そしてチンパンジーという三者の組み合わせが、部屋を眺める人間の現実感をどこか狂わせた。ケイティは『2001年宇宙の旅』に出てくる宇宙ステーションの内部を思いだし、それからミケランジェロ・アントニオーニ監督の『欲望』のいくつかの場面を連想した。

テーブルに向かっているチンパンジーは、野球のヘルメットに似たものを頭にかぶっていた。波打つコードが背後の測定装置へと伸びている。脳波を測っているんだわ、とケイティは思った。でも首のコルセットは何かしら？


頭に電極をつけたチンパンジーの名はアンク。

七歳のオス。

劉立人はそう説明した。密猟者に親を殺され、受け入れ先がなくKMWPセンターに運ばれてきた。首のコルセットは撃たれた傷を保護するためのもの――

〈パズルの部屋〉のなかに、白衣を着た獣医師のルーシー・ギラードが現れた。

彼女はアンクにビスケットを渡すと、テーブルに向かって正二十面体の立体パズルを組み立てはじめ、すると同時にアンクの方もピースをつまみ上げた。

類人猿が立体パズルに挑むことが、どれほど困難なのか。ケイティは聞こえてくる劉立人の解説と、頭に流れている考え、そのどちらが自分の思考なのかわからなくなった。

ケイティは凝視した。自分が何かを忘れている気がした。時間が進むにつれて、人間とチンパンジーの指の動きは速くなっていった。ルービック・キューブの競技者のようだった。立体パズルが完成間近になって、ケイティは自分が何を忘れているのかにやっと気づく。写真。彼女はあわててニコンをつかむ。

ほどなくして、人間側のブースで見守る報道陣からアンクに惜しみない拍手が贈られた。

イギリス人のサイエンス・ライターが手を挙げて質問した。「これは科学なのか、サーカスなのか？　どちらなんです？」

「科学です」劉立人の答えに迷いはなかった。「みなさんが目撃したのは、チンパンジーの持つ高度な模倣《イミテーション》の能力です。これほど高い模倣《イミテーション》ができるのは、ＫＭＷＰセンターに一頭もいませんでした。彼が最初です。この背景を探るため、われわれは脳波の解析に取り組んでいます」

「アンクのスペルは？」ニュース解説で有名な日本人ジャーナリストが訊いた。

「Ａ、Ｎ、Ｋ」と劉立人は答えた。

もの足りない、とケイティは思った。

ここが地球規模で高いレベルにあるチンパンジー研究施設だとはわかったし、記事に必要な情報量もこれでもかと与えてもらった。

だとしても——

ルイのようなすさまじいＡＩ研究を放棄してまで、ダニエル・キュイが類人猿に興味を移した謎までは解けなかった。ここで働く科学者に尋ねても、きっとわからないだろう。彼らにとっては、これが仕事だからだ。

じゃあ彼は？

望。鈴木望なら——ケイティは周囲を見回したが、報道陣の別グループをガイドしているのか、彼の姿はどこにもなかった。

こうして、五時間に及んだメディア公開は終わった。

◀2020年4月4日・土曜日
京都暴動発生まで六年
京都市・下京区
鈴木望の論文草案「ミラリング・エイプ」(3)

地下のスポーツバーの片隅で、ヘッドセットをつけた望は自動文章化ソフトに向かって、論文の草案を語りつづけている。

——あくびの伝染率に見られる、ヒトの子どもの「二分の一」と、チンパンジーの「三分の一」。

この数字はいったい、何を意味しているのだろうか。

同種、すなわち仲間への共感能力の高さを表しているのかもしれない。だとすれば、ヒトの共感能力、つまり鏡像行為の能力にはチンパンジーは及ばない、ということになる。

ミラリングとは、無意識のうちに相手の鏡映しとなって行為することだ。

地上にかつて存在したロスト・エイプにとって、自己鏡像認識の獲得に何が必要だったのか。

それはまず、催眠術師のショーを思いだして、ここで復習するとしよう。

それはまず、鏡の前の身振りである。

そして鏡に映る像の正体を知るための、ここに映っているのは**自分であり、自分ではない**、という理解だ。

ヒトの方がチンパンジーよりも、自己鏡像認識においてはるかにすぐれているので、無意識レベルの鏡像認識であるミラリングにおいても、**目の前に見える仲間は自分とそっくりだ。でも自分ではない**、ということが、よくわかっているはずである。

そうであるなら、あくびの伝染率の実験結果はヒトの子どもが「三分の一」で、チンパンジーが「二分の一」である方が、よりふさわしくはないだろうか？

おもしろいことに、この議論をつづけると、無限ループに陥る。自己鏡像認識の能力の高い方が、あくびの伝染率「二分の一」なのか。低い方が「三分の一」なのか。

それとも逆なのか。

結論が出ない。

結論が出ているように思えるとすれば、それは「ヒトはチンパンジーより進化している」という前提が、すでにあるためだ。

もちろん、それは正しい。

だからと言って、それだけを根拠に、議論を進めていくことはできない。

思わず同調するミラリングを制御できないから、あくびの伝染率二分の一で、制御できるから三分の一、こういう見方もできるからである。そして同様に、その逆も言える。


なぜ、ヒトとチンパンジーのミラリングの確率の議論が無限ループに陥るのか。

その理由は、自己鏡像認識そのものが〈帰還《フィードバック》〉的現象であり、〈再帰《リカージョン》〉的な現象だからだ。

電気回路のフィードバック・ループ。

コンピュータプログラミングのリカージョン。

鏡を知覚した自己の認識が、ロシア人形のマトリョーシカのような入れ子となって、脳のなかで無限につづいていく。

……鏡……そこに映っているのは自分だ。だが自分ではない。だが自分ではない自分だ。だが自分ではない自分だが自分ではない……

鏡を見る、というのはこういう経験なのだ。

肯定し、否定し、また肯定し、また否定する。

開き、閉じ、また開き、ふたたび閉じる。

脳のなかの、このような神経への刺激を、一九〇〇〇万年前以降からチンパンジーに至る七〇〇〇万年前まで、進化の道を歩むロスト・エイプは、水や、鉱物に映る鏡像をとおして、気の遠くなるような回数で繰り返してきた。

そして、その先にいたはずの現生人類以外、われわれホモ・サピエンスではないヒト属も。

私の考えはこうだ。ヒトと他の生物を分けるのは、アリストテレスの言うような、話す能力ではない。それは自己鏡像認識をビッグバンのはじまりのような特異点とする、無限のフィードバック・ループを展開かつ制御する能力である。

言語はその結果でしかない。言語は鏡の遺産だ。帰還的であり、再帰的であり、現実の対象とかけ離れたところで、永遠に反復を可能にするものだからだ。

つぎの文章を見てみよう。

——鳥は卵から生まれる。でも卵は鳥から生まれるので、先に生まれたのは鳥だ。でも鳥は卵から生まれるので、先に生まれたのは卵だ。でも卵は鳥から生まれるので、先に生まれたのは鳥だが、鳥は卵から生まれるので、先に生まれたのは卵だ。でも卵は——

——むすんで　ひらいて　手をうって　むすんで　またひらいて　手をうって　その手をうえに　むすんで　ひらいて　手をうって——

言語の母胎《マトリックス》には、鏡を前にしたあの反復がある。
鏡を開いて没入し、閉じて脱出し、また開いては没入する。
一九〇〇万年前以降、鏡の前に立った一頭のロスト・エイプの末裔《まつえい》たる人類は、誰もがみな進化したミラリング・エイプである。

◀2026年10月25日・日曜日
京都暴動発生まで一日
京都府・亀岡市
KMWPセンター「カフェスペース」

メディア公開の翌日。日曜日の午後一時。

〈オメガ棟〉三階のカフェスペースに集まった職員の前で、望は彼らの労をねぎらう短いスピーチをした。

二〇〇名を超す全職員は入りきれないが、メディア公開に関わった主要五十人ほどなら一堂に会すことができる。

センター長のスピーチが終わると、拍手が起こり、火薬を使わない無音クラッカーが弾かれた。

飛び交う色テープをくちばしにくわえたルリコンゴウインコのミカドが羽ばたき、ゴールデンレトリーバーのシキブは舌を垂らして尾を振った。シロテテナガザルのキンカクは、床に散った色テープの上を転がり回っている。

「みんな聞いてくれ」と望はいった。「ダニエルとインターネットテレビ電話がつながっている」

センター長のアナウンスに、どよめきが起こった。

出資者ダニエル・キュイの生の姿を見たことがあるものは、望とホルガーの二人しかいない。

研究者が取り囲むモニタの画面に、だだっ広いオフィスが映った。誰もが息を呑んで見つめた。最初にルーシーが、無人の机に置かれた〈昼食外出中《アウト・トゥ・ランチ》〉の札に気づいた。スラングだと同じ言葉で〈上の空〉という意味になる。

ホルガーは苦笑して言った。「こういう奴なんだよ。彼は」

カフェスペースは落胆とおかしさの混じった笑い声に包まれた。

ノンアルコールのビールが開けられ、菜食主義者を気遣った肉なしの野菜バーガーとスナック菓子が配られた。

大型の無線スピーカーからヘルベルト・フォン・カラヤン指揮の〈美しく青きドナウ〉が流れていた。

進化遺伝学者テレンス・ウェードが、野菜バーガーにかぶりつきながら、いつもの横柄な態度で望に近づいてきて、ブリティッシュ・イングリッシュで言った。「食わないのか」

「食欲がない」望は野菜バーガーの載った皿をテレンスの前に差しだす。「きみにやるよ」

「メディア公開のプレッシャーからやっと解放されたな」テレンスは指についたソースをなめて言う。「いいアドバイスがある。毎週やれよ。そうすりゃ慣れてくる」

「そんなことはいい」望は声を低くする。「テレンス、メディア公開を見てきみはどう感じた？〈**土星通**《どせいどおり》**のトラウマ**〉の件は、彼らに勘づかれなかったと思うか？」

〈土星通のトラウマ〉。それは声を抑えた英語の会話のなかで、日本語の発音で口にされた。

テレンスは望にもらった野菜バーガーにかじりついて咀嚼《そしゃく》する。「勘づくも何も、わかりようがないだろ？　ホルガーも、劉も、そしておまえも、アンクの行動は高度な模倣《イミテーション》だと説明したんだからな」

「疑われなかったか？」

「疑うものか。ホルガーと劉でさえ、それが真実だと信じているんだぞ。まったく、あいつらは役に立つよ。ばれるとしたら、名前だな」

「そうか」

「おまえのくだらない罪悪感、弱腰がよく出てるね。古代エジプト語とはいえ、わざわざあいつに鏡《アンク》なんて名前をつけるとは」

「古代エジプト語の鏡の英語スペルはA、N、K、Hだ。チンパンジーの方は……」

「Hを外しただけだろ？　おめでたい奴だよ、おまえは。でも発想がぶっ飛びすぎて、それでも答えはばれないけどな。おれたちの秘密は」


アンクの立体パズル組み立てが、模倣《イミテーション》でなく、ミラリングにもとづく。望がそう考えていることを知るものは、進化遺伝学者テレンス・ウェードと、ダニエル・キュイしかいなかった。

より完全な真実に迫るために、この三人が共有する秘密は、アンク——ジュバC——がやってくるよりも前にすでに存在していた。望はこう思っていた。アンクこそ、自分の仮説を証明できるチンパンジーかもしれない、と。

テレンスはノンアルコールのビールをいっきに飲み干す。「あの取材だけで〈土星通のトラウマ〉を嗅ぎつける奴がいたら、おれは科学者をやめるね」

「因果な仕事だ」望は言った。「真実のためには仲間に嘘もつく」

「嘘をついたわけじゃない」テレンスは首を振った。「真実への過程にいるだけなんだ。複素二次元を知らないニュートンを嘘つきと責めるのか？　みんな旅の途中にいたのさ……よう、セカン。このバーガーのソース、すごくうまいよ。あんたが作ったのか？」

脳科学者ジャスミン・ブレイクが二人のもとにやってきた。彼女はアンクの脳波データをまとめたファイルを抱えている。昨日のメディア公開時に、立体パズルに挑ませる最中に測定したものだ。詳細な分析結果が書き加えてある。

「ありがとう、ジャスミン」と望は言う。

「仕事が早いでしょ」ジャスミンは微笑む。

彼女の後ろ姿を見送りながら、望はすばやくファイルを脇に挟んだ。ひどく疲れていた。頭痛もあった。だがこれから遺伝子解析室へ行かなくてはならない。

「そのファイルの脳波データを」ふいにテレンスがつぶやく。「おれたちが見もしないなんて知ったら、彼女は腰を抜かすだろうよ」

カフェスペースの宴《うたげ》から二人が去りかけたとき、ホルガーがドイツ語でうたいはじめる。よくとおるテノールだった。

その歌声に合わせて、テレンスも口ずさんだ。アルファベットをつなげただけの暗号のような歌。「……GATA《ジイイエエテイイエエ》……TTTC《テイイテイイテイイシイイ》……CATG《シイイエエテイイジイイ》……」

「よせ」望は鋭い目つきでテレンスをにらむ。「何のつもりだ？」

◀２０２６年10月25日・日曜日
京都暴動発生まで一日
京都府・亀岡市
ＫＭＷＰセンター「鏡の間」

テレンスが書き、望が受理した〈動物実験計画書〉にもとづいて、彼らはアンクを連れ、〈オメガ棟〉五階の遺伝子解析室に入った。書類があるので、組織内の手つづき上不備はない。何をやっているのかを仲間たちが知らないだけだ。

同じレベルの設備がそろった遺伝子解析室は、温室ドームや〈アルファ棟〉にもあるが、〈オメガ棟〉五階の同室へ立入が許可されているのは、望とテレンスしかいない。

職員の目を気にせず済む空間で、望はジャスミンから受け取った脳波データのファイルを無造作に机に投げ捨てた。

アンクの脳波には、いっさい興味がない。

望は思った。テレンスの言うとおりだ。メディア公開時の脳波測定がパフォーマンスにすぎないと知れば、みんな言葉をなくすだろう。だが、今の時点では重要ではない。

望とテレンスは、遺伝子解析室の奥に作られた〈鏡の間〉へとアンクを連れていった。

二人とチンパンジー以外、誰も知らない部屋だった。

小学校の教室ほどの室内。

鏡が張りめぐらされている。

壁、天井、床、壁、すべて鏡。

ミラーボールが吊り下がっている。

片側の壁面はマジックミラーで、望とテレンスがなかの様子を眺められるようになっている。

二人は傷ついた首にコルセットをつけられた、まだ声を出せないアンクを、床に近い高さの出入口からそっと〈鏡の間〉に送りこんだ。

三六〇度、すべての方向を鏡像に囲まれる部屋に足を踏み入れたアンクは、自然なチンパンジーの姿をしていなかった。首のコルセットのほかに、別の人工物を装着している。

それは、仮面だった。コンゴで作られた木彫りの仮面。

三日月のように湾曲した顔。

水平に裂けた目の穴が二つ。

人間の二倍近く長い鼻梁《びりょう》。

パブロ・ピカソが描き、キュビスムの夜明けとなった「アヴィニョンの娘たち」、その下敷きにされたアフリカの仮面と、〈鏡の間〉に送りこまれたアンクの仮面は、まったく同じ形態のものだった。

チンパンジーでも、人間でもない。

ジャングルで見たあらゆる生きものともちがう〈異形《いぎょう》〉の顔。

そんな自分を全方向に映して、アンクはじっとたたずんでいる。

鏡と仮面のテスト。

望が極秘で実施するこの実験で、パニックを起こさずに耐えられるチンパンジーはいなかった。

あのかしこいセネトでさえも恐怖にわめきだし、興奮して鏡に体を打ちつけ、部屋から逃れられないと知ると、頭を抱えてうずくまるばかりだった。

仮面を恐がるのは、チンパンジーに限らない。

人間も同じだ。

仮面、それは鏡と同じように魔力があって、神秘や呪術の力を秘めたものとして受け継がれてきた。

古代エジプトのファラオ。アフリカのドゴン族。ギリシャ、ローマ、中国、日本、洋の東西のあらゆる民族の儀礼で、祈りや魔除けのダンスに使われる仮面。現代にも仮面の魔力は生きている。DCコミックスのヒーロー。プロレスラーのマスクマン。ホラー映画の殺人鬼。仮面をつけるとき、人間は人間を超える。

どれほど文明が進歩しようが、仮面は人類にとって異界でありつづける、というのが望の考えだった。

やがて望はこんな憶測を抱きはじめた。

ヒトが言語を手にする前に、鏡と仮面、この二つとの深い関わりがあったのではないか？

それは望の立てた進化の仮説を支えるための、重要なパズルのピースとなった。

二〇二四年にKMWPセンターが開設された直後、望はコンゴの文化人類学者ランス・ムヴィルに頼み、アフリカから大量の仮面を輸入した。

そしてその仮面を、〈オメガ棟〉に選抜されたチンパンジーたちにかぶらせ、〈鏡の間〉のなかですごさせた。

鏡と仮面のテスト。

その趣旨は、つぎのようなものだった。

「チンパンジーが、鏡に映った自分の恐ろしい顔の印象に惑わされず、瞬時に冷静になって判断を下せるかどうか」を調べる。

二年前、望はロンドンから来た異能の進化遺伝学者テレンス・ウェードにこう語った。


……たとえばだ。精巧な特殊メイクにも匹敵する、むちゃくちゃ恐ろしいゾンビ・マスクを人間の子どもにかぶらせて、鏡の前に連れていく。子どもはパニックになるよ。一歳以下であれば、恐怖のあまりゾンビ・マスクを脱ぐことすらおぼつかない。

ところが、一歳半から二歳になるとゾンビ・マスクの造形のすさまじさに泣きながら、鏡の前でどうにかそれを脱いで、元の自分に返る。そして落ち着きを取り戻すことができる。

　これは、人間が自己鏡像認識の力を一歳半から二歳のあいだに獲得することによるんだ。つまりこの力がなければ、恐怖を制御できない。

　大人だったら造作もない、と思うだろう？　だがテレンス、ぐっすり眠っているあいだに、友人のいたずらで、とてつもなくリアルなゾンビ・マスクをこっそりかぶせられていたらどうだろう？　じっさい、ハロウィンの前夜にこれをやられた女子留学生を知っている。彼女はまるで気づかずに目が覚めて、顔を洗いに洗面台に行き、ふと鏡を見た。どうなったかは、言うまでもないよな。

　鏡に映った恐ろしい顔の印象に惑わされず、瞬時に冷静になって判断を下すのは、じつは簡単なことではない。

　鏡像を「自分」だと思えば、ゾンビ化した己の姿に正気をなくす。

　鏡像を「自分でない」と思えば、目の前の怪物と戦うか、さもなくば逃げ回るしかない。

　異形の仮面の恐怖を制御し、冷静になるには、これが「自分」であって「自分でない」という、二つの認識を瞬時に得なくてはならないんだ。

　このテストをクリアしないかぎり、チンパンジーにいくら言語を教えても無駄だ、とおれは考えている。仮面の力が呼び覚ますフィードバック・ループ、その神経の働きは、まるでＤＮＡの二重らせん構造そのものじゃないか。

まず鏡があり、つぎに仮面が現れる。仕留めた牛の頭蓋骨をかぶった猿人、サーベルタイガーの頭部から剝いだ皮をかぶったヒト属、彼らが水や鉱物に自分の姿を映すことで、意識が爆発的に拡張していったんだよ。おれには、そうとしか考えられない。

クレタ島の牛頭人身の怪物、ミノタウロスの正体は何だったと思う？　考古学者ジョン・ペンドルベリーは『クレタの考古学』のなかでこう書いている。「王が雄牛の仮面をかぶっていたとは考えられないだろうか？」と。ここで言う「王」とは、クレタ島を支配していた「ミノス王」のことだ。つまり、雄牛の仮面によってミノス王は、自分が呪術的な力を得たと感じ、常軌を逸した残虐な行為に及んでいたのではないか、とペンドルベリーは推測している。これこそが鏡と仮面による、意識の拡張だ。他人にたいしてでなく、自分にたいしても、もう一人の自分、もう一つの宇宙を作りだすんだ。それができる類人猿を見つけられれば、進化の謎解きは大きく前進するのさ……

鏡の間。

望とテレンスの見守るなかで、そっとコンゴの木彫りの仮面を外したアンクは、琥珀色に濡れた瞳で、辺りを見回した。

天井、壁、床、どこにでも自分がいた。その姿は、もう仮面をかぶっていなかった。

床下近くの出入口が開き、頭を低くして望が入ってきた。

白衣を着て採血用の注射器をにぎった望は、しばらく無言でアンクを見下ろした。はじめて鏡と仮面のテストを、パニックに陥らずにクリアした七歳のチンパンジー。

望が手を差し伸べると、アンクは傷ついた声帯を震わせて、何か奇妙な声を発した。

突然望は激しい立ちくらみに襲われ、朝から感じていた頭痛がいっきにひどくなった。めまいのする視界のなかで、アンクの姿が二重にぶれた。鏡に映る自分の像もかすんでいた。前後上下左右、どこを見ても、鏡、鏡、鏡。

自分で設計した鏡の間で、意識が遠のいていく。

十三年前に死んだ父親が鏡に映っている。

忘れることのない、サウジアラビア産の赤いカーペット。

本革のソファ。

マホガニーのテーブル。

鏡のなかで父親がゴルフクラブを振りかざす。いつもの光景だった。何も変わっていない。チンパンジーなんて、どこにもいない。世田谷の家の応接間。大きな鏡のなかに、おれは閉じこめられたきり。


――望――望――どうした、立てるか――


テレンスの声が聞こえてきて、落ちた採血用の注射器を拾い上げようとする彼の鏡像が目に入った。

「すまない」と望は言った。「徹夜つづきでさすがに疲れているようだ。今日は引き上げるよ」

「おまえ、本当にだいじょうぶか？」アンクを抱き上げたテレンスの声には、普段の憎まれ口の調子はなかった。テレンスはアンクから採血し、綿棒で唾液を採取した。DNAの塩基《えんき》配列を調べるのに必要だった。

テレンスに抱きかかえられ、鏡の間を後ろ向きで遠ざかっていくアンクが、望の方を眺めていた。望とアンクは見つめ合った。人間とチンパンジー。たがいの孤独を比べ合うように、言葉もなく。

◀2026年10月25日・日曜日
京都暴動発生まで一日
京都市・右京区
鈴木望のマンション

ＫＭＷＰセンターを出た望は、メルセデス・ベンツＳＬＳ－ＡＭＧを走らせて京都市内に向かった。

亀岡市から三十分ほどで右京区に着く。

太秦天神川《うずまさてんじんがわ》駅そばの新築マンション。都市の景観保護が優先され、超高層建築物は建てられないので七階建てだった。

地下駐車場にＳＬＳ－ＡＭＧを停め、頭痛をこらえながらガルウィング・ドアを開けて降りた。オートロックのドアを抜け、ロビーのエレベーターに乗って七階のボタンを押す。

４ＬＤＫの間取りが、独り身に広すぎるのはわかっていたが、書籍や資料を保管するのには面積が必要だった。だが何もかもＫＭＷＰセンターに持ちこんだので、ほとんど家具のない部屋はいまだにがらんとしている。

かつて、ＫＭＷＰセンターのカフェスペースの壁に「ルームメイト募集・鈴木望」という嘘の貼り紙をされたことがあった。犯人は望の部屋を一度だけ訪ね、ホテル並みの空きスペースにあきれていたホルガー・バッハシュタインだった。

物件備え付けの音声認識ＡＩに命じて、三ヵ所の窓を覆うカーテンを同時に開けさせた。

天神川が夕日にきらめいている。複合施設の〈サンサ右京〉が見える。右京区役所も入っている建物の周囲に、人影が現れては消える。

巨大な光と影。

十月の西日に二分《にぶん》されていく街並みを、路面電車が走り抜けていく。嵐山終点の短い車両は今日も満員の観光客を運んでいる。

しばらく風景を眺めた望は、すべてのカーテンを閉める指示をＡＩに出した。それから片手でこめかみを押さえ、冷凍庫を開けて海南鶏飯《ハイナンジーファン》を電子レンジに入れた。Ｋ

ＭＷＰセンターにシンガポールから支給される常備食。プライベートでそれを食べているのは望ただ一人だった。

キッチンで立ったまま、望は食事をした。右手に使い捨てのプラスチック製フォークをにぎっている。

これまで三人の女性と付き合ったが、いずれの破局の原因も、こうした望の食事のスタイルにあった。家ではいつもこうだった。椅子やテーブルすら用意しない。おしゃべりもなし。

料亭でケイティ・メレンデスにあれだけ話したのは、インタビューだったからにすぎない。媒体はマイナーでも国際的なプレゼンテーションの場だ。それに彼女には、他の取材者以上の科学への情熱があった。

飲み終えて空になったコーラのペットボトルに、蛇口から水を注いだ。海南鶏飯をフォークですくい、ほんのわずかにフレーバーの移った水を飲みながら、望は思った。

おれが自宅でいつもこんな風に食事をするのは、きっと家族と食事を楽しんだ経験がないからだろう。結局のところ、環境や、教育の結果なのだ。

京都を訪れたヨーロッパ出身の熟年夫婦が、ふと立ち止まってキスをする姿を望は思い浮かべた。ウガンダの首都カンパラでもよく見かけた光景。めずらしくもない。彼らは旅先でそうやって愛情をたしかめる。

そんな夫婦の姿を見て、たいていの日本人はこう感心する。「何てすてきなんだ。歳を取ってもあの人たちは若い恋人同士のようだ」、と。

しかし望のような科学者の考え方はちがった。熟年夫婦の路上でのキスは、愛情の量を表しているのではない。

それは、夫婦の両親が同じ行為をやっていた――ことの証なのだ。

日本人の熟年夫婦が路上でキスをしないのも、同じ原理だ。彼らの親がそうしなかったから――である。

人類、と望はフォークを口へ運びながら思う。

世代から世代へと、行為を受け渡していく力において、これほどの高みに達した動物はいない。それが文化を生む。

親から子へ。

望は海南鶏飯の容器とペットボトルを捨て、歯を磨き、ビタミン剤を口に放りこんでベッドに横たわった。寝室にあるのは、野生調査でも使っていた折りたたみ式の簡易ベッドだった。

目を閉じると、急速に全身から力が抜けていき、誤って睡眠導入剤を飲んだのかと心配したくなるほどの、強い眠気がやってくる。


折りたたみ式ベッドから体を起こした望は、真夜中なのかと思ったが、腕にはめたエクスプローラーの針は、午後五時を回ったばかりだった。帰宅して一時間ほど経ったにすぎない。

キッチンへペットボトルの水を取りに行くと、鏡の間で味わったような急なめまいがまた襲ってきた。望は壁に手をついて体を支えた。調理台に置いたペットボトルの中身が揺れている。

めまいじゃないな――

揺れはだんだん強くなり、八秒ほどで収まった。

望の使っている衛星携帯電話――通信に特化した機器――に地震速報は入ってこない。望は寝室へ行ってテレビをつけた。

「緊急地震速報です」京都ローカル局のアナウンサーが告げた。「午後五時十二分ごろ、地震がありました。震源地は滋賀《しが》県中央部、マグニチュード7・9、最大震度六……京都府内の震度はつぎのとおりです……震度五……京都市北区、上京区、左京区、中京区、東山区、下京区、南区、右京区、伏見区、山科《やましな》区、西京《にしきょう》区、宇治《うじ》市、亀岡市、向日《むこう》市、長岡京《ながおかきょう》市……

望はテレビを見ながら思った。京都にしてはめずらしく強く揺れたが、この程度だったらKMWPセンターはびくともしない。ビーカーが落ちて割れるくらいだ。職員には貴重な経験になっただろう。ただ、チンパンジーは驚いたかもしれない――

不安はなかったが、いろいろと考えるうちに気がかりも出てきた。やはり地震に不慣れな部下の顔が心をよぎる。衛星携帯電話を手に取り、セカンワジがセンター内で使っている携帯電話にかけた。

「ちょうどチェックに回っているところです」セカンワジの低い声が聞こえた。「セキュリティからは異常の報告も入っていませんし、問題なさそうです。GM、どうぞ休んでください」

セカンワジの言う通り、体を休めるのが先決だった。通話を切ると、望は午後十一時に目覚ましのアラームをセットした。日付が変わるころに着けばいいだろう。自宅で着替えと仮眠を済ませて、真夜中に出勤するのはいつものことだ。

◀２０２６年10月25日・日曜日
京都暴動発生まで七時間
京都府・亀岡市
ＫＭＷＰセンター「プールの部屋」

進化遺伝学者テレンス・ウェードが、〈オメガ棟〉五階の「プールの部屋」清掃について耳にしたのは、疲労の色が濃い望が自宅に戻ったあとだった。

テレンスはアンクを抱き、ＫＭＷＰセンター全施設で統一された八角形トンネル型の通路を歩いていた。チンパンジーにしがみつかれるのは、テレンスをいつも不思議な気分にさせた。澄んだ瞳やせわしない首の動きは人間の子どもを彷彿《ほうふつ》とさせるが、指や顔には無数の皺《しわ》が刻まれ、あごひげには白いものが混じり、年齢を重ねた古老のように見える。

類人猿の遺伝子配列には詳しいものの、じっさいのスキンシップは専門外だった。そんな自分が孤児のチンパンジーにしがみつかれている。人生とはわからないものだ。

通路の向こうからやってきた獣医師のルーシーに、テレンスはアンクを引き渡した。父親が母親に赤ん坊を託すような動きで。

「なあ、ルーシー」とテレンスは言った。「こいつは年寄りなのか、子どもなのか？」

「何言ってるの？」ルーシーはアンクにキスをしながら言った。「子どもよ」

「だが七歳だろう」とテレンスは言った。「この連中は八歳で大人になるんじゃないのか？　突然群れから消える奴もいるって聞いたぞ」

「そういう報告もあるわね。だから、細かく言えば〈若者〉よ。だけど若者にもいろいろあるでしょ？　大人みたいな十六歳もいれば、子どもみたいな十九歳もいる。とくに人間の場合は差が激しいわ。テレンス、あなたはどっちなの？」

テレンスは鼻で笑い、こう言った。「さて、気分を変えてひと泳ぎするかな。見つからなきゃいいんだ。どうせ誰も泳がないんだから」

「プールの部屋のこと言ってるの？」

「ほかにあるか？」

「本気で言ってるなら、今日やるべきよ。これから寒くなるし。テレンス、会えてよかったわ。あなたが泳いで解雇される前に」

テレンスはルーシーの皮肉を聞き流す。気になる発言があったのだ。彼は問いただした。「何で『今日やるべき』なんだ？」

「知らないの？」ルーシーは意外な顔をする。「プールの水を抜いて清掃するのよ。メディア公開も終わったから。吸水口とジェット水流のパイプを作り直したりして、実験再開は来年になるわね」

「来年？」

「だから、リクターに今年最後のテストをやってもらうの。もっとも彼は、さっさと橋を架けておしまいでしょうね」

ルーシーの肩にしがみつく、とてつもなく高いレベルのミラリングや、自己鏡像認識の才を持つチンパンジーを、テレンスはじっと見つめた。アンク――来年まで待つくらいなら、ぜひ今日のうちに、橋を架けるテストをやらせておきたい。おそらくやり遂げるはずだが、本能的な水の恐怖に打ち克《か》てないかもしれない。そのあたりを見ておきたいが――

動物実験を思いつきで行うことは、許されていなかった。必ず計画書を書き、センター長に提出して受理される必要がある。望と二人でおこなう極秘の実験も、内容が虚偽の本物の書類だけはいつも作っていた。

ＫＭＷＰセンターでチンパンジーが関わるすべての実験は、鈴木望の認可なくして実施はできないのだ。今から書類を作り、自宅で仮眠している望を叩き起こして呼ぶころには、プールはすっかり空になっているだろう。

テレンスは舌打ちした。アンクを実験に参加させるのは無理だ。周囲の目もある。だが、見せるだけなら――

「提案があるんだが」とテレンスは言う。「おれがアンクを抱いてプールの部屋に入ってさ、リクターが橋を作る様子を見学させてやってもいいよな？」

「だめよ」とルーシーは答える。

反対されて声を荒らげそうになる進化遺伝学者を、ルーシーは笑って制した。「私がこの子を抱くなら許すわ。ねえ、アンク」

午後四時四十分。

水が抜かれる前のプールの部屋で、リクターが橋を作る実験が開始された。実験責任者は進化心理学者の劉立人《リユウ・リーレン》で、リクターが転落した場合に救助する二名の専任スタッフもスタンバイしている。

八メートル先の向こう岸にアブラヤシの実が三つ転がっている。

アブラヤシの実を割るための石は、リクターのそばに置いてあった。リクターがアブラヤシの実を食べるには、橋を架けて、恐ろしい水の上を渡るだけでなく、石を持っていくか、アブラヤシの実を持ち帰るか、どちらかの行為が必要になる。類人猿の道具の使用という研究において、新たな発見の期待がかかった実験だった。

プールは来年まで空になるというので、実験に関わらない研究者も見学にやってきていた。〈アルファ棟〉責任者で動物行動学者のタチアナ・フエゴや、進化人類学者のホルガーがアクリルガラス越しにこの実験を見守ることは通常ない。

アンクを抱いてプール前の狭いスペースに入ったルーシー、彼女の横にいるテレンスもイレギュラーのメンバーだった。

「これだけの顔ぶれがそろうと」劉が言った。「何だか偉くなった気がするね」

劉はアボカドをかじっていた。ナイフで硬い皮を剝《む》きながら食べている。チンパンジーはアボカドを嫌うので、油断した隙に奪われる心配がない。

深さ一・七メートルのプールで渦巻いているはずの水が、静まり返っている。清掃に備えてジェット噴流はすでに停止され、ライトに照らされた底だけがゆらめく。

リクターがレンガ大の、強化プラスチックのブロックを組み合わせて〈橋〉を作っている。その姿は、もはや手慣れた職人のようだ。

彼はプール前の狭いスペースに立つ、二人の〈見学者〉には関心をまるで示さなかったが、アンクは気になるようだった。知能では序列一位でないリクターも、〈オメガ棟〉のリーダーは自分だと自覚していた。ほかは年下のメスだからだ。七歳とはいえ、オスのアンクは何かと目をつけられている。

急に作業を放りだしたリクターが、牙をむきだしてアンクに近づく。アンクは怯えてルーシーの背後に回る。

このやりとりが何度か繰り返されて、リクターは橋を作り終え、棒高跳びの選手が棒を担ぐように、生まれ持った背筋力で悠々と持ち上げて向こう岸へかけた。

待ち受けるアブラヤシの実を割るための石を置き去りにして、リクターは橋を渡りはじめた。なるほど、と研究者たちは思った。道具を運ばず、硬い実の方を持ってくるつもりか。

リクターは高所恐怖症の人間が吊り橋を渡るのと同じで、手足を橋に這わせて慎重に進む。四メートル——ちょうどプールを半分まで進んだところで、思いがけない行動に出た。

橋の上で立ち止まり、指であごをかきながら、向こう岸のアブラヤシの実をしばらく見つめていたかと思うと、急に体の向きを変えて、元の場所へ帰ってきた。

その行動は研究者たちを驚かせた。橋の途中まで行ったリクターは、アブラヤシの実を割る石を取りに戻ったのである。アブラヤシを三つ抱えて橋を渡るのは危険だが、石を持っていけば、向こう岸で全部割って食べられることに気づいたのだ。

ラグビーボールをやや小さくしたような石を抱え、人間に守られたアンクへの威嚇を済ませてから、リクターはふたたび橋を渡りだした。

アンクは怯《おび》えてルーシーにしがみつき、それでも目の前で起きている光景に強く惹きつけられている。チンパンジーは好奇心旺盛な生きものだ。アンクはリクターとプールの水面を交互に見比べた。波のない水面に、天井のライトが照らすリクターの姿がくっきり映っている。

半分ほど渡り終えたころだった。

突き上げるような揺れが起きた。

午後五時十二分。

震源地は滋賀県大津《おおつ》市の琵琶湖《びわこ》付近。

京都市南西部と亀岡市は震度五。

強い揺れは、八秒ほどつづいた。

その八秒が、橋を渡っているリクターをパニックに追いこんだ。石を抱えているので、重心がいつもとちがっていた。あわてて石を放り捨てる。その動作が逆にきっかけとなってバランスを崩し、足をすべらせてプールへ落ちた。

自分自身の映っていた水のなかへ。

ますますパニックに陥った。水温は二六度。冷たくはない。しかし、溺《おぼ》れるものにとって水温など関係がない。

リクターを映していた水のなかで、リクターが激しいしぶきをあげながらもがいている。

GATA
TTTC
CATG
TTTA
TACA
GATA

ＧＣＧＧ
ＴＧＴＡ
群れのボスが映っていた水のなかで。群れのボスが。手足をばたつかせて。悲鳴を。

アンクは驚愕《きょうがく》に目を見開いている。琥珀色の澄んだ瞳に何もかもが映っている。アンクは覚えている。いつか、どこかで、目にした光景。それははてしなく遠い記憶だ。それでも自分の小さな体にたしかに刻まれている。溺れるリクターを前にして、本能に突き動かされるままにアンクが口を開け、牙をむき、傷ついた喉を震わせて、叫び声を上げた。

その声はアクリルガラスの外側まで響く。
長距離音声《パントフート》ではない。うなり声や金切り声でもない。甲高《かんだか》い金属音が断続的につづく。鳥の群れの鳴き声のように聞こえる部分もあれば、ラジオの電波ノイズに似た響きもあった。

居合わせた人間たちの様子が一変する。テレンスがルーシーを叩きつけて割ったドアののぞき窓から、恐怖に駆られたアンクは逃げだす。

これは感染爆発ではない（1）

研究者からの確認事項で目を覚まされることなく、予定どおりに自宅で仮眠を終えた望は、深夜のKMWPセンターに戻った。午前一時一分。日付は変わっていた。十月二十六日。月曜日。

月明かりに照らされるメルセデス・ベンツSLS－AMGの銀色の車体を降りて、望は温室ドームに向かった。研究棟に行くにはドーム内通路を通る必要がある。

虹彩《こうさい》認証でゲートを開くとAIに名を呼ばれた。その挨拶を無視して、望はIDカードを首に提《さ》げる。夜間警備員に見せるためだった。

だが警備室の窓口は無人で、誰かがいる気配もなかった。不思議に思いながらドーム内通路を歩き、〈オメガ棟〉のセキュリティを通過して、エレベーターで五階に向かった。

メディアに公開したばかりの遊戯室のライトが点《つ》きっ放しだった。

九歳のセネトと四歳のタンゴが、抱き合って眠っている。

奇妙だった。

遊戯室とはいっても、実験室の一種だ。深夜零時を回って、チンパンジーがここにいるはずがない。

職員を探したが見当たらない。望はパスコードで二重ドアを開け、アクリルガラスで仕切られた向こう側へ、そっと足を踏み入れた。

セネトがタンゴに覆いかぶさっている。

二頭のチンパンジーを、望は力を込めて引き離した。

タンゴは鋭い犬歯でセネトの喉に食いつき、セネトは恐怖に目を見開いたまま、両手の親指をタンゴの両眼に深々と突き立てていた。

彼女たちはそうやって死んでいた。

天井から吊り下がった遊戯用のロープが望の肩にぶつかり、類人猿の死体の上で揺れた。望は大声を上げ職員を呼んだ。反応はなかった。心臓の鼓動。噴きだす汗。失われたかけがえのない研究用チンパンジー。瞬時に錯綜《さくそう》するさまざまな思い。

遊戯室を出て人間を探す。八角形の通路を歩く。清掃の行き届いた真っ白な床と壁面に血。通路沿いの一室から流れている。

なかをのぞくと、白衣の女性スタッフが一人倒れている。学者ではなく、栄養士だ。彼女はすでに息絶えている。顔面は血まみれで、顎関節脱臼《がくかんせつだつきゅう》を起こしていた。開かれたあごは脱臼というレベルを超え、両頰の皮膚が裂けるまでに達していた。誰かの手で口を上下に引き裂かれたのだ。

望の動悸《どうき》がさらに激しくなる。脳の血管がはち切れそうなほど、こめかみがうずく。施設内でチンパンジーを死なせたことに加え、人間の死者を出した意味を考える。誰がやった。リクターか。

栄養士の奥にもう一人、男が倒れている。医療器具の洗浄スタッフで、薬剤を入れるアルミニウムのケースに血痕があり、後頭部をそこに打ちつけたことがうかがえる。両手にはいくつもの擦過傷《さっかしょう》があり、誰かと争った跡のように見える。

もしも十一歳のリクターが暴れだしたのなら、と望は思う。素手ではチンパンジーには敵わない。武器がいる。類人猿用のスタンガン。それが一番近くにあるのは。

望はプールの部屋に向かう。八角形の通路を走る。閉じこめられた悪夢のなかを走っている気がする。

何が起きたのか。リクターが暴走するとは、望にはどうしても信じられなかった。彼は月を見るもの《ムーンウオッチャー》だ。友好度は知性に比例する。

プールの部屋に飛びこんで、望の思考は完全に停まった。

実験を観察するブースにみんなが転がっている。ＫＭＷＰセンターの頭脳たち。誰も身動きしない。どの白衣も鮮血にむごたらしく染まっている。

打撲、裂傷、骨折、脱臼、咬みつかれたような痕もあった。あらゆる暴力が彼らの肉体に襲いかかった証拠を望は放心状態で眺め、専用ロッカーの対動物スタンガンを探したが、すでに持ち去られてなかは空だった。アクリルガラスの向こうに目を向けた。プールに髪を短く切ったばかりのルーシーの背中が浮いている。プールにいるのは彼女一人ではない。

望は自分を奮い立たせて、プールへと降りていき、一・七メートルの水深に首まで浸かって進むと、チンパンジーの溺死体《できしたい》をたぐり寄せた。黒い体毛が濡れ、いつもより痩せて見える。

望はリクターの指を見つめた。彼が襲撃者なら、血痕や傷が残っているはずだ。プールに飛びこんだ程度では、あれだけの殺戮の血は流れ落ちない。五指《ごし》のつめ、くちびるや犬歯も残らず調べる。

何の痕跡もない。

リクターが犯人ではないのか。

いや。そうだとしても疑問は残る。遊戯室で殺し合ったセネトとタンゴ、あれは何なのだ。

望はドアを開けてブース側に戻り、服から水を垂らしながら、仲間たちの死体のそばにかがみこむ。リクターにやったのと同じことをする。指、つめ、口、歯を調べた。

ある死体の指には、別の相手の頭皮から引きちぎった髪がにぎられている。KMWPセンターは多国籍研究所なので毛髪の区別は容易につく。あるものの腕に残った歯型は類人猿ではなく人間のそれだ。調べると折れた前歯がその腕に刺さっている。隣の死体の口を開けてみると、前歯がない。

遊戯室で死んでいたセネトとタンゴの姿が目に浮かぶ。同じだ、と望は思う。人間たちは、ここでたがいに殺し合ったんだ。

切れた頸動脈の周りにできた血のプール。むせ返るなまぐさいにおい。めくれた皮膚とむきだしになった筋繊維《きんせんい》。ジャングルでレンジャーに射殺された密猟者でさえ、これほどひどいありさまではなかった。研究者たちの発した狂気の叫び声が聞こえる気がして、望はこらえきれなくなり、体を折り曲げて吐く。

自分の吐瀉物《としゃ》を眺める望の頭をよぎるのは、もちろん〈感染事故〉の可能性だった。ウイルスや病原菌に冒されないかぎり、超一流の科学者が殺し合うなど考えられない。

感染爆発。

それが事実なら、もう自分は手遅れだと望は思う。だが助かりたいとは感じなかった。仲間のすさまじい死体を目にして、すでに自分も死んでしまった気がしている。いまさら防護服を着るのも無駄だ。しかし自暴自棄にはなれない理由が望にはあった。パンデミックならKMWPセンターを完全封鎖しなくてはならない。

だが、温室ドームの警備室に電話をかけても、呼びだし音がむなしく鳴るばかりだった。もともと誰もいなかったのを望は思いだす。すぐに〈アルファ棟〉にも連絡する。反応はない。

自力が無理なら外部機関に頼むほかはなかった。望は亀岡市の消防署に通報しようとして、ボタンを押しかけ、その手を止めた。

KMWPセンターの感染症モニタリング。

そのレベルは世界最高だ。あらゆる感染症、とくにヒトとチンパンジーに共通する人獣共通感染症には、常時徹底的に目を光らせてきた。

Ｂウイルス。

エボラウイルス。

マールブルグウイルス。

カンピロバクター菌。

非定型抗酸菌。

アメーバ赤痢。

蠕虫《ぜんちゅう》感染症。

望は立ちつくす。

ＫＭＷＰセンターの監視網《もう》をかいくぐった感染事故に、一地方の消防あるいは病院がどうやって対応するのか？

答えはわかりきっている。スペースシャトルの修理を町工場に頼むようなものだ。

致死性の高い未知のウイルスであれば、現場に呼ばれた消防隊員の命の保証はない。

彼らのＢＣ《生物・化学》災害用装備の効果がわからないからだ。

自力で封鎖できないにもかかわらず、通報を遅らせるのは犯罪だとわかっていた。

それでも原因を特定しなければ応援を呼べない。自分が裁かれるのはそれからだ。その前に発症して死ぬかもしれない。望には残り時間はどれくらいあるのか、想像もつかない。

一般人が訪れない施設であることだけが救いだった。

五階にある空調監視室に飛びこむ。大規模な感染が起きたのであれば、換気口に接続された装置からＡＩがウイルスの種類を特定して、モニタに表示しているはずだった。データに該当する〈ウイルス名〉が表示され、あてはまるものがなければ〈未知《アンノウン》〉と表示される。

望はおののきながら――〈未知〉を覚悟して――モニタに目を向けた。

検出なし《ノット・デイテクテッド》

いかなる致死的なウイルスや菌も見つかっていない。望は予想しなかった結論に目を見張った。詳細にデータを確認する。湿度、温度ともに正常。夕方の地震による停電、漏電、漏水被害もなし。ＫＭＷＰセンターの環境は開設以来、一〇〇パーセントの安全管理下にある。

山を駆ける三つの獣

……水に落ちた群れのボス……

十月二十五日、日曜日。午後五時十二分に発生した、滋賀県の琵琶湖付近を震源地とする地震で、実験中のリクターは橋からプールに落ちる。

恐怖に目を見開き、手足を猛烈にばたつかせて水しぶきを上げる。待機していた二名の救助スタッフがすかさず立ち上がるが、どちらも頭を押さえてうずくまる。

アンクが叫んでいる。

プールを凝視して、体の奥底から湧き上がる衝動に突き動かされ、力のかぎり声を上げる。

自分でも何を叫んでいるのかわからない。だが仲間のために叫んでいるのはたしかだ。同じ種、同じ森に暮らすもののために。

いきなりアンクは人間《ルーシー》に放りだされる。人間《ルーシー》は人間《テレンス》に襲いかかり、組みついたが逆にドアに叩きつけられる。ドアののぞき窓が割れ、人間《ルーシー》は首の骨を折って即死する。

人間《ルーシー》に体当たりを試みた人間《テレンス》は、くずおれた彼女に急にかわされた格好になり、ドアに激突して、脳震盪を起こす。

アンクは人間《ルーシー》を守ろうとして、リクターが架けた橋へ彼女を押しやろうとするが、すでに死んでいる体をプールに落としてしまう。水面を漂っていく人間《ルーシー》をなすすべなく見送ったあとで、割れたのぞき窓から人間側ブースへ逃げこむ。

そこで歯をむきだして戦う人間《ホルガー》と人間《タチアナ》と人間《劉》。優しかった面影のかけらもない未知の野獣。

アンクは恐怖を感じ、ブースを出ようとするが、チンパンジー逸走防止の二重ドアにはばまれる。パスコードなくしては開けられない。すぐれたチンパンジーであれば、トレーニングしだいで解除手順を覚えられるドアだ。だがアンクはどのボタンを押せばいいのかを知らない。

閉じこめられたアンクは、なすすべもなくブースをうろつく。人間《ホルガー》と人間《タチアナ》と人間《劉》が死んでいる部屋を。

ふいに物音がして、プールの側から誰かが入ってくる。脳震盪で失神していた人間《テレンス》。頭から激しく流血し、状況がまったく理解できずに動揺しているが、少なくとも正常さを取り戻してはいる。人間《テレンス》はブースに横たわる三人を見て、息を呑み、ロッカーから動物用スタンガンをつかみだす。人間《テレンス》は何が起きたのか、誰が敵なのかもわからないまま、パスコードを解除して、ブースを出る。後ろに七歳のチンパンジーがついてきたことには気づかない。

アンクは、白い光に照らされる八角形の通路を叫びながら走る。地震を感知して自動的に開いた非常口を抜け、非常階段を下り、三階の通路に出る。

目には見えないが、どこかにいる仲間に知らせなくてはならない。本能で鳴き声を上げ、自分自身の逃げ場も探しながら進む。どこからか人間の絶叫が聞こえ、アンクは速度をゆるめ、警戒しながらナックルウォークで移動する。

カフェスペースのドアから、組み合った二人の人間が通路に飛びだしてくる。一人がでたらめに宙を蹴った足を避《よ》けようとして、アンクはカフェスペースのなかに入る。

そこでまたしても人間同士が殺し合っている。絶叫。怒号。うなり声。

鳥が飛び回り、犬が吠え、白い猿がテーブルの下に隠れているが、戦っているのは人間だけだ。

一人の人間が目の前の相手に突進し、山の見える窓ガラスにぶつかる。砕け散ったガラスのきらめきとともに、彼らは三階から地上へ落ちていく。

割れた窓から吹いてくる風。葉のにおい。木のにおい。

本物の風を感じ取って、そこへ向かわない動物はいない。

外へ。

正二十面体の外壁と外壁のあいだにわずかな隙間《すきま》がある。七歳のチンパンジーはそこに指をかけて自重を支え、地上へと下りていく。人間なら鍛え抜いたクライマーにしかできない芸当だが、彼には造作もない。

警告の声を上げながら、隣の〈アルファ棟〉や温室ドームのそばを駆け回る。そこに仲間がいるのは本能的にわかっている。

やがて温室ドームのなかから、アンクに応じるようにして、仲間たちの声が聞こえてくる。しかしそれは呼びかけではない。長距離音声《パントフート》ではない。怒り。憎しみ。痛み。その何もかもが凝縮された、聞いたこともない恐ろしい声だ。

危険を察して、アンクはKMWPセンターの敷地を逃げだす。

見たこともない大地をどこへ行けばいいのか。とにかく緑のある方へ向かえ。内なる本能が彼をうながす。逃げろ。そして仲間に警告しろ。

ＫＭＷＰセンターに向かい合う牛松山。ようやく逃げこんだ林のなかで犬の吠える声がこだました。すぐに二頭の犬と遭遇する。

イノシシに畑を荒らされた農家が放し飼いにしている犬だ。二頭は吠えながら、正体のわからない黒い生きものを追い回す。

アンクが木に登ろうとしても、別の一頭がすかさず回りこんで許さない。

犬とチンパンジーの追跡劇は山中で一時間にも及んだ。

岩肌がむきだした斜面を走ったことのないアンクは、二頭についに追いつめられる。懸命に威嚇するが相手はひるまない。一頭がアンクの左腕を咬む。牙は腱《けん》を断ち、骨にまで届く。その咬み傷は左腕の握力を奪い、木に登れないほどの痛手をアンクに与える。

アンクは岩肌からはがれた石を犬に投げつける。

人間のほかに「石を拾って投げる生きもの」など見たことのなかった犬は驚く。一瞬、相手は小さな人間なのかと感じる。咬みついたあごを放した犬は、もう一頭とともに戸惑いを見せる。もし人間なら攻撃はできない。あとで飼い主にひどい目に遭わされるからだ。

アンクは山林へと姿をくらます。

傷ついた指を舐《な》めながら、落ち葉を踏みつけて歩く。

彼を取り巻く状況は異常だった。

水に落ちた群れのボス。

仲間たちに危機を伝えなくてはならないこと。

左腕が動かず木に登れない。

木に登れないのなら、この岩肌と斜面だらけの場所は危険だ。

夜になっても、アンクは月明かりを頼りに移動しつづけた。

はじめて見る竹や笹《ささ》の葉をかいくぐって東へと進み、やがて大きな川が現れて、せせらぎの音にためらった。水のたくさんある場所は恐ろしい。それでもより遠くへ行かなければ、敵に襲われてしまう。

生存本能と恐怖のせめぎ合い。

板挟みになったアンクが見つけたのは、川の向こう岸へつながる木と石の道だった。彼は水に架けた道を渡るボスの姿を覚えていた。目の前にあるのは、あの道よりずっと大きく、そして長い。

真夜中で静まり返った橋を、アンクはナックルウォークで恐るおそる歩いていく。途中で何度か後ろを振り返る。追ってくる犬はいない。

七歳のチンパンジーは無人の渡月橋《とげつきょう》を無事に渡り終える。京都市右京区嵐山。咬まれた傷がひどく痛む。危機はまだつづいている。アンクは叫び、姿の見えない仲間のチンパンジーに訴える。

ほどなくしてどこかでガラスが割れ、悲鳴がこだました。

これは感染爆発ではない（２）

望は生存者を探して、〈オメガ棟〉を歩き回った。

動くものは何もいなかった。

死体の山。

職員のすべてが外傷によって死んでいた。失血性ショック死。頭蓋骨陥没。頸椎《けいつい》損傷。暴行を加えたものと加えられたものを見分けるのは困難だ。

三階のカフェスペースをのぞいて、ついに生存者を見つけた。ただし人間でも類人猿でもない生きものを。

ルリコンゴウインコ。

ゴールデンレトリーバー。

シロテテナガザル。

いずれも怯えていたが、怪我もなく異常は見られない。

望は五階から持ちだした検査キットの箱を開け、三匹の口内粘膜と血液を採取した。

一階ずつ下り、生存者を探しつづけた。〈アルファ棟〉、そして温室ドーム――

暗い光、湿度と温度。

夜の環境に自動で切り替わっている人工ジャングルは、軍隊によって虐殺のおこなわれた村のようだった。だがアブラヤシの葉の下で死んでいる彼らはたがいに殺し合ったのだ。

咬む。殴る。引っかく。ねじる。えぐる。

四十頭は全滅し、勝者はいない。

KMWPセンターの信じられない悲劇のなかで、しだいに望は理解しがたい法則に気づく。

人間は、人間同士。

チンパンジーは、チンパンジー同士。

同種間だけで殺戮がおこなわれている。人間とチンパンジーは戦わないし、鳥や犬や小型類人猿も惨劇をまぬがれている。これは何を意味するのか。目には目を、歯には歯を――アッカド語の楔形《くさびがた》文字で石碑に刻まれたあの法典を守り抜いたような虐殺。

ところが例外も見つかった。温室ドームの熱線反射ガラスに頭部をぶつけて、両手を垂らしているセカンワジの死体がそうだった。

周囲に人間の死体はない。彼はたった一人で息絶えている。ガラスには何度も頭を打ちつけた血痕が残っている。

望は思った。目に入った同種を襲うとは限らない。では彼に、アンソニー・セカンワジに何が起きたのか？

脊髄《せきずい》にじかに冷凍液を注入されたような、ある恐ろしい直感が望を凍りつかせた。今の時点では何の証拠もなく、証明もできない。それでもこれは。

血に濡れて開いたままのセカンワジのまぶたを、望はそっと閉じた。わずか八時間前に電話で話したばかりだった。

望は〈オメガ棟〉四階の外科手術室に、たがいに殺し合った職員の男女二人の死体と、セネトとタンゴの死体を運びこんだ。

それぞれの粘膜を採り、注射器で血を抜き、血液は容器ごとに遠心分離機にかけ、それからＮＡＳＡが宇宙飛行士に使わせているのと同タイプの感染症測定器で反応を見た。

検査する粘膜と血液は八件。

男女二人の死体。セネト。タンゴ。カフェスペースの鳥と犬と小型類人猿。そして自分自身。

結果が出るまでのあいだ、望は体重が軽い方の人間の死体を手術台に載せた。軽いのは女の職員だった。

チンパンジーの負傷や関節異常に取り組むための手術台で、点けたライトのまぶしさに目をくらませながら、死体の白衣を脱がし、下着も残らず取り去った。

病理の特定につながる異変を探す望は、やがて自分が何をしているのかに気づき、こうして人間は狂っていくのかと思った。

おれは歯形を探しているのだ。咬まれた箇所から感染して、人間がゾンビ化するという例の歯形を。

望は一人で笑った。

女の死体に歯形などなかった。念のため男も調べてみた。やはり歯形はない。攻撃として咬みつかれたものをのぞけば、全員が咬まれたわけではない。ゾンビなどいない。死体がよみがえることもない。これは感染爆発ではない。

測定器の作動音が止まる。結果が表示される。もう望にはその文字がわかっている。

ウイルス　　　　検出なし
細菌　　　　　　検出なし
寄生虫　　　　　検出なし
原生動物　　　　検出なし
未登録の病原体　検出なし

望は試験管の検体を別の容器に移して、外科手術室を出る。五階に移動するためにエレベーターへと向かう。遺伝子解析室をめざして、何かに憑かれたように歩く。高速でシャッフルされるカードを見つめているように、さまざまな考えが頭をよぎる。

殺し合ったチンパンジー。霊長類研究史上最悪の事故。警察に通報しろ。殺し合った職員。ダニエル・キュイに報告しなければならない。連絡するんだ。環境省に、農林水産省に、厚生労働省に。京都府知事室に至急連絡を取れ。待て。いったい何を話すんだ？「何の病気でもない健康な人間と大型類人猿がみんな死にました」、そう言う気か？そんな報告では対処できない。おれがやっているのは正しいことなんだ。必要悪だ。原因がわからなければ、対処しようがない。だが、それでも何かがおかしい。変だ。何がだ。通報しないことが？おれは狂っているのか？ああ狂っている。それでも考えろ。何を。ここで起きたことを。チンパンジー。そう、チンパンジーだ。おれはKMWPセンターで飼養している個体をすべて目視で識別できる。だから――

アンクがいない。死体もない。

突然向こうから足音が聞こえて、望は前を見た。八角形のトンネル型通路を走ってくる人影。

テレンス・ウェードだった。

無事だったのか、と叫びかけた望の心に何かが引っかかった。傷。打撲。裂傷。骨折。素手。チンパンジーのみならず、人間も素手で殺し合っている。危機に瀕《ひん》すれば、何でも利用して相手と戦うのが人間だ。固い椅子。金属製の検査器具。消火器を噴射してもいい。

それをしないのは、道具を理解できなかったからだ。

道具を理解する大脳新皮質《だいのうしんひしつ》の機能が停まっていた。もちろん、精神作用をつかさどる前頭前野は働いていない。

当たり前だ。仲間と殺し合っているんだから。

人間もチンパンジーも、緊急事態に直面したときは大脳新皮質の活動を停めて、大脳辺縁《へんえん》系の旧皮質《きゅうひしつ》や古皮質《こひしつ》に主導権を渡す。本能をつかさどる脳の古い部位に。

ありとあらゆる冷静な状況判断をはぶいて、原始的行動を脳に選ばせる緊急事態、

それが恐怖だ。

恐怖に囚われれば、何も見えなくなる。やるか、やられるかの世界。効果的な道具さえ目につかなくなる。

道具。道具なのだ。――対動物スタンガン――

プールの部屋の人間側ブースにあるはずの、非常用のスタンガンがなかった。ロッカーのなかは空だった。

全員が道具を理解できないのなら、誰が持ち去ったのか。

無言で通路を走ってきたテレンスの手に、暗紫色の放電がきらめいた。痛みを感じて意識をなくす瞬間に望は考える。ゴリラやオランウータンを一撃で倒す電圧設定だったら、おれの心臓はもう二度と動かないだろう。でも、チンパンジーを失神させる電圧設定なら――

ローカルニュースと鏡のなかの鏡文字

ケイティ・メレンデスはたくさんの夢を見た。

出張取材で泊まるホテルでは短く熟睡するタイプだったが、この日はちがっていた。

夢、ぼんやりした目覚め、眠り。

その三つが、下京区のベッドの周りを大道芸のジャグリングのようにくるくると舞っているようだった。

死んだ母親の後ろ姿。

彼女はキッチンで歌をうたっている。

ルイの声が聞こえる。彼は言う。おまえの姿を見た者がまだ生きているのなら、おまえの話はすべて嘘。ケイティはルイに別れを告げてバスに乗る。カーネギー美術館に行かなくてはならない。チケットを買って入館すると、そこはタトゥーショップだった。ガブリエラが笑っている。新しい彫師を紹介するわ。ガブリエラが振り返る先に鈴木望が立っている。

ケイティは服を脱ぎ、椅子に横たわる。望は出会ったときのようにレインハットをかぶり、アディダスのジャージを着ている。

望は歯科医師のように頭上からケイティをのぞきこみ、あらわになった左胸にマシンでタトゥーを彫りはじめる。望の顔がケイティの顔に近づく。まるでキスをしているような近さだ。

望の目はひどく哀しそうで、くちびるはきつく結ばれている。ケイティには彼の深い孤独を感じることができた。ふと、彼女はこんな思いを抱いた。この男に向かってそっと両腕を伸ばして、血を流している自分の胸で抱きしめてあげたい。

それは抑えきれない性的な衝動のようなものだった。彼女がとうとう腕を伸ばしかけると、望はタトゥーを彫りながら腹話術師のように口を閉じたまま、ケイティの耳元で甘くささやく。きみと私にしかわからないように、鏡文字で書くよ。


そこでケイティは、しっかりと目を覚ました。

ベッドサイドテーブルの明かりをつけて、ミネラルウォーターを飲んだ。時計を見ると日付が変わっている。十月二十六日。

KMWPセンターのメディア公開は終わったが、あと三日間滞在する予定だった。京都市内で取材の約束を取りつけた大学が二校ある。

ケイティは髪をかき上げ、乱れた浴衣の前をそろえて、夢で見た望の顔を思い返す。

私は鈴木望のことが好きなのかしら？

すぐにケイティは苦笑し、もう一度ミネラルウォーターのペットボトルに口をつけた。それは考えすぎだ。夢のなかにたまたまその顔がはめこまれただけ。京都市内でよく見かける、記念撮影用の顔抜きパネルと同じ。

ケイティは部屋のテレビをつけた。

今日の京都市内の天気が知りたかったので、ＮＨＫのニュースを探しだし、二ヵ国語放送に切り替える。日本語を追いかける英語に耳を傾けだしてまもなく、奇妙な臨時ニュースがはじまった。


――ただ今入ったニュースです――京都市右京区――ＪＲ嵯峨野《さがの》線――嵯峨嵐山駅付近で――小規模な――小規模な暴動のようなもの――が発生している模様です――負傷者が多数出ており――お近くにお住まいの方は――身の安全にじゅうぶんに注意して――ご自宅から出ないようにしてください――ええただ今入ったニュースです――


小規模な暴動《ライオット》のようなもの？

ケイティは同時通訳を聞きながら、男性アナウンサーの困惑と緊張が入り混じる顔を見つめた。自分でも何の原稿を読んでいるのか、わかっていない。

現地の映像もなく、まったく状況はつかめなかった。

ケイティは地図を広げ、頭をめぐらせた。

現在の京都には、暴動の引き金となるような事件はなかったはずだ。「無抵抗の市民が警官に射殺」されてもいないし、「観光地への入場は外国人を優先する」といった、人種民族問題を誘発する条例が府議会で可決されたわけでもない。

アメリカ人の自分が知らない事件があったにせよ、とケイティは思う。繁華街の四条河原町で暴れるならまだしも、市内西端の嵐山で暴れるだろうか？　それも観光客のいない深夜に。

スリルと不安がケイティを惹きつける。サイエンス・ライターの守備範囲からは逸脱しているが、自分をジャーナリストへとステップアップさせてくれる事件かもしれない。

ケイティはバックパックを開け、ニコンのデジタルカメラを押しこむ。現場へ行くとまだ決めていないが、いつでも動けるようにしておきたかった。

しばらくニュースを見守った。同時にインターネットでも検索をかけるが、何も上がってこない。

ケイティは有料チャンネルの課金に同意して、ニュースを探しつづける。やがてあるチャンネルで、日本人キャスターが深夜の道路に立っている映像を見つけた。

時間帯と、彼の緊迫した表情から推測すれば、ＮＨＫの報じた「小規模な暴動」の現場にいる可能性が高かった。だが日本語放送のみなので、キャスターが何を話しているのか理解できない。

ケイティには知るよしもなかったが、二ヵ国語放送のサービスも持たないその弱小放送局は、キー局と連携しないローカルのケーブルテレビだった。いちばん乗りで現場についた彼らは、世紀の大スクープを得る機会に色めき立っていた。

丸太町通《まるたまちどおり》。JR嵯峨野線に並走する道路にキャスターは立っている。キャスターは「警察の規制線があって、これ以上現場に近づけません」と日本語で言っている。

ケイティはバックパックを開けて、ノートPCを取りだす。自動翻訳ソフトで中継を通訳させるつもりだった。ハードウェアを起動させながら、ケイティは着替えるために浴衣を脱ぎ、下着一枚になって中継を見守った。アメリカ人が暴動《ライオット》と聞いて想像するような、銃声、燃える車、略奪する人々といった映像は流れない。

ただ――

「お聞きください」キャスターは左耳のイヤホンを手で押さえる。「おわかりになりましたでしょうか？」

――言葉のわからないケイティにも、たしかに聞こえる。

闇の向こうに点在する住宅の明かりのなかで、悲鳴やガラスが割れる音。そして怒声や罵声《ばせい》。何も映していないだけに不気味だった。

テレビカメラのフレームを、右から左にサイレンを鳴らした消防車が走り抜ける。

ケイティは自動翻訳ソフトの設定を終えて、音声を拾おうと下着一枚のままテレビに近づく。

ローカルケーブルテレビ局のマイクが、何かの鳴き声を拾い上げたのはそのときだった。

テレビのスピーカーを通じて、ケイティにもはっきりと聞き取れた。

甲高い金属音が空中でばらばらに砕けるような。

一度も耳にしたこともない声――それは音速で耳介《じかい》に達し、外耳道《がいじどう》を疾走して、鼓《こ》膜《まく》を叩き、蝸牛《かぎゅう》内のリンパ液で電気信号に変換され――変換され――変換され――聴神経をとおって、ケイティの脳へ突入する。

すさまじい頭痛。

テレビ画面ではカメラが横転し、アスファルトのひび割れを映すだけになったが、ケイティは見ていない。

目を閉じて頭を抱える。

溺れているようにあえぐ。

耳の奥で、さらにその奥で、自分の体のどこかで、とてつもない轟音《ごうおん》がこだましている。周囲の音は遮断される。

金属音。

打撃音。

擦過音。

暴風音。

調性を外れた破壊的な音の洪水が脳内に押し寄せる。

ドラッグ依存症者で満員のクラブで流される爆音のノイズ・ミュージック、その衝撃を圧倒的に超える狂乱がやってくる。音はどこまでも増幅しつづけ、ケイティは頭が内側から破裂してしまう恐怖に駆られ、やがてその恐怖さえ忘れ、ふと閉じていた目を開けると、眼球に魚眼《ぎょがん》レンズをつけたように、部屋が大きくゆがんで見える。外界をとらえる自分の目が、何かを探す。ぎょろぎょろと、まるで独立した意志を持つ生きもののように勝手に動く。何かを探して――すぐに目は獲物を見つける。ケイティ自身の顔。鏡。ゆがんで異様に大きくなったケイティの鏡像の目のなかに、さらにケイティが映りこんでいる。壮絶な音の嵐のなかで、突き上げるような感情が全身を満たす。その思いは何千羽もの鳥の群れの鳴き声にも似ていれば、一頭だけの獣の放つ声にも感じられる。

言葉にならない音が、電気信号となって本能に伝えられ、ケイティの本能はこう言っている。

殺《キル》せ　殺《キル》せ　殺《キル》せ　殺《キル》せ　殺《キル》せ

ケイティは歯をむきだす。

ホテルの部屋の鏡に突進する。鏡に映っているのは自分だ。だがそいつを殺さなくてはならない。激突して傷つくことへの不安はいっさいない。

ガラスに体を叩きつける寸前、ケイティの目に胸のタトゥーが映る。鏡のなかの鏡文字。何度も鏡に映しては見つめてきた詩。ドラッグへの誘惑、孤独や絶望に襲われるたびに向き合ってきた。死んだ母の口ずさんでいた歌。

おまえの姿を見た者がまだ生きているのなら、
おまえの話はすべて嘘、
まだ死んでいないのなら、
おまえの姿を見たはずはない、

もう死んでいるのなら、
見たものを話すことなどできない。

私は何をしようとしているの？　私が見ているのは、鏡に映った私。だって鏡のなかの鏡文字だもの。私の左胸で一回。鏡でもう一回。二回反転して、元どおりの向きに戻っているわ。

だから私は鏡《あなた》を見ているだけ。

鏡に映ったあなた《私》自身を見ているだけ。

殺せ　殺せ　殺せ
だから——

誰も　殺せ　殺さなくて　殺せ　いいの　殺せ　殺さなくて　殺せ　あれは　殺せ
ただの　鏡——

ケイティは自分の本能にあらがって、鏡の前で両手を突いた。頭からぶつかるのは回避できても、それまでの加速を帳消しにはできず、二階から地面に落ちた人間のように鏡に叩きつけられた。

衝撃で意識を失ったケイティは、鏡にすがりつきながら床へとくずおれていった。

誰もいない部屋の鏡が、彼女の像が直交する位置から消えるまで、反転した胸の鏡文字を映しつづけた。

Si está vivo quien te vió,
toda tu historia es mentira;
pues si no murió, te ignora:
y si murió, no lo afirma.

チェイス・ザ・チンプ（1）

テレンス・ウェードは通路に卒倒した望の呼吸をたしかめる。そして脈。

スタンガンの電圧は、チンパンジーを無力化させるレベルに設定してあった。身長一八〇センチ以上、体重七〇キロ台後半の成人男性を即死させる威力はない。それでもテレンスは、念入りに生死を調べた。もし死んでいれば、苦労して運びだす意味がなくなる。

望が生きているのを確認すると、テレンスは自分の額に流れる血と汗を白衣の袖で拭いた。それから失神している望の両手首をダクトテープで縛り、担ぎ上げて、〈オメガ棟〉のエレベーターに乗った。

だが、すぐには階下へ降りなかった。転がっている死体をドアに挟んでエレベーターを待たせておき、必要な資器材を取りに戻った。

欲しいものがそろうと、テレンスはエレベーターのドアに挟んだ死体をどけて、一階のボタンを押した。

テレンスとともに階下へ降りていく望。類人猿用の捕獲網《ほかくあみ》。それに注射器。全地球《G》無線《P》測位システム《S》。

——プールの部屋で脳震盪を起こしたテレンスが目を覚ましたとき、世界は一変していた。

待っていたのは、地獄の光景だった。ルーシー、ホルガー、劉、タチアナ。面前では決して褒めたことはないが、明らかに優秀なスタッフが、何ものかに襲撃されて死んでいる。プール側と人間側のあいだに設けられたドアにルーシーを叩きつけて殺したのは、まぎれもない彼自身だったが、自分が暴徒と化した時間帯のことはまったく記憶になかった。

テレンスは呆然としつつ、犯人について考えた。四歳や七歳のチンパンジーにできるしわざではない。九歳のセネトが暴走することは考えにくい。だったらリクターが。十一歳のオスならあるいは。

しかし、そのリクターはプールで溺死していた。

ほかの動物のしわざだろうか、とテレンスは考えた。カフェスペースに三匹いるインコとテナガザルは除外だ。残るは犬。ゴールデンレトリーバーのシキブ。

転がった死体に犬の歯やつめ痕を探したが、見つからなかった。人間同士が殺し合ったなどとは、たとえ証拠を見つけても受け入れられなかった。混乱したテレンスは、KMWPセンターに大型ネコ科の動物か、でなければ大量殺人鬼が侵入したのだと思いこんだ。

テレンスはブースから非常用の対動物スタンガンを持ちだし、通路を歩いた。その途中、チンパンジーの動体視力測定室から人間が飛びだしてきた。女だった。血まみれで叫んでいた。女はまっすぐにテレンスに向かってきた。

驚いたテレンスは対動物スタンガンを振りかざし、女は悲鳴をあげて避け、手に持っていたボールペンを投げつけてきた。やらなければやられる、とテレンスは思った。同僚の死体を見たばかりで頭に血が上っていた。助けを乞う女に、放電の追撃を加えた。

倒れた女がフランス人の動物社会学者セシル・シュペルビエルだと気づいたのは、相手が動かなくなってからだった。白目を剥いて、唾液を垂らし、激しく痙攣したあとに。

自分の手にある対動物スタンガンにテレンスは目を向けた。電圧は最大に設定され、ローランドゴリラのオスを倒せる放電がなされたことがわかる。

動物社会学者セシル・シュペルビエル。おそらく彼女は何かの原因で失神していて、息を吹き返すと状況の恐ろしさにパニックになり、助けを求めて通路に飛びだしたのだ。

心臓マッサージや自動体外式除細動器《AED》をいくら試しても、彼女は心停止の向こう側から戻ってこなかった。テレンスは、動かないセシルのくちびるから垂れる唾液をじっと見つめ、正当防衛が認められると考えた。何人も死んだ非常事態だ。頭上に監視カメラがあった。映像をたしかめれば、テレンスの行為が正当防衛でないとはっきりわかる。命乞いをするセシルに、すすんで攻撃を加えたのだ。逃れようのない証拠。

おれが殺したのか。

テレンスはつぶやいた。もう一度、声を大きくして繰り返した。誰からも返事はなかった。そしてセシルの胸を叩き、生き返るように懇願した。彼女の死体は力なく左右に揺れつづけ、テレンスは自分の科学者としてのキャリアに、あっけなく幕が下ろされたのを知った。

それでも事実を受け入れられないテレンスは、自分が何らかの病理で興奮状態にあったことを証明すべきだと考えた。遺伝子解析室に逃げこみ、ドアを固く閉ざして、奥へと隠れた。

そして彼だけが扱える測定機材で自分自身を検査したが、病原体は何も検出されなかった。彼は叫び、暴れ、悪夢をののしった。そしてすすり泣いた。解析室の機密性は高く、三階のカフェスペースでアンクが叫んだ声は聞こえなかった。

泣き疲れたテレンスは立ち上がり、異常の見られなかった自分をもう一度調べてみた。ＤＮＡの塩基配列を——

テレンスは失神している望を担ぎ、温室ドームの西側にある駐車場へ向かった。

自分のジープのドアを開けようとしたが、鍵がなかった。

通常、科学者は研究施設内で私物を持ち歩かない。通信機器はもちろん、財布から家や車の鍵まで、残らず指定されたロッカーに保管している。

今さら建物のなかに戻りたくはなかった。テレンスは舌打ちして、駐車場を見渡した。それから望のポケットを探ってみた。いつもの私服姿だ。深夜にＫＭＷＰセンターにやってきて異常を察知したのなら、ロッカーになど立ち寄らないだろう。

テレンスの読みは当たった。ジーンズのポケットに車の鍵も財布もある。野生調査のときから愛用している衛星携帯電話も。

センター長の愛車を知らない職員はいない。テレンスはメルセデス・ベンツＳＬＳ－ＡＭＧのガルウィング・ドアを開け、助手席に望を押しこむ。そしてシートとシートの隙間に捕獲網を差しこんだ。

運転席に乗りこんだテレンスは、〈オメガ棟〉から持ちだした全地球無線測位システム《GPS》のモニタを眺めた。

どの霊長類研究所でも、実験用チンパンジーには、即座に識別できる処置をおこなうことが義務づけられている。

名前入りのタグ、あるいは皮膚に彫られた名前のタトゥー。もしくはGPSの脚輪。

アンクの場合は、首に巻いた金属製のコルセットに発信機が取りつけられていた。

✺KMWP／CHIMP／Ω004

その現在地が表示されるGPSを見ながら、テレンスはSLS－AMGのエンジンをかけた。CHIMP《チンプ》とは英語でのチンパンジーの略称だ。そのあとに研究棟名と登録された番号がつづく。

GPSにしたがって東へと車を走らせるテレンスは、発信機の信号を見る以前に、アンクの逃亡を予期していた。

遺伝子解析室を出たあとに、KMWPセンターを歩き回ったからだ。真夜中に来た望と同じように。そのとき、死体の山のなかにアンクはどこにもいなかった。

暗い山道。亀岡市を抜けて、京都市へと近づいていく。季節の温度と関係なく流れ落ちる額の汗を、テレンスはぬぐった。固まった血が溶けて、砂のようなざらついた感触が手にこびりつく。

テレンスの目的は明確だった。

ＫＭＷＰセンターが封鎖され、自分や鈴木望が責任を問われて日本の警察に逮捕される前に、みずからの手で鈴木望を尋問する。逮捕されたあとでは、手遅れだ。個別に拘置されているような状況下で真実を知ることは、おそらく不可能に近い。

自分は何を知らされ、何を知らされていなかったのか。

鈴木望は何を知り、何を知らなかったのか。

それとも何もかも知っていたのか。

そしてダニエル・キュイは。

ＫＭＷＰセンターで殺戮が起きた原因について、あらゆる角度から考え抜く。それでも答えは出ない。だが消去法で一枚だけ残るカードがあった。

アンク。

鈴木望の研究の根幹に関わる特別な存在。ＫＭＷＰセンターでただ一頭生き残ったチンパンジー。

法令遵守《コンプライアンス》というレベルでは、テレンス・ウェードは自分が何をしているのか、まったくわかっていなかった。しかし求めているものははっきりしていた。真実。

この先どんな危険が待つのか、まるで予測がつかないにしろ、「鈴木望の尋問」と「アンクの捕獲」はテレンスにとって大きな意味を持った。望が暴れればスタンガンで制圧するまでだ。むしろ危険なのは、アンクへの接近だった。何がどうなって全員が殺し合ったのか、テレンスには想像もつかない。この現状で接近は無謀すぎる。

それでテレンスは、捕獲を望にやらせるつもりだった。

捕獲網と注射器はそのために積んである。

ＳＬＳ－ＡＭＧのアクセルを踏みながら、助手席でぐったりしたままの望の頬をテレンスは叩く。「起きろ」と吐き捨てる。「寝たふりなのか？　だったら無駄だ。おまえが暴れた瞬間にこいつをお見舞いしてやる。何度だって繰り返すぞ」

テレンスはズボンのベルトに挟んだ対動物スタンガンを指で弾く。「今夜、おれの人生はめちゃくちゃになった」テレンスは狂気に満ちた笑みを浮かべる。「ノーベル賞候補とまでうわさされたおれが、今じゃ人殺しだ。おまえと組んだのが運の尽きだった。京都になんて来るんじゃなかったよ。ロンドンでふんぞり返っていたら、今ごろ科学書のベストセラーを五、六冊書き上げて、のんびりテキーラでも飲んでいられたのにな」

夜道は曲がりくねってつづき、GPSの座標はやや東へと移っていく。ヘッドライトの照らす京都の山林のなかで、テレンスはしだいに誰が車を運転しているのかわからなくなってくる。眠くはなかったが、ハンドルをにぎる手に現実感がなかった。

こうやって黙っていると、とテレンスは思った。アクセルを踏みこんで木に突っこんじまいたくなるな。

テレンスは集中力を保つために、意識のない望に向かって話しつづけた。「おまえを〈オメガ棟〉で見つけたのは幸運だったよ。おまえが来なけりゃ、こっちで自宅に出向いて捕まえる気でいた。もちろん、おまえを尋問するためだ。おれとおまえ、それにダニエル・キュイ、おれは三人が共通の情報を持っていると思いこんでいた」

急カーブが現れると、テレンスはアクセルこそ緩めたが、ブレーキは踏まずに曲がり切った。タイヤの摩擦音が響き、遠心力で車は大きく傾いた。「考えてみりゃ、おれがばかだったよ。どうして三人の情報は共通だと言える？　誰が保証する？　ダニエル・キュイと鈴木望だけの知る秘密があったかもしれない。なあ望、こうなることがおまえにはわかっていたのか？　何が起きてるんだ？　答えろ。起きて答えろよ、くそったれ」

九十九里浜へのドライブ

急カーブのたびに大きく揺れる車の助手席で、望は夢を見ている。
夢を見ているのはわかっている。
時間は過去に戻っている。
でもそこは、夢が作り上げた架空の場所ではない。
何もかも、望には見覚えがある。
日付ですら、正確に記憶している。
そうだ。この日は。

――2013年1月21日。月曜日――


十八歳の望は私立高校の制服を着て、世田谷の自宅の応接間に立っている。

望は主《あるじ》をうしなった応接間を見回す。本革のソファ。マホガニーのテーブル。赤いカーペット。壁を埋めつくす一枚鏡。

しばらくして、母親が呼びにやってくる。

脳溢血で倒れた父親が、そのまま帰らぬ人となったのは二週間前、一月七日だった。前日まで何の予兆もなく、七番ウッドで望を殴っていた。


急死した東京地検特捜部副部長、鈴木海城の葬儀には、多くの弔問者《ちょうもんしゃ》が訪れた。喪服に身を包んだ鋭い目つきの男たち。ビジネスマンのように見せかけていても、雰囲気がちがった。彼らは残された望を口々に励まし、三人に一人は「お父さんの遺志を継いで検察の道を志すのもいいだろう」と言った。「お父さんは大変優秀だった。残念だ」

僧侶の読経《どきょう》が終わると、父親の愛用した鼈甲縁の眼鏡を棺《ひつぎ》に入れることになった。時代遅れの眼鏡。検察仲間からの愛称〈ベッコウ〉の由来だったその眼鏡を、亡骸《なきがら》のかたわらに入れる役目を与えられたのは、一人息子の望だった。

望は涙を見せず眼鏡を置いた。心は空っぽだった。怒りも、哀しみも、何もなかった。棺は閉じられ、霊柩車《れいきゅうしゃ》に乗せられた。


あの日からちょうど二週間が経つ。

望は母親にこう言われた。「お昼ごろに、葬儀でお世話になった千葉の親戚の家へお礼に行きます。九十九里浜《くじゅうくりはま》の近くです。学校には、お母さんがお休みの連絡をしておきます」

望は私立高校の制服を着て、ネクタイを締める。父親の消えた応接間で待っていると、ロングコートを羽織った母親が二階から降りてくる。

父親の遺した車に二人で乗り、母親がエンジンをかける。免許を持っているのは知っていたが、母親の運転で出かけるのは望にとって今日がはじめてだ。

フォード社のフォーカスＲＳ。直輸入車で右ハンドル仕様、３ドア、車体は白。ターボエンジン搭載。最高速度二六三キロ。

九十九里浜に近づくと、フロントガラス越しの眺めは、極端に広くなった。高い建物がない。まっすぐな道は海にまでつづいている。

信号が赤に変わり、交差点前のガソリンスタンドの横でフォーカスは停まった。家を出てずっと黙っていた望は、ようやく口を開いた。「ずいぶん遠くまで来たのに、一度もカーナビを見なかったね」

「この辺の道は頭に入ってるの」母親は微笑んだ。「若いときに友だちとよくドライブしたのよ」

母親は学生時代の思い出を少しだけ語った。友だち。ルームメイト。中古車を買ったこと。

午後四時、冬の空はすでに暗くなりかけていた。信号が青になり、明るいオレンジ色の光に照らされたガソリンスタンドの横を離れると、とたんに景色が寂しくなった。

望は思った。こんなに海に近いひっそりした町に親戚がいたのか。

〈一時停止　横芝光町《よこしばひかりまち》〉と書かれた看板をとおりすぎ、金網に囲まれた無人の道を走った。すぐに〈屋形《やかた》海岸入口〉の看板が現れ、それを通過すると、そこは海でもあり、川でもあった。

栗山川《くりやまがわ》が太平洋に流れこむ河口。川と海が激しい飛沫を上げてぶつかりあっている。望はそれまで、川が終わって、海のはじまる場所を見たことがなかった。

どこか荒涼とした眺めだった。太平洋に向かって突きだした防波堤の上に、防寒着の釣り人の影が並んでいる。やっと見かける人の姿だった。フロントガラスの彼方で、コンクリートにぶつかった大きな波が弾けたとき、母親はもうアクセルを踏みこんでいた。

あっという間だった。

着地する当てのない踏み切りを飛び越えた車のなかで、望はジェットコースターが落下するときの浮遊感を感じながら、シートベルトを外そうとした。しかしすぐに思い直して、助手席のドアロックを手動で解除した。シートベルトは海中でも外せる。でもドアは今しか開けられない。ほんの数センチでさえも。

バンパーが水面にぶつかり、轟音とともに視界が真っ暗になった。望が開けていたドアの隙間からいっきに水が流れこむ。舌を刺す塩分。川の面影はない。まぎれもない海のなかを、下へ、下へ、下へと、引きこまれていく。

いつシートベルトを外したのかもわからない。望は海水を飲みこみながら、ドアから体を出して必死にもがく。だが右足が何かに引っかかって浮かび上がれない。

望は足首の方へ手を伸ばす。息の限界の先。その限界の先。このまま溺れ死ぬのか。

十八歳の望の手が触れたのは、母親の腕だった。自分の右足は何かに引っかかっているのではなく、母親につかまれているのだ。

息子を永遠につなぎとめようとするように。

シートベルトを外していない母親が、助けを求めているとは思えなかった。

望の肺も、心臓も、猛《たけ》り狂っていた。脳は怒りに叫んでいた。その手を切れ。蹴りつけて引き離せ。

左足で蹴った。

何度も。何度も。何度も。

右足がふと軽くなると、海水をかきわけて浮上した。波に押し流されながら、空に向かって必死に口を開けた。その空ごと呑みこむように空気を吸った。月が見える。飛行機が見える。赤いランプを点けて、成田空港への着陸許可を待って旋回している。

一月の海の水温は一二度だった。釣り人の通報で千葉県警山武《さんむ》署員に救助されたときには、低体温症に陥っていた。救急隊員に何を訊かれても答えられない。それでも意識はあった。父さんが死んで二週間か、と望は思った。母さんとは、一度も父さんのことを話さなかったな。

　濡れた衣服を脱がされ、全身を毛布でくるまれた。救急車が走りだし、サイレンの音が響いてきた。

　望は誰かに訊いてみたかった。母さんがこの計画を決めたのはいつなのか。何を思っておれの足をつかんだのか。

　手足が冷えて動かないほどしびれているのに、母親の腕に触れた感覚が指に残っている。その腕を蹴りつけた感覚が足に残っている。

　翌日の千葉県内の朝刊で、母親の死は小さく報じられた。

　望は母親の夢を見ている。

チェイス・ザ・チンプ（2）

「最初は気づかなかったが、ＫＭＷＰセンターの連中は自分たちで殺し合ったんだ」

テレンス・ウェードはメルセデス・ベンツSLS－AMGを走らせながら、一人で話しつづけた。「人間もチンパンジーもな。正解だろ？　いいか、もう一つ答えてやる。こいつは感染爆発じゃない」

助手席で失神している望の頭は、下りの山道のカーブで人形のように揺さぶられる。

「おれが見抜けないとでも思ったか？　だったら安く見られたものだ」テレンスは笑った。「この殺戮にウイルスや細菌は関係がない。誰も感染していない。それなら仲よく全員そろって狂ったのはなぜだ。何が連中を変えたのか。謎だよ。だがな望、おれは遺伝子解析室で調べたよ。おれ自身のDNAを。そこにないはずのものがあった。あってはならないものだ。おまえもよく知っているはずだ。まったくたいしたマジックだよ。くそったれ。どうしてこんなことが起きた？　これは何を意味しているんだ？　おまえはどこまで知っていた？　セカンワジが作った野菜バーガーに何か混ぜていたのか？　たしかにおまえはあれを食わなかったよな？　あれが原因か？」

テレンスの問いは暗闇に呑みこまれ、エンジン音にかき消されていく。

GPSに導かれる銀色の車は、ついに亀岡市の山林を抜けて、京都市の西端へ到達し、大堰川《おおいがわ》に架かる渡月橋に差しかかった。

無人の橋の途中で、テレンスはふいにブレーキを踏んだ。そして向こう岸に見える建物をしばらく眺めた。ほとんどがみやげもの店《スーベニア・ショップ》だった。

テレンスは思いだしたように血まみれの白衣を脱ぎ、運転席側の窓を開けて川に放り捨てた。むしょうに煙草が吸いたくなったが、持ち合わせていなかった。望は煙草を吸わない。それでも望のポケットを探ったテレンスは、いらだちまぎれに衛星携帯電話を奪って、自分のズボンのポケットにねじこんだ。

京都市右京区嵐山。

およそ九〇〇メートル東で、逃げたチンパンジーに追いつく。

静まり返った夜道。慎重に八〇〇メートルほど車を走らせ、発信機と受信機の距離はさらに近づいた。

望はまだ起きなかった。テレンスは望を揺さぶった。そして倒れたときに頭を打った可能性についてはじめて考えた。脳挫傷を起こしていれば、脈も呼吸もあっても動きはしない。

望をののしりながら、ゆっくりと前進をつづけた。五〇、四〇、三〇、二〇、一

○。

✺KMWP／CHIMP／Ω004

アンクがすぐ近くにいるはずの地点で、タクシーが横転して車線を塞いでいた。事故現場に警察官は一人もいない。テレンスはブレーキを踏んだ。クラクションを鳴らす後続車はいなかった。

ヘッドライトの光を闇に放って、SLS－AMGはまだ停まっていた。

テレンスは汗の流れこんだ目をしばたたかせた。考えろ、と自分に言い聞かせた。こいつは目を覚まさない。捕獲をさせたいが間に合わない。だがアンクを捕まえたいのならチャンスは今しかないだろう。夜が明ければ警察や保健所が現れ、おれたちの出る幕などなくなってしまう。

長い悪夢にうなされている気がした。テレンスは自分の不運を呪った。結局、おれが捕まえるはめになるとはな。

野生調査の経験こそないが、毎日相手をしているチンパンジーのことはよく知っている。逃げ方や攻撃方法の予測もつく。

捕獲網を手にガルウィング・ドアから降りたテレンスは、ヘッドライトを消して暗闇に目を慣れさせた。何がＫＭＷＰセンターの惨劇をもたらしたのかはわからないが、それが感染によるものでないことはわかっている。だとしても、一次接触は避けるのが賢明だ。

この路地のどこかにいるアンクに、テレンスはやさしく呼びかけた。望やセカンワジのように長距離音声《パントフート》の真似はできないが、近距離で名を呼べば効果はある。

横転したタクシーのフロントガラスを突き破って、運転手が路上に倒れていた。ガラス片にまみれ、生死はわからない。

テレンスはなおも暗闇に呼びかけた。

アンク――油断して近づかせる。捕獲網で押さえこむ。けっしてじかに触れずに、対動物スタンガンで感電させる。動きを鈍らせた上で、麻酔薬を筋肉注射して確実に眠らせる。

テレンスの描いた計画の第一段階は、みごとに成功を収めた。極細のワイヤーの網のなかで、七歳のチンパンジーは狂ったようにもがいた。

鳴き声が聞こえたのは、スタンガンを近づけたときだ。

テレンスには、それが類人猿の声なのかすらわからなかった。暗闇からドローンが激しい金属音を立てて現れ、自分の耳元を飛び去ったようにも感じた。

音は凶暴に増幅した。

狂乱するノイズの嵐が吹き荒れた。

脳の深層に眠っていた記憶――

耳から目へ。

目から本能へ。

錯乱した状態でテレンスが目を開くと、横転したタクシーの運転手が砕けたフロントガラスの破片のなかに立ち上がっている。抑えきれない敵意の叫びが運転手の口からほとばしる。

それは言葉ではなかった。二人はたがいの目のなかをのぞきこむ。奇妙な眺めだが、疑う余地はどこにもない。こいつを殺せ。

テレンスは捕獲網を叩き捨て、スタンガンを側溝《そっこう》に放り、落ちた注射器を構わず踏みつけて敵へと向かった。組み合った二人はもつれながら、暗闇へと消えていく。まもなくロンドンの異端児と呼ばれた進化遺伝学者は四十年にわたる生涯を終えたが、生命活動が停止する前に、すでに彼はテレンス・ウェードではなくなっていた。

3
ウルトラ・ライオット
超暴動

Another, more chilling, possibility is that these paintings are not windows but mirrors,

（もう一つ、より寒気がするのは、これらの絵が窓ではなく鏡であるかもしれないということで、）

Leslie Barany『HR Giger』序文

サムライと黒猩々

室町《むろまち》時代の衣装に身を包んだ六十人を超す侍が、主演俳優に切りかかろうとして身構えていた。

ひとたびアクションがはじまれば、瞬時に無数のセットが破壊され、木造の屋敷が炎上する。失敗は許されない。それでもカット割によってリスクを軽減しないのは、長回しの殺陣《たて》が京都の映画撮影所の伝統であり、誇りでもあるからだった。

緊迫した面持《おもも》ちで最終指示を出す監督のもとに、プロデューサーが近づいてくる。プロデューサーは深夜に一度やってきて、「詳細はわからないが嵐山で騒ぎが起こっているようだ」と告げた。

撮影スケジュールに追われる監督には意味がわからず、もしわかったとしても構っていられなかった。

「何だよ」監督はヘッドフォンを外して言った。「また嵐山で騒ぎか？」

予想に反して、プロデューサーの口から出たのは意外な言葉だった。「撮影所に

『猿が逃げこんだ』と警備員から報告があった」

「猿？」監督は眉をひそめる。「ここにか？」

「ここにじゃない」プロデューサーは真顔だった。冗談を言う時間帯でないのは誰よりもわかっていた。「だがここに迷いこむ恐れもあるそうだ。殺陣は待った方がいい。すばしこくて天井にも登るらしいから、下手《へた》するとでたらめに映りこむぞ」

「犬猫の見まちがいじゃないのか」

「だとしても結論は同じだ。とにかく警備員は『猿だ』と言っている」


——猿が逃げこんだために休憩——

そんなアナウンスを聞いた役者たちは顔を見合わせ、緊張が解けると同時に吹きだした。監督の怒りを買わないよう、下を向いてはいたが、髷頭《まげあたま》をした五〇〇年前の侍たちの顔には一様に笑みが浮かんでいた。

右京区太秦。

時代劇の名作を何本も生みだした映画撮影所。

スタジオAを出た無名の役者たちは、室町時代の衣装のまま、ぞろぞろと喫煙所へ向かった。そこは現代にあってほとんど唯一と言えるヘビースモーカーの楽園だった。控室を用意されない彼らは紫煙を吐きだしながら、売れない役者として生きる近況を同志と分かち合い、撮影開始の合図を待った。

十月二十六日。喫煙所の天窓に見える空は、藍《あい》色に染まりつつある。

控室では俳優や女優がおかしそうに笑っていたが、製作陣はそれどころではなかった。猿をどうにかしなければ、何もしないうちに夜が明ける。

プロデューサーは、撮影所から五キロほど離れたテーマパークの〈嵐山モンキーランド〉に電話をかけた。猿と聞いて頭に浮かんだのはそこだけだった。脱走の事実を確認した上で、至急職員に捕獲させるのが最善策だったが、未明の呼びだしに応えるものはなかった。留守番電話のメッセージが聞こえてくるばかりだ。

警察への通報には、監督と主演俳優がいい顔をしなかった。警察官が来れば、猿を捕獲したのちも事情聴取などで手間取られ、何よりも「撮影中の現場で手入れがあった作品は当たらない」という古くからのジンクスに触れることになる。たとえ迷信であろうとなかろうと、警察官を目にした役者やスタッフのあいだで、ひそかにこうささやかれるだろう。

ああ、この映画はきっと当たらない――

猿の捕獲に指名されたのは、四名のスタントマンだった。彼らは本番で燃えさかる炎のなかに転落する予定になっていた。

「絶対に怪我を負うな」とプロデューサーは言った。「きっちり捕まえて檻に入れる必要はないんだ。猿を見つけて、スタジオA以外の一箇所に釘付けにできればそれでいい。倉庫か別のスタジオに閉じこめられれば安心だが、無理はするな。咬まれたりするなよ」

指名されたスタントマンたちは、思いがけない〈ゲーム〉を楽しもうとしている様子だった。相手が猿と聞いて興味がかき立てられてもいた。磨き上げたおれたちの動きと猿、どちらが上なのか？

四人は室町時代の衣装のまま、宙返りや側転の動作を確認した。

鉢巻のあいだに懐中LED電灯を挟み、即席のタクティカル・ギアをこしらえた四人は、小道具係から〈刺股《さすまた》〉を手渡された。

長さ三メートルの柄《え》の先端が、U字形に大きく湾曲している。材質は鉄。サイズは実物と変わらない。

「御用《ごよう》だ」にぎった刺股を床に突いた一人が言った。「神妙にせい」

仲間は笑い、記念写真を撮りたいと言い合った。懐中LED電灯をのぞけば、自分たちは本物の〈捕物《とりもの》〉に近い恰好をしていると彼らは思っていたが、じっさいの刺股が逮捕術に使用されるのは、室町時代ではなく、江戸時代の話だった。


広い撮影所を探し回り、スタントマンと猿の鬼ごっこはつづいた。ようやく四人は息を合わせて猿の逃げ道を塞ぎ、この日は出番のない稲荷《いなり》神社のセットの奥に追いつめることに成功した。

すでに四人とも相手が〈嵐山モンキーランド〉にいるような〈ニホンザル〉ではないと気づいていた。だが現れては消える背中だけを見て、種類を特定できるほどの知識はない。

一人が刺股でアルミニウム製の石灯籠《いしどうろう》を叩いて威嚇し、もう一人がフェイクグリーンの茂みをかき回した。

猿は四人の予想どおり、左側の空間へ飛んだ。

待ち構えた二人がU字形の金具を宙に突きだしたとき、懐中LED電灯の白い光の輪のなかでアンクは叫んだ。どこに逃げようと追ってくる敵。攻撃につぐ攻撃。それらはアンクの本能によってひとつながりの線となった。自分に危機が迫っても、ただの悲鳴を上げるだけでは済まされない。恐怖のさなかで仲間に警告しなければならない。それが群れのためだ。知らせろ。何が起きたのかを。何が起きているのかを。何が起きるのかを。

警戒音《アラームコール》――

薄暗い稲荷神社のセットから、チンパンジーの放つ声が撮影所全体に響き渡った。

頭痛。ノイズの洪水。消えゆく理性。鳥の群れのようなざわめきが、やがて一つの強烈な情動へと結びつき、目を開けたとき、風景は魚眼レンズをのぞいたような湾曲とともにズームアップされている。そこに映る相手の目。

卵黄のように濡れた眼球、その瞳に映りこんでいるのは。

殺戮がはじまる。


繊維強化プラスチック《FRP》製の鳥居をなぎ倒し、四人のスタントマンが獰猛《どうもう》に争う。

彼らは刺股を扱わない。武器はみずからの肉体のみだ。

ひたすらに〈殴る〉。手の甲の皮膚が裂け、折れた中手骨がのぞいてもひるまない。そして〈咬む〉。喉や手首だけでなく、固い頭にかじりついたりもする。殴りすぎて拳が砕け、咬みつきでも倒せなかったとき、有効な攻撃手段に〈頭突き〉が選ばれる。

たがいに頭蓋骨をぶつけ合い、額は何度も敵の顔面をとらえ、眼窩《がんか》底骨《ていこつ》の折れた眼球は真紅に変色し、鼻骨《びこつ》が砕けた鼻から粘り気のある血液が飛び散っている。

相手が倒れれば、足でとどめを刺す。踏みつける。足に与えられた筋肉の繊維量は体内で最大だ。本能的に足の強さはわかってはいるが、遠心力を使って打撃を放つような〈蹴り〉はまだ理解できない。そうした術理に彼らが気づくのは、室町から江戸に至るまでの年月をはるかに超える、何百万年も先のことだ。

長距離音声《パントフート》であれば最大二キロ圏内にまで到達するチンパンジーの叫びを、撮影所で聞かなかったものはいない。

喫煙所でくつろいでいた侍姿のエキストラも殺し合った。

殴る。咬む。体当たり。つめで引っかく。

髷のかつらが取れた頭が裂け、振り乱される本物の毛髪のなかで血が躍っている。衣装が赤黒く染まっていく。

同時にはじまった六十人以上の戦いは、灰皿や照明やカメラを押し倒し、暴動の渦となって、ドアが開けられたままのスタジオAへとなだれこむ。

言葉にならない叫び。

言語以前の憎しみ。

原始の狂乱が、室町時代の武家屋敷の庭を満たす。

彼らの転落する池のなかで、本物の鯉《こい》が驚いて逃げ回る。腰に差した刀が鞘《さや》から抜け落ちても、誰も気に留めない。それが真剣であろうと、模造刀であろうと、彼らには関心がなかった。

咆哮《ほうこう》。

悲鳴。

怒り。

カメラマンだった男。

照明係だった女。

助監督だった男。

誰もが獣になっている。

女優だった女――クランクアップの日まで好きなネイルアートを我慢していた彼女の生づめが、オフに旅行にいっしょに行かない？　と語り合っていたメイク係の女の喉に食いこむ。頸動脈が裂け、鮮血が噴きだし、指はなおも気道を圧迫する。

メイク係だった女は両手の親指を直角に曲げ、女優の両目に突き立て、指を根元までしっかりと押しこむ。

控室で煙草を吸っていた監督は、壁の鏡に映る姿に突進する。

上質の硬いガラスに亀裂が走り、その代償に監督の顔、肘、肋骨が折れる。

それでも鏡への突進をやめない。ひび割れて増殖した鏡面に、叫んでいる自分が映っている。

人間とは本来、これから起きる恐怖を予知して怯える動物だ。何かに思いきりぶつかったり、何かを思いきり叩いたりすれば、自分の体も傷つくことがわかっている。

生きているうちに、みずからの筋肉に秘められたエネルギーを全開にする人間は、オリンピック選手にさえいない。一二〇パーセントの力を出しているように見えて、必ず自己防衛の意識が働き、力は抑制されるのが常だ。

だが六十二歳の監督は、生まれ持った力を完全に出して鏡に激突していた。筋肉は解放され、肉体は破壊される。

誰もが憎悪の針を振り切っている。暴力の限度はない。誰もが戦いつづけた。歯が折れ、骨が砕け、内臓が破裂しても、あきらめなかった。それぞれが生き残るために。

すべての理性が取り払われたときの、人類《ホモ・サピエンス》の肉体が放つ力。男《オス》の背丈《せたけ》の半分のサイズしかない女《メス》でさえ、激しく傷つきはするが男を殺すことができる。

誰の心にも時間の感覚はない。しかしこの殺戮は、秒換算で約五〇〇秒——およそ八分間で収束する。

生存者はいるのか、いないのか。判明するのはそのあとだ。

薄明のなかで

何が起きているのか、誰にもわからない。

止められる人間もいない。

十月二十六日未明。薄明《はくめい》に満ちていく空の下で、暴動の前線は移動していく。竜巻が進むように、北東の方角へ。

恐怖に駆られた七歳のチンパンジーが右京区を逃げ回り、自分の発する警戒音《アラームコール》が何を引き起こしているのかも知らぬまま、本能の叫びを放ちつづける。

はてしなく遠い記憶の呼び声。

いにしえの劫火《ごうか》を運ぶ使者となったアンクは、冷え切ったアスファルトを疾走する。

二十四時間営業のレンタルビデオ店で。

コンビニエンスストアで。

ホテルで。

民家で。

警戒音《アラームコール》は聴神経から脳へと届き、攻撃性は増幅され、寝ていた人間さえ起こして暴徒に変える。両耳で〇《ゼロ》デシベル近辺のかすかな音を聞き取れる健常者は言うまでもなく、一〇〇デシベル以上しか聞こえない重度聴覚障害者まで、耳という器官を持つほぼすべての人間が反応し、錯乱に陥る。可視光が個人の視力に関係なく目に飛びこんでいるように――コンタクトレンズを入れると見える景色は、何も新しく現れたわけではない――耳にもあらゆる周波数が集められ、一瞬の空白もなく鼓膜に向かっている。

それらは器官の認知力にかかわらず、脳の意識下で処理される情報だ。目はあらゆる光にさらされ、耳はあらゆる音にさらされている。

そして目と異なり、耳は夜でも開かれている。

いかいかい。

耳にまぶたはない。

限度なしの戦いが繰り広げられ、文明は忘れられる。

京都府警右京署は連続する一一〇番通報に対応できない。たとえ現場に向かったとしても、すでに手遅れだ。暴動はもう終わっていて、被害者だけが横たわっている。暴動が起きている時間帯は、当該区域の全員が暴徒と化す。その客観的事実を、警察はまったく認識できずにいる。

加害者も被害者もない。

常識外の事態を呑みこむものは皆無だ。テロリズムですらなく、市街地戦——戦争——をも超えている。Aの側がBの側を襲うということではなかった。

産婦人科の病院で、宿直明けを控えた看護師たちが殺し合っている。引きちぎられた彼女たちの黒髪が廊下に散乱し、まるで美容院の床を思わせる。だが髪の根元は血に濡れ、ときには頭皮が付着している。

KMWPセンターの職員と同じだった。白衣を鮮血に染めて暴れ回る全員に仲間を襲っている自覚はない。足元には帝王切開用のメスや分娩用の鉗子《かんし》、麻酔注射用の針などが転がって、天井のLED灯を受けて銀色に光っている。それらの医療器具を拾い上げ、武器にするものはいない。

紙コップからこぼれたコーヒーの染み。やがて床に広がった血とつながって、二つの液体は完全に混ざり合う。

新生児室と通路を隔てるガラスの前でも、凄絶《せいぜつ》な戦いはおこなわれる。勝ったのは看護師長の女。彼女は息子ほども歳の離れた宿直医を力でねじ伏せる。新生児室に面したガラスに頭から叩きつけられた宿直医は、痙攣しながらくずおれていく。真っ白な床できらめくガラス片が血の滴《しずく》を受け止めてルビー色に輝く。深い裂傷を負った宿直医に意識はない。失神した彼の顔を真紅の仮面がひとりでに覆いつくす。

血塗られたガラスの向こう側で、生まれてまもない赤ん坊が全員泣いている。目はほとんど見えず、外の世界はいまだ霧に包まれたままの新生児たち。

湿度五五パーセント、温度二六度。

昼夜間ともに五七〇ルクスの照明。

管理の行き届いた密閉された部屋で、新生児たちは脆弱《ぜいじゃく》な肉塊《にくかい》にすぎない体を戦慄《わなな》かせている。

目を閉じて丸い顔をゆがめて――

目を閉じて小さな口を開いて――

目を閉じて――

七〇センチの等間隔で並べられ、力の限りをつくして泣きわめく新生児たちは、動く粘土細工のようだ。

やわらかな果実に似た新生児たちの耳は、アンクの警戒音《アラームコール》をとらえている。だが母親の胎内から出てきたばかりの、みずみずしい脳は、まだ鏡を理解できる段階にない。自己鏡像認識は最初の誕生日を祝ってもらった日のさらに未来で訪れる。

新生児たちにできるのは、保育器のなかで泣くことだけだった。

同じ建物の別室で、退院の日を心待ちにする母親たちが、すさまじい闘争を繰り広げている。わが子に乳を飲ませることもなく、彼女たちの命の火が消えていく。

まるでその現実を嘆き哀しむように、いくつもの幼い泣き声が新生児室にこだましている。

通報者は？

十月二十六日の夜が明けると、京都府警右京署の混乱はさらにひどくなった。

鳴りつづける電話。

増えつづける死傷者。

全署員で対応に当たっても、追いつくことはできなかった。少なくとも管轄内の六つのエリアで〈暴動〉が発生し、同時に殺人をふくむ〈家庭内暴力〉――と思われる――の通報は七〇〇件超、これらの事態に付随するようにして〈火災〉、〈交通事故〉、〈器物破損〉を訴える電話が途絶えない。たとえ署員の数が倍だったとしても、対応できる限界を超えていた。

警察署だけでなく、消防署も同じ状態にあった。通報数が対応能力を上回っている。救助の優先順位は被害の規模や二次被害の可能性を見て決められていく。

二十一歳の警察官。

右京署地域課の森上陽介《もりがみようすけ》巡査長は、四月に配属された交番から、早朝に呼びだされた。

非番待機中だった彼は、学生時代の友人とバーベキューを楽しんだあとだった。出動を命じられ、交番の自転車を漕《こ》いで現場に向かった。パトカーは全車出動中で一台も残っていない。

たった一名で太秦の映画撮影所に派遣された彼は、撮影所の正面で自転車を停め、救助に懸命な消防隊員の怒号を耳にする。現場では火災もあったようだが、すでに消し止められていた。

救急車が目の前を走り去り、また別の一台がやってくる。

ガラス片と塵《ちり》が付着した血まみれの負傷者がつぎつぎと運びだされ、車輪付きのストレッチャーは数が足りず、車輪なしの旧式担架《たんか》が使い回されている。担架の布は現場と車両を往復するたびにむごたらしい赤に染まっていく。

最初に森上巡査長が取りかかった仕事は、撮影所の周囲に立入禁止の規制線を張りめぐらすことだったが、自転車の荷台のケースから黄色のテープを取りだそうとして、異様な光景に気づいた。

野次馬がいない。一人も。

それは、かつて経験したことのない不気味な眺めだった。

森上巡査長は黄色のテープをケースに戻し、大きく息をつく。それから、撮影所に足を踏み入れる。

爆破事故ではない。

上司にそう伝えられている。

現場の消防隊員にも同様の報告を受けている。

それでも目に飛びこんでくるのは、まぎれもない爆破のあとの惨状だ。傷を負っていない人間はいない。とうてい理解しがたい現実。

森上巡査長は言葉をなくす。爆破事故のほかに、こんな惨事を引き起こすものがこの世にあるのか。どうやって信じろと言うんだ？　全員が暴徒になった結果だと？　被害者は同時に加害者だと？　見境なく自分たちで殺し合ったただと？　ばかな。

警察官の制服を着ていることも忘れ、森上巡査長は緊迫した救助活動を呆然と見つめる。

どけ、と言われて消防隊員に突き飛ばされ、床に落ちた制帽を拾い上げたとき、ようやく自分が誰なのかを思いだす。

「通報者は？」森上巡査長は必死に現場を訊いて回る。答えは得られない。

それでも彼は考える。どこかに通報者がいる。おそらくここで働く人間のはずだ。まだこの屋内にいるかもしれない。もし通報したのが近隣の部外者なら、野次馬のように表に立っていたはずだ。そして警察官のおれの姿を見て、向こうから話しかけてきたはずだ。


人も車も担架も足りない。

野戦病院さながらの壮絶な空気のなかで、森上巡査長は地域課の警ら《パトロール》で培った勘を頼りに撮影所を歩き回る。

やがてショック状態にある一人の女性に目を留める。破壊しつくされた時代劇のセットの片隅で、彼女は応急処置を受けたばかりだ。右目が痛々しく腫れ上がり、まぶたは完全に閉じている。くちびると左手に裂傷。包帯の赤い染み。

そんな状態でも彼女は、森上巡査長が目にした撮影所の生存者のなかで、もっとも正常に近い人間のように見えた。

森上巡査長は彼女に声をかける。「――あなたが通報したのですか？――」

彼女は震えながら答える。「はい」

「お名前は？」

「井志野羽矢《いしのはや》です」

「おいくつですか？」

「十九歳です」

「ここで働いている方？」

「美術係です」

「事件もしくは事故が起きたとき、ここにいましたか？」

「徹夜で——撮影があったので——たぶん、はい——」

「何か覚えていませんか？」

「——よくわからないんです——目が覚めたらもう——」

森上巡査長は、現場から離れた右京署へ彼女を連れだしたかった。できるだけ落ち着かせた状態で、刑事や警察医の立会いの下で事情聴取をするのが最善だ。

だがパトカーがない。彼はくちびるを噛んだ。呼んでも回す余裕はないだろう。だとすれば彼女を自転車の後ろに乗せて、署まで二人乗りで漕ぐしかない。しかし負傷の程度から見て、その選択は困難だ。

「撮影所の人同士で」森上巡査長は自分自身で質問をつづける。「つまり、ここにいた皆さんで暴れたのはたしかなのですね」

「――この手を――」十九歳の美術係は消え入りそうな声とともに下を向く。「自分の手の怪我を見れば、そうだったんじゃないかな、とは思います」

「何か液体を撒《ま》かれたとか、異臭がしたとか、そんな騒ぎはありませんでしたか？」

「――液体――異臭――思いだせません――」

「誰か知らない人が、スタジオに入ってきたということは？」

「――知らない人――わかりません――」

口を閉ざした井志野羽矢の目から涙がこぼれだす。

腫れてふさがった彼女の右目の周囲で凝り固まった血が溶けだして、赤い筋が頬に何本も描かれる。

ふいに彼女は悲鳴を上げる。

森上巡査長は驚いてあとずさり、近くにいた消防隊員や救急隊員の視線も彼女に釘付けになる。

何を恐がったのか。

森上巡査長は訊くが、彼女は答えない。

恐怖を言葉で説明することはできない。

無人のコンビニ、切られた電話

人間が意識をなくす危機は、一つではない。心臓への電流。頭部への衝撃。そして、処理しきれない膨大な情報——それは精神的ショックとも呼ばれる——が一瞬で押し寄せたときにも、意識は失われる。脳はみずからを守るためにスリープ状態に移行する。

こうして防衛機能に起因する昏睡《こんすい》が引き起こされ、それは一週間つづくこともあれば、場合によっては何年にも及ぶ。

望の置かれた状態は、三つの危機のすべてを満たしていた。心臓への高い負荷に襲われ、後頭部を通路に強打し、加えて全職員とチンパンジーの死体の山という凄惨《せいさん》な光景を目撃してしまっている。とくに最後の項目は、脳が長期の昏睡を選ぶだけの条件をじゅうぶんに満たしていた。

その望を昏睡の暗い淵から呼び戻したのは、母親の夢だった。千葉県の栗山川漁港。十八歳。沈んでいくフォードのフォーカスRS。海と川が交わる水中で、怒りと憎しみを抱きながら、自分の足をつかむ母親の手を、何度も何度も蹴りつける。その感触はまさに今起きている現実のように生なましかった。

母さん、なぜ——

メルセデス・ベンツSLS‐AMGの車内で目覚めたとき、望は助手席にいて、しかも両手をダクトテープで縛られていた。かぶっていたレインハットはなくなっている。

シートからゆっくりと背中を引きはがし、運転席側の開け放たれたガルウィング・ドアをじっと見つめる。記憶にぽっかりと空いた穴と同じような空間から、十月の終わりの風が吹きこむ。望はこう思う。おれ以外にもう一人、ここを離れたものがいる。

明るくなった空の下で、望は両手を密着させたまま車を降り、前方で横転しているタクシーに歩み寄った。血痕はあるが、怪我人はいない。背後のSLS‐AMGを振り返った。ヘッドライト、バンパー、ボンネット。傷一つない。追突したわけではないようだった。

頭に浮かぶのは謎ばかりだ。タクシーの運転手はどこに行った？　なぜおれは両手を縛られていた？

タクシーの窓枠に残ったフロントガラスの破片に、両手首を縛るダクトテープをこすりつける。少しずつ切っていく。朝の冷えこみで、吐く息がかすかに白く染まる。

ダクトテープをはがすと、望は周囲を見渡す。はじめはどこにいるのか見当もつかなかったが、場所に見覚えがある。何度も車で走っている――京都市内、右京区、自分が住民登録している区――

嵯峨野、有栖川《ありすがわ》の辺りか、と望はつぶやく。まず川の流れを探し、路面電車の線路を探し、それから近くにあるはずの温泉――入ったことはない――の看板を探す。どちらもすぐに見つかる。

現在地が明確になると、車のそばへ戻って、つぎに自分がここにいる理由を思いだそうと試みる。ふいに、殺戮の光景が浮かぶ。ＫＭＷＰセンター。何がどうなっているのかはわからなかったが、そこで起きた惨事は、はっきりと頭に残っている。忘れるはずもない。すべてを失ったのだ。償《つぐな》うこともできない。

殺し合った職員。殺し合ったチンパンジー。

横転したタクシーのサイドミラーに映る自分の顔を見つめて思う。

おれはKMWPセンターを預かった責任を放棄して、逃げだそうとしたのか？　その途中で事故を？


望はぼんやりする頭を左右に振る。その可能性は否定されたばかりだ。運転していたのは自分ではないし、SLS－AMGもタクシーに追突してはいない。

スニーカーで踏みつけているガラス片に視線を落とす。割れた注射器が混ざっている。注射器がなぜ路上に？　望は首を傾げる。タクシーの運転手が糖尿病のインシュリン注射のために持っていたのだろうか。

亀裂から液体のこぼれた注射器を拾い上げ、職業上の癖で鼻先を近づけてみた。中身のにおいはまだ残っている。インシュリンではなかった。それなら知っている。鼻につくのは、インシュリンよりも、はるかになじみのあるにおい――

ケタミンとメデトミジンの混合物。

まちがいなかった。チンパンジーへ筋肉内投与して眠らせる麻酔薬だ。一般人が持つことはない。それがどうしてここに？

とまどいながら、周囲をもう一度、よく見回してみる。

ステンレス製の棒。道路左脇の側溝から斜めに突きだしている。不法投棄された物干し竿《ざお》のようにも見えたが、近づいて手に取ってみると、類人猿用の捕獲網の柄《え》だった。伸縮式の棒が逆さになって側溝に刺さっていた。

打ち捨てられた捕獲網。

ケタミンとメデトミジンが入っていた注射器の残骸。

望にとってこの両者が意味するものは一つしかない。誰かが、ここでチンパンジーを追跡したのだ。状況から見て捕獲は失敗した可能性が高いが——いったい誰が？

考える。激しい頭痛がする。何かを思いだそうとする。ジャージやポケットのなかを探ってみる。ＩＤも財布も家の鍵もない。衛星携帯電話さえなくなっている。こめかみを押さえて、ＳＬＳ－ＡＭＧに戻り、ハンドルの脇をのぞく。車の鍵だけはかろうじて残っている。シートに乗りこみ、ガルウィング・ドアを閉める。

ドアを閉めたいきおいで、助手席のダッシュボードの下に何かが転がり落ち、望はそれをつかみ上げた。

ＧＰＳ。内蔵バッテリーでまだ作動している。この瞬間にも信号《ビーコン》を受信し、距離と座標を示している。望は緑色に光る文字を読み取る。

✺KMWP／CHIMP／Ω004

考えるまでもなかった。これほど状況を雄弁に物語るものもない。望はさらに注意深くGPSをのぞきこむ。すると、衝撃を受けた頭に、欠けた記憶の映像が断片的にちらつく。〈オメガ棟〉の通路を駆けてくる男。駆けてくるテレンス・ウェード。その手ににぎられた黒い装置。対動物スタンガンの黒い影。

おれを連れてきたのは、テレンスなのか。

GPSをつかんだまま、望は視線を前方に投げかける。誰もいない。横転した無人のタクシーに一羽のカラスが降り立ち、首をかしげている。

SLS－AMGを走らせて、嵐電の線路沿いのコンビニエンスストアの駐車場で停まった。店内はもぬけの殻だった。

雑誌の棚が引き倒され、その奥の窓ガラスに亀裂が入っている。散乱した商品。地震のあとなのか。不吉な予感がして、望は荒れた店内を眺めた。K、M、W、P、セ、ン、タ、ー、の、い、い、い、い、い、様子によく似ている。

望は電話を借りるつもりだった。声を上げて呼びかけたが、応答はない。気づかずに踏みつけたポテトチップスの袋がばりばりと鳴って静寂を破った。

身を乗りだしてレジの周囲を探すと、防犯サイレンのボタンの横に固定電話が見えた。望はカウンターを乗り越えてレジのなかに入り、固定電話の受話器をつかんだ。番号のボタンを押す前に、無人の店内を眺めて、確認するべき事項を整理する。

——ＫＭＷＰセンターの封鎖要請をテレンスが出したのかどうか。

——チンパンジーの脱走が通報されているのかどうか。

レジのなかで退屈している店員のようにじっと前を見つめ、やがて望はこう考えた。どちらもテレンスが処理済みかもしれない。だとしても、わからないことがある。テレンスが自分をスタンガンで襲い、人質のように縛った理由だ。あのときの自分は暴れてもいなかったし、彼を攻撃したりもしなかった。それでも自分を危険だと思っていたなら、感電させたまま放置すればいい。あえて失神している自分を運んだのにはわけがある。それは、自分に用事があったからだ。用事。どんな用事——？

——質問。やがて望は、そんな回答にたどり着く。それ以外にない。質問というよりは尋問。

誤解だ、テレンス。小声で言いながら望は首を振る。おまえはこう思ったんだろう？「ＫＭＷＰセンターの惨劇はアンクに原因がある」と。それはおれも同じだ。だがその背景について「鈴木望がテレンス・ウェードの知らない何かを知っている」と考えたのなら、大きな誤りだ。おれは、おまえと同じことしか知らない。おれだけじゃない。ダニエル・キュイも。少なくとも、今は。

望は受話器を左耳に当てて110のボタンを押しかけたが、レジの下の電話帳に目を留めて思い直す。通信センターを経由する〈通報〉よりは、直接管轄署にかけた方が早いだろう。

ページをめくり、亀岡警察署の番号をたしかめながらボタンを押す。そして、KMWPセンターの封鎖要請の有無を尋ねる。

「何センターですか？」相手の声は激しくいら立っている。

「KMWPセンター、亀岡市にある霊長類研究施設です」

「直接問い合わせてみられてはどうですか？」

「ですから、まだ封鎖していなければ――」

「当方は現在、管内の厳重なパトロールに署員を割り当てておりますので、不要不急のお問い合わせについては処理いたしかねます」

「これから封鎖要請を――」

電話は一方的に切られ、望は受話器をしばらく眺めて、漏れてくる不通音を聞く。

本当に警察署にかけたのだろうか。封鎖についてはもちろん、チンパンジーの脱走については尋ねることすらできていない。

ふたたび受話器を耳に当て、消防署に電話をかける。亀岡市ではなく、京都市右京区の消防署へ。テレンスの追跡劇はここでおこなわれた。

電話がつながると、今度は質問事項の順序を変える。「施設から脱走したチンパンジーの捕獲について、そちらに何か連絡が入っていますか？」

「チンパンジー？」

「はい。七歳のオスで――」

「こちらは現在、全署を挙げて緊急出動中なので、不要不急の個別なお問い合わせには対応できません」ついさっき聞いた返答そのままだ。「本日中に京都府庁府民生活部が〈専用コールセンター〉を開設する予定ですので、そちらでご確認を」

またしても一方的に電話は切られた。

不要不急。警察と消防の双方から告げられた言葉。

何を言ってもそのひと言で片づけられる。彼らが「要緊急」だと判断するキーワードが出ない限り。そのキーワードとは。

まさか――

このコンビニエンスストアの散らかったさまは、ＫＭＷＰセンターとよく似ているのではなくて、同じなのか――

自動ドアが開き、店内に客が入ってくる。灰色のスウェットに身を包んだ若い男。男は冷蔵庫のドアを開け、ミネラルウォーターの二リットル入りペットボトルを五本抱えてきて、望の前に置く。

「みんな避難しとるさかい」男は財布から千円札を出す。「人いーひん思うたわ。まあ人のこと言えへんな。おれもここにおるし」

「店員じゃないんだ」出された札を見て望は答える。

「え？　そしたら何で？」

「ここにいるのは、電話を借りようとしただけで――それより今、避難て言った？」

「そうや、そうや」男はうなずく。「何が避難や。冗談きついわ。集まったとこでみんなやり合うんやないか？　お上の言うこと聞いとったら命がいくつあっても足りひん」

「――おれが言っているのは皮肉じゃなくて、その、本当に何があったのか知らないんだ」

「ほんまに何も知らへんの？」

そのとき望は、眉をひそめた若い男の背後の壁――店内と事務所兼倉庫をつなぐドアの下から、血が流れだしてくるのに気づく。

二時間前、ニュースを見ようと裏に集まり、殺し合ったコンビニエンスストアの店員たちの血。転がったペットボトルの下に、ゆっくりとすべりこんでいく。

◀２０２６年10月26日・月曜日
右京区・京都市・京都府
原因不明暴動発生についての危機管理タイムライン（1）

1：02（午前）
京都市右京区管内の消防署より、京都市消防局長に報告。「右京区嵐山周辺で暴動発生。一般市民の死傷者多数。救護活動を継続中。原因不明」
1：09
京都市消防局長より、危機管理監（消防局担当副市長）へ当該事象の報告。
1：45
危機管理監より防災危機管理担当局長へ情報収集指示。防災危機管理室長が複合施設（サンサ右京）内の右京区役所へ出向。
2：38
京都市庁舎に危機管理本部設置。京都府へ報告。

同本部は「本部会議」と「本部事務局」に二別される。本部長（京都市長）、統括副本部長（危機管理監）、事務局長（防災危機管理担当局長）、事務局次長（防災危機管理室長）。

3・15

本部会議は当該事象を「レベル2（危機の範囲及び市民への影響が比較的大きく、関係局等が情報交換をおこなうなどして連携して対応する必要がある場合）」として定める。

同会議は、危機管理基本計画に準じて「危機の分類」に着手。可能性として挙げられた項目は以下七点。

「危機の分類／カテゴリー2」より。

・大規模なテロ等（事象4）

「危機の分類／カテゴリー3」より。

・化学剤、生物剤等によるテロ（事象6）
・テロ以外の過失による事故等（事象7）
・食品等への有害物質の混入（事象19）
・感染症の発生（事象21）

・水道施設の被害（事象24）
・その他の事故等（事象26）

4：08

　本部会議は情報収集の結果、現時点における「危機の分類」は困難と判断。未知の事象へのサーベイランス（監視体制）を強化するとともに、当該区域の上下水道局による水質調査、保健福祉局による食品調査を決定。消防局及び環境政策局による化学剤、生物剤等の調査は継続しておこなわれる。

ブラッド・イン・ザ・ゴールド

いつもどおりの日常の歯車。

それが回る力は、人間が思っているよりもずっと強い。

深夜から未明にかけて、右京区で原因不明の混乱――暴動のようなもの――が発生した事実はすでにメディアで報じられている。怪我人には回復を祈る言葉が贈られ、死者には哀悼《あいとう》の念が捧げられた。

深刻な事態だが、何らかの病原菌が検出されたのでもなく、テロでもなく、現在も暴動がつづいているわけでもない。

日常の歯車は、そう簡単に止まりはしない。

しょせん、事件は隣の区――右京区――の話だ。

十月二十六日、月曜日、午前八時五十分。

京都市北区に外出自粛の呼びかけは出ていない。

空は青く晴れ渡り、山の彼方のわずかな雲が日にきらめいている。申し分のない観光日和《びより》。

寺の正門につながる参道には、地球上のあらゆる国からやってきた観光客がガイドブックやカメラを携えて集まっている。日本人の修学旅行生たちも数え切れない。

彼らは九時ちょうどの開門を心待ちにしていた。拝観料を払って門をくぐれば、そこに黄金の寺が待っているのだ。

世界遺産、金閣寺――たとえ雨や嵐の日だろうと、人々は金閣寺を目指してやってくる。京都に、日本にいるかぎりは、それを眺めずにはいられない。日本の中世の将軍《ウオーロード》が残した美と狂気の寺を。

境内《けいだい》を走る小さな黒い影に気づくものは誰もいない。

飼育下にあった動物が人間の多い場所を目指すのは、めずらしいことではなかった。むしろ彼らにとって「人間が自分の行動範囲のなかにいる」眺めは、ごく自然の光景だ。

亀岡市の山林で二頭の犬に追われ、傷ついた七歳のチンパンジーは、人工物の並ぶ街からつかず離れずに移動する。犬への恐怖に加え、見知らぬ〈大地〉でようやく安心を得られたのがＫＭＷＰセンターだったという記憶も影響していた。

ＫＭＷＰセンターには大勢の人間がいた。チンパンジーの仲間たちもそこで暮らしていた。そこで恐ろしいことが起きた。人間が大勢いる場所には、同じように仲間たちがいるかもしれない。だから危機を伝えなくてはいけない。

犬に咬まれた左腕が痛み、うまく木——電柱——に登れない七歳のチンパンジーは、人間の多い場所を駆けつづけた。

警戒音《アラームコール》を発しながら。

白鷺《しらさぎ》の羽ばたく影が池のなかの赤松石《あかまついし》に落ち、細川石《ほそかわいし》に移り、水面から金閣寺の頂《いただき》にそびえる鳳凰《ほうおう》像に一瞬の墨を描いたときには、もう暴動ははじまっている。

午前九時をすぎて、金閣寺の前に集まった人類《ホモ・サピエンス》は、境内に逃げこんだアンクの警戒音《アラームコール》によって一つになる。国籍、人種、民族、宗教、言語、すべてを超えて、たがいに等しく殺し合う。

殺せ。頭のなかで反響していた声も、すぐに聞こえなくなる。

目に見えている相手。目に見えているその目に自分の姿を映しだしている敵。

一刻も早く、一人でも多く殺すことが、生存の目的となる。

燃えさかる本能の火——

白人観光客の男たちが争っている。全員大柄で、それぞれが日の丸や力士の描かれたTシャツを着ており、布地を上腕筋や大胸筋が押し上げている。

男たちは吠えながら腕を振り回し、柵を壊して池の縁へ進み、松の木にぶつかって転がると、池へと落ちていく。浅瀬で立ち上がり、空に向かって咆哮し、歯をむきだし、水飛沫を上げてふたたび戦いはじめる。咬みつきで相手の頸動脈を裂いた男は、周囲を見回し、池に映った自分の像に飛びこんでいく。金閣寺に面する池は、室町時代から〈鏡湖池《きようこち》〉と呼ばれていた。その名の示す皮肉に苦笑いするものは皆無だった。

アフリカ系。

アジア系。

禅宗の僧侶。

売店の売り子。

例外はない。逃れるものはいない。黄金の寺を仰ぐこともなく、持ちものを放り捨て、ひたすら血で血を洗い合う。

空は変わらず青い。真夏日のように太陽が照りつけ、人間たちの描く地獄絵図を、金閣寺の鳳凰像がじっと見下ろしている。

フィンランドのヘルシンキから訪れた老夫婦。夫は七十九歳、妻は八十一歳。結婚五十年目を記念した京都旅行で、チンパンジーの鳴き声を耳にして殺し合うなど、想像もできなかった。

勝ったのは夫だ。何度も殴られたが、妻が足をすべらせて倒れた隙を逃さず、胸を踏みつけた。妻の胸骨は砕け、肺も心臓も破れた。

雄叫びを上げる夫。自分が聖書に書かれたどんな恐ろしい地獄よりも、はるかに深い地獄の底にいると夫が気づくのは、およそ八分後のことだ。

アメリカのノースカロライナ州からやってきた家族。

ベビーカーに乗せた三歳の娘が、安全ベルトに体を固定されたまま獰猛に叫ぶ。それを見た母親は、迷いなく娘を殴り殺す。

彼女もまた自分が何をやったのか、およそ八分後に気づく。あるいは、自分がやったと認められず、誰かに襲われたと考えるかもしれない。それ以前に正気をなくしてしまうかもしれない。

戦いのなかで鏡湖池の縁石に叩きつけられ、腰椎《ようつい》を折った中国人の観光ガイド。這うことすらできないが、それでもなお池に映る自分の顔に歯をむきだして、迫ろうとしている。

金閣寺を見下ろす斜面に設けられた木の階段を、暴動の塊《かたまり》が駆け上がり、そして転がり落ちる。数分前まで人間だった人々の血走った目。暴れる手足。

ロシア人の観光客が、修学旅行中だった女子中学生に咬みつかれ、うなりを上げて彼女を投げ飛ばす。女子中学生は囲いの竹柵《ちくさく》に頭から落ちて、頭蓋骨が陥没してしまう。

インド人観光客が、生徒を引率する日本人教師の眼球を指でつぶそうとしている。日本人教師は相手の手首に咬みつき、動脈から噴きだす鮮血に周囲の暴徒は赤く染まりながら、土煙を上げてつぎつぎと斜面を落ちていく。

逃げるものはいない。

斜面を落ちたものを追うものがいて、追うものをまた別の暴徒が追っていく。疲れを知らない原始の叫び。


金閣寺を中心とした五〇メートル圏内での暴動。

一〇〇メートル圏内での暴動。

一五〇メートル圏内での暴動。

チンパンジーの警戒音《アラームコール》の届いた範囲で暴動は繰り広げられ、暴徒は殺し合いながら移動している。


境内の外側にも暴動は起きている。拝観料を払おうと並んでいた観光客の列。交通整理の警備員と地元住民が争うが、押し寄せた観光客の暴徒の群れに突き倒されて、姿が見えなくなる。

暴徒はたがいを襲撃しながら、京都市道183号線へ雪崩《なだ》れこんでいく。西から東へ、東から西へと車線を進んでいた乗用車や観光バスやタクシーが、脱線した列車のように追突に追突を重ね、蛇行《だこう》したまま停まる。

運転手たちはドアを開けて降りることもできない。フロントガラス越しに自分へ向かって叫び、窓やハンドルに額を打ちつけてくる暴徒を驚愕の目で見守っている。彼らの頭にまず浮かぶのは、映画のロケ地に迷いこんでしまったのではないかということだ。

思わずアクセルを踏んで暴徒を轢《ひ》くものも少なくない。

車重二・九トンのハマーH2のタイヤに乗り上げられ、両足から激しく出血し、青空を瞳孔《どうこう》に映して痙攣する若い母親の胸の上で、子守帯《ベビーキャリア》で固定された生後半年の赤ん坊が、笑顔で手足をばたつかせている。

〈京都北カルメル会修道院〉は、金閣寺の北に位置する山を切り拓いた急斜面にあった。修道院は地形の影響でチンパンジーの警戒音《アラームコール》が跳ね返され、幸いにも暴徒は一人も出てはいない。

修道院長の尼僧は、十年以上も前にスペイン人の修道士から贈られた双眼鏡を、その日はじめてのぞきこんだ。およそ一八〇年前のアンティークで、銀細工でイエスとマリアの姿が刻まれた代物。

双眼鏡のなかに、警戒音《アラームコール》からおよそ八分間が経過した山の下の光景が映りこむ。

京都市道183号線で、人々が血にまみれている。呆然として歩く人。倒れて動かない人。天を仰いで泣き叫ぶ人。蛇行したまま静止した百数十台もの車列。無差別テロが起きたのではないか、と修道院長は思う。かつてフランスの修道院を訪れたさいに、偶然居合わせたパリで目にしたテロの惨状とよく似ている。

神に祈りながら、彼女はなおも銀細工の双眼鏡を左右に動かす。

煙の柱は、どこにもない。爆弾でないとすれば、銃だ。だが銃を持ったテロリストもまったく見当たらない。すでに警察が制圧したのだろうか。しかし警察官の姿もない。

遠くの方に救急車が見える。

蛇行して停まった車列にはばまれて、現場に近づけないでいる。

修道院長は額に押しつけていた双眼鏡を下ろした。

修道女を全員集めて、こう告げる。「どんな危険が待っているかわかりませんが、山を下りましょう。救えるかぎりの命を救うのです」

修道女たちは、力を合わせて救急箱と水のポリタンクを運び、斜面を歩いて下りていく。

配達先へ

山科栄治《やましなえいじ》。二十四歳。苗字が示しているとおりの生粋《きっすい》の京都人。

大学時代こそ名古屋ですごしたが、農学部を卒業すると北区の地元に戻って農家を継いだ。

いつものように収穫した京野菜を幌《ほろ》付きの軽トラックに積み、得意先のレストランへ配達に向かった山科栄治は、市道１８３号線にあふれてきた暴徒と遭遇する。

十月二十六日。月曜日。午前九時をすぎていた。

ハンドルを左に切って路肩に乗り上げ、急ブレーキを踏み、目の前の和菓子屋に激突する寸前で車は停まった。だが頭と胸を打ちつけた衝撃で意識をなくした。父親の代から乗り継ぐ軽トラックにエアバッグは装備されていない。

わずかな物音がして目を覚ますと、運転席側の窓を、頭巾をかぶった修道女が叩いていた。山科栄治は窓を開け、ぼんやりした顔つきで修道女の顔を見返した。

短いやりとりのあと、修道女は山科栄治にガーゼを渡して去っていく。山科栄治は眉をひそめ、バックミラーで彼女の背中を追い、そこで多重追突事故を起こして停まっている車や、血まみれの人々の姿を眺めた。

とても現実には思えなかった。つい今しがたまで、何もかも普通の光景だったのだ。これは夢だろうか？

バックミラーが映す自分の顔に気づく。くちびるから血が流れている。もらったガーゼを傷にそっと押し当てて、記憶を探る。

そうだ。突然道路に何人も人が飛びだしてきたんだ。それでおれはハンドルを切り——

何かとてつもない大事故が起きたのにはちがいなかった。朦朧とする山科栄治の頭に「このままでは道路が封鎖される」という考えが浮かんだ。「道路が封鎖」されれば、「得意先に京野菜を納品できない」ことはたしかだ。幸運にも自分の軽トラックは、身動きできない車列の外側にいる。

動くなら今だった。

まだ夢を見ているような状態で、山科栄治は軽トラックをバックさせ、それからギアをローに入れて道路に出ると、すぐに加速した。

走りだしてからは、レストランで待つオーナーシェフの顔しか頭に浮かばなかった。彼の店は京都御苑《ぎょえん》の近くにあり、壁はあざやかな萌黄色《もえぎ》で塗られ、平屋根は漆黒《しっこく》の瓦葺《かわらぶ》きで、営業は午後五時から。席はいつも予約で満席だ。海外から訪れる客も多い。

急に軽トラックが走りだして、七歳のチンパンジーは驚く。それでも飛び降りたりはしない。幌に覆われた軽トラックの荷台は人間たちの狂乱から身を隠すのに最適だ。それにこんな風に揺られてどこかへ運ばれるのは、前にも経験したことがある。

犬に咬まれた左腕を舐めて、アンクは収穫されたばかりの〈えびいも〉を拾い上げる。京都の高級食材。においをかぎ、器用に泥を落としたあとで、かじりつく。

▼2026年10月26日・月曜日
京都市・京都府・日本政府
原因不明暴動発生についての危機管理タイムライン（2）

5：12（午前）
京都府が、深夜から未明に及ぶ右京区での事象を政府に報告。
府は予想される府対策本部設置に備え、対策会議を設置。府庁舎に危機管理監、健康福祉部、並びに関係部局を招集。
6：00
府有識者会議実施。右京区において一般市民の暴動が発生したメカニズムは解明できず。同区の水、食品、空気中を検査するも、異物は未検出。したがって避難区域指定も難航する。
6：28
京都府、京都市、右京区の三者テレビ会議実施。

7：30
内閣官房と府有識者会議の二者テレビ会議実施。
9：08
京都市北区鹿苑寺《ろくおんじ》（通称・金閣寺）周辺において大規模暴動発生。
9：13
京都市危機管理本部は当該事象を「レベル2」から「レベル3（危機の範囲及び市民への影響が非常に大きく、全庁体制により対応する必要がある場合）」に引き上げる。
9：49
政府は京都市北区鹿苑寺周辺の大規模暴動発生を受け、当該事象を「京都暴動」と正式に呼称。右京区と北区において「緊急事態宣言」を発令。これにより「京都暴動等対策本部」が国、府、市町村の各自治体レベルで設置される。
府対策本部は府庁舎（上京区）に設置。
本部長（知事）、副本部長（副知事）、本部員（危機管理監、各部局長、警察本部長）。府民及び国民より、対応の遅れを指摘する電話が府庁舎に殺到し、回線が一時不通となる。

10：30
政府は、事態の重大性と特殊性を鑑《かんが》み、以下の各局省庁より専門家の現地派遣による支援及び調査等を決定。

消防庁（救急、消火、救助の専門家）。

厚生労働省（検疫、医療分野、上水道業、火葬の実施、感染等の情報収集の専門家）。

経済産業省（工業用水道業、遺体の死後処置の専門家）。

国土交通省（下水道業、河川管理の専門家）。

農林水産省（検疫、食料品製造業の専門家）。

環境省（廃棄物処理業の専門家）。

外務省（諸外国との連絡調整）。

内閣官房（府並びに市町村対策本部の意思決定と総合調整等に関する事務、ウイルス等が検出された場合における解析と発生流行状況の把握の専門家）。

国家安全保障局より派遣の二名は、非公式活動及び機密扱いとする。

10：45
内閣官房長官会見。暴動発生の原因は依然として不明。

11:08
京都府知事会見。暴動の誘因を全庁体制で調査中。

根拠《エビデンス》

右京区役所が入っている地上五階建ての複合施設〈サンサ右京〉の周囲には、問い合わせに訪れる区民が列をなしており、車で近づけそうにもなかった。

望はメルセデス・ベンツSLS－AMGを建物の一〇〇メートルほど手前に停め、歩いて区役所をめざした。人の波に飛びこみたくはなかったが、進むほかはない。コンビニエンスストアのレジで見つけた黄色い表紙の「タウンページ」を落とさないように、右腕でしっかりと抱えていた。GPS以外の通信端末がなく、電話番号を調べるには電話帳だけが頼りだった。

人ごみをかきわけて入口へ向かい、ふと頭上を見ると〈京都市防災情報文字表示装置〉に目が留まった。こんな文字が流れていた。

――区民の皆様へ　ただいま区内において　緊急事態宣言が発令されています　不要不急の外出は　自粛してください　宣言が解除されるまで　できるだけご自宅で待機してください――

建物のなかは、外以上に騒然としていた。説明を求める区民たち。IDを提げた職員。警備員。過呼吸を起こして卒倒するもの。怒号。罵声。

建物内で固定電話の貸しだしは原則としておこなわない――そう職員が告げると、家族や友人になかなか携帯の通じない区民たちがいっせいに不満の声を上げた。

この状況で、と望は思った。ジャージにジーンズ姿のおれが「電話をかけさせてくれ」と頼んだところで、門前払いされるのは目に見えている。パニック映画のおなじみのシーン、食い下がる主人公が、叫びながら警備員に取り押さえられて退出していくあれだ。

すみやかに階段を下りるように、自宅へ帰るように――必死に訴える職員の声を聞きながら、望は大きく息をつき、職員へと歩み寄った。

「霞《かすみ》が関《せき》の農林水産省から、京都府健康福祉部に出向している鈴木です」望は早口で淡々と告げる。「府庁の農政課長に連絡を取りたいが携帯が通じません。至急電話を一台用意してもらいたい」

「農林水産――」職員の態度が変わる。

間を置かずに望は、ＫＭＷＰセンターの危機管理マニュアルを思いだして、言葉を畳みかける。「私の報告は農政課長から府警本部の警備部警備第一課へ送られます。ここで第一報を送ることができなければ、重大な報告が遅れた理由の説明を、のちに国や府に求められるでしょう。そうなった場合――」

すべてを言い終わらないうちに、固定電話が望の前に差しだされた。

「もしもし」受話器からこだまする大声は、紅潮した顔が見えるような女のものだった。「農政課の藤茂緒松《ふじしげおまつ》ですが」

「私は鈴木望と申します。亀岡市の霊長類研究施設、ＫＭＷＰセンターの責任者です」

「ＫＭＷＰセンター？　ああ、亀岡市の？」

「はい」望はできる限りの冷静さを保って言う。「今回の暴動の件について、ご報告があります。報道された内容の全貌を把握しているわけではありませんが、時系列から見て、亀岡市のＫＭＷＰセンターで発生した暴動が、おそらくもっとも初期の暴動だったと考えられます」

「もっとも初期――そうおっしゃる根拠《エビデンス》は何です？」

「右京区での暴動より前だからです」

「だとしたら、なぜ今になっておっしゃるのです」

「つまり――」

「本当にＫＭＷＰセンターの方ですか？」

「はい」

「いずれにしても、緊急事態宣言下につき、根拠のない情報は扱えませんよ」

今にも通話を切られそうな雰囲気に、望は話の方向を急いで変える。「私どもの施設から、七歳のオスのチンパンジーが脱走しています。現在京都市を逃走中ですが、そのチンパンジーの移動と、この暴動のあいだに何らかの関連があるはずです」

「チンパンジー？」女の声はますます大きくなる。この女が課長なのかどうか望にはわからない。しかし役職がどうであれ、向こうが農政課を名乗った以上は、望にはこの職員と話すしか道はなかった。

「まず行政は」と望は言う。「チンパンジーの捕獲に動くことが――」

「チンパンジーが暴動とどう関係があるというんです？」女は声を荒らげる。「科学的見地からおっしゃってください。あなたの根拠は何です？　ウイルスですか？　暴動の原因は、感染爆発による異常行動とお考えなのですか？　厚生労働省下の部局への連絡は？」

望は口を閉ざした。恐れていたのは、会話がこういう方向に転がることだった。根拠《エビデンス》。科学的見地。どちらもそろっていない。それを提出できなければ、組織は沈んだ船のように動かないのもわかっている。だから女の言うことは、おれの言葉よりもはるかに論理的だ——少なくとも役人としては。

それでも、アンクが原因なのだ。

断片でしかない情報の数々が、その可能性を望に告げている。

今は学術問答をしている場合ではない。何としてでも行政をチンパンジーの捕獲に向かわせなくては。科学者としての論理の一線を踏み越えてでも。

「われわれは」望はわずかに間を置いて告げる。「独自の方法でウイルスを検出しています。当該ウイルスは、まだ医学界で知られていないものです。この暴動は類人猿とヒト、人獣共通感染症の引き起こした感染爆発だと私は考えています。われわれは感染源であるチンパンジーを捕まえなくてはなりません。私は追跡用のGPSを持っており——」

「現時点で」急激に冷めた女の声が、望の言葉をさえぎる。「複数の大学と医療機関から『いかなる病原体も検出されない』との報告を受けていますので」

「――待ってください――」

「あなたが『検出した』とおっしゃるウイルスのサンプルが本当にあれば、農政危機管理課に提出してください。お話はそれからです」

話をこれ以上引き延ばす術《すべ》はなかった。府庁農政課に通話を打ち切られた望は、一階のロビーに集まってテレビを見ている人々のあいだに、悲鳴に似たどよめきが起こるのを聞いた。

テレビに映っているのは、京都市上空を飛ぶ遊覧ヘリに乗った観光客が偶然撮影したもので、手ぶれのひどい映像だった。

誰もが知るあの場所で、人間たちが渦巻いている。

二〇〇〇人を超すエキストラが集められ、輪舞《ロンド》を踊っているように見える。しかし見ているうちに、そこに何が映っているのか、しだいに明らかになってくる。

ぐるぐると回る人間の群れは、踊っているのではなく、たがいに殴り合っていた。殴るだけではない。頭を踏みつけ、馬乗りになり、髪をつかみ、体当たりし、斜面を転がり落ち、池に転落する――兵士やテロリストではない、ごく普通の人々が。

同じ映像のなかに金閣寺が収まっている。暴動のまっただなかで、破壊されてもいなければ、火を放たれてもいない。ひっそりと陽光に照らされるそのたたずまいは、呪いのような美しさすら感じさせる。

あまりにも非現実的な映像だ。

色とりどりの服を着た獣たちが暴れている。

人間が見てはならない光景を、不意打ちのようにその場にいる全員が目撃することになった。画質の粗《あら》さはむしろ救いだった。

上空から見下ろした暴動のすさまじさを目《ま》の当たりにして、望はうめき声すら漏らさない。KMWPセンターで見た死体の山が映像に重なる。今ここにいる自分は、平然と現場に舞い戻って野次馬といっしょに騒ぐ殺人犯のように思えてくる。

ニュースは暴動の独占映像を繰り返しながら、「政府は右京区と北区に緊急事態宣言を発令」のテロップを流しだす。

右京区と北区。望はそうつぶやくと、不安と恐怖に満たされた人々を押しわけて〈サンサ右京〉を出た。

SLS-AMGに戻った望は、アンクのこれまでの移動経路をGPSの記録で確認した。

✺KMWP／CHIMP／Ω004

渡月橋

←嵐山

←嵯峨広沢

←太秦

←衣笠山《きぬがさやま》

←大北山《おおきたやま》

ＧＰＳの記録を見ると、アンクは右京区と北区を深夜から未明にかけて動いている。

そして衣笠山と大北山の境界を歩いたアンクは、金閣寺の境内を移動している。

これだけの一致がありながら、科学的究明を欠くというだけで、誰一人動かせない事態に、望はほとんど発狂しそうだった。いや、もうすでに狂ってしまったのかもしれないとさえ思った。

時間をかけて役所を説得するか、それとも捨てられていた捕獲網を使い、一人でチンパンジーを追跡するか、二者択一だった。

望は現在地をたしかめ、てっきり装置が故障したのだと思った。アンクの移動速度が速すぎたせいだ。

故障――いや、これは、車に乗っているのか？――

眉間《みけん》に電極を突き立てられたような直感がやってくる。

アンクが車に乗っているのなら――人間が乗せたのであれ、勝手に乗りこんでいるのであれ――たとえおれ一人でも捕獲できる。

今しかない。体当たりしてでもこの車を止めるんだ。

手の込んだ策を講じている余裕はなかった。真東に進んでいくアンクの信号は、京都御苑に近づいていく。望はＳＬＳ－ＡＭＧのアクセルを踏みこみ、数秒で時速一〇〇キロまで到達し、さらに加速する。

望ははじめて二〇〇キロを出す。それも高速道ではなく一般車道でだ。

失われたニュース

午前九時に中京区のケーブルテレビのスタジオに出社した蒔園文子《まきぞのふみこ》は、夜勤明けの社員と一人も出くわさないのに気づく。赤字つづきの弱小放送局だ。いつ消えてもおかしくない。

何よ、つぶれちゃったの？　蒔園文子はコンビニエンスストアで買ったサンドイッチをかじりながら悪態をつく。全員で右京区の暴動を取材に行ったの？　だったら、ご機嫌なピクニックね。

冗談で口にしたつもりが、あまりの静かさにしだいに不安になってくる。もしかしてこの会社、あたしが家で缶ビール片手にＶＲ《バーチャル・リアリティー》恋愛ゲームやってる夜のあいだに、本当に倒産したのかしら。

オフィスに資料が散乱しているのは、いつもどおりだ。ただし、まったくちがうところもある。赤いペンキのようなものが撒かれている点だ。

過激な政治団体の抗議を受け、全員が屋外避難した――

蒔園文子の頭にそんな考えが浮かんだが、彼女はすぐにそれを打ち消す。第一に、そんなニュースをウチは扱わない。第二に、もしそうだったら、チーフディレクターのあたしにもメールが来るはずだ。

オフィスを赤く染めているのはペンキでなく血で、椅子や床に倒れている社員は徹夜で寝ているのではなく死んでいる。そう理解したとき、蒔園文子は胃の内容物を吐く。二十四時間つけっぱなしのオフィスのテレビに金閣寺の暴動が映っているが見向きもしない。

一刻も早くこの場から離れたくて、廊下へ飛びだし、トイレへ駆けこむ。ドアを開けると、四月に入ったばかりの新人が割れた鏡の前で血まみれになっている。見開かれた両目が虚空を見つめている。

蒔園文子は涙を浮かべ、収録スタジオへ逃げる。照明の光量も、カメラの配置も、何もかも本番のままだ。ニュース番組のセットが組まれている。そこに無残な死体が転がっている。長年付き合いのあるフリーアナウンサーの首が水平に折れ、カメラマンの顔が裂けて頬から奥歯がのぞき、若いADの眼球が引きずりだされ、誰のものかわからない血が照明の表面にかかって黒く焦《こ》げついている。

収録スタジオの血の海から這うように逃げだして、蒔園文子は警察と消防に通報する。

総務省への連絡は、まったく思いつかなかった。

蒔園文子は夜どおしVRゲームに興じていて、自分の局で何が起きたのか、あるいは局が何を引き起こしたのかについて、まるで知らずにいる。

二十六日未明に右京区嵐山で騒ぎが持ち上がる。夜勤の社員たちは放送内容を差し替え、ニュース番組を用意する。現地中継に出た音響係が偶然にある音声を拾い、それによって現場にいた全員だけでなく、中継を見ていたスタジオのアナウンサーや社員や視聴者も悲劇に巻きこまれる。

真夜中の自局の中継を見ていれば、蒔園文子は総務省に連絡し、政府から放送や通信の専門家が派遣され、彼らは「電波もしくは音声などの周波数が引き起こす意識障害」の可能性に着目したかもしれない。

だが、かりに中継を見ていれば、蒔園文子は局に来ることもなく、自宅で鏡に突っこんだ死体として朝を迎えていただろう。

夢でなければ何だったのか?

ドアをノックする音。はじめは遠慮がちな響きが、しだいに強く大きくなる。

ケイティ・メレンデスは目を覚ます。

どこにいるのかわからない。ペンシルベニアの家? ニュージャージーの編集部?

それとも私はまだ、ドラッグ依存症者ケアセンターのベッドにいて――

「ミス・メレンデス」そう呼ぶ声がする。「大丈夫ですか?《アー・ユー・オールライト》」

知らない声だ。それでも独特なアクセントに聞き覚えがある。日本語なまりの発音。日本人。日本。

――そうだ、私は――

ケイティは、自分が京都のホテルにいることを思いだす。

彼女は下着一枚でベッドにうつ伏せに倒れている。上半身はベッドの端から飛びだし、力の抜けた両腕が床めがけて垂れ下がっている。

ケイティはゆっくりと体を起こし、ひどい筋肉痛を感じる腕を持ち上げて浴衣にとおし、帯も締めずに手だけで前を押さえ、ドアに歩み寄る。

「何？」ケイティはふらつく頭で言う。

「当ホテルのものです」日本語なまりの英語が言う。

ケイティが少しだけドアを開けると、初老のホテルマンが立っている。彼は言う。

「大丈夫ですか？　お怪我はありませんか？」

「何があったの？」

「私どもにもよくわからないのですが」ホテルマンは困惑しながら言う。「当ホテルに宿泊のお客様のなかに、深夜に突然暴れだした方がいらっしゃいまして」

「――突然暴れる――？――」

「ええ、それで大変失礼ながら、お部屋にお電話を差し上げて、応答のないお客様の安否を確認しているところでございます」

「電話をかけたの？　フロントから？」

「はい。何度もかけさせていただきました」

ケイティは部屋の電話を振り返る。机に載った白い固定電話。その向かいにある鏡。

鏡？

ふいにケイティのなかに記憶がよみがえってくる。恐怖と動揺を初老のホテルマンに隠しながら、平然として尋ねる。「ぐっすり寝ていたので、電話は気づきませんでした。ねえ——その暴れた人って、部屋のテレビをつけたままでしたか？」

「はい」ホテルマンは即答する。「私が消しましたので」

「どのチャンネルだったかしら？」

「——チャンネル——でございますか？　そこまでは記憶にありませんが」

「CNNとかBBCだった？」

「ちがうと思います。真っ暗でしたから。電源ランプの緑を見て、私が気づいて消したのです」

「何も放送していなかったってこと？」

「そうでしょう」

「——そう——ねえ、その暴れたお客さん、どうなりました？」

「プライバシーに関するので詳しくご説明できませんが、救急車で病院に運ばれました」

そう語った初老のホテルマンは、嘘はついていない。消防が到着した時点で、部屋で暴れた宿泊客は自分で鏡にぶつかって即死していた。救急車が運んだのは死体だったが、それはあえて言わなかった。まだ検死も済んでいない。

別の部屋へ安否確認に向かうホテルマンとの会話を終えて、ケイティはそっとドアを閉め、鏡の前へと歩く。

腫れた両目の下を、歌舞伎《かぶき》の隈取《くまど》りのようにどす黒く変色させた自分が映る。まるで中毒者だ。乱れた縮れ髪も、普段より殺伐《さつばつ》としている。

夢でなければ、あれは何だったのか？

ニュースでやっているかもしれないと思ったが、一人で映像と向き合うのは恐かった。

ケイティは顔を洗い、服を着て、縮れ髪をヘアリングでまとめた。

バックパックを背負って一階へ降りる。ロビーに大きなテレビがあったはずだった。他人といっしょにテレビを見れば、危険が減るような気がする。

エレベーターを降りてロビーに出ると、テレビの前は宿泊客でごった返している。

飛び交う世界中の国の言語。まるで成田の発着ロビーのようだった。ケイティには英語しかわからなかったが、ＡＩに自動翻訳させなくても、誰もが同じことを言っているのが察せられた。恐怖。不安。悲痛。混乱。

画面には金閣寺が映っている。やがて彼女が目にしたのは、信じられない光景だった。

「ゼアズ・ア……」


オーウェン・デミー。職業、投資家。

フロリダ州タラハッシーのオフィスを抜けだした彼は、京都観光を楽しんでいる。しかもこの日——十月二十六日——は、三十歳の誕生日だった。

祝ってくれる妻も恋人もいないが、かわりに自由がある。そんな身軽さこそ、オーウェン・デミーが求めた生き方そのものだ。


正午になりかけたころ、オーウェン・デミーは、京都市内でレンタルしたロードバイクにまたがったまま、ペダルから片足を外して体を支え、じっと前を見ていた。

まっすぐ延びる路地の先。距離にして二〇〇メートル。そこに黒い人影がずらりと並んでいる。ヘルメット。普通の警察官《ポリス》ではない。あれは日本の機動隊《ライオット・スクワッド》じゃないのか？

京都御苑をめざしてロードバイクを漕ぎ、マラソンもやっていないのにやたらと多い交通規制に毒づきながら、ようやくここまでやってきたオーウェン・デミーは、すべての規制は大規模なデモ行進のせいだったのかと思う。

背負ったポシェットのなかから畳んだ地図を出して、機動隊《ライオット・スクワッド》のいる位置を調べる。今出川通《いまでがわどおり》。京都市を東西に横切る大きな道路。

ほどなくして、野獣のような叫びが聞こえてくる。

まるで、日本のサムライ映画の合戦シーンで起きる鬨《とき》の声だ。

デモ行進じゃないのか、オーウェン・デミーは考え直す。ハリウッド級のスケールで黒澤《クロサワ》みたいな時代劇を撮っているのかな。いや、それなら現代の機動隊《ライオット・スクワッド》がいるのはおかしい。

ロードバイクのペダルを漕いで彼は前進する。一〇〇メートル。五〇メートル。ついに三〇メートルまで近づく。機動隊《ライオット・スクワッド》は全員前を向いていて、誰も背後を振り向かない。

振り向くどころか、人々とぶつかり合っている。

オーウェン・デミーが目撃したのは、京都府警機動隊二〇〇名が、その倍の数の暴徒と激突している現場だ。

彼は呆然として、背中のポシェットからタブレット型端末を取りだし、震える手で眼前の光景を撮影する。
とてつもない事件に居合わせたことの恐怖と興奮。
心臓が激しく鼓動を打つのを感じながら、撮った動画を確認し、急いでタッチパネルを操作してＳＮＳにアップロードする。そこに彼はこんなコメントを添えている。

THERE'S A RIOT GOIN' ON !

（暴動が起きてる！《ゼアズ・ア・ライオット・ゴーイン・オン》）

◀２０２６年10月26日・月曜日
上京区・京都府庁
府有識者会議

午前十一時三十分。政府の専門家派遣の決定を受けて、府対策本部では二度目の有識者会議がおこなわれる。

医学博士。

大学教授（ウイルス学）。

弁護士。

防災専門家。

経済団体代表。

本部長（知事）。

危機管理監。

府警察本部長。

八名の前につぎつぎと資料が配られていく。

右京区嵐山から北区鹿苑寺に至るまでの各所の暴動の死傷者数。

平常時の住民の健康状況の調査データ。

「暴動は西から順に発生し、死傷者を出しては収束し、つぎの区域へと移っていきます」と防災専門家は言う。「ここには何らかの法則性が見られます。たとえば風に乗って毒素が移動するというような」

その発言を受けて、〈市内の深夜から現在までの風の流れのデータ〉を危機管理監が部下に要求する。

「〈感染による異常〉が、もっとも合理的な答えです」本部長が言う。「ですが、搬送される死傷者にはどんなウイルスや細菌も見つかっていません。先生、先ほどもお訊きしましたが、ウイルスや細菌でないとしたら、いったい――」

「化学物質の空気散布でしょうな」とウイルス学研究者が答える。

「その場合、事故あるいはテロということだ」経済団体代表が言う。

「興奮剤は一時的に人を暴徒化させます」医学博士が言う。「しかし空気散布した程度では効果はありません。水道水への混入はまだ捨てきれませんよ」

「お言葉ですが、先生方」本部長は語気を荒らげる。「議論が堂々めぐりしているようです。全庁挙げて空気中や上下水道の異物を調べましたが、何も検出されておりません。午後に国から来た専門家が再調査しますが、結果は変わらんでしょう。生存者はそろって発生時の記憶を失っており、何があったのか聞きだすこともできない。こういう状況下で、先生方にはお知恵を出してもらいたいのです」

進展のない会議に、〈市内の深夜から現在までの風の流れのデータ〉が届けられる。担当職員の説明がなくても、結果は一目瞭然だ。風向きは暴動発生箇所と関連がない。

危険地域区分《ゾーニング》の手がかりが消え、重い沈黙に包まれた席上で、府警察本部長が口を開く。「見えない敵というよりも、市民同士が殺し合っているという状況に、現場も混乱しております。たとえば騒乱罪《そうらんざい》が適用できません」

「そりゃそうですよ」と弁護士が言う。「首謀者がいないんだから」

「とはいえ、殺人の証拠が明確なケースもあるのです」警察本部長は弁護士を無視して話す。「民家で夫婦が殺し合い、一方が生き残っていた場合です。ですが、この場合も殺人罪は——」

「当然、刑法第三十九条一項が適用されますね」と弁護士が言う。「心神喪失者、つまり弁識能力または行動制御能力をまったく欠くものには責任能力が認められていない」

「そうなると――」警察本部長は顔をしかめる。「大量の殺人が不起訴ということになります」

「それは事態が収束したあとの話です」防災専門家が言う。「今考えるべき問題ではない。必要なのは対応策です。風評被害もひどい。インターネットでどう言われているかご存知ですか？　ゾンビがついに現実のものになったと騒がれているんですよ。生ける死体《リビング・デッド》によって京都が壊滅する、と。もはや冗談では済まされないスケールで拡散しています。こうした風評被害を止めるには本部長、あなたの、府知事としての、たとえ短くとも連続的な会見が不可欠です。オフィシャルの情報を発信しつづけるしかない」

「発信と言ってもだね」本部長は相手をにらみつける。「何を発表しろと言うのだ？」

「たとえば」防災専門家が言う。「複数の防犯カメラを分析した結果などですよ。暴徒の行動が沈静化するのは――」

「失礼します」書類を手にした府職員が会議室に入ってきて、こう報告する。「現在、京都市上京区で暴動が発生している模様、京都御苑の北端、今出川御門《ごもん》から数十メートルも離れていません」

大鴉《おおがらす》

京野菜を積んだ荷台にチンパンジーが隠れているとは知らず、山科栄治は軽トラックを走らせて配達先へと向かっている。

どうにか運転をこなしていた山科栄治の頭も、京都御苑のそばにあるレストランに近づくにつれてはっきりしてきて、冷静さが戻ってくる。自分は事故現場を離れるべきではなかった、と山科栄治は思う。残って人命救助を手伝うべきだった。

だが、戻るにしても手遅れだった。

山科栄治は赤信号でブレーキを踏み、ようやくラジオでニュースを聞くことを思いつく。

軽トラックが停まると、幌付きの荷台に潜んでいたアンクは、暗闇から顔を突きだして外をのぞいた。右手にかじりかけの〈えびいも〉をにぎっている。琥珀色の瞳に空が映り、木と木にかかる黒い線が見えて、それから黒い鳥と目が合った。

電線に留まっていたハシブトガラスにとって、状況を理解するには一瞬の視線の交錯だけでじゅうぶんだった。

荷台から見馴れない生きものが顔をのぞかせ、そいつは食べものを持っている。荷台のなかに食べものがある。

鳥類でもっともすぐれた知能を持つ黒い鳥は、類人猿でもっともすぐれた知能を持つチンパンジーに襲いかかった。カラスならアフリカにも生息しているが、ハシブトガラスはアジアにしかいない。

荷台の縁まで飛んできたハシブトガラスにアンクは驚き、えびいもを奪おうとした黒いくちばしを、傷ついた左腕で本能的に叩く。ひるんだハシブトガラスはいったん荷台を離れ、同時に信号が変わって軽トラックも走りだすが、追跡は終わらない。大きく羽ばたいたハシブトガラスが、走行速度よりすばやく飛び、荷台のなかに入ってくる。

新しい危機に瀕したアンクは叫び、激しく混乱し、やがてその喉から警戒音《アラームコール》が放たれる。

軽トラックは減速しないまま横転し、道路に車体側面をスリップさせて進入禁止の標識に激突する。フロントガラスが砕け散り、山科栄治は首を折って即死する。

〈えびいも〉や〈堀川《ほりかわ》ごぼう〉や〈聖護院《しょうごいん》かぶ〉などの京野菜が路上に散らばってい る。荷台を飛びだしてきたアンクは、叫びながら南へ向かって逃げていく。

車が激突する前に荷台から飛び立っていたハシブトガラスは、散乱した京野菜を、その場でのんびりと食べはじめる。だが、周囲にいた人間たちが見たこともない異常な様子で暴れだしたのに気づき、驚いて飛び去る。

今出川御門の戦い

京都市上京区。

府庁舎と同じ区内に、緑豊かな敷地が広がっている。

南北約一・三キロ。

東西約七〇〇メートル。

その六五ヘクタールにおよぶ空間は、京都一二〇〇年の歴史を象徴する聖域だった。御所《ごしょ》。迎賓館《げいひんかん》。さまざまな遺跡。

午前十一時をすぎた段階で、そこには観光、散策、レクリエーション、スポーツ施設利用をふくめ、三〇〇〇人近い入苑者がいた。

府庁舎を出た警備第一課長はみずから現地指揮へ趣く。

府警機動隊二〇〇名。彼らを京都御苑の北に面する今出川通に配置する。御苑を管轄する環境省の担当と話し合い、敷地内の南側へ入苑者を緊急避難させることを決める。北と南は単純計算で一三〇〇メートル離れており、土地勘のない海外旅行者をふくむ利用者をむやみに敷地外に出すよりは安全だ。

府警機動隊二〇〇名の前に立って、警備第一課長は右から左まで顔を見渡す。念のために防毒《BC》マスクを装着した表情の見えない隊員たちは、ポリカーボネイト製の透明な盾《ライオットシールド》をアスファルトに突いて耳を傾ける。

「一般市民が暴徒と化す原因は、今もって不明だ」と警備第一課長は言う。「だが各所の防犯カメラ映像を分析した結果、およそ八分二〇秒で暴徒の動きは沈静化する傾向にある。最大で八分二〇秒だ。そのあいだ耐えろ。八分二〇秒を経過しても沈静化が見られない場合、催涙弾を使用する」

隊員たちは微動だにしない。防毒マスクのゴーグルが昼の陽光を跳ね返している。

「いいか、京都御苑は、ここ京都一二〇〇年の歴史そのものだ」警備第一課長は話をつづける。「いかなる種類の相手だろうと、狼藉者《ろうぜきもの》の侵入を許せば、わが京都府警の威信に関わり、延《ひ》いては日本警察の敗北を世界に知らしめることになる。なかに入れるな。ここで止めろ」

京都御苑に駆けつけた報道陣は、「一連の暴動は感染爆発によるものではない」という説明を受けていたが、報道ヘリから送られる映像――防毒マスクを着けている二〇〇名の機動隊員――を目にしたあとでは、何の説得力も感じなかった。

だいたい、ほかにどんな原因が考えられるというのか。何らかの病原体がある。そして二十世紀以来、人類がすすんでトラウマを作りだすようにして思い描きつづけた悪夢、ゾンビがとうとう現実化したのだ。

すでに御苑内に入っていた報道陣は、一般利用者と同じく南端に避難させられる。それぞれが不満をこぼしながらも、会社から持ってきた防毒マスクを装着し、取材に備えた。

飛びだす隙をうかがっている新聞記者。

禁煙規則に構わず煙草を吸うテレビカメラのクルー。

不安に青ざめるリポーター。

頭上をテレビ局のヘリが旋回している。ヘリを見上げるフォトグラファーが、あれが墜落すりゃおいしいよな、と言う。その発言を誰も非難しない。口にしないだけで、少なからず皆が同じ思いを抱えている。

一二〇〇年の歴史を誇る古都の風景。暴動。墜落して炎上するヘリ。三つ同時にファインダーに収めれば、ピュリッツァー賞ものだ。

京都御苑の北側、今出川御門に面する今出川通。

屋外で争う暴徒の一人が、東西に隊列を作った府警機動隊に気づく。

つづけてもう一人。さらにもう一人。

暴徒の人数は三〇〇から四〇〇名と推測された。屋内で暴れているものを除外しての数字だ。

住民。従業員。大学生。教授。留学生。観光客。

軽トラックから転がり落ちたアンクの警戒音《アラームコール》の声を聞き取った人類《ホモ・サピエンス》、そのすべてが暴徒と化している。

機動隊員は訓練はおろか、想定したことすらない状況に直面する。プラカードも、旗も、メガホンも持たない人々。何の要求もなく、ただ憎悪をむきだしにする相手と盾を挟んで対峙するなど、考えたこともない。

人間――？――

機動隊員は戦慄《せんりつ》する。目の前にいる連中は人間なのか？

警察犬にも劣らない獰猛な獣たち。しかし警察犬のようにコミュニケーションは図れない。

警備第一課長も、機動隊員も、自分が目にするまではどこか信じられずにいた。本当にこんなことがあるのだろうか。だが、これは現実だった。

暴徒は自分たち同士で殺し合いながら、確実に近づいてくる。

正午ちょうどに、暴徒と機動隊の大規模な衝突が起きる。

機動隊員は思考の片隅に大きな困惑を残しながら、突進してくる暴徒の体当たりを、ポリカーボネイトの盾で弾き返す。

もはや人の形をしているだけの、原始的な獣がもんどり打って倒れる。衣服からのぞく腕や足をアスファルトに強打して皮膚が裂け、血が流れだす。それでも暴徒は立ち上がり、ふたたび襲ってくる。

相手が小柄な男や女とは思えない。暴徒の力に誰もが驚愕を覚える。衝突時に骨が折れる不安を感じているなら、こんな風に体当たりはできない。心理的限界《サイコロジカル・リミット》が働くからだ。それがない。

隊列が崩れてゆく。もはや盾で防ぐだけでは足りない。打撃もふくめた制圧に移らなくてはならない。

太陽が雲の合間から照りつける。

猛烈な勢いで盾にぶつかる暴徒。透明なポリカーボネイトに飛び散った血が日差しに赤くきらめく。まるで中世の合戦《かっせん》の盾を染める朱のようだ。


一人の機動隊員は戦いながら考える。八分二〇秒。こいつらが理性をなくしているその時間は、いったい何を意味しているのか。そしてなおも考える。いずれ、この事態の謎は解明されるのか？　きっと解明されるんだろう。樹上ですごす猿だったおれたちが、今じゃ太陽系の星の数までカウントできるんだしな。

彼は警棒で暴徒を叩き、半長靴《はんちょうか》の硬いつまさきで暴徒を蹴る。


暴徒に突き倒された一人の機動隊員が、不思議なことに気づく。崩されつつある隊列の背後で警察犬が吠えている。まだリードを放されてはいない。その警察犬を、暴徒は完全に無視している。ときおり歯をむきだして威嚇をおこなうが、襲ったりはしない。

彼は馬乗りになって自分に咬みつこうとする暴徒を殴るが、相手はひるまない。信じがたい力で気道を圧迫され、薄れゆく意識のなかで、こいつらはあくまで人間相手なのか、と思う。人間の形であれば、暴徒でも機動隊でも関係がないんだ。

機動隊の悲劇は、「八分二〇秒経過すれば、暴徒の動きは沈静化する」という情報を耳にしていたことだった。

約八分で正気に戻る市民を、どこまで攻撃すべきか決めかねていた。

老人。

女性。

修学旅行生。

外国人観光客。

その腕を警棒で折り、手加減なしの投げ技でアスファルトに叩きつけていいものだろうか。

何分経った、そんな怒号が闘争のなかで響く。あと何分だ。誰か答えろ。

薄桃色《うすもも》のスカーフを首に巻いた女の子が一人の機動隊員の盾に突っこんでいく。少女とは思えない、すさまじい力に機動隊員は押され、おそらくこの子の腕や肋骨は折れただろうと直感する。ドラッグ中毒者の行動によく似ていた。連中は、車に轢かれても立ち上がってくる。

少女が宙に跳ねたとき、機動隊員は、彼女の小さな頭の数ミリ上まで警棒を振り下ろしている。

少女の黒く大きな瞳のなかに、防毒マスクをつけた自分が映っている。

殉職する寸前、機動隊員は少女のことを考える。自分の娘とだいたい同い年。親はどこにいるのだろう。きょうだいは。友達は。将来の夢は。

警棒での打撃をためらった機動隊員の防毒マスクのゴーグルを、少女の手はみずからの骨を砕きながら突き破る。白い骨のむきだしたその細い指は、機動隊員の眼球を押しつぶす。視神経を切り裂く。眼窩の奥の脳をつめで引っかく。

京都御苑内で指揮を執っていた警備第一課長に決断を下させたのは、目の前の信じがたい現実だった。

わずか三分の衝突で、隊列が崩壊している。数で上回る暴徒とはいえ、その本質は武器も持たない市民である相手に、鍛え上げた機動隊が圧倒されている。

警備第一課長は、府庁舎の警察本部長に無線連絡を入れ、こう話す。「この状況では八分間、持ちこたえられません。これより機動隊を京都御苑内に下げさせ、御苑内北側にて四方から囲いこみ、暴徒を鎮圧します。同時に催涙弾も使用します。つきましては、御苑内の皇宮《こうぐう》警察本部京都護衛署に至急通達を──」

無線を終えて、府警のドローンが送ってくる現場の映像を見ながら、警備第一課長は催涙弾の準備を部下に命じる。そしてこう思う。今起きているのは、まさに時を経て都《みやこ》に舞い戻ってきた戦《いくさ》だ、と。日本人のみならず、世界中の人間が暴徒と化している。

この件でおれはまちがいなく更迭《こうてつ》されるだろう。すでに機動隊は殉職者を出しており、しかもおれたちは御所のある御苑内にぶざまに後退して、暴徒とやり合うのだ。更迭どころか、辞職ものだ。とはいえ、昇進できる方法もある──

防毒マスクをかぶった警備第一課長は、小声でつぶやく。殉職すれば二階級特進だ。

◀2024年3月31日・日曜日
京都暴動発生まで二年
京都府・亀岡市
KMWPセンター

テレンス・ウェード。三十七歳。イギリス人。グレーター・マンチェスター州ウィガン生まれ。

元ケンブリッジ大学脳科学研究室の主任研究員。失語症《しつごしょう》についての脳の言語野をめぐる研究で高く評価され、ノーベル賞の有力候補とまで見られていたが、本人の気まぐれで別の私立大学へ移り、さらに〈進化遺伝学〉へと転向する。

彼の気性の荒さと口の悪さは、研究者以外にも広く知られていた。ロンドンでは「大衆紙に私生活を追われる唯一の科学者」と呼ばれ、あちこちのパーティーに顔を出すたびに酔いつぶれる「天才脳科学者だった男」の記事に、人々は笑いながらも、そのキャラクターを愛していた。テレンスの方でもそんな人々の望みを察し、ファンサービスのように毎晩酔っ払って騒ぎを起こす。

趣味は音楽鑑賞。好きなアーティストは〈セックス・ピストルズ〉と〈ダムド〉。かつてテレンスは、テレビ局のインタビューに酔っ払いながらこう答えた。「本当はパンク・ロッカーになるつもりだったんだ。弾いてんのか、弾いてないんだか、誰にもわからない謎のベーシストにな。おれの不幸は頭がよすぎたことだ。学者になるなんて、夢にも思わなかったよ」

ダニエル・キュイと鈴木望にとっては、テレンス・ウェードはぜひ仲間に引き入れたい人材だった。その男は世界レベルの脳科学者であり、同時に遺伝子の専門家でもある。

ヘッドハンティングのためにロンドンへ飛んだダニエル・キュイは、一度会っただけで、テレンスの優秀さとともに、気性の荒さや口の悪さの大部分はパフォーマンスだと見抜いた。望ならコントロールできるだろう。

二〇二四年、三月最後の日曜日、テレンスは大学を辞め、民間研究者として金を稼ぐために京都に着く。

街には桜が咲き誇り、ピンク色の花びらの下で日本人や自分と同じような白人たちが、上機嫌で酒を飲んでいた。これが〈ハナミ〉というやつか、とテレンスは思う。

ＫＭＷＰセンターでも、その日に花見が企画されていた。

自分も当然参加できると思っていたテレンスは、センター長の鈴木望に呼びだされ、「きみはおれといっしょに別行動だ」と聞かされる。

望の愛車はまだ軽トラックだったが、亀岡市の山の麓まで黒塗りのハイヤーを呼びつけていた。運転手が開けたドアから乗りこむと、おもむろにテレンスは煙草を吸いだす。許可を得る必要はない。後部座席に灰皿がある。

「日本に着いたばかりで、いきなりボスにデートに誘ってもらって光栄だよ」とテレンスは言う。「だけど、ＫＭＷＰセンターの連中とハナミに出かけるのも悪くはなかったな。おれを警戒してるのなら、心配無用だ。嘘じゃない。酒がなくたって平気なんだぜ」

「警戒――むしろその逆だ」と望は言う。「あとで話す」

黒塗りのハイヤーを降りた二人が向かった先は、料亭の個室や舞妓《まいこ》のいる座敷ではなく、京都市水族館だった。

月夜のように暗い館内に入り、望はある水槽の前で立ち止まる。

日本の特別天然記念物、オオサンショウウオ。英名、ジャパニーズ・ジャイアント・サラマンダー。現存する両生類のなかで最大の、古代の面影を色濃く残す生物。

水中のオオサンショウウオと同じように身じろぎしない望に、テレンスは尋ねる。

「何だよ？　秘密の話が両生類の全遺伝子《ゲノム》配列と関係あるのか？」

「ない」と望は言う。「でも、水族館で類人猿の話をする奴はいない。オオサンショウウオの前なら、なおさらだ」

来館したばかりの子どもの嬌声が響く暗がりで、二人はしばらくだまっている。

「なるほどね」静かになると、テレンスが言う。

「テレンス――秘密は守れるか」と望が言う。

「最初に言っておく」テレンスは肩をすくめる。「ゴシップは残らず暴露しちまうタイプだな。研究者の誰と誰が寝ているとか」

「それはよかった」と望は言った。「逆説的だが、そういう奴ほど本物の秘密を守ることができる」

「言ってくれるね。ほめているのか？」

「守秘義務は科学者全員に課せられている。だが同僚たちも知らない秘密を、平気な顔で抱えていられるものはごくわずかだ」

「それが、おれとあんたってことか」

「本題だ」唐突に望は言う。「〈土星通のトラウマ〉、たったこれだけがＫＭＷＰ《京都ムーンウオッチャーズ・プロジェクト》そのものと等価値なんだ。おれたちの存在意義でもある」

テレンスは眉をひそめる。心的外傷を意味するドイツ語のトラウマをのぞけば、あとは別の言語だ。日本語か？

テレンスはぎこちない発音で暗唱する。「――ドセー――ドーリノ――トラウマ――？――」

水中のオオサンショウウオが、かすかに頭を動かす。その生きものが何を見ているのかは、小石に穿《うが》たれた砂粒のような瞳からは、まったく読み取れない。

「いったい何なんだ？」テレンスが声を低くする。

「ＳｔＳａｔ反復」と望が答える。

「――Ｓｔ――」眉をひそめてテレンスが訊く。「それは、サブターミナルサテライト《Sub-terminal Satellite》反復のことか？」

「ああ」望はうなずく。

テレンスは虚をつかれ、ぽかんと口を開けたままでいる。ラケットでボールを相手コートに打ち返すような憎まれ口は出てこない。

「知ってるよな」と望は言う。

「大型類人猿《グレイト・エイプ》にだけある、あのＳｔＳａｔ反復のことなんだろ？」

「そうだ」

「そんなもの、新発見でも何でもないぜ」テレンスはあきれて言う。「本屋でＤＮＡ専門書を買えば、どこにだって載ってる」

「ああ。どこにだって載ってる」望はこともなげに答える。

――ＳｔＳａｔ反復を、少し変わった名で呼ぶ。

望はその呼び方をテレンスに説明する。

〈Ｓｔ〉を、都市の道路名を示す「ストリート」と見なし、日本語の「通」に置き換える。

〈Ｓａｔ〉を、惑星の「サターン」と見なし、日本語の「土星」に置き換える。

〈反復〉は、「何度も繰り返す」という意味で、心的外傷を示すドイツ語の「トラウマ《trauma》」を当てる――

「単純だが、日本語とドイツ語を混ぜてある。基本的に英語が使われるＫＭＷＰセンターだから気づかないさ。ＳｔＳａｔと口走ろうものなら、トップクラスの研究者たちにはすぐに何の話かわかってしまう。〈土星通のトラウマ〉、きみとおれのあいだで、その発語だけが許される。ただしＰＣには打ちこむな。紙に走り書くのも同様だ」

「わからんね」テレンスは腕を組む。「なぜそれが最高機密なんだ?」

「誰でも知り得るからこそ」と望は言う。「おれたちがそこに注視していることを知られたくない」

使い古した野球グローブのような頭が上下に裂け、オオサンショウウオが水中で口を開ける。

午前のイルカの餌やりを告げるアナウンス。

太古の両生類を見ていた客は、いっせいにイルカのプールへと急ぐ。

暗がりに残っているのは、望とテレンスだけだ。

NSS会議機密資料（東京都・千代田区・第二十二回京都暴動事故対策会議）
Friday, January 29, 2027
〔暴動発生より九十六日目〕

生物の特徴を決めるのは、DNAである。
そのDNAは、四つの塩基の配列によって、組み立てられている。
A（アデニン）。
T（チミン）。
C（シトシン）。
G（グアニン）。

こうしたDNAの構造は、二つに大別される。
役割のわかっている「コードDNA」。
役割のわかっていない「非コードDNA」。

後者、非コードDNAのうちに、「サテライト配列」と呼ばれるものがある。それは単純なパターンを繰り返している。

たとえば、つぎのような配列が知られている。

GATA
TTTC
CATG
TTTA
TACA
GATA
GCGG
TGTA

これは三二個、同じパターンを繰り返し、また最初に戻って一からはじまる。

この組み合わせは、ＳｔＳａｔ、サブターミナルサテライト反復と呼ばれている。

京都御苑の戦い

すでに交通規制がかけられ、車が一台もない今出川通をメルセデス・ベンツＳＬＳ－ＡＭＧで東へ駆け抜ける望は、ふいにアクセルから足を外す。

ＧＰＳのアンクの動きが、直線ではなく細かな蛇行に変わっている。速度もこれまでよりずっと遅い。

――車を降りたのか――

車でも建物でも、区切られた空間にいれば、一人でも捕獲できた。野放しになってしまえば、時速二〇〇キロで走ってきた意味もなくなる。

望はハンドルに手を叩きつけたくなったが、速度が出すぎている。ブレーキを踏まなくとも、それまでの加速でＳＬＳ－ＡＭＧの窓に流れる景色は溶けた色彩になっている。クロード・モネの〈睡蓮〉のようだ。

慣性の法則にしたがって直進しつづける車の前方に、京都御苑今出川御門前で暴徒と機動隊が衝突する光景が現れる。

エンジンブレーキとシフトダウンで減速した車を、およそ五〇メートル手前で停止させる。近すぎるのか、遠すぎるのか、判断する材料がない。ハンドルをにぎったまま、フロントガラスの向こうで繰り広げられる、壮絶な衝突を声もなく見守った。エンジンを覆うボンネットから熱が放出され、空気が真夏の陽炎《かげろう》のようにゆらぐ。

何の武器も手にしていない暴徒。機動隊を襲撃するだけでなく、つぎの瞬間には同じ暴徒へと飛びかかり、相手を打ち倒すと、ふたたび機動隊へと向かっていく。誰と誰が戦っているのかは、よく見なければわからない。

原始人のような人々。

京都御苑を囲んで延々とつづく白塗りの壁。

最新装備の機動隊。

吠える警察犬。

古代と中世と現代が、悪夢のように激しく入り乱れ、重傷者と死者が望の目の前で数秒ごとに数を増していく。

ガルウィング・ドアをゆっくりと開けた望は、日差しに目を細めて上空を飛ぶドクターへリを見上げた。ＧＰＳの受信機を抱えて車を降り、捕獲網を取りだし、伸縮式の棒を最大まで伸ばす。モニタを見ると、アンクが近くにいることがわかる。

東へ約三〇メートル。

ＧＰＳと捕獲網を持って暴動の渦に向かいながら、望は機動隊の盾に弾かれては立ち上がる暴徒のなかに、アンソニー・セカンワジの姿を見たような感覚に襲われる。

もちろん、彼はいない。だが、ここには――

ルーシー。劉。ホルガー。タチアナ。そしてチンパンジーたち。ＫＭＷＰセンターでともにすごした仲間の姿が、残らずここにはある。彼らの声を二度と聞くことはない。予想しなかった事態とはいえ、その責任はおれにある。


地下鉄烏丸線今出川駅のある方角から、一人の男が近づいてくるのに望は気づく。明らかに暴徒ではない。

クローズド型のワイヤレスヘッドホンで、周囲の音を完全に遮断しながら、携帯ゲームに夢中になって歩いている。

それまでどこにいたのか、暴動についてまったく知らない様子に見える。周囲にもまるで注意を払っていない。

京都御苑に近づき、ふと顔を上げ、ぶつかり合う暴徒と機動隊にあっけに取られ、その場に立ちつくす。
立ちふさがる暴徒と視線が合い、ようやくノイズキャンセリング機能つきのヘッドホンを外しかけたが、つぎの瞬間に飛びかかられる。男は悲鳴を上げることすらなく、血だまりに沈んでいく。

暴徒の一人が望を見る。そして向かってくる。
その姿を追って、別の暴徒が駆けてくる。
五人。
望は思う。捕獲網では戦えない。
急いで車に戻ってガルウィング・ドアを閉じたとき、視界を黒い影がよぎった。
曲がった背中。
ナックルウォーク。
首のコルセット。
見まちがえようもない。
一人で追跡して、市街地でこれだけの至近距離に詰められる機会が、つぎに訪れる保証はなかった。

望は熱に浮かされたようにアクセルを踏んだ。

前からは暴徒が走ってくる。英文科の教授だった男。近所のカフェ店員だった女。浄瑠璃《じょうるり》鑑賞が趣味の主婦。電気工事中の作業員だった男。CGデザイナー志望の男子学生。

すまない、そう念じながら望はアクセルを踏みつづける。生きていてくれ。

五人を轢いて、アンクの背中は、もう手の届きそうなところにあった。望は捕獲網を持って車から降りる。

降りると同時に突き飛ばされ、頭を殴られ、肩をつめで引き裂かれた。

気がつくと、額から出血している五十代のアイルランド系アメリカ人と向かい合っている。一八四センチの望より背が高い。

殴られた望の頭が切れて、血の流れこむ視界は赤く染まり、まだ真昼なのに時刻は夕方のように感じられる。

武器は捕獲網だけだったが、壊すわけにはいかなかった。宙に拳を二、三発繰りだした望は、すぐさま両手で喉をつかまれ、自由を奪われる。

望の頭は自分でも驚くほど冷めている。このまま、甲状軟骨を粉砕されて死ぬだろう。窒息より先にそれで死ぬはずだ。

血の入った目で赤い空を見る。

霞む視界の隅に、京都御苑を囲む壁に飛び乗るアンクが映る。

アンクは興奮して何度か跳ね、長い両腕をぶらぶらと振ってみせる。それから叫ぶ。

叫ぶ。

とてつもない頭痛がやってきて、望の視界は真っ暗になる。これが死というものなのか、と望は思う。いや、そうではない。おれにはまだ感覚がある。何かが聞こえてくる。何かが——


声だ。

鳥が鳴いているのか？

夕暮れの空を翼の影で埋めつくす鳥の群れが？

鳴く。わめく。さらに激しく。

おれの耳元で。

おれを取り囲んで。

——ちがう。これは鳥の声ではない。

おれもよく知っているあの生きものの声——

それにしても、何て声なんだ。

これが原始の亡霊《ファントム》なのか。人間が触れてはならない叫びなのか。

耳をふさいでも逃げられない。

この声——いったいどこからこんな声が？

生命《いのち》が鳴いているのか？　臓器？　脊椎？　筋肉？　筋膜？　血管？　神経？　脳？——

叫び——狂乱し——警告する——

そこで。鳴いているのは誰。

そこに映って。いるのは。

なつかしい。とても恐い。

おれは。ここからやってきたのだ。

この。声。

殺せ。殺せ。殺せ。殺せ。殺せ。

ちがう。

そうじゃない。
耐えろ。誰も。殺すな。

誰も——

応接間

やがて望は暗いトンネルのような廊下を抜け——
歩いてドアを開け——
目の前に現れた、応接間へと足を踏み入れる。なつかしい世田谷の実家。
サウジアラビア産の赤いカーペット。
黒い本革のソファ。
マホガニーのテーブル。
何もかもが、昔と変わらない。
そして、それらがもう一対ある様子も。

応接間のすべてが、鏡に映っている。

かつて高祖父の別荘の舞踏室を飾った、大きな一枚鏡のなかに。

父親が立っている。

仕事から帰ったばかりで、服も着替えていない。誂《あつら》えのスーツに絹のネクタイ。革靴だけは玄関で脱いで、部屋履きのスリッパに替えている。

父親は望の生活態度を叱り、勉強へ取り組む姿勢を非難する。しだいに顔が紅潮し、言葉は口汚い罵倒となり、ゴルフクラブの七番ウッドに手を伸ばす。

昔のままだ、と望は思う。生きていたときと同じだ。いや、そもそも父親が死んだなんて、おれの見た夢だったのかもしれない。

ふいに七番ウッドが振られる。

金属の塊が胃をえぐり、望は体を折り曲げる。

呼吸が止まる。開いた口からよだれが垂れる。カーペットに落ちた唾液の黒い染み。

さらなる暴力が望に襲いかかる。頬が切れ、鼻血が垂れる。殴られて、また殴られる。

鏡のなかに、虫けらのようにもがき苦しむ自分がいる。

おれはあいつだ、と望は思う。殴られているのは、鏡のなかのあいつ。だから、いくら殴られたっておれは平気。やられているのは、あいつなんだから。

鏡の向こう。

鏡のなか。

父さんだって、きっとそうだ。父さんは、鏡に映るおれを殴っているんだ。自分の息子をこんな風に扱うはずがないだろう。

父さんは正義の味方。東京地検特捜部のエリート検事。悪い奴を捕まえて、新聞にだって載るんだ。

ただ、それでも。

それでも、痛い。

たまらなく痛い。

憎い。

殺してやりたい。

だまっている母さんも憎い。

殺してやる。そうだ、殺せ。

——いや、だめだ——

ふいに別の声がする。

望は問いかける。どうしてだ？　迷う必要などない。こんな風に感じるのは、おれがまだ鏡の外にいるからだ。

すっかり鏡のなかへ消えてしまえば、迷いも消える。苦しみもなくなる。ただそこにいる相手を殺せばいい。どうせ鏡なんだから。鏡のなかへ。ここから消えて、鏡の向こう側へ。

——それはだめだ——

また同じ声がする。

何だと？　なぜだめなんだ？

鏡は反射にすぎない。そこにおまえはいない。

おれはいない？　ばかな。鏡に映っているのはおれじゃないか。

それはおまえであり、おまえでないものだ。

おれであり、おれじゃない？

立ち上がって、父親に告げろ。

何を？

あなたが憎んでいるのは鏡なのだ、と。それはたんなる鏡にすぎず、そこには誰もいないのだ、と。あなたは鏡から出なくてはならないのだ、と。

望は狂気に満ちた錯乱のなかで、自分自身の心の声を聞いている。少年のころの記憶と結びついた、かすかな理性の呼び声。

そして目を開ける。


望は京都御苑今出川御門の前で倒れている。大きく息を吐き、体を起こす。

視界がひどくゆがんでいる。

魚眼レンズをつけたカメラのように、物体が異様にズームアップされている。

何だ、これは？

さっきまで自分の首を絞めていたはずの大柄な白人が、そばに倒れている。口から泡を噴きながら、アスファルトの上でのた打ち回っている。目は開いているが、何もとらえてはいない。

彼の顔に視線を向けると、顔はバスケットボールほどにもズームアップされて見え、そこでゆがんだ両目はリンゴやオレンジを鼻先で眺めるように、醜く拡大されて映っている。

白人の目のなかに、望の姿が映っている。

はっきりと見える。

おぞましい見え方だ。ずっとこれがつづくのか、望はそう思い、戦慄を覚える。

倒れているのは、その白人だけではない。

暴徒も機動隊員もそろって今出川通に倒れ、苦しんでいる。

全員がおれの味わった錯乱のなかにいるんだ、と望は直感する。

押し寄せる強烈な殺意の波。抵抗しがたい本能の衝動。これがＫＭＷＰセンターの全員を、金閣寺の群衆を襲ったものなのだ。

望は首をさすって立ち上がる。

苦しんでいる人々。彼らの脳内で、原始的な殺意が増幅しているはずだ。まもなく起き上がって、襲ってくる。

だが、なぜおれは暴徒化せずに、理性を取り戻せたのか？

考える暇もない。血で霞んだ視界にチンパンジーの姿が入ったからだ。アンク――

銀杏《イチヨウ》の枝に右手でぶら下がり、京都御苑のなかを移動していく黒い背中が見える。

望は血の入った目をこすって、捕獲網を拾い上げ、機動隊員の後退用に開けられた今出川御門から、御苑内のアンクを追って駆けていく。

御苑内に後退した機動隊員が倒れている。指示を受けて動けたのは、七十名ほどだ。苦しんでいた彼らが、いっせいに起き上がる。

望は機動隊が無秩序な暴徒と化して、たがいに争う光景を目の当たりにしながら走る。

ポリカーボネイトの盾と警棒を捨て、日々研鑽《けんさん》して身につけたはずの柔道技や逮捕術すら用いない。彼らは道具を使わず、肉体のみに頼って、原始的な殺戮に夢中になる。

望からおよそ一キロ離れた御苑内の南側で、大きな黒煙が上がっていた。風が油のにおいを運んでくる。墜落したのは、一部のフォトグラファーが衝撃的な写真を撮るために「落ちろ」と望んだテレビ局のヘリではなく、御苑内に着陸を試みたドクターヘリ《ＢＫ１１７Ｃ－２》だった。機体は瞬時に炎に包まれ、周囲の木々を焼いたが、そのときにはフォトグラファーは皆、自分のカメラを操れるような理性をなくしていた。チンパンジーの声は最大二キロまで届く。平坦《へいたん》な地形なら確実だ。

警戒音《アラームコール》

戦略的に開けられたはずの今出川御門が、地獄の門と化している。機動隊をも巻きこんでふくれ上がった暴徒は、門から御苑内に雪崩れこむ。

血みどろの戦いが繰り広げられ、訓練された警察犬たちは尾を丸めて戸惑うばかりだ。守るべき機動隊員同士が殺し合っていて、何をなすべきかわからない。何よりも暴徒は犬を襲ってこない。

望は争いの渦を逃れながら、同時にアンクを探して敷地を駆け回った。ここまで近づければ、GPSなしでも方角を特定できる自信があった。ただし、声を聞ければの話だが――

――声――？――

捕獲網を持って走る望は、錯乱する直前に聞いた声をたしかに覚えていた。

チンパンジーの喉から出て、空気を震わせた異様な叫び。

鋭い金属音のようでもあり、ケトルに入れた湯が沸騰に近づくときのしだいに甲高くなる響きにも似ていた。同じような叫びを、研究の現場で耳にした記憶は一度もない。

あれが、すべての原因だとしたら。

声。望の頭にまず浮かんだのは〈情動伝染〉という現象だ。

情動伝染は鳥類や齧歯類《げっし》、そしてチンパンジーなどにおいても確認されている。誰かの楽しそうな笑い声を聞いた人間が、自分も楽しさを感じるように、動物も仲間が遊んでいる声を聞いて、気分――脳波――を明るいものに変化させることができる。

これは情動伝染なのか。いや――望はすぐにその考えを打ち消す。そんなレベルではない。喜怒哀楽の情動よりはるかに強烈で、狙いがピンポイントに定められている現象だ。

暴徒の手を逃がれて、アンクを追って森を駆けるうちに、ある言葉が浮かぶ。

警戒音《アラームコール》。

――一九七〇年代に発見された警戒音《アラームコール》は、現在の霊長類研究者にとっては常識だ。もっともそれは類人猿《エイプ》ではなく猿《モンキー》の研究から明らかになったものだった。

ケニア共和国の〈アンボセリ国立公園〉にベルベットモンキーと呼ばれる猿が生息

している。そのベルベットモンキーが、どうやらいくつかの警戒音《アラームコール》を使い分けているらしいと、研究者たちのあいだで噂になっていた。

単純に「敵が来た」「逃げろ」と仲間に伝えるのではなく、襲ってくる捕食者《プレデター》のタイプごとに異なる声を発信して、危機を分類しているのだ。それは単純なサイレンではない。むしろ、古代言語の母胎である可能性すらあった。

ドロシー・チェイニー。

ロバート・セイファース。

カリフォルニア大学ロサンゼルス校《UCLA》の二人の動物行動学者は、アンボセリ国立公園で、ベルベットモンキーの警戒音《アラームコール》についての本格的な調査に取りかかった。

二人はさまざまな警戒音《アラームコール》を、苦労してテープレコーダーに録音すると、茂みに隠したスピーカーから再生して、ベルベットモンキーが本当に警戒音《アラームコール》を聞き分けているのかどうか、その実証を試みた。

結果は予想以上だった。

猛禽類（ワシ・ミミズク）の襲来を知らせる警戒音《アラームコール》の再生――「樹上のベルベットモンキーはいっせいに空を見上げる」

爬虫類（ヘビ）の襲来を知らせる警戒音《アラームコール》の再生――「樹上のベルベットモンキー

はいっせいに下を見る」

大型ネコ科（ヒョウ）の襲来を知らせる警戒音《アラームコール》の再生――「地面に下りていたベルベットモンキーはいっせいに走って木に登る」

ドロシーとロバートの成し遂げた驚くべき実証は、当然にも多くの霊長類研究者の心を動かし、ベルベットモンキーだけでなく、チャクマヒヒといった他種の猿《モンキー》の「鳴き声のカタログ」作りが熱心におこなわれた。

こうして積み重ねられた成果を踏まえ、二〇〇〇年代に入り、アフリカに生息するチンパンジーの「鳴き声のカタログ」を作ろうとする気運が高まった。

猿《モンキー》であるベルベットモンキーの警戒音《アラームコール》を、言語のルーツの入口とするなら、類人猿《エイプ》でもっとも進化したチンパンジーの警戒音《アラームコール》の分析は、解明の出口に向かって大きく前進する材料となる。

それぞれの研究チームが、それぞれのフィールドでチンパンジーの声の録音を試みていた。

ウガンダ共和国〈ブドンゴ森林保護区〉――イギリス人霊長類学者キャシー・クロックフォードの研究チーム。ドイツ人進化人類学者ホルガー・バッハシュタインの研究チーム。日本人霊長類学者松元忠《まつもとただし》の研究チーム（望はここに属していた）。

タンザニア連合共和国〈マハレ山塊《さんかい》国立公園〉――アルゼンチン人動物行動学者タチアナ・フエゴの研究チーム。アメリカ人獣医師ルーシー・ギラードの研究チーム。

しかし研究者たちの挑戦もむなしく、言語の謎を解くまでには至らなかった。チンパンジーの鳴き声は猿《モンキー》よりもはるかに複雑で、それでもまだ言語とまでは呼べない。そこには文法がないのだ。

少なくともチンパンジーは人間と同じように「音声による学習が可能である」、そんな結論を出すレベルに、全チームの調査結果はとどまった。

当時、望はこういう思いを抱いた。野生チンパンジーを観察しつづけるのは、これほどむずかしいものなのか、と。

その言葉の重みは、野生調査を経験しなければ、きっと実感できなかったものだ。

類人猿の謎を解くのは簡単ではない。それは森のなかの深い謎でありつづけている――

謎。

捕獲網を持って御苑内を東側へ走りながら、望は考える。

未知のチンパンジーの警戒音《アラームコール》があるとするなら――それが働いているとしたら

――いや、待て。

ありえない。チンパンジーの警戒音《アラームコール》はあくまでチンパンジー同士の信号だ。言語を持つ人間に届くはずがない。

望は考え、アンクを探し、暴徒から逃げて、走りつづける。

新たな暴徒と化した機動隊がいる。

七〇〇メートル南に本部を置く皇宮警察官も暴徒となって、たがいに衝突している。その向こうでは、避難した報道陣と一般利用者が、墜落したドクターヘリから流れる黒煙のなかで激しく戦っている。

八分二〇秒で暴動は沈静化する――府対策本部の立てた予測は、完全に裏切られた結果となった。彼らの予測はほとんど真実だったために、混乱の度合いはさらに増した。

チンパンジーの警戒音《アラームコール》によって暴動が開始され、二度目の警戒音《アラームコール》によって中断されて、そこから新たな暴動の約八分が開始されたなど、誰一人として考えつくことすらできなかった。コンピュータを再起動するように、狂乱がふたたびはじまったなどとは。

舞い上がる土煙。

大動脈から噴出する血が青空に弧を描く。

怒号。

絶叫。

金切り声。

老人が望に追いすがって、肩に手をかけ、振り向いた望の目をのぞきこむ。皺だらけの骨張った手が望の腕をつかんでいる。皮膚の感じから見れば八十代だ。しかしその五指には若者同然の力がある。

望の背後に別の暴徒が迫っている。望は老人の手を振り払おうとして、ふいに老人の力が抜け、落ち葉に覆われた土の上にくずおれるのを見る。

老人の脳は心理的限界《サイコロジカル・リミット》なしの暴力を許可する状態にあったが、八十年以上動いてきた心臓は、二度目の警戒音《アラームコール》に耐えることができない。八分間の全力攻撃でさえ不可能に近い老いた心臓が、さらなる活動を命じられたのだ。

〈急性心筋梗塞〉が、無数の暴徒の動きを永遠に止める。人種も性別も年齢も問わない人々は、ついに理性を取り戻すことなく、自分が誰なのかも思いだせずに倒れていく。

だが老人が倒れても、鍛え上げた機動隊員は追ってくる。望は直線を走り抜けて、森のなかへ逃げこむ。そこは御苑内で〈母と子の森〉と呼ばれている区域だ。

野鳥用の水飲み場がある。

子どもたちが拾って遊ぶドングリの実が落ちている。

もちろん、そこに野鳥や子どもはいない。

すでにその森にも暴徒がいて、たがいを見つけては殺し合っている。それでも望は、隠れ場所のない御苑内の広い道にいるよりは、木の生えた森に逃げることを選んだ。

がさがさと茂みが揺れる物音に、すばやく周囲を見回す。近くに暴徒はいない。

音は上から聞こえた。

頭上で、枝が揺れている。

アンクか？

上を向く望の目に、木から木へと跳び移る影が映る。アンクではない。大きすぎる。光のさえぎられる暗がりで、望は目を凝らす。テナガザルよりも大きく、ゴリラやオランウータンよりも小さく、そしてすばやい。もう一頭、別のチンパンジーが脱走しているのだろうか？

枝から枝へ。軽々と跳び移っていくものは、服を着ている。

——服——？——

服だけではない。靴も履いている。

Tシャツやジーンズを、ペットのチンパンジーに着せる人間はめずらしくない。しかし、靴までは履かせない。ナイキのロゴの入った赤いスニーカーは。

木漏れ日のなかに望が見たものは、人間だった。

類人猿ではなく、人類の少年。

少年の行動は、暴徒と明らかにちがっている。

攻撃ではなく、逃げようとしている。何よりも暴徒は木に登らない。

猛り狂った暴徒が木の下に集まってくると、少年は別の木の枝へと跳んでいく。

信じがたい身のこなしだ。望が思わず呆然として眺めていると、少年のつかんだ木の枝が体重を支えきれず、大きな音を立てて二つに折れた。

少年は落下する。何本もの細い枝を折って、速度はやや緩められたが、それでもつ いに宙へ放りだされる。だが無力に叩きつけられはしなかった。着地と同時に前転して、両足にかかった衝撃を逃したのだ。

　全身打撲はまぬがれたとはいえ、少年の危機はまだつづく。すぐさま暴徒が襲ってくる。望は思う。助けるには遠すぎる、と。

　望のあきらめをよそに、少年はまず軽く跳ぶ。準備体操のように軽く。そして、猛烈ないきおいで突進してくる暴徒のみぞおちを左足で蹴り、その勢いを利用して垂直跳びをしてみせる。跳んだところで、伸ばした両手で頭上にある太い枝をつかむ。あとは懸垂《けんすい》の要領で、握力と背筋を使い、暴徒の手の届かない高さに逃げるだけだ。流れるような一瞬の動作。

　枝の上に立つと、少年はこう言い放つ。「どうした？　追いついてみろよ」

　望は自分の耳を疑う。少年は言語を発したのだ。すばらしい運動能力にも驚かされたが、言語の使用は、つまり「錯乱していない」ことを意味する。ますます謎は深まっていく。

　あの少年も錯乱しなかったのか？　なぜだ？　そしてこのおれも——

　答えを出している余裕はない。少年のように樹上を逃げられない望は、いつしか暴徒に囲まれ、捕獲網のステンレスの柄《え》で襲いかかってくる相手を殴った。そして太い銀杏の幹へ駆けていき、激突する寸前で方向を変える。追ってきた暴徒は全速力で幹にぶつかり、顔面を砕いてしばらく痙攣し、それから動かなくなる。

生きてこの森から出られるだろうか？

望が死を覚悟してまもなく、周囲にいた暴徒が、糸が切れた人形のように地面に倒れていく。心筋梗塞ではない。二度目の警戒音《アラームコール》の時間切れだった。新たな八分二〇秒がすぎていた。


大脳辺縁系の野蛮な古代の下層から、現代の前頭葉へと主導権が返還され、舞い戻った理性が激痛を感じ取る。

折れた歯。

砕けた骨。

裂けた肉。

仲間の死体。

しだいに森は、悲痛の叫びで満たされていく。

4

かつてこうであったもの

「夜の引きあけに」と詩人は語った。「最初自分にも分らぬ言葉を口にしながら目ざめました。それらの言葉は一篇《いっぺん》の詩でございました。私は罪を犯したかのように感じました。恐らく、聖霊の許したまわぬ罪を。」

——ホルヘ・ルイス・ボルヘス「鏡と仮面」(篠田一士訳)

ナックルウォーカー

——暴動が起きてる《ゼアズ・ア・ライオット・ゴーイン・オン》!——

たったそれだけの文面とともに、SNSにアップロードされた一分一六秒の動画。オーウェン・デミーというアメリカ人男性は、撮影場所を書いていない。急いでアップロードしたせいか、音声もなかった。日付こそ十月二十六日だが、世界中に京都の〈金閣寺の暴動〉の衝撃的映像が流れた直後だったこともあり、話題作りのフェイク——まったく関連のない過去のアジアでの暴動——ではないかとうわさされたが、閲覧者はあとを絶たず、アクセス数は一万件を超えていた。

下京区のホテルのロビーで金閣寺のニュースを見たケイティ・メレンデスは、インターネットで情報を求め、そこで見つけたオーウェン・デミーの動画を携帯画面で何度も再生し、機動隊《ライオット・スクワッド》と暴徒のすさまじい衝突に息を呑んだ。

作りものとは思えない。機動隊《ライオット・スクワッド》は本当に殴り、蹴り、そして暴徒は本当に咬みついている。場所はどこかしら？　日本というのはわかる。でも金閣寺じゃない。

ケイティは騒然としたロビーを見渡す。フロント係が宿泊客に外出の自粛を呼びかけているが、下京区は緊急事態宣言の地域に入っていない。あくまで判断は個人にゆだねられている。不安げな顔でテレビを見守ったり、電話をかけたりする人々のなかに、鶴《つる》の柄《がら》の美しい着物を着た年配の女がいた。ケイティの目には地元の人間か、京都に詳しい人間のように映った。

ケイティは彼女にオーウェン・デミーの動画を見せて、かたことの日本語で尋ねる。「これは――どこ――です――か？」

その映像はまだメディアに流れていない。着物の女は口を手で覆って怯えながら、食い入るように携帯画面を見つめた。再生時間が終わるころ、女はこう答えた。「えらいことや、これ、京都御苑の前やおへんか？」

京都御苑。着物の女の言葉を、ケイティはたしかに聞き取る。ホテルからそう遠くない。地図を出して調べると、やはり歩いても行ける距離だ。

アクセス過多でオーウェン・デミーの動画が見られなくなる前に、ケイティはニコンのデジタルカメラを取りだし、携帯画面に近づけて、再生中の動画の写真を何十枚も撮っておく。

一眼レフのファインダーをのぞくうちに、彼女は奇妙なものを見つける。手前で暴徒と機動隊が衝突している。その向こうを、真っ黒な影がよぎっていく。

はじめは、首輪をつけた黒い犬だと思った。だが前足が長すぎる。それは犬の四足歩行ではない。ナックルウォーカー。

――類人猿《エイプ》――もしかして、チンパンジー――？――

映っているのは小さな影でしかない。ケイティは目を見開く。仕事で関わっていなければ、犬だと疑わなかったはずだ。おそらく撮影したオーウェン・デミーも気づかなかっただろう。

自分の目が信じられず、撮影した写真データを拡大して穴の開くほど凝視する。しだいに首輪と見えたものが、金属製のコルセットのように見えてくる。

金属製のコルセットを首につけたチンパンジーを、二日前に見たばかりだ。ケイティは思わず声を出す。「アンク？　どうしてここにいるの？」

すぐに〈KMWPセンター〉と〈鈴木望〉に電話をかけてみる。どちらも不通だ。なぜ市街地に、それも暴動の起きた場所に〈オメガ棟〉のチンパンジーがいるのか。

ますます騒がしくなってくるロビーを出て、晴れた空を見上げる。自分が何をしたいのか、何が必要なのかをケイティは考える。

最初に彼女がやったのは、在日アメリカ大使館のウェブサイトへのアクセスだ。

そのウェブサイト上で、関西を管轄する大阪市北区の総領事館が、日本国内の全合衆国民に警戒を呼びかけるとともに、こんなアナウンスを掲載している。


暴動の原因は現在も調査中だが、これまでの時点で、既知・未知をふくむ、どんな種類のウイルス、病原菌、化学薬品も検出されてはいない。


どういうこと？

ケイティは眉をひそめる。じゃあ何が原因なの？——

だが、たとえどんなに謎めいた発表であっても、総領事館がデマを流すわけはない。

それに、とケイティは考える。もしも、これが感染爆発なら、世界保健機関——WHO——がだまってはいないはずだ。金閣寺の映像を見る限り、最大危険レベルの警告を発令してもおかしくはない。しかしWHOは、何のアナウンスも流してはいない。

それでも――

ケイティは、感染爆発でないことが信じられずにいる。

検査を逃れた未知のウイルスを、あのチンパンジーが運んでいるかもしれない。そうであればKMWPセンターにいた私だって、もう感染しているかもしれない。そうよ。夜中に自分を襲ったあの錯乱がその症状で――

だけど、おかしいわ。このホテルでは少なくとも私のほかに一人の宿泊客が暴れている。でも、みんなが暴れたわけじゃない。金閣寺のスケールにはほど遠い。だったら、私の錯乱は関係ないのかしら？　ヒトからヒトへうつらないかぎり、感染爆発はあり得ないんだから。総領事館は本当に正しくて、WHOの沈黙がそれを裏付けているのかしら？

謎につぐ謎。何かとてつもないことが、この京都で起きているのはたしかだ。さまざまな考えが錯綜して、彼女のなかでぶつかり合う。

取材を申し入れていた京都市内の大学から、キャンセルの申し出がEメールで届く。当然だろう。専門が何であれ、地元の科学者がのんびりインタビューを受けている場合ではない。

ケイティはもう一度、京都の空を見上げる。

ウイルスが原因だとしたら――市販のマスクしか持っていないが、被害者の血や唾液に触れなければ大丈夫だろう。そして料理や水道水に絶対に口をつけなければ。

しかしウイルスが原因でないとすれば――

どうすればいいのかわからない。結局わからないのであれば、取るべき道は二つに一つ。サイエンス・ライターとして現場に行く。現場に行かない。

彼女は決意する。

京都御苑の前まで行ってみよう。現場主義がいちばんだわ。

ハッシュタグ

オーウェン・デミーのアップロードした動画の撮影場所を特定しようとする動きが、インターネット上で活発におこなわれている。

あるユーザーが「Is this also Kyoto?（ここも京都?）」とコメントし、別のユーザーから「Close to Kyoto gyoen.（京都御苑の近く）」や「Kamigyo-ku!（上京区！）」などの返答が寄せられる。

それを受けて、平常時の今出川通の写真が投稿され、両者が比較されたのち、オーウェン・デミーの動画は話題作りのフェイクではなく、本物の京都暴動《キョート・ライオット》を映したものだと確信されるに至った。

その動画は金閣寺の暴動と結びつけられ、指数関数的な速度で世界中に広まっていく。それはケイティ・メレンデスがホテルを徒歩で出た、わずかにあとのできごとだった。

多くのユーザーがオーウェン・デミーに続報を求め、それだけでなく彼の無事を祈るコメントも寄せられたが、本人からの反応はない。投稿も途絶えている。

ほどなくしてインターネット上にハッシュタグが現れる。すでに使われていた京都暴動を指す〈#kyotoriot〉ではなかった。

〈#az〉――Almost Zombie《オールモスト・ゾンビ》（ほとんどゾンビ）という語の頭文字を取った新たなハッシュタグとともに「東洋一の観光地がゾンビに襲われ壊滅した」という前提の情報が、感染爆発のように拡散した。膨大な言葉が秒刻みで地球上を暴徒のように駆けめぐる。

これ何ウイルス？

この日が来るのを待ってたよ。
神さま、何てひどいこと。
京都に行きたい！
日本終わったな。
うちの親が京都に行ってるの。
電話がつながらない。友だちの無事を知りたい！
こいつら死んで生き返ったのか？

——日本は滅びる、今すぐ武装しろ、近所にいるアジア人に油断するな、奴らは襲ってくるかもしれない——

暴徒の姿に怯え、騒ぎ、自宅の銃に弾を込めはじめる人々。

AとZ。その二文字は、偶然にもアルファベットのはじまりと終わりだ。それは最初《アルファ》と最後《オメガ》であり、黙示録の到来を全人類にたいして告げている。裁きの時がやってきた。何度も映画やドラマで見てきただろう？　銃は最低二丁必要だ。一つは敵を倒すために。もう一つは、咬まれて感染した自分のこめかみを撃ち抜くために。

こうしたありとあらゆるデマやフェイクニュースを〈#az〉は吸収し、ふくれ上がり、巨大な渦となって、インターネットから現実社会へとあふれだす。海外で突然撃たれる日本人。日本食レストランで寿司や天麩羅を食べた客が病院に殺到する。成田空港や関西国際空港のターミナルに着いた訪日客のあいだでパニックが起きる。

防毒《BC》マスクが飛ぶように売れるなか、オーウェン・デミーの動画には、英語でこんなコメントがひっそりと寄せられていた。

——見ろ。三七秒のところ、黒くて小さなエイリアンが映ってるぞ。

トリアージ

暴徒が一般市民へと戻った京都御苑のなかを、望は樹上や茂みにチンパンジーの姿を探して南へと歩いている。

アンクだけでなく、枝から枝へ跳び移った少年の姿もない。幻覚だったのだろうかと思いながら、迎賓館をとおりすぎ、バッタが原の草むらを渡り、大宮《おおみや》御所と仙洞《せんとう》御所の門の前を横切って進む。

しだいに煙のにおいが濃くなってきたかと思うと、環境省の管理事務所に墜落して焼け焦げたドクターヘリのテイルローターが目に飛びこんでくる。ポンプ消防車の放水がはじまっている。

アンクが御苑内にとどまっていることを願ったが、暴徒を殴った捕獲網のステンレスの柄はすっかり曲がり、使いものにならなくなっていた。

歩きつづける望は、九條池《くじょういけ》のほとりで、痙攣している女を見つける。右腕から鮮血が噴きだし、女の顔にはちぎれた肉片がこびりついている。動脈性出血。ただちに止血しなければ確実に死ぬ。

周囲には数人の男女がいたが、誰もが呆然とした様子で地面に座りこんだまま、一人も動こうとはしない。暴徒化したのちに理性を取り戻した報道陣の生存者たちだ。

折れ曲がった捕獲網を投げ捨て、望は倒れている女に歩み寄る。彼女のジーンズのポケットを探ってハンカチを見つけ、腕の傷口に詰めこむ。とにかく出血を止めなくてはならない。ハンカチはまたたくまに赤く染まり、望の指先も血に浸《ひた》されていく。そこにSLS-AMGで轢いた相手や、捕獲網で殴った相手の顔が重なる。

自分も暴徒と変わらない、望はそんな無力感を振り切るように、まったく身動きしない報道陣に向かって叫ぶ。「誰かこっちに来てくれ」

反応はない。望は女の靴を脱がせ、靴下を脱がせる。それを丸めて傷口に押しこむ。布やガーゼがなければ、土で傷口を塞ぐのが動脈性出血の対処法だ。それほど失血は死に直結している。望はふたたび報道陣に呼びかける。「誰かタオル持ってないか？」

沈黙ののちに、右頰の裂けた新聞記者の男が、タオルを手に立ち上がり、望に差しだす。「――人助けもいいが――あんたも感染するよ――」

「これは感染のせいじゃない」望は止血しながら、新聞記者の男を見上げて言う。

「感染じゃない？」新聞記者の顔に困惑が浮かぶ。

「信じられるかよ」と報道陣の別の一人があざ笑う。

御苑の西側から走ってきた消防隊員が、女の傷を止血する望に気づいて立ち止まる。「すいません、ＡＥＤ《自動体外式除細動器》を扱えますか？」

「私に言っているんですか？」と望は訊き返す。

「はい」

「ＡＥＤ――扱えますが――」

「ではついてきてください。装置はたくさんあるんですが、扱う人間が足りません。ここには別の救助を寄越します」

消防隊員について望がそこを離れるには、女の止血を誰かに替わってもらう必要がある。望はタオルをくれた新聞記者の男を見つめるが、男は動かない。望は手ごろな石を拾い、血に染まったタオルの上に重ねる。そして新聞記者の男をにらみつける。

「これで直接血には触れない。この石をしばらく押さえていてくれ」

新聞記者の男はためらったが、あきらめたように両手を石の上に載せる。


望は御苑内にアンクがいる可能性を捨てる。正気に戻った人間たちのそばをチンパンジーがうろつけば、自然と騒ぎになるはずだからだ。ここにいないとすれば、GPS受信機を拾って一から追跡しなくてはならない。

それが最優先事項だと頭ではわかっていたが、消防隊員に腕をつかまれて走る望は人命救助の協力を断り切れず、御苑南端の富小路広場《とみのこうじひろば》にやってくる。

全長一二メートルの赤い車両が、ちょうど乗り入れてくる。大阪市消防局から緊急派遣された拠点機能形成車。大型バスやトレーラーにも匹敵するその車両は、消防隊員一〇〇名分の宿営機材と通信機器を運搬し、文字どおり救助活動の拠点となる。

広場は戦場さながらの惨状だ。血まみれの人間がつぎつぎと運びこまれ、地面に並べられていく。ＡＥＤを渡された望は、心停止した人間の心臓に電気ショックを与えつづける。

三人を蘇生《そせい》させると、新たな消防隊員が現れ、「ＡＥＤはほかのものにやらせる」と言って、望の手から装置を回収する。彼はこう訊く。「あなたは医者か？」

「——科学者——霊長類専門です——」と望は答える。

「霊長類？」消防隊員は首をかしげる。「何でもいい。人間のトリアージはできるのか？　できるならすぐにやってくれ」

一度に多くの死傷者が出た場合、治療や搬送の順番を決めなくてはならない。望は問答無用で消防隊員につかまされた四種類の色テープを引きちぎり、広場に横たわっている人間の状態を見て胸に貼りつけ、トリアージ判定を下していく。

一位〈レッド〉は、最優先で治療ないし搬送される。

二位〈イエロー〉は待機。

三位〈グリーン〉は保留。

そして〈ブラック〉は無呼吸群、すなわち死亡。

ハイメディック救急車やキャラバン救急車が入れ替わりにやってきて、望の下したトリアージ判定にもとづいて負傷者を運び去っていく。

娘を病院に連れていってください、と泣きながら懇願する父親の前で、望は娘に

〈イエロー〉――待機――のテープを貼る。

母の腕が折れてとても苦しんでいるの、麻酔注射だけでもお願い、そう叫ぶ女の前で、着物姿の老いた母親に〈グリーン〉――保留――のテープを貼る。

消防隊員が自分に託したのは、同情ではなく、正確なトリアージだ。そのことはわかっている。だが望には、この期《ご》に及んでみずからがさらなる罪を重ねているとしか思えなかった。

チンパンジーを探すのに必死で無意識のうちに耳を閉ざしていた人々の悲鳴が胸をえぐる。苦痛と絶望。トリアージ判定に抗議する家族の声。

それでも京都御苑の暴動には生存者がいる。望はそう考える。その理由は、おそらくここが密室ではなく、広大な場所だったからだ。逆にＫＭＷＰセンターの仲間が全滅したのは、チンパンジー逸走防止用の二重ドアに閉じこめられたせいなんだ。理性をなくした暴徒は二重ドアの外へ出ることはできない。偶然に敵から遠ざかる場面もなく、閉じこめられて、ひたすら殺し合うしかない――


一人の若い皇宮警察官が、老人を担いで富小路広場に現れる。

制帽はどこかに落としたのか、かぶっていない。

「この人を助けてやってくれ」と皇宮警察官はかすれた声で望に訴える。「小学校のときの恩師なんだよ」

望は彼の背負っている意識のない老人に見覚えがあった。森のなかで腕をつかんできたあの老人だ。

皇宮警察官は老人を背負いながら、右手で自分の首を押さえている。頸動脈から噴きだす血が、赤いゴム手袋をはめたように彼の手を変色させている。望の目には致命傷に見える。これだけの失血量で、ここまで歩いてこれたことが不思議だった。

皇宮警察官が前のめりに倒れ、背負った老人は広場に投げだされる。皇宮警察官の瞳孔は開いている。望は止血を試みたが一分も経たずに彼は息絶え、老人の方もすでに心停止している。

トレイサー

〈ブラック〉のテープを皇宮警察官に貼ろうとする望は、彼の腰のベルトに目をとめる。黒い鉄の塊がそこにある。

照準、弾倉、引き金、グリップ、どれも黒。自分がちぎったばかりのテープのように黒一色だ。スミス&ウエッソンM37エアーウェイト。装弾数は五発。回転式拳銃が、手の届くところにある。

腰のベルトと拳銃をつなぐ吊り紐を外した望は、誰にも気づかれなかったかどうか、すばやく周囲を見回してたしかめる。

富小路広場を駆け回る消防隊員に話しかけている一人の少年が目に飛びこむ。Tシャツにジーンズ。そして赤いスニーカーに描かれたナイキのロゴ。暴徒に囲まれた御苑内の森で、専門家の自分が類人猿と見まちがえたほどの動きを見せたあの少年。

薄暗い森ではわからなかったが、少年は東南アジア系の褐色の肌をしている。目鼻立ちもマレー人とインド人の混血として生まれたダニエル・キュイに似たものがある。

「おれに手伝えることがあったら、何でも言ってくれ」少年はそう訴えて、消防隊員の後ろを走っている。「でも頭悪いから、簡単なやつを頼むよ」

望は大声で呼びかける「――きみ――こっちを手伝ってくれ」

少年がやってくると、望はすばやくトリアージの説明をする。三色のテープを少年に持たせ、指示を与えて胸に貼りつけさせる。残の一色――〈ブラック〉――だけは、望が自分の手で貼った。

少年は指示された〈レッド〉のテープをちぎりながら望に訊く。「あなたは医者なの？」

「人手が足りないからやってるだけだ」と望は言う。「ところで、きみを森のなかで見かけたよ」

「森で？」

「暴徒に追いかけられて、木の上を跳んでいた」

「――木の上――あれ？――あの森でおれを見たってことは――」少年の手が止まる。「どこか別の街から、急いでここに駆けつけたんですか？」

「どうしてそう思うんだ？」

「だって暴れた人はみんな、何も覚えてないって話だから」

「暴動が起きる瞬間にも、おれはずっとここにいたよ」

「じゃあ、あなたも暴れなかったんだ」少年は目を丸くする。「あの――名前――」

「鈴木望だ」

「望さんも、おれといっしょでＡＺ《エーズイー》にならないんだな」

「ＡＺ？」望は訊き返す。

「オールモスト・ゾンビの略」と少年が答える。

「――オールモスト――ほとんどゾンビ、だと？」望は顔をしかめる。「そう言うのか？」

「ネットじゃみんなそう言ってるよ」

望は顔をしかめて考えこみ、負傷者の状態を調べ、淡々と指示を出し、二人で色テープを貼っていく。

少年は〈レッド〉、〈イエロー〉、〈グリーン〉。

望は〈ブラック〉。

「手伝わせて悪いな」と望は少年に言う。

「何が？」

「こんな場所からは逃げたくなるのが普通だ」

「どうせ逃げたところで無駄だろ？」少年は投げやりに言う。「どこに行ったたって、謎のウイルスは追ってくるんだ」

「――ウイルス――」

「望さん、もしもおれがここでAZに変身しちまったら、すぐに殺してくれよな――って言いたいけど、この人たちみたいに、あとで正気に戻ったりするから、そうもいかないか」

「感染はしない」望はきっぱりと告げる。「いいか、このできごとには九九パーセント、ウイルスも細菌も関係がない。でも自分の傷口には注意しておけ。ほかの種類の感染症に罹《かか》る危険はあるからな」

「ほかの種類って？」

「みんなによく知られている病気ってことだ」

「それじゃ、おれたちは謎のウイルスに感染してAZにならないの？」

「その言い方はよせ。みんな普通の人間だ」

二人は一時間近くトリアージをつづける。ようやく広場に新たな医療スタッフが到着すると、望は交替を訴えて認められる。

拠点機能形成車から降ろしたテントで作った救護所に並んで、望と少年はペットボトルを受け取り、喉を潤《うるお》す前に指や腕の血をていねいに洗い流す。

「きみを呼んだのは、トリアージを手伝ってもらうためだけじゃないんだ」と望は少年に言う。「森のなかでの動き、あれは何なのかを訊きたい。あの人間離れした――」

「ああ」少年はうなずく。「パルクールっていうんだけど」

少年は望に、暴徒に追われた森のなかで使ったパルクールの技を説明してみせる。

加速をつけずにビルの屋上から別のビルの屋上へと跳び移る〈プレシジョン〉。

高い位置から着地した瞬間に自分の片方の足首をつかみ斜めに回転する〈ロール〉。

階段に足を置くように壁を蹴りつけた反動でさらに上へ跳ぶ〈ウォール・ラン〉。

壁の縁に指をかけて全身を引き上げる〈クライム・アップ〉。

ほかにも多くの技を組み合わせて、少年は暴徒の追跡を逃れ、無傷で生き残ったことを望に話す。

「昔、レイモン・ベルって人がいてね」と少年は言う。「おれ、数字は苦手だからいつごろの人かって訊かれると、よくわかんないんだけど、レイモン・ベルはフランスが占領していたインドシナに生まれたフランス人なんだ。レイモン・ベルは軍人で、生き延びるためにベトナムのジャングルで変わったトレーニングをやっていて、フランスに帰って消防士とかもやってたんだけど、息子のダヴィッド・ベルに自分のトレーニング法を教えたんだよ。これがパルクールのはじまり。ジャングルで生まれた技が、パリだとか、ほかのいろんな都会の街のなかでどんどん進化したんだ。中身はジャングル時代と変わらないけどね。自分の肉体を信じ、自分の可能性を信じるってところは」

望は少年の話を聞いて納得する。森で見た少年の身のこなしは、体操やアクロバットではなかったのだ。ジャングル発のパルクールだったからこそ、ああやって逃げられたのだ。

「おれ、トレイサーでよかったよ」洗った手をはたきながら、少年は言う。「でなきゃ、今ごろおれも色テープを貼られてるな」

「トレイサーっていうのは？」

「パルクールのプレイヤーだよ」

「なるほど――ああ、まだきみの名前を訊いてなかったな」

「シャガ」

「――あだ名か？――」

「本名だよ。内藤《ないとう》射干《シャガ》っていうんだ。シャガっていう日本の花、知らない？」

「――花？――シャガ――たしかアヤメ科に――」

「たぶん、それだよ」とシャガは言う。「望さんくわしいな。園芸マニアの人？」

日常会話のような話を自分たちがつづけるのは、自分たちがタフで冷静だからではない——望にはそれがはっきりわかっている。少年も何となく同じことを感じている。一般市民が暴徒化して襲ってくる経験や、はじめて目にした大量の死傷者の姿が、異様な興奮状態を脳にもたらし、的確な判断力を奪っている。二人が話すのは、自分を落ち着かせようとする無意識の選択だ。


シャガと名乗った少年は、望の質問に訊かれるままに答えていく。

十六歳。

父親は日本人で、母親はベトナム人。

パルクールの起源となった人物レイモン・ベルもフランス人とベトナム人の混血で、シャガは自分に流れているベトナムの血を誇りに思い、パルクールとの運命的なつながりを確信している。

父親の職業は、都市の再開発プランナー。母親の職業は語学教師とイラストレーターの兼業。

転勤の多い父親とともに、シャガは幼いときからさまざまな国の都市で暮らしてきた。横浜、札幌、ジャカルタ、アムステルダム、ハノイ、香港、ロンドン、バンコク

英語ができて、ベトナム語も多少ならわかる。

京都には先週越してきたばかりだ。市内の伏見区のマンションに親子三人で住んでいる。

「学校はどうしてる？」望は当たり障りのない会話をつづける。「それだけいろんな国で暮らしていたら、やっぱりインターナショナルスクールか？」

「行かないよ、学校には」とシャガは答える。

「嫌いか、学校は」

「嫌いって言うか、わけわかんない」

「それは嫌いってことだ」

「合わないんだよな。おれみたいな少し変わった人間のための学校も、あるにはあるんだよ。でもそこに通って、みんなと机並べて何かを習うってのがかったるくってさ。親に頼んで通信教育受けてるんだ。週に何回か先生と電話で話す。それだったら、ワイヤレスのイヤホンを耳に引っかけて、パルクールをやりながらでも勉強できる。授業は英語と日本語の二ヵ国語だよ」

　二人は冷静さを取り戻すための会話をつづけ、時が経つごとに、京都御苑には人が増えてくる。消防隊員や医療スタッフたち。負傷者の数も増えつづけ、悲鳴が途絶えることはない。

　望は十六歳の少年をすぐに親元に返すべきだとも思ったが、まだ重要な話を聞いていない。いったん御苑を出て、今出川御門前に置いてきたＳＬＳ‐ＡＭＧに戻り、そこで話をしようと考える。路上のＧＰＳ受信機も回収しなくてはならない。

「シャガ」と望は言う。「落ち着いたところで、きみに聞きたいことがあるんだ。少し時間をくれるか？」


「こんな暴動って」


　京都御苑のある上京区からできるだけ遠ざかろうとする人々の波に逆らって、ケイティ・メレンデスは歩いている。

　無数の緊迫した顔とすれちがうたびに、一歩ずつ危険へと近づくのを肌に感じる。

ケイティがSNSの動画で見た機動隊《ライオット・スクワッド》が出動した非常事態は、いまだにニュースで報じられていない。混乱に陥った京都府警の足並みが乱れたおかげで、交通規制中にもかかわらず、ケイティは狭い路地を徒歩で自由に抜けることができる。

いくぶんの遠回りを繰り返しながら、京都御苑の南までやってくると、消防車や救急車の数に思わず足がすくむ。火災の黒煙が見える。救急隊員はつぎつぎと京都御苑に入っていくが、一般人の立入は禁じられているようだ。

ケイティは御苑の壁沿いに歩きだす。オーウェン・デミーが撮影した動画の場所を探すつもりだ。

途中でロードバイクが倒れている。フレームやホイールは血で染まり、ケイティはそれがオーウェン・デミーのレンタルした乗りものだと知ることもなく、ニコンの一眼レフを向ける。

ひたすら北上して今出川通に出ると、そこがまさに動画に映っていた風景そのものだ。傷ついた大勢の人々が倒れている。

うめき声、泣き叫ぶ声、老人、若者、男、女。犠牲者は市民や観光客だけではない。機動隊員も倒れている。

ケイティは震える指でシャッターを切る。五〇〇人——あるいはもっと多い。無差別テロと変わらない現場を撮影して回るうちに、カメラのファインダーから血がにじんでくるように感じられる。

悲惨なのは、ケイティは理解する。加害者と被害者の区別がないことだわ。救急隊員に呼びかけられている負傷者こそ暴徒だったんだから。なんてひどい——こんな暴動ってあり得るかしら?

深夜のホテルで自分を襲った錯乱のことを考える。あのまま狂気に身をゆだねていれば、自分もこうなったのだろうか。

護送車で搬送される重症の機動隊員の姿を写すと、ケイティは少しだけ冷静さを取り戻し、視野を広げて今出川通を見渡す。そして短い叫び声を上げる。

御苑の門の近くに、銀色のメルセデス・ベンツSLS‐AMGが停まっている。左側の運転席のガルウィング・ドアが開け放たれたままだ。

ケイティは車に駆け寄り、車内をのぞく。誰もいない。鍵も差さっていない。無人の車のそばの路上に、画面つきトランシーバーのような装置が落ちているのに気づく。ケイティは装置を拾い上げ、それがオーストラリアの類人猿研究所で見たGPS

受信機によく似ていると感じる。ケイティの頭のなかで、不穏な予感がふくれ上がっていく。——オーウェン・デミーの動画に映りこんだチンパンジー——その現場に停まっているSLS‐AMG——落ちていたGPS受信機——

偶然とは思えない。

この近くで鈴木望も暴徒化して、今ごろは治療を受けているのだろうか？　チンパンジーはどこに？

望にもKMWPセンターにも連絡がつかない以上、考えるだけ無駄だ。

車のそばでしばらく待ってみよう、ケイティはそう思う。

オープンカー

南風の吹きこむ今出川御門を出た望は、市販の白いマスクをつけたケイティ・メレンデスがSLS‐AMGのボンネットに座っている姿に驚く。

一瞬のうちにこんな考えが頭を駆けめぐる——KMWPセンターの惨事が明るみに出たという可能性——そして事実の確認に彼女がやってきた——

それはそれで構わない、と望は思う。秘密にしているわけではない。だが、気がかりな点がある。

「どうやって、おれの居場所がわかった?」望の口調は、はるばる日本に取材に訪れたサイエンス・ライターを気遣うものではなくなっている。

「偶然と言えば偶然だし、必然と言えば必然かもしれないわね」そう答えるケイティは、手には拾ったGPS受信機を持っている。

ケイティの答えを聞いた望は、彼女が何もかも知った上で、皮肉を言っているのかと疑う。望は険しい表情で告げる。「見てのとおりここは危険だ。きみは一刻も早く離れるべきだよ。できれば京都を出た方がいい」

「なぜそう言い切れるの? 原因もわからないのに?」

「それはきみも同じだ。原因不明なのにわざわざここに来たのはなぜなんだ?」

「いくつか聞きたいことがあるわ」とケイティが言う。「まず——KMWPセンターからチンパンジーが脱走してないかしら?——」

「あのさ、二人は付き合ってんの?」英語のできるシャガが二人の会話に割りこむ。

「紹介してくれよ、望さん」

「この人はアメリカのサイエンス・ライターで、ケイティ・メレンデス」望は険しい表情を崩さない。「ケイティ、彼はシャガだ」

「よろしく」ケイティは気のないあいさつをして、少年と握手を交わす。「ところで望、さっきの――」

「質問に答える前に、こちらが訊きたい。チンパンジーが脱走していると思う根拠は何だ？」

「いいわ」とケイティが言う。「説明するわよ。ここで起きた暴動の動画を、インターネットにアップロードした人がいるの。彼の動画にチンパンジーらしい影が映っていた」

「チンパンジーって」とシャガが言う。「あの猿の仲間の奴？」

「最初は犬かと思ったけど、たしかにナックルウォークしていたわ。首には大きなコルセットがあって――」

まちがいない、と望は思う。逃げたアンクの姿を彼女は見ている。「しかし奇妙だな」望はケイティから目を逸らさない。「たとえ逃げだしたチンパンジーがここにいたとしても、それだけではきみが危険を冒《おか》してここに来る理由にはならない。稀少なクラゲが見たくてサメの群がる海に飛びこむ人間はいない」

「クラゲ？　サメ？」シャガが首をひねってつぶやく。「何だよ、その譬《たと》え」

「ケイティ、何を考えているんだ？」と望が言う。

「そっちこそ、何を隠しているの？」ケイティは拾ったGPS受信機を掲げてみせる。「あなたにも、KMWPセンターにも連絡がつかないわ。脱走した事実を隠蔽《いんぺい》して、チンパンジーを追いかけてきたんじゃないの？」

「ああ」望はあっさりと認める。「大筋では当たっている。逃げたのはKMWPセンターの個体だ。おれには捕獲の義務がある。だから暴動の現場にも来る。しかし、きみにはそれに匹敵する理由がない」

「あるわ」

「ないはずだ」

「KMWPセンターが、何らかの感染事故を起こした可能性を調べるのよ。そしてウイルスの宿主《キャリア》はチンパンジーのアンクかもしれないわ」

二人のあいだに重い沈黙が流れ、その脇でシャガは退屈そうに路上の小石を蹴り飛ばしている。

「嘘だ」ふいに望が口を開く。「少なくとも本心ではない。本気で感染事故――感染爆発を疑っているのなら、そんな安いマスク一枚でここには来ない。サイエンス・ライターだったらなおさらだ」

「それは――」

ケイティは、自分が有利になるはずの口論で、劣勢に立たされる理由がわからなくなる。逃げ場がないのは鈴木望の方なのに、どうして私は――

そうだ。望の言うとおり、私は感染爆発とは別の可能性を疑っている。そんな自分が信じられずにいる。あまりにも常識外だから。

それは、声だ。私は暴動の中継を試みるローカルニュースを夜中に見ていて、何かの声を聞き、錯乱に陥りかけている。

オーウェン・デミーの動画でアンクの影らしきものを目にしたとき、なぜかあの声と、脱走したチンパンジーを結びつけたくなる自分がいたのだ。そんなはずはないと思う。ばかげているとは思う。何らかのウイルスが原因にちがいない。それでも。

「私は奇妙な音を聞いたわ」ケイティは静かに話しだす。「暴動現場のテレビ中継でね。何て言うか、あれはたぶん、鳴き声みたいなものじゃないかしら？」

「鳴き声？」望の表情がさらに険しくなる。「それを聞いて、きみは暴れたのか？」

「――暴れなかった、と思うわ。死ぬほど頭は痛かったけど、どうにか自分をコントロールすることができたの。ちょっと待って」ケイティは顔色を変える。「私が暴れそうになったことが何でわかったの？」

望は無言でケイティの顔をじっと見つめている。『自分をコントロールすることができた』――彼女はたしかにそう言ったのだ。アンクの強烈な警戒音《アラームコール》を耳にしても錯乱しない人間が、ここにもいる。

「あの、さっきから言ってる鳴き声ってさ」とシャガが言う。「あの変な声、チンパンジーだったの？」

「――あなたも？――」ケイティの目がシャガに向けられる。「鳴き声を聞いて暴れずにいられたの？　耐えられたの？」

「それを言うなら」望はケイティの肩を軽く叩く。「きみだって耐えられたわけだ。シャガやおれと同じように」

「同じって、まさか、あなたもなの？」

救急隊員が望に駆け寄ってくる。「その車はあなたのですか？」

「はい」と望は答える。

「自分が暴動に加わった形跡はありますか？　怪我は？」

「いいえ。どちらもありません」

「運転できるなら、至急その車を動かしてください。緊急車両が通行します」

望はジーンズから鍵を取りだし、ケイティとシャガを見る。「おれたち三人には、話すべき重要なことがある。付き合ってくれないか。静かな場所へ移ろう」

望はすぐにエンジンをかける。だがシートが二つしかないSLS－AMGは、ケイティとシャガの二人を乗せることができない。

「どうやって三人で乗るの？」ケイティが言うと同時に、シャガがボンネットを踏み越えて屋根に上がる。

「おれはここでいいや。だけどすっげえ車だな。望さん、金持ちだったのかよ」

「ちょっと、大丈夫？」ケイティがマスクを外して望に訊く。

「早く乗れ。シャガがしっかりグリップできるように左右のドアを全開にしていこう。それと、GPS受信機を返してくれ」

ドアの翼を広げた銀色のスーパーカーの轟音が響き渡る。道路のいたるところに血が点々としている。散乱した靴やトートバッグ。緊急車両のサイレン。

シートベルトもしていない運転手が、車の屋根に少年を乗せて走っていても、誰もとがめない。

ゲルストマン

ＳＬＳ－ＡＭＧは北へ走り、左京区へと入る。

望はハンドルをにぎりながら、ＧＰＳ受信機でアンクの現在地を確認する。アンクと同じように北へ移動するのは、距離が遠くなりすぎないようにしておくためだ。

車は下鴨《しもがも》神社の西側の路地で停まる。

大学時代の先輩が経営する店がそこにある。望がウガンダの野生調査から帰国してすぐに会い、突然ダニエル・キュイに電話で呼びだされる直前まで、伏見区の食堂で話していた人物だ。彼は熱帯魚の店を辞め、左京区でアクアテラリウム専門店を開いている。

すでに避難勧告の出た左京区はゴーストタウンと化している。静まり返った路地にシャガが跳び降り、望とケイティは車を出てガルウィング・ドアを閉める。

アクアテラリウム専門店の自動ドアはすんなりと開き、三人をなかに迎え入れる。

市内で停電は起きていない。店の照明は残らずついている。しかし、人の気配はない。

鋼鉄製の陳列棚に、紫外線ライトで照らされる水槽が並んでいる。

水草。

石。

白い砂。

流木。

一つ一つの水槽のなかに陸の部分と水の部分があり、まるで本物の水辺のように緻密にレイアウトされた、美しいアクアテラリウムの数々。

物音は、浄水器の立てるかすかな水の響きだけだ。

店のなかで望は先輩の名を呼ぶ。レジの奥の事務室やトイレを探す。返事はない。

先輩が市外に避難したのだとしたら、と望は思う。店の電気をつけたままにしておいたのは水質維持のためだ。光も温度も浄水も電気製品で調節している。しかし、店を空けるなら自動ドアの電源だけは落とすだろう。それを忘れるほどの何かがあったのかもしれない。アンクのGPS信号が近くで発信されているのだ。暴徒が現れる可能性はじゅうぶんにある。何があったとしても、今は彼の無事を祈るしかない。

事務室は狭く、三人は水槽の陳列棚のあいだの通路に座る。コンクリートの床だ。

アクアテラリウムの小宇宙に囲まれていると、ここに着くまでに目にしたすべてのものが夢のように思えてくる。

「おれたちは」望が話しはじめる。「落ち着いて考える必要がある。きわめて重要な話だ。まずはケイティ、きみはホテルの部屋で暴れそうになる直前に、テレビ中継で何かの鳴き声を聞いた。それでいいんだな？」

「ええ」ケイティはうなずく。「でも、あれが暴動に関係しているとは、まだ信じられないわ――」

「その声なんだけど」とシャガが言う。「空気が抜けている風船がでたらめに空を飛び回ってるようなやつってことでいいの？　おれが聞いたのはそんな感じだよ」

「――風船から空気？――」望は宙を見つめて考える。「なるほど、そういう表現もあり得るかもな」

「ものすごく甲高い音よ」ケイティが身を乗りだして言う。「頭が割れそうになって、暴れたくなるの。それで――」

「目を開けると景色がゆがんで見える」と望が言う。

「そう」ケイティの声が大きくなる。「鏡に映った自分の顔の目だけが不気味に大きく見えたわ。そのなかに私が映っていた」

　ケイティの話を聞きながら望は記憶を探る。自分の場合は他人、つまり別の暴徒の目が拡大して見えたが――いずれにしろ、そこに自分の像を認めていたのは彼女と同じだ。「シャガ、きみは？」

「頭痛はしたけど、景色がゆがんだりはしなかったな。いや、それでも頭はむちゃくちゃ痛かったよ。あの辺を歩いていて、変な声を聞いて、すげえ頭痛がして、気づいたときにはＡＺ――じゃないや、その、さっきから何て呼んでるんだっけ？」

「暴徒《ライオッター》」とケイティが答える。

「それ。みんなそいつらに変わって、いきなり追っかけてきたんだ」

「話を整理しよう」と望が言う。「二人ともよく聞いてくれ。京都御苑の前で、おれも異常な状態になりかけた。あのときにおれは鳴き声を聞いている。〈錯乱《ディレンジド》〉の状況はやや異なるが、おれたちは似通った経験をしているんだ。異常を感じる直前に『何か』の『鳴き声』を聞くのがそれだ。そしてその何かとは、まちがいなくチンパンジーだ。おれはアンクが叫ぶのを見ている。あれこそ暴動の原因で、おそらく未知の警戒音《アラームコール》だ」

「――警戒音《アラームコール》？――」

　ケイティの問いをさえぎって、望は話をつづける。「脱走したチンパンジーは、別に光学迷彩をまとっているわけじゃない。アンクが叫ぶ姿を目撃した人間は大勢いるはずだ。それなのに、なぜ誰も話題にしないのか？　おれたちのように話し合わないのか？　答えは一つしかない。錯乱して暴徒化すると、一時的に記憶をなくす。脳の前頭前野の活動が停止し、原始的な下層の部位が暴走する。そのあいだに見たことも聞いたことも覚えていない。暴れて他人を殺したことすら忘れている。だから逆にこう言える。おれたちがアンクの警戒音《アラームコール》を覚えているのは、ケイティの言い方をすれば、『自分をコントロールできた』からだ。そこに謎を解く鍵がある。どうしておれたち三人は、暴徒化せずにいられたのか？」

「望、あなたはもう理由を知っているんじゃない？」ケイティがきつい口調で詰め寄る。「だって脱走しているのは、ＫＭＷＰセンターの〈オメガ棟〉にいたチンパンジーなのよ。知っていて当然だわ。そして知っているのなら、あなたはとてつもない社会的犯罪者よ」

「〈オメガ棟〉？」シャガが二人の顔を交互に見る。

「ケイティ、必要なのはこの事態を食い止めることだ」望はケイティの両腕をつかむ。「お願いだ。協力してくれ。おれはアンクが脱走したことは知っている。役所にも連絡した。だが暴動の原因は知らない。知らないからこそ、ここにいるんだ。知らないのはみんな同じだ。地球上の誰一人として知らないはずだ。暴徒化しなかったこの三人でたがいの記憶を出し合って謎を解くしかない。明日になってもこの三人がいっしょにいるとは限らない。何が起きるかわからないんだ。だから協力してほしい」

ケイティは望に不信の目を向けていたが、やがてゆっくりと話しはじめる。「――私の場合はテレビ中継だから、あなたたち二人の経験とはちがうかもしれない。暴れこそしなかったけれど、結局は朝まで気を失っていたのよ。それでも、自分がどこで踏みとどまったのかは覚えている。鏡よ」

「鏡？」望の目に驚愕の色が浮かぶ。

「私は鏡に映る自分が憎くなって、鏡に突進しかけていたの。でもその私を止めたのも鏡なの。正確に言うと鏡文字よ。そのとき私は裸で――」ケイティはそこでためらう。胸のタトゥーのことを誰かに話したことがない。「つまり――私は――胸に――」

「胸に、何だ？」と望が訊く。

ケイティはまだためらっている。だが、これを打ち明けなくては、起きたことをどうしても説明できない気がする。

「左胸に――魔法の詩《うた》を彫ってるのよ」ケイティは話す自分を意外に思いながら言葉をつづける。「それは鏡文字のタトゥーなの。もともと逆向きだから、鏡に映ると反転して正しい向きの文字になるわ。だから鏡の内と外の見分けはつきやすいの。それを見て私は、自分が見ているのは鏡にすぎないんだから、憎む必要も襲う必要もない――そう思ったのよ」

「ケイティ、結構ハードコアなんだね」シャガが目を丸くする。「だけど、バストに鏡文字のタトゥーって、何かいいよ。すごくいいと思うな」

「はじめて人に打ち明けたわ」ケイティは苦笑する。「いつか話す相手は、恋人か夫になるって思ってたけれど、外れたわね。この胸のタトゥーは私にとって大事なもので、人生を生き抜くために彫ったものなの」

「その感じ、わかるよ」シャガがうなずく。

「もしこのタトゥーがなかったら」とケイティが言う。「現実と鏡の区別がつかずに頭から突っこんでいたわ」

望の顔色が明らかに青ざめている。沈黙のあとに低い声で言う。「シャガ――きみは、ひどい頭痛だけだったそうだが、鏡について何か思い当たることはないか？　何でもいい。ほんのささいなことでも構わない」

「鏡も何も」とシャガは言う。「はなからよくわかんないんだよ。おれ、ゲルストマンだから」

――ゲルストマン――その名を聞いて、望の全身にさらなる戦慄が走り抜ける。

〈オメガ棟〉でテレンス・ウェードとよくその話をしていたのだ。元脳科学者だった彼と。

ゲルストマン症候群。

神経学者ヨーゼフ・ゲルストマンの名にちなんだ、神経疾患の一種。

足し算、引き算、割り算、掛け算の〈四則演算〉ができない。

自分の手の親指から小指まで、〈五指の区別〉ができない。

単純な〈線の模写〉ができない。

字が読めない〈失読症《しつどく》〉。

左大脳半球の異常に起因するとされる、これらの症候群の本質や治療法は、いまだに明らかになっていない。

さらにその症候群には、つぎのような症状がある。

〈左右障害〉。右と左がわからない。

望は、学校についてシャガが「わけわかんない」と言ったことを思いだす。だからなのか――学校嫌いなのは――電話で通信教育を受けているのは――

「シャガ、きみは左右障害なのか？」

「どうもそういうことになっているらしいよ」シャガは涼しげに答える。「まあ、パルクールをやってるぶんには平気だけど」

自動車も、バイクも、それぞれの国ごとに〈左側〉と〈右側〉で進行方向が決められている。場合によっては、自転車も厳しい取り締まりの対象になる。だが、鏡を見ても像が反転したとは感じないシャガには、道路の〈左側〉と〈右側〉を瞬時に認識するのは困難だ。交通ルールだけでなく、ほとんどのスポーツにも厳密な左右の取り決めがある。

パルクールであれば、動きを直感で好きに決められる。スタートもゴールもない。左右に縛られずに楽しめる。

少年の話を、望は途中からまるで聞いてはいない。目を見開き、まばたきもしていない。

「どうしたんだよ」シャガが不安げに訊く。「まさかここで暴徒になるんじゃないだろうな？」

望は言葉を失っている。偶然の女神から必然の女神へと、自然現象が手渡される瞬間に立ち会っている。恐怖とも畏怖ともつかない感情に包まれている。

鏡。

鏡だったのか。

――自己鏡像認識――

自己鏡像認識

望の目に浮かぶのは、アンソニー・セカンワジの死体だ。KMWPセンターの温室ドームで、誰もいない場所で強化アクリルガラスに激突して絶命していたセカン――そして殺し合ったチンパンジーとチンパンジー。人間と人間。錯乱のなかでも正確に同種だけを選んで殺戮する――

ケイティ・メレンデスはこう言った。鏡文字のタトゥーがなかったら、『現実と鏡の区別がつかずに頭から突っこんでいた』――

彼はガラスの鏡に映った自分に襲いかかったのだ。

シャガはこう言った。『鏡も何もはなからよくわかんない』――

〈オメガ棟〉三階。カフェスペース。怯えながらも無事だった動物たち。鳥、犬、小型類人猿。

そして、おれは——アンクの声によって起きた錯乱のなかで、実家の応接間をさまよっていた。父親に殴られるためだけの場所。そこに大きな一枚鏡があった。鏡に映る自分を眺めていたおれは、鏡の向こう側に吸いこまれそうになる自分を制御して、殺意に囚われずに、理性を取り戻した。

鏡と、そこに映った像。

すべてが鏡像に関わっている。

望は思考に集中して、ケイティやシャガが何を訊いても答えようとしない。

セカンはアクリルガラスに映った自分の鏡像に襲いかかったんだ。どうして今まで気づかなかった？　鏡像で多くのことが説明できる。チンパンジー同士、人間同士、同種間でしか殺戮が起きないのも、鏡像を襲っているためだ。正確に言えば、鏡だけでなく相手の「目」に映った自分を襲うような、攻撃本能のメカニズムがある。鏡のなかの鏡を。その正体を突き止めなくてはならないが——

ルリコンゴウインコ、ゴールデンレトリーバー、シロテテナガザル、この三種には鏡を理解する能力がない。暴れ回った形跡がなかったのは、このためだ。何よりもキンカクの無事がそれを物語っている。小型類人猿は、自己の鏡像を認識しない――ＫＭＷＰセンターのマスコット動物だけではない。京都市内のカラスや猫も暴れていないじゃないか？　おそらく一歳半以下の人間の幼児、鏡像を理解する以前の赤ん坊も錯乱しないはずだ。

何てことだ。

アンクの発する特定の声を聞いて、鏡像を攻撃する。チンパンジーも人間も、鏡を理解するものが自動的に殺し合うような本能がある。

おれとケイティが暴徒化しなかったのは、一般的とは言えない鏡への異常な執着――ＰＴＳＤ《心的外傷後ストレス障害》とも言える――を抱いているがために、鏡像への感覚が無意識下まで浸透しているからなのだ。

シャガの場合は逆だ。彼はシロテテナガザルのケースに似ている。左右障害である彼は、鏡に映ったものが反転しているとは感じられない。鏡像の認識が一般人に比べてはるかに弱い。

ようするに、謎めいたチンパンジーの声を聞くものは、鏡像が自分にとって「意味をなさない」ものであるか、もしくは「異常に意味を持ちすぎている」ものであるか、そのどちらかの場合によってしか、錯乱を逃れられない。

ただしアンクは別だ。アンクは信号を発する側にいる。危険を察知する位置にいて、仲間に危険を呼びかけ、その声が逆にチンパンジーや人間をたがいの殺戮へと追いこむ。

解明の糸口がないと思われた謎の輪郭が、少しずつ見えてくる。

しかし、それでも疑問はつきない。

類人猿であるアンクの叫びが、人類にまで影響するのはなぜか？

望はほかにいっさい何もせずに、暴動発生のメカニズムだけをひたすら考えつづけたい誘惑に駆られる。それは人類史を書き換え、進化論すら刷新するかもしれない。待て、と望は自分に言い聞かせる。今だけは「なぜ」よりも「どのように」を問わなくてはならない。暴動で少なくとも一〇〇〇人以上が死んでいる。おれの考えるべきことは、アンクの捕獲だ。現実可能なその方法を模索するんだ。

アンクに近づいて刺激すれば、警戒音《アラームコール》が発せられる。見るものを石に変えるメドゥーサのようだ、と望は思う。どうすれば怪物の首を切ったペルセウスのような真似ができるのか。

声を聞かない方法を思いつく。外界の音を遮断した状態で捕獲チームを派遣し、チンパンジーを追跡する。

そんなアイディアを浮かべる望の脳裏に、クローズド型ヘッドホンで耳を覆ってゲームをしながら京都御苑の前を歩いていた男の姿がよぎる。眼前の暴動にまったく気づくことなく、暴徒に襲われたあの男。

捕獲チームを派遣できたとしても、〈完全無音状態〉での共同作戦に現実味はない。無線の指示だけで市街地を移動するむずかしさに加え、たとえ自分が錯乱していなくても、多数の暴徒から襲われたとき、外界の音をまったく察知できないのはあまりに危険すぎる。

――この案がだめであれば――無線の指示だけで、集団でなめらかに動けるような訓練を受けたチームであればどうか。

特殊部隊を出すアイディアを望は思いつく。

日没後、それも真夜中に行動する。屋内にアンクを追いこみ、熱線暗視装置《サーマル・イメージャー》を使って光学的《オプティカル》にではなく、物体の温度で外界を探知する。これならアンクも発見しやすい。だが、温度で探知するといっても、しょせんは赤外線という光を見ていることになる。鏡を見た場合どうなるのか？　鏡は光を反射するので、ほとんど表面温度が上がらないはずだ。つまり赤外線は出ない。熱線暗視装置《サーマル・イメージャー》にはほとんど映らないだろう。では、特殊部隊員がアンクのあの声を聞いたとしても、鏡そのものを見なければ錯乱しないのだろうか？　いや、忘れるな。もう一つの危険な鏡がある。アンクの目だ。目はガラスの鏡とちがって微量の体温を持つ。熱線暗視装置《サーマル・イメージャー》をとおしてアンクの目をのぞきこんだときには、どうなるのか？　やはりこの案もだめだ。人体実験に近いものがある。それにシャガの例を考えてみろ。鏡を見ようが見まいが、アンクの声を聞いたものは一様に危機的な状態になると考えるべきだ。では、アンクの特定の声の周波数を解析して、その音だけを相殺《そうさい》するノイズキャンセリングを備えたヘッドホンを用意するのは？　これと熱線暗視装置《サーマル・イメージャー》を組み合わせ、アンクを発見しだい、麻酔弾を遠距離から撃ちこむ——

いくつかのアイディアは湧くが、迅速に実行できるものがない。訓練された特殊部隊を警察であれ、自衛隊であれ、全市が緊急事態の状況下で「チンパンジーの捕獲に向かわせる」ためには、科学的根拠《エビデンス》が絶対不可欠だ。声の周波数に応じたノイズキャンセリングにしても、まず問題の警戒音《アラームコール》を録音しなければならない。そのためにドローンを飛ばさなくてはならず、無人状態で音を拾わなくてはならず、それを再生せずにコンピュータで波形表示に変換しなければならず——

こうしていたずらに時間を費やすうちに、犠牲者が増えるだろう。機動隊同士が殺し合うほどの強烈な警戒音《アラームコール》だ。

やはり自分でやるしかない、と望は思う。少なくともおれは暴徒化しない。ではどうやって捕まえる？　京都御苑では触れることすらできなかった。おれ一人では捕獲網も無意味だ。見つけることと捕まえることは次元がちがう。どうすれば。どんな方法ならチンパンジーをこの手で――


店の外の自販機で、ケイティが飲みものを買って戻ってくる。シャガがうらやましそうに紅茶のペットボトルを見る。「いいなあ。おれ、逃げる途中で財布を落っことしたんだ。水槽の水でも飲もうかな？　そうだ、水道水という手もあった」

「飲まない方がいいわよ」とケイティが望に当てつけるように言う。「ウイルスが混入している可能性はまだ捨てきれないわ。買ってきてあげる。何がいいの？」

「おれも頼む」と望が閉ざしていた口を急に開く。「おれも財布がない。携帯電話もだ」

「ずっとだまってたくせに、調子がいいわね」ケイティは自分の財布から小銭をつまんで、望の前に乱暴に置く。

「シャガ、きみを家に送る約束だったよな」と望は言う。「先に親に電話しておけよ。心配しているだろう」

「おれも携帯ないよ」天井を見上げながらシャガは答える。「あれだけ派手に逃げ回ったから、ポケットの中身が全部消えちゃったよ。家の鍵もない」

「ケイティに借りろよ。この店の固定電話もある」

「無茶言わないでくれよ」シャガは両手を挙げてみせる。「小学生ならわかるけど、親の携帯番号を暗記している奴なんていないだろ？　だいたいおれは数字を覚えるのが苦手だしさ」

——この少年は、伏見区の両親と連絡がすぐには取れない——

その事情を知った望の頭に、ある考えがひらめく。望は急いでそれを頭から振り払おうとする。それは切るべきカードではない。彼にとって危険すぎる。だが。よせ。ほかに方法があるのか？　だめだ、よせ。そうか。いいだろう。だったら、ほかに方法があるんだな？

まるで鏡の前でフィードバック・ループを味わう類人猿のように、望は猛烈な速度で自問自答を繰り返す。

ケイティは店の外へ出ている。シャガのために自販機に硬貨を入れている最中だ。望はすばやく立ち上がって、シャガに告げる。「シャガ——すまないが、明日までここにいてくれないか？　手伝ってほしいことがあるんだ。とりあえず、これをやる。今のところ礼はこれしかない。あとで売って金に換えるなり好きにしてくれよ。そしてケイティには、おれの言ったことは秘密だ」

望は左腕の腕時計を外す。そのロレックスの〈エクスプローラー〉を十六歳の少年に向かって差しだす。

林道の行進

夕方になって、関西地方に雨が降りはじめる。最初はやわらかい霧雨でしだいに強くなり、夜になると豪雨に変わる。

山に降る雨は斜面の泥を押し流し、林道にあふれた泥水が波紋を描きながらどこまでも伸びていく。

月明かりのない雨の夜は、いつもよりずっと暗い。その林道の闇を切り裂いて大型車両がつぎつぎとやってくる。

車体に日の丸をつけた、陸上自衛隊軽装甲機動車。屈強なタイヤが、泥水を蹴散らして突き進む。

軽装甲機動車の列が途切れると、荷台を幌で覆った大型トレーラーが一台通過する。その後方からまた新たな装甲車の列が現れる。日の丸はなく、車体に〈ＵＳ ＡＲＭＹ〉のステンシルが施されている。白い六文字のアルファベットが激しい雨に打たれている。

在日アメリカ軍が京都暴動の鎮圧に出動したというニュースは流れていない。基地外の日本国領土でアメリカ軍が極秘に活動するのは、条約上あり得ないとしても、多くのデマやフェイクニュースが氾濫《はんらん》している状況下では、無用のパニックを防ぐための賢明な判断だと言えるかもしれなかった。

問題はその場所だ。

暴動の発生区域ではない、京都市の西に隣接する亀岡市を車列は行進している。

豪雨の降りつける暗い林道の先に、ＫＭＷＰセンターがある。

◀２０２６年10月26日・月曜日
京都暴動等対策本部（京都府・日本政府）
原因不明暴動発生についての危機管理タイムライン（３）

18：02
京都府農政課長より同農林水産部長へ以下の報告。「本日午前十一時ごろ『ＫＭＷＰセンターの責任者』と名乗る人物からチンパンジーの脱走と今回の暴動の関連が疑われるにつき捕獲の要請があった」（以下、同件をＡと呼称する）

18：19
京都府農林水産部長より危機管理監へＡの報告。ＫＭＷＰセンターと連絡が取れない状況が判明。責任者の所在も不明。

18：47
京都府対策本部より政府対策本部へＡの報告。

19：00

政府対策本部の指示で農林水産省がKMWPセンターの出資者ダニエル・キュイ(Daniel Cui)へ連絡。なお同時刻をもって京都府は府農政課長を即時更迭。更迭理由は緊急事態宣言下における重大事項の報告を怠《おこた》ったこと。

19：40
日本－シンガポール間で政府対策本部とダニエル・キュイの非公式テレビ会議を実施。同対策本部構成員のほかに、内閣官房より国家安全保障局（NSS）の職員が出席。アメリカ合衆国国防総省の要請により在日アメリカ大使及び総領事、アメリカ国家安全保障局（NSA）の職員が参加。

20：55
政府対策本部が陸上自衛隊及び在日アメリカ軍からなる調査部隊の亀岡市への合同派遣を決定。在日アメリカ軍が即応。目的はKMWPセンターの封鎖及び調査。

21：00
調査部隊が亀岡市へ出発。依然として暴動の原因は不明。

黒い布

京都市左京区。下鴨神社の西側の路地のアクアテラリウム専門店で、望とケイティとシャガは身を潜めるようにすごしている。

午後四時。窓の外で雨が降りはじめる。

京都市全域への緊急事態宣言と並行して出された〈外出禁止令〉は、自粛の呼びかけではない。したがわない者を発見しだい拘束するという厳格なものだ。そのためにケイティは下京区のホテルに帰ることができずにいる。

午後六時。三人は狭い事務室からレジカウンターまで運んできたテレビのニュースを見て、京都府全域で緊急交通規制が発令されたことを知る。政府対策本部の許可なしには、大阪府や滋賀県に出ることはできない。逆に入ってくることもできない。事実上の完全封鎖。第二次世界大戦の敗戦後に廃止された〈戒厳令〉にかぎりなく近いこの決定に、是非を問う議論が全国的に勃発し、内閣は激しい批判にさらされる。一方で、封鎖を要請したのはアメリカだといううわさが流れるが、真偽《しんぎ》のほどは不明のままだ。


午後八時。雨は激しさを増す。シャガはレジカウンターによじ登り、足を投げだしてテレビを見ている。どのチャンネルも、京都暴動を伝えるニュースばかりだ。

食べるものがなく、シャガが何度目かの空腹を訴えると、ケイティはため息をついて、バックパックからしかたなく大麦入りビスケットを取りだす。海外に取材に行くときには、彼女が必ず用意している非常食だ。

ビスケットをもらった少年は目を輝かせ、一枚を割って望に差しだす。望は首を振り、彼の手をそっと押し返す。

シャガは一人でビスケットを食べる。

豪雨の音とアナウンサーの声だけが響いている。ときおりビスケットを嚙み砕く音がまぎれこむ。

テレビに映る人間たちは、誰もチンパンジーについて触れはしない。コメンテーターの大学教授が「太陽からやってくる局地的な電磁波が原因かもしれない」と語っている。

午後九時。おもむろに望は立ち上がり、ケイティに恵んでもらった硬貨を持って、店の外の自販機でペットボトル入りのコーラを買う。非常時には遠隔操作で無料になるはずだが、そうはならない。無料にすれば市民が外に出てくる。対策本部は暴動にたいして、人間を屋内に閉じこめておく以外の策を何一つ持っていない。

望はコーラを飲み、まだ三分の一ほど容器に残っている中身を、店の奥の流し台に捨てる。流し台は水槽や浄水器具の洗浄用に、まるでレストランの厨房《ちゅうぼう》のように大きめに設計されている。

「何やってんの？」シャガがあきれて望を見る。「もったいない」

少年の冷たい視線をよそに、望は蛇口をひねり、空になったペットボトルに水道水を入れる。

「こうやって水を飲むと、香り《フレーバー》がついてうまいんだ」と望は言う。

「ウイルスが混入していないって言い切れるの？」望を見てケイティが眉をひそめる。彼女はチンパンジーの警戒音説《アラームコール》を望に聞いたあとも、ＫＭＷＰセンターの過失による感染爆発への可能性を捨てずにいる。警戒音《アラームコール》と感染爆発、どちらが現実的なのかは考えるまでもない。

望はケイティの目の前で、平然とペットボトルの水道水を飲んでみせる。「何度でも言うが、ウイルスは関係ない。京都御苑でトリアージをやったから確実だ。暴徒化した死傷者には発熱、粘膜の腫れ、体内からの出血、どれも見られなかった。細菌や化学物質の影響でもない」

「あくまでも、アンクの声が原因ってわけね」とケイティが言う。

「それ以外に引き金はないだろう？　警戒音《アラームコール》でごく普通の人々が残忍な暴徒になる。たがいに殺し合う」

「ねえ、その警戒音《アラームコール》って何なの？」

ケイティの問いかけに、望は意外な顔をする。「知らないのか？　霊長類研究の常識だ」

「——私は大型類人猿について取材しているだけで、霊長類すべてについて詳しくなったわけじゃないわ——」

望はしばらくケイティの顔を見つめる。コーラの香り《フレーバー》がついたペットボトルの水を飲み、それからベルベットモンキーの警戒音《アラームコール》の研究のことを話しだす。

ケニア。アンボセリ国立公園。襲来する敵の種類に応じて使い分けられるベルベットモンキーの声。動物行動学者ドロシー・チェイニーとロバート・セイファースの調査にもとづく、その後の研究について。

「チンパンジーの警戒音《アラームコール》がなぜ人類に届いているのかは、謎だ」と望が言う。「わかっているのは、金閣寺と京都御苑の暴動を合わせて考えると、警戒音《アラームコール》で人間が暴徒化する時間は限られているということだ。その時間が経過すると、糸が切れた人形のように倒れる」

「――それって――もしかしたら――」とケイティが言う。「八分、二〇秒が正解に近いかも」

「何だと？」望の目が鋭くなる。「そのデータはいつ知った？」

「さっきよ。携帯でインターネットを見てたら――」

「どこから出てきたデータだ？」

「インターネットに出回ってるわよ。京都市内の勤務先の防犯カメラ映像を無断流出させた日本人がいて、そこに映っている暴徒が画面に映ったり消えたりしながら暴れつづけて、約八分二〇秒後に倒れるの」

「へえ」ビスケットのくずを払ってシャガが言う。「八分って、すげえ長いんだな。おれ、一時間くらい逃げ回った感じがしたけど」

「そういうケースもあるらしいわ。一時間はないけれど、十分以上つづくこともあるみたい。だから法則性があるのか、ないのか、今のところはわからないわね」

今出川御門の前で争った暴徒の姿を望は思いだしている。自分を襲っている最中に――アンクの警戒音《アラームコール》で倒れ――錯乱に陥って――あれは――再起動《リスタート》のようなものなのか？――時間の経過が振りだしに戻って、またゼロから暴徒化の時間が開始され――


「ケイティ」望がいらだった声を上げる。「なぜそれをおれに教えないんだ？　おれたちは情報を共有すべきだ」

「共有？」ケイティは声を荒らげる。「よく言うわね。私のなかではあなたは立派な犯罪者なのよ。私があなたを警察に引き渡さないのは、ＫＭＷＰセンターで何が起きたのか、まだ聞きだしていないからにすぎないわ。ほかにも明かされていない秘密がたくさんある。人がたくさん死んでるのよ。わかってるの？」

「たしかにきみの言うとおりだ」と望は言い返す。「だが、きみの方こそ、どうせ自分がいい記事を書きたいばかりに、おれを見逃しているんだろう？　だったら、おれと鏡映しじゃないか？」

「あきれた。自分の説を使って、自分を正当化するってわけね」

「誰がおれをかばってくれと頼んだ？　誰がおれのことを通報するなと言った？　お

れは誰にも相手にされなかったから、一人で何とか解決しようとしているんだ」

「犯罪者の英雄気取りはめずらしくないわ。本当に警戒音《アラームコール》が原因だと信じるなら、すぐにでも京都府庁に乗りこんで知事にひたすら訴えるべきよ。それが科学者ってものだわ」

「そのときは根拠《エビデンス》を示す材料として、おれたち三人が仲よく拘束され、すすんで彼らのモルモットになる覚悟が必要だよ。連中はおれたちを休みなく何時間も聴取するだろう。シャガは本当にゲルストマン症候群なのか？　連中は彼をＭＲＩにかけるだろう。もの足りずに嘘発見器にかけるかもしれない。そして、きみの鏡文字のタトゥーは作り話でないのか？　連中はきみの服をはぎ取って、何枚も写真を撮るだろう。それが科学者ってものだ」

二人の口論をよそに、レジカウンターに寝そべったシャガは、大麦入りビスケットをかじりながら、ぼんやりとテレビのニュースを見ている。

内閣官房長官の退屈な臨時会見。背広を着た男が「ウイルス及び細菌もしくは化学物質は検出されておりません」と、望と同じようなことを必死に繰り返す。「原因に関しましては目下《もっか》調査中でございます」

つづいて京都府知事の臨時会見。内容はさっきとまるで同じだ。そりゃそうだろうよ、とシャガは思う。いちばん偉い奴らがわかんないって言ってるんだから。

会見の中継から切り替わった画面を見ていたシャガは、ふいにビスケットをかじるのをやめる。リモコンで放送を英語の同時通訳に切り替えて、言い争う二人に呼びかける。「夫婦喧嘩もいいけど、ちょっとニュースを見なよ」

アメリカ合衆国　全州でSNS動画サービスを停止

表示されるテロップとともに、アナウンサーがこう伝えている。「――繰り返しお伝えします。ただ今入ったニュースです。アメリカ合衆国全州で、政府の要請によりSNS動画サービスのすべてが停止された模様です。停止の要請に至った理由はわかっていません。繰り返しお伝えします。アメリカ合衆国全州で――」

「やっぱり、望さんの警戒音《アラームコール》が正しいんじゃない？」シャガは二人の顔を交互に眺める。「京都暴動の音声付き動画をアップロードした馬鹿がいるんだよ。それを見る――っていうか、聞いた奴が暴徒になったってことでしょ？　少なくともアメリカは気づいたよ」

瞬時にケイティは、ホテルで見た深夜の中継を思い浮かべる。「でも、おかしいわ。暴徒になったら機械の操作なんてできないはずよ。錯乱するんだから」

「何も暴徒化しているあいだに、アップロードする必要はない」と望は言う。「機動隊を撮ろうとして録画ボタンを押す。そのあいだにアンクの警戒音《アラームコール》を聞く。そして暴徒化する。だがその全員が死ぬわけじゃない」

「ようするにさ」シャガがケイティに説明する。「暴徒から正気に戻って、あっちこっち怪我した状態で、そいつが自分の携帯だかタブレットだかを見て、何だか迫力ある動画を撮っているのに気づいて、それをよくたしかめもせずに、アップロードした奴が何人もいるってことだろ？　本当に間抜けだよな。たしかめたところで、今度は自分が暴徒になるわけだし。究極に迷惑な奴だよ」

「ケイティ」と望が言う。「このニュースをきみの携帯でも調べてくれ」

「今やってる——信じられない。本当よ。ＳＮＳのテキストや写真は見られるけど、動画はロックがかかってる。ミュージシャンのＭＶ《ミュージックビデオ》も再生できないわ」

「それ、アメリカだけ？」とシャガが訊く。

「そうみたい」ケイティが携帯を見つめたまま答える。

「早く日本も真似した方がいいよな」シャガがビスケットをかじる。「っていうか、地球全滅だな。すげえや」

つぎに現れたニュースに、ふたたび三人の目が釘付けになる。

鏡を覆い隠す人々　京都市で続出　全国にも広がる

京都市内の街並みが映り、鏡を黒い布で覆う人々の様子が伝えられる。〈報道〉の腕章をつけた府内の放送局の記者が、インタビューをして回る。商店街、個人宅、老人ホーム。どの場所でも「あなたはなぜ鏡を覆い隠すのか？」の質問に明瞭に答えられる人間はいない。

大阪、滋賀、名古屋、東京——京都以外の場所でも鏡を隠す人々が増えはじめている。彼らの多くは、インターネットでその行為を知り、犠牲者への〈追悼〉や身を守る〈おまじない〉という感覚で鏡を黒い布で覆っている。

画面はスタジオに戻り、アナウンサーにコメントを求められた心理学者が答える。

「今回のように、説明のつかない状況で多くの死者が出た場合、集団心理のなかで新しい儀礼が生まれることはあります。先ほど映ったみなさんは、本質的には、亡くなった方への追悼行為の一種として鏡を隠しているわけです。こうした儀礼には、心を落ち着かせる効果がありますので、一定の社会的理解は必要です。しかし、過度な思いこみは避けねばなりません。あくまでも儀礼としておこなうべきでしょうね」

レジカウンターに足を投げだしたシャガが、望を振り返る。「みんなのやってることって、そんなにでたらめじゃないよな？」

まるで古代か中世のような映像に、望は言葉を出せずにいる。人間の無意識に宿る力。彼らは自分たちも気づかないうちに、暴動の本質を見抜いている。

鏡を覆う布、また布。鏡はふたたび神秘の力をまとい、畏怖される玉座《ぎょくざ》へと還ってきたのだ。

◀２０２１年３月22日・月曜日
京都暴動発生まで五年
シンガポール・ベイフロントアベニュー
マリーナベイ・サンズでの対話（1）

中京区のスターバックスで望がダニエル・キュイとはじめて会ってから、十一日が経っている。

彼に手配されたファーストクラスのチケットで、望はシンガポール行き旅客機に搭乗する。七時間のフライト。機内では食事のサービスも断り、じっと目を閉じて考えてすごす。

――驚愕的な言語能力を持つカウンセリング用ＡＩ〈ルイ〉を開発した男。世界有数の企業家でもあり、資産家でもあるその人物からもちかけられた、新たな霊長類研究所の設立。

各国の科学者をヘッドハンティングして展開される研究プロジェクトの責任者に、

実績も名声もない、若い自分が指名される。『インターセクション』に発表した、たった一点の論文がきっかけで。

夢のなかの夢、むしろ、夢さえも超えたシンデレラ・ストーリーだ。それでも望は喜びに舞い上がりはしない。

科学とはこういうものだとわかっている。

人類が人類であることの基盤。科学は企業家や資産家を動かし、はては国家そのものを動かす。つまり歴史を動かす。科学は未知への地図を描き、新しい時代を作る。新しい時代を作ることとは、力を手に入れることだ。力こそ、すぐれた人間の欲しがるものだ。彼らは金に糸目をつけない。ダニエル・キュイのような男は。

京都で紙コップのコーヒーを飲みながらダニエル・キュイと交わした会話は、望にとってまだ腹の探り合いにすぎない。

重要なのは彼の立ち上げるプロジェクトの傘下で、どこまで自由な研究が許されるのかという点だ。仮に、自分に全体の権限が与えられたとしても、話はそう単純ではない。

自分の研究は、「ＡＩが本物の言語を持つ」というダニエル・キュイの究極の目標に向かって、役に立つものでなければならない。ちょっとしたヒントといった次元ではなく、とてつもなく魅力的な研究内容だと理解させなくては、彼は自分をたやすく切るだろう。

すでに魅力的だったからこそ自分に接触してきたのだ——この段階でそう考えることもできる。だから、プロジェクトはすでに動きだしているとも言える。新しい霊長類へのアプローチ。類人猿とコンピュータの架け橋。表向きはＡＩ事業から撤退した天才にとって、逆転の可能性を与えるような何か。

おれがプロジェクトの駒の一つであるかぎり、彼にとっておれはいつでも切ることのできる存在だ。おれ自身がプロジェクトにならなくては。おれはダニエル・キュイの想像を超えるプレゼンテーションをする必要がある。

望は閉じていた目を開き、半月形の機内の窓から成層圏を見上げる。新学期が訪れる前に、大学を去る手続きを済ませていた。


テーマパークのようにきらびやかなチャンギ国際空港のロビーで、望は自分のことを知っているような運転手を探す。ダニエル・キュイには「迎えの運転手を空港のロビーに寄こす」と言われている。

指導教授の退任式以来のスーツを着た望は、だらしなくゆるめたネクタイを揺らしながら、ロビーのあちこちに目を向ける。

驚いたことに、ダニエル・キュイ本人が迎えに来ている。サングラスをかけ、ネクタイなしのジャケット姿で、笑って右手を挙げている。

空港の利用客の数人が、ダニエル・キュイの姿に気づき、握手を求めてくる。それをきっかけに写真やサインをねだる人の輪が広がり、キャリーカートを引いてロビーを横断するフライトアテンダントも立ち止まって彼を見ている。プライベートジェットで移動するダニエル・キュイを、彼女たちが間近に見る機会はほとんどない。

どこからか黒服のボディーガードが現れ、ダニエル・キュイに手を伸ばす人の輪を遠ざける。

「まるで映画スターだな」望は苦笑を浮かべる。「京都で誰にも気づかれなかったのが不思議ですよ」

「あれはスターバックスを借り切っていたのさ」

「――なるほど、それはあり得るな――ダニエル、あなたはよくこうやって空港に人を迎えにくるのですか?」

「いや」ダニエル・キュイは首を振る。「ひさしぶりに自分の車を飛ばしてきたんだ。たまに運転しないと整備士に意見が言えないのでね」

空港のVIP専用エントランスに、ダニエル・キュイの車が停まっている。流線型の車体が銀色に輝き、望がドアノブに手をかけると、水平でなく垂直にドアは開く。

「この車は」と望は言う。「レース用ですか？」

「整備士が優秀だから、その気なら明日にでもレースに出られるだろうな。メルセデス・ベンツSLS－AMG、いい色だろう？〈銀の矢《シルバー・アロー》〉ってやつさ。ビンテージ車だからAI機能もないが、まあ乗れよ」


ベイフロントアベニューの超高層ホテル、マリーナベイ・サンズ。

SLS－AMGを降りた二人は、エレベーターで五十七階のレストランへと上がっていく。貸し切りの店内。二十席用のテーブルに椅子が二つ。そのテーブルのほとんどを、テーブルクロスの白さだけが占めている。

ダニエル・キュイのリクエストで、前菜はない。すぐに子羊のステーキが運ばれてくる。マテ茶のポット。水のグラス。赤ワイン。

BGMはヘルベルト・フォン・カラヤンがタクトを振る〈美しく青きドナウ〉を録

音したアナログレコードだ。曲が終わるたびに、ウエイターが針を溝に戻す。

　宇宙ステーションのような内装のレストランで、望はフォークとナイフを動かす。だがひと口も食べずにいる。

「――さっそく、京都で交わした会話をつづけるとしよう――」とダニエル・キュイが言う。「まず何よりも、自己鏡像認識。これが地球上では大型類人猿のチンパンジー、ボノボ、ゴリラ、オランウータン、そしてわれわれ人類にしか備わっていない。そうだったよな？」

「確実にという意味では、おっしゃるとおりです。イルカやゾウの報告件数はゼロにも等しい数ですから」

「その自己鏡像認識こそが、われわれの意識を進化させる。鏡を見る自分をさらに見る――このことによって、これは自分だ、これは自分ではない、という神経のフィードバックが起こる。これが脳を活性化させ、より内省的な意識を生み、抽象的なイメージを描くことを可能にする。イメージは共感を生み、ある対象を別の対象に置き換える比喩を生み、ついには言語を生みだすに至る」

「その意味で、人類とは、鏡から生まれたミラリング・エイプ《鏡像行為類人猿》である」と望は言う。

「そういうことです」

「率直に訊きたい」とダニエル・キュイは言う。「巨視的に見れば、われわれ人類と同じミラリング・エイプ族である大型類人猿が言語を持たず、われわれだけが言語を持つのは、なぜだと思うんだ？」

「――その前に――」と望が言う。「――話しておきたいことがあるのですが――」

ダニエル・キュイはナプキンで口元をぬぐい、望に向かって人差し指を曲げるジェスチャーをしてみせて、話をつづけるようにうながす。

「それは類人猿ではなく、われわれの話です。学問の定義上、われわれは現生《げんせい》人類と呼ばれます――」


――現生人類――進化の頂点――

ときに輝かしく、ときに悪夢に満ちたその玉座に、現生人類が座っている。ホモ・サピエンス。

「ホモ」という語は、ラテン語では「ヒト」を意味し、ギリシャ語では「同型」を意味する。

人類学の文脈において使われるものはラテン語。

セクシュアリティの文脈において使われるのはギリシャ語。

ラテン語の「ホモ＝ヒト」。

地球上にいるのは、現生人類ただ一種だ。ではなぜ、われわれは「ヒト」の一語ではなく、「ヒト（ホモ）・サピエンス」と名乗っているのか？

それは、われわれがその一種にすぎないからだ。

この地上に、われわれ以外のヒトがいた証拠が残っている。かつてわれわれと非常によく似た、それでいて完全に同じではない、鏡の分身のようなものたちが生きていたのだ。

直立二足歩行する。

道具を加工し、狩りに使用する。

われわれと似てはいるが、別タイプの化石が見つかっている以上、われわれだけがヒトを名乗るわけにはいかない。

あくまでも「現生している人類」なのだ。

有史以前の古代世界にはホモ・ナレディがいた。ホモ・ルドルフエンシスがいた。ホモ・ハビリスがいた。ホモ・エレクトゥスがいた。ホモ・ハイデルベルゲンシスがいた。ホモ・ネアンデルターレンシスがいた。

その彼らは、もうどこにもいない。完全に姿を消してしまい、われわれホモ・サピエンスだけがいる――

「なぜ、ほかのヒト族が、死滅したのか。その理由については、いまだに明らかになっていません。混血によってわずかなDNAがホモ・サピエンスのなかに残っていますが――ダニエル、このことを頭の片隅において、僕がこれからする話を聞いてください」

「いいだろう」

望は二つに切り分けた子羊のステーキを、フォークとナイフで皿の端と端まで遠ざけてみせる。「人類と大型類人猿のあいだには大きな隔たりがあります。この肉と肉の間隔のようにです。この両者を比較するとき、多くの場合、『人類だけにあり、大型類人猿にないものを探す』というアプローチがなされます。もっともなことです。われわれの方が進化しているのですから、能力《アビリティ》はわれわれの方がたくさんある、そう思うのは無理もない。ですが僕は逆に、『大型類人猿だけにあり、人類にないものを探す』ことが重要だと考えています」

「大型類人猿だけにあり人類にないもの？」ダニエル・キュイはテーブルに左右の肘

を突いて指を組み合わせる。「木登りの能力か？」

「いいえ。ＳｔＳａｔ反復です」

「――エスティーエスエーティー？――」

「ＤＮＡのなかで、サテライト配列と呼ばれているもので、四つの塩基がある特定のパターンを繰り返している部分です」

「プログラミングの再帰《リカージョン》のようなものか？」

「似ています。見た目はたんなる繰り返しですが、もしそこにマトリョーシカ人形めいた入れ子構造が秘められているのであれば、同じものです。プログラミングや、言語学の再帰《リカージョン》と」

「どういう働きを持つんだ？」

「わかりません」

「わからない？」

「はい。存在は知られていますが、これは非コードＤＮＡの一種で、何の役に立っているのか解明されていないのです。配列のパターンはこのようなものです。ＧＡＴＡＴＴＴＣＣＡＴＧＴＴＴＡＴＡＣＡＧＡＴＡＧＣＧＧＴＧＴＡＧＡＴＡＴＴＣＣＡＴＧＴＴＴＴＡＴＡＣＡＧＡＴＡＧＣＧＧＴＧＴＡ――ここからサテライト配列のワンセットを取りだして、塩基を四つずつ区切ってみると――」

ダニエルは望の話をさえぎって、ウエイターを呼びつけ、ボールペンを借りる。テーブルのナプキンを裏返し、そこに答えを書いてみせる。AI研究者にとって、この程度の反復パターンを見抜くのは造作もない。

GATA
TTTC
CATG
TTTA
TACA
GATA
GCGG
TGTA

「これでワンセットだ」ダニエルはボールペンをウエイターに返す。「A《アデニン》とT《チミン》とC《シトシン》とG《グアニン》が、合わせて三二個。これが延々と繰り返されるのか」

「そのとおりです」と望は答える。「ＳｔＳａｔ反復は大型類人猿のＤＮＡを構成する全遺伝子配列、すなわちゲノムのなかで、最大で〇・二パーセントを占めています。もっともこれは低い見積もりで、僕の見解では〇・二五パーセントです」

「それが大型類人猿だけにあり、人類にないものか」

「そこなのですが」と望は言う。「正確にはちがいます。オランウータンには『ない』のです。ＳｔＳａｔ反復が『ある』のは、大型類人猿のなかのチンパンジー、ボノボ、ゴリラ――この三種だけなのです」

ダニエル・キュイは沈黙し、しばらくその意味を考える。やがて言う。「ようするに、もっとも人類に近縁の三種にＳｔＳａｔ反復が『ある』。共通祖先の古代類人猿から、七〇〇〇万年前に分岐したチンパンジーとボノボ。九〇〇〇万年前に分岐したゴリラ。ここから一五〇〇〇万年前に分岐したオランウータンは脱落する」

「はい」

「その三種と、脱落したオランウータンでは、自己鏡像認識の能力に大きな差があるのか？」

「対象を鏡のみに限った研究は進んでいませんが――少なくとも人類との遺伝子配列の類似においては、オランウータンは三種に遠く及びません」

「となるとだ、きみは人類の〈知能の発達〉と自己鏡像認識を結びつけているわけだから――」

「より進化した大型類人猿三種だけに『ある』ＳｔＳａｔ反復が、鏡の理解と大きく関わっていると見なしています」望は静かにグラスの水を飲む。「――この考えを誰かに言ったことは――今日まで一度もありません」

「地球上で私が最初に聞いたのか」とダニエル・キュイは指を組み合わせたまま、天井を見つめている。「それは光栄だな。しかし望、きみはこの考えのはらむ大きな矛盾に、まさか気づいていないわけじゃないだろう？」

禅のように

大雨で流れてきたのは、〈私有地につき立入禁止〉の立て看板だ。折れてはいるが、空き地に刺さっていた角材もまだついている。

アンクは立て看板に手を伸ばすと、角材をつかんで持ち上げる。すると看板の部分が直角に折れ曲がり、ちょうどよく頭の上を覆ってくれる。

ブドンゴの森で大人のチンパンジーが同じことをやっていたのを、彼はしっかりと覚えている。大きな葉を選び、茎を折り、その茎をにぎって葉を頭上にかざして雨をしのいでいた姿を。

傘を差してアンクは夜道を歩いていく。仲間は一人もいない。

危機はいまだにつづいている。

望は腕時計で時間をたしかめようとして、少年に譲ったことを思いだす。

消音にして映しつづけているテレビに目を向ける。空撮の環境映像。〈京都暴動のニュースが入りしだいお伝えします〉のテロップ。

画面の時刻表示は午前一時をすぎたところだ。

ふいに環境映像が気象ニュースに切り替わる。日付が変わっている。十月二十七日。火曜日。〈京都府全域に大雨洪水警報〉のテロップが映しだされる。

暴動の恐怖に満ちた長い一日が終わり、ケイティとシャガは眠っている。コンクリートの床に座り、バックパックを抱きかかえ、アクアテラリウムの水槽に寄りかかっているケイティ。レジカウンターに転がって、テレビのちらつく光に照らされているシャガ。

望は眠れずにいる。ひどく疲れているが、どうしても目を閉じていられない。激しい雨音を聞きながら、一時間に一度、GPS受信機を起動させる。東北東三キロの位置にいるアンクをたしかめ、バッテリー節約のために電源を切る。

雨の日にチンパンジーは遠くへは移動しない、と望は考える。まして夜にはなおさらだ。捕獲の好機にも見えるが、夜はこちらにとっても悪条件になる。暗視スコープや強力なライトの装備がない。予定どおり朝まで待て。雨が上がってくれることを祈って。

午前二時。望はペットボトルのキャップを外し、コーラの香り《フレーバー》が移った水を飲む。通路に座って、眠っているケイティの顔を見つめ、彼女と口論した自分を恥じる。彼女は正しい。自分は京都府庁に乗りこんでチンパンジーの捕獲を訴えるべきだったかもしれない。

ふと、ダニエル・キュイの顔が浮かぶ。彼はKMWPセンターの惨事を知っているだろうか？　テレンス・ウェードが報告したかもしれないが、おれは何の連絡もしていない。しかし、今さら伝えて何になる？　事態はもう、ダニエルに助けを求める次元をはるかに超えている。

望はため息をつき、バックパックの上に置かれたケイティの携帯に目をとめる。

彼女には悪いが、と望は思う。これを借りてダニエルに連絡を取ることができる。直通番号にはかけたことがないので思いだせない——親の携帯番号を覚えている奴なんていないと言ったシャガの言葉が思い浮かぶ——が、ダニエルがCEOを務める会社の番号なら検索して調べられる。

眠っているケイティの親指で指紋認証を解除すると、着信履歴が現れ、登録されたダニエル・キュイの会社に、すでにケイティが何度も電話をかけていることがわかる。望にもKMWPセンターにも連絡がつかなかった彼女は、最高責任者とも言うべき出資者の企業から情報を得ようとしていたのだ。

肩をすくめて、望はケイティの寝顔を見る。そして携帯を持って外へ出ると、軒先で大粒の雨をしのぎながら、〈ムカク〉の本社に国際電話をかける。時差はマイナス一時間。向こうは真夜中の一時。

従業員がいなくても、AIが電話に出るだろう。

二度の呼びだし音。AIの女の声。

Thank you for calling. This is “Mukaku” head office.（お電話ありがとうございます。こちらは〈ムカク〉本社でございます）——

口を開きかけた望の目に、路上に停めたメルセデス・ベンツSLS－AMGの姿が映りこむ。銀色の車体が雨に打たれている。

五年前、チャンギ国際空港に迎えに現れたダニエルの顔を思いだし、結果として自分が彼の期待を、信頼を、未来を裏切ったことについて考える。

望は何も言わず、じっと前を見つめている。

ダニエルに報告したところで、彼の立場を危うくするばかりだ。事態の収束後には、通信記録も残らず調べ上げられるだろう。

望はひと言も発さずに通話を切る。


望はケイティの背後の水槽を見つめる。

白い砂のなかにいくつかの丸石が配置され、龍安寺《りょうあんじ》の石庭のような整然とした小宇宙のなかで、水草が揺らいでいる。岩の陸地には苔《こけ》。紫外線ライトに照らされて水はほのかに青い。

禅の瞑想でもしているように、気分が落ち着いて、望は記憶と思考の深みへと降りていく。集中力が増し、身じろぎもせずにひたすら水槽を見つめつづける。

水――

水のなか――

水に落ちた、チンパンジーの姿――

ふいに湧き上がってくる光景。そこに見えているのはアンクではない。リクターだ。

リクター。

〈オメガ棟〉のプールで浮かんでいた――

彼の濡れた毛――死体――溺死――

望の頭のなかで、京都暴動の信じがたい真実が姿を現しはじめる。

その場で呆然としていた望は、ゆっくりと立ち上がると、物音を立てないようにケイティのバックパックを探り、シールレコーダーを取りだす。彼女にインタビューされたのはたった四日前だ。何年も昔のできごとに思える。

路上に停めたSLS-AMGのなかで、望は録音しつづける。ケイティ・メレンデスにすべてを託すつもりでいる。

大学研究員時代に『インターセクション』に発表した論文の内容。

京都やシンガポールでダニエル・キュイと交わしたあらゆる会話。

KMWPセンターの真の目的。

暴動の原因について語りはじめると、途中で何度も録音を停め、時間をかけて先へ進む。ケイティが抱くと予想される誤解に関しても、彼女が検証に余計な労力を割かなくて済むように、事実にもとづいて弁明をする。

最後に謝罪の言葉を口にしたとき、雲に覆われた暗い空に夜明けが近づいている。

◀２０２１年３月22日・月曜日
京都暴動発生まで五年
シンガポール・ベイフロントアベニュー
マリーナベイ・サンズでの対話（２）

「しかし望、きみはこの考えのはらむ大きな矛盾に、まさか気づいていないわけじゃないだろう？」

マリーナベイ・サンズの高層階レストランを借り切っておこなわれる望とダニエル・キュイの対話は、重大な局面に突入しようとしている。

「もちろんです」二十席のうち、二人しか椅子に掛けていないテーブルで望はうなずく。「——自己鏡像認識——鏡に映る像を高度なレベルで理解する能力に、非コードＤＮＡ領域であるＳｔＳａｔ反復——三二個の塩基配列の繰り返し——が関わっていると考えるには、その証明以前に無理があります」

――ＳｔＳａｔ反復は、鏡を理解する四種の大型類人猿のうち――

オランウータンには『ない』。

オランウータンより進化したゴリラには『ある』。

ゴリラより進化したチンパンジーとボノボにも『ある』。

ここまではいい。

問題は、ここからだ。

人類には『ない』。

ＳｔＳａｔ反復があるのは、あくまで大型類人猿のうち三種だ。

地球上の全生物で最高――もはや究極とも呼べる高度な――の自己鏡像認識の能力を持つ人類のゲノムには、非コードＤＮＡはあっても、ＳｔＳａｔ反復は見つからない――


「これではオランウータンと同じではないか？　ダニエル、あなたがおっしゃりたい『大きな矛盾』とはこのことですね」と望は言う。「では、ＳｔＳａｔ反復は、自己鏡像認識に何ら関わりのないものなのでしょうか？――僕はそうは思いません」

「なぜだ？」ダニエル・キュイは不敵な笑みを浮かべる。

「自然は無意味なデッサンを残さないからです。すべてに意味があり、もしそれらが無意味に見えるのであれば、単純にわれわれの側に見落とし《オーバーサイト》があるということです」

「何を見落としたんだ？」

「関連付け《リンク》です。鏡と言葉の、ＳｔＳａｔ反復と鏡の、言葉とＳｔＳａｔ反復の――」

「どういうことだね？」

「ＳｔＳａｔ反復についての議論でよく知られているものに、つぎのような考え方があります。同じ『ない』でも、はじめから『ない』のと、あったものが『ない』のは、まったくちがう事象だということです」

「在と不在の問題だな。リンゴはテーブルに最初からなかったのか、それともあったのに誰かが盗んでなくなったのか、というやつだ」

「はい。ですから、こういう話になります。人類のゲノムにＳｔＳａｔ反復がないのは、『ない』のではなくて『消えた』と見るのが妥当なのだ、と」

「消えたのか？」

「はい。多くの科学者もそう見ています。人類とチンパンジーが分岐したおよそ七〇〇万年前、そこをスタート地点として、ＳｔＳａｔ反復は進化の途上のどこかで消えたのです」

「ふむ」ダニエル・キュイはキーボードを打つように宙で指を動かす。「では、きみは、たとえば大型類人猿を超えた種——猿人《アウストラロピテクス》にもＳｔＳａｔ反復があったと考えるのか？」

「はい。さらに言えば、そこから進化した古人類にもです。しかし絶滅しているため、調査手段はありません」

「その考え方はわかったよ。それで、何が言いたい？」

「チンパンジーの全遺伝子配列——ゲノムのなかで、ＳｔＳａｔ反復が占める割合は、通説で〇・二パーセント。先ほども言いましたが、これは低い見積もりで、僕の研究ではわずかに増え、〇・二五パーセントを占めます。たった〇・二五パーセントかと思われるかもしれませんが——」

「何だ？」

「ゲノム全体を、地球の全陸地に見立てるとします。その場合、〇・二五パーセントとは、全陸地のどれだけの面積を占めると思いますか？」

「〇・二五、少なくともシンガポールの国土よりは広いだろうな」

「日本列島です」と望は言う。「日本の面積が、地球の全陸地のちょうど〇・二五パーセントなのです。僕は別に、祖国愛にかぶれた神秘主義者ではありません。たまたま適合した地質学的な比喩として言っているまでです」

ダニエル・キュイがはじめてテーブルに身を乗りだす。「話をつづけろ」

「日本列島のサイズはたんなる無人島ではなく、そこに凝縮される情報量も決して微量なものではありません。それだけの情報量――〇・二五パーセントの陸地としての非コードＤＮＡが残らず『消えた』ならば、それは尋常ではない地殻変動が起きたことを示します。そしてなぜ、どのように、消えたのか、誰にもわかっていません」

「何が起きたんだ？　きみの考えを聞こうじゃないか」

「僕の考えでは、ＳｔＳａｔ反復は一夜にして『消えた』わけではありません」

鏡の獲得を最初に成し遂げた種は、オランウータンだ。

東南アジアの熱帯に生息するその大型類人猿の名は、マレー語で〈森の人〉を意味する。日本の京都には猩々町という古くからの地名があるが、〈猩々〉とは広く類人猿を意味するとともに、オランウータン単体を指す漢名でもあった。

本来なら、この猩々――オランウータンこそが、進化の終局のはずだった。テナガザル族よりも進んだ類人猿が、水や鉱物といった原始の鏡を前にして身振りの観察を積み重ね、気の遠くなるような数百万年の歳月のなかで、「映っているのは自分だ」という自己鏡像認識を得る。

進化の物語は、そんな彼らが終えるべきだった。緑豊かな静けさのなかで平和に暮らす〈森の人〉――

オランウータン以上の進化は、まったく次元の異なる話だ。


「なるほど」ダニエル・キュイの目に熱を帯びた光が輝く。「何となく読めてきたぞ」

「類人猿の世界に、ＳｔＳａｔ反復が必要となるアクシデントが起きたのです」と望は言う。「それは、異常なまでの自己鏡像認識の発展です。鏡の増幅と言ってもいいでしょう。――**映っているのは自分であり自分ではない。自分ではないが自分であり、だが自分ではないが自分であり**――この増幅。この神経のフィードバック・ループ。行きすぎた鏡との戯《たわむ》れが、鏡像行為自体を推し進め、また制御する機能を生んだのです。それが類人猿の非コードＤＮＡの一種、ＳｔＳａｔ反復です。ＧＡＴＡ――あの繰り返しは、生命のなかにはじめて宿った鏡なのです。

大型類人猿三種。猿人《アウストラロピテクス》。そして古代ヒト族。自己鏡像認識の力が上がっていくにしたがって、ゲノムのなかでＳｔＳａｔ反復の占める割合も増えていきます。それは鏡の前で経験する、あの無限のフィードバックと密接につながっています。三二個でワンセットのＳｔＳａｔ反復は、鏡を見ることを加速させるアクセルでもあり、制御するブレーキでもある。〇・二五パーセントから〇・三パーセントへ。そして〇・四。〇・五。〇・六。〇・七。〇・八。〇・九――

鏡の理解とＳｔＳａｔ反復のもつれ合いが、絶えまなく神経を刺激し、脳に変化を及ぼします。感覚が抽象空間に拡張していきます。

閾値《いきち》という用語をご存知でしょう？　何かの現象を起こすために必要な、最小エネルギー値のことです。類人猿から古代ヒト族に受け継がれたＳｔＳａｔ反復は増大をつづけ、ある閾値にたどりついたとき――」

――その配列は残らず消えた――

人類代表

豪雨の一夜が明けて、新たな日の出の時刻がやってくる。

午前六時。雨こそ上がっているが、太陽は見えない。厚い雲の彼方でときおり雷が鳴っている。

車を降りた望が店のなかに戻ったとき、ケイティとシャガはまだ眠っている。望はGPS受信機を起動させる。バッテリー節約を考慮して電源のオン・オフを繰り返すのもこれが最後だ、と思いながら。

✺KMWP／CHIMP／Ω004
▼北緯35・023182
▼東経135・795986

予想どおり、チンパンジーは雨の夜にはほとんど移動していない。

現在地より直線距離で約二・四キロ。

表示された地図上の〈哲学の道〉を歩いている。

GPS受信機の電源を切らずにジーンズのポケットに押しこむと、望はアディダスのジャージのファスナーを開け、Tシャツの裾《すそ》をめくり、ウエストに挟んだ黒い鉄の塊を取りだす。

京都御苑でのトリアージで〈ブラック〉判定を下した皇宮警察官の拳銃――スミス&ウエッソンM37エアーウェイト。

ウガンダ共和国の首都カンパラで、アンソニー・セカンワジに連れられて射撃場を訪れたとき、回転式拳銃《リボルバー》の基本構造は頭に入れている。あのとき撃った銃は、今手にしているものよりもはるかに大口径だったが。

拳銃をウエストに戻し、寝ているシャガの肩を軽く揺さぶる。少年が目を覚ますあいだ、消音にしたテレビを見る。

京都市全域　大雨警報解除　引きつづき河川の増水には注意してください

シャガが体を起こし、大きな伸びをする。「おれ、何か手伝う約束したんだよな？何をやるか聞いてないけど、どうせチンパンジーを捕まえるんだろ？」

すでにエンジンをかけて暖めていたSLS－AMGに乗りこむと、シャガが気の毒そうに言う。「ケイティも連れていってやればいいのに」

「彼女には彼女の仕事があるさ。それにこの車は二人乗りだ」

「おれがまた屋根に乗るよ」

「それじゃスピードが出せない」

「結局、警戒音《アラームコール》に耐えられるおれたち二人で、チンパンジーを捕まえる――か。二人ってのがやばくていいよな」

「どういう意味だ」

「だって、どっちか死ぬんだろ?」

望は十六歳の少年をだまって見つめる。やがて口を開いてこう言う。「礼を言う暇はないから、ここで言っておく。ありがとう。きみが手伝ってくれなければ――」

「高い時計もらったし、お礼はいいよ。それに、まだ何もやってないしさ。――あれ?」シャガは急に首をかしげる。「もしかしておれ、みんなのヒーローみたいなポジション?」

「ああ」望は険しい表情でうなずく。「人類代表だ」

アンクの信号を追跡しながら、SLS-AMGはゴーストタウンと化した街を駆ける。

下鴨を東へ抜け、左京区の白川通《しらかわどおり》を南に下る。

　GPS受信機に映る地図を、シャガはしばらくのぞきこんでいる。だが、すぐにどこを走っているのかわからなくなってしまう。少年にとって確実なのは〈前〉と〈後ろ〉だけだ。その〈前〉と〈後ろ〉が、路地を移動する車によってめまぐるしく〈方角〉を変え、北になったり西になったり、南や東にも変わったりする感覚が、どうしてもつかめない。ゲルストマン症候群――左右障害の少年にとって〈方角〉とは知らない国の言葉にも等しい。

　明かりが消えている天王町《てんのうちょう》の交差点信号を通過したところで、望は突然にハンドルを切り、シャガが驚いて声を上げる。

　SLS－AMGは細い路地へ入り、その場を動かない。

　望は無言でバックミラーを見つめている。

　オリーブドラブ一色で塗装された大型車両が、さっきまで走っていた道路に現れ、何台も通過していく。

　府警機動隊の惨事を考えれば、陸上自衛隊の出動は、望にも当然の展開だと思える。だが彼らはどこに向かっているのか。

＊KMWP／CHIMP／Ω004

▼北緯35・003784
▼東経135・781089

地図上の南禅寺《なんぜんじ》の付近、アンクの信号が放たれている座標の方向へ、軽装甲機動車の列が曲がっていく。偶然なのか。

「今の自衛隊だろ？」とシャガは言う。「だったら、任せりゃいいんじゃない？　まあ、チンパンジーを追っかけてるならの話だけど」

望はGPS受信機を凝視する。アンクの移動が速くなり、その動きがジグザグの線を描く。

――すでに陸自《りくじ》に追われているのか？――

望はアンクの信号に直進せず、目立たないように狭い路地を選び、一定の距離を保つ。陸自に発見されないためと、警戒音《アラームコール》を聞かないための工夫だ。三十分ほどそうやって進むと、二人の乗ったSLS-AMGは、円山《まるやま》公園の東側に到達する。

✺KMWP／CHIMP／Ω004
▼北緯35・004006

▼東経135・780947

広い公園の木々の向こうに、オリーブドラブの車両が停まっている。軽装甲機動車。

やはり偶然ではない。望は確信する。アンクを追っているのは彼らなのだ。だが、どうやって位置を――

「GPS」と望はつぶやく。「単純だ。おれたちと同じなんだ」

陸自がアンクを追跡するまでの経緯を、望は思い描く。

――市あるいは府、あるいは国の対策本部が、暴動発生地域の防犯カメラに映るチンパンジーに気づく。

チンパンジーと暴動の関連についてようやく疑いが持たれ、京都府が府内の飼養施設を調査してKMWPセンターの事故へとたどりつく。

そこまで来れば、データベースにアクセスして、アンクの発する信号の周波数を特定できる――

これが望にとって、もっとも現実味のあるシナリオだった。

二十六日の午前中に農政課にかけた自分の電話が、陸自の出動に結びついたとは思ってもみなかった。

しかし彼らが現れた背景がどうであれ、思いがけない援軍の登場に望が勇気づけられることはない。重苦しい沈黙の意味を助手席の少年も察知している。

陸上自衛隊——彼らは警戒音《アラームコール》の存在までを見抜いたのかどうか？

車高の低いSLS-AMGが大きな石を避けながら慎重に円山公園を進んでいく。

「公園のどこかに自衛隊員の姿が見えるか」

「見えないよ」

「探すんだ。普通に歩いていれば、まだ警戒音《アラームコール》を耳にしてはいない」

「勘弁してくれよな」

フロントガラスが雪景色のように真っ白に染まったとき、二人は衝撃の大きさに、上から石が落ちてきたように感じる。

それは落石ではなく、鍛え上げた自衛隊員の手が投げつけた石だ。血まみれの迷彩服を着た屈強な男が、銀色のボンネットに跳び乗ってくる。

クリーバー

自衛隊員がボンネットに乗った瞬間、望はＳＬＳ－ＡＭＧのアクセルを踏みこむ。

「八分二〇秒待てば、暴徒は理性を取り戻す」――そんな悠長なことを言っている余裕はない。暴徒化した自衛隊員の腕が、窓枠に残ったフロントガラスを砕いて、まっすぐに伸びてくる。狭い車内に逃げ場はなかった。

ＳＬＳ－ＡＭＧは円山公園を疾走し、激しく左右にドリフトする。自衛隊員は歯をむきだして、ボンネットに懸命にしがみついている。ついに振り落とされると、砂利道に全身を叩きつけられて跳ね上がり、何メートルも転がっていく。

「あいつまた来るよ」膝に降り積もったガラスの雪を払いながらシャガが言う。

「わかってる」と望は答える。

望の狙いは、相手を単純に振り落とすことではない。公園にいる別の暴徒に発見させて同士討ちさせるのが目的だ。すでにアンクが警戒音を発しているのであれば、どこかに暴徒がいるはずだった。

ボンネットから振り落とされて内臓を損傷した自衛隊員は、だらしなく開けた口から血を吐き、二人の想定どおりに立ち上がる。すぐには襲ってこない。周囲を見回している。

望の顔に疑念の色が浮かぶ。

何だ？　おれたちを見失ったはずはない。車は目と鼻の先だ。

自衛隊員は石を拾って見つめ、放り捨てる。そしてまた別の石を探しだす。

――石――？――

フロントガラスを一撃で粉砕した、長さ一五センチほどの石。ダッシュボードの上に転がっているその石を、望はすばやく手に取って眺める。

この形状、と望は思う。どこかで見た覚えがある。

進化人類学者のホルガー・バッハシュタインに、実物を見せてもらったことがある。

雫形《しずくがた》をして、表面こそ切り立った岩肌のように粗いが、先端と側面は研いである。

片手にすっぽりと収まる握斧《あくふ》。ホルガーはそれを〈クリーバー〉だと言った。古人類ホモ・エレクトゥスが二〇万年前に使っていたものだ、と。

自衛隊員がフロントガラスを割るのに用いた石は、古代のクリーバーにそっくりだ。

これは——石器なのか——？——

そうだとしても、暴徒化した直後に研いだものとは考えにくい。つまり、似たような石を選んで拾ったのだ。古代の記憶に残っているような——

望とシャガは、林を歩いて向かってくる別の影に気づく。

迷彩服を着ているが、自分たちを救出に来た自衛隊員でないのは明らかだ。自衛隊員であれば、枝をへし折った〈棍棒〉など持っていない。

前かがみになり、脱力した両腕をぶらつかせている直立二足歩行。道具の材質や形状までに思いが及ばない知能。ヒト族の祖先、猿人《アウストラロピテクス》——

車のなかで空は見えないにもかかわらず、望は思わず天を仰ぐ。アンクの警戒音《アラームコール》のメカニズムについては、ある程度謎を解いてケイティ宛の録音に残したつもりでいた。

それでもなお、謎と驚異は残っていたのだ。アンクの警戒音《アラームコール》によって、現生人類は進化の過程のフィードバック・ループのなかに投げこまれている。類人猿から、絶滅したヒト族の記憶に至るまで。

最初に襲ってきた自衛隊員の脳は、少なくとも二〇万年前の領域に戻っている。

林をこちらへ向かってくる自衛隊員の脳は、少なくとも三〇〇万年前の領域をうろついている。

原人《ホモ・エレクトウス》と猿人《アウストラロピテクス》。

「望さん、どうすんだよ」

シャガの叫びで、望はわれに返る。

暴徒を同士討ちさせるつもりでいたが、同種間の法則を考えれば、原人《ホモ・エレクトウス》と猿人《アウストラロピテクス》が戦う保証はない。クリーバーに似た石を見つけた原人《ホモ・エレクトウス》が突っこんでくる。陸自の迷彩を身にまとった暴徒。

望はGPS受信機を見る。アンクの位置は数十メートル圏内だ。ここで逃げればまた遠ざかってしまう。

「残念だが、彼を轢き殺す」望はシャガにそう告げる。「ヒトが死ぬのを見たくなかったら、目を閉じていろ」

アクセルを踏み抜き、エンジンはうなりを上げる。だがSLS－AMGは一センチも動かない。ギアがニュートラルなのかと思いたしかめるが、きちんと入っている。

ふいに二人の体が前のめりになり、宙に浮いたような錯覚を覚える。それは必ずしも錯覚ではなかった。バックミラーを見る望の目に、新たな自衛隊員が映る。巨漢。アンソニー・セカンワジと同じような二メートル以上の長身。脱げかけのヘルメットが、首にかかったストラップで後頭部にぶら下がっている。その男の両腕が車体を持ち上げている。後輪駆動のタイヤが空回りしている。

雄叫びがこだました。

「降りろ、シャガ」と望は叫ぶ。「車ごとひっくり返されるぞ」

ガルウィング・ドアから二人が飛びだすと、ＳＬＳ－ＡＭＧは大きな音を立てて逆さまに転がり、開いたドアは車重を支えきれず折れた翼のようにねじ曲がる。土煙が立ちのぼるなかでクリーバーを手にした原人《ホモ・エレクトウス》は戸惑っている。急に車が横転したことに驚いている様子だ。その背後から、林を抜けてきた猿人《アウストラロピテクス》が襲いかかる。

地面に転がった望の目に、暴徒の対決が飛びこむ。生息した年代の異なるもの同士がなぜ戦うのか？　人間とチンパンジーはたがいを完全に無視するのだ。何がちがうのか？　やがて望の目が驚愕に見開かれる。

直立二足歩行だ。猿人《アウストラロピテクス》も、原人《ホモ・エレクトウス》も、類人猿のナックルウォークでは歩かない。どちらも「二本足で立って歩く存在は、地上で自分たちしかいない」と認識していたのだ。だから鏡像行為《ミラリング》のメカニズムが働く。とてつもない殺意が脳に満ちあふれ——

望は背後を振り返る。巨漢の自衛隊員が追ってくる。その手に武器はない。男の脳が原人《ホモ・エレクトウス》なのか、旧人《ネアンデルタール》なのかはわからない。暴徒であるのは確実だ。

ジーンズのウエストに挟んだ拳銃を取りだして撃つ。最初の一発は撃鉄を起こしたシングル・アクションで頭部を狙い、二発目と三発目はダブル・アクションで、立てつづけに首に撃ちこむ。

◀２０２１年３月22日・月曜日
京都暴動発生まで五年
シンガポール・ベイフロントアベニュー
マリーナベイ・サンズでの対話（３）

「類人猿――猿人《アウストラロピテクス》――古人類、この順序でＳｔＳａｔ反復が増幅して、閾値に達したと仮定して、それがなぜ『消えた』んだ？」ダニエル・キュイの目は異様な光を湛《たた》えている。

「より正確に言えば、『状態が変わった』のです」と望は答える。「ＳｔＳａｔ反復の閾値そのものが『特異点』となって、それまで『収縮』していた状態から『膨張』して、まったく別の状態へと移ったのです」

「――きみはジョークを言っているのか？」ダニエル・キュイの声が大きくなる。

「まさか、きみは――」

「お察しのとおりです」望は表情を変えない。「僕も最初は、自分の考えはジョークでしかないと思いました。しかし、これ以外に考えられないのです。ある閾値が『特異点』となり、爆発的に『膨張』する。この宇宙は類人猿のゲノムにおいて二度目のビッグバンを起こしているのですよ」

「――二度目のビッグバン――」

「宇宙誕生のときに生まれた力は、四つでした。すなわち『重力』、『電磁力』、『強い核力』、『弱い核力』です。じっさいにこの四つの力のみによって宇宙は成り立っています。これをファースト・ビッグバンとしましょう。では、類人猿の脳で起きたセカンド・ビッグバンでは何が生まれたのか？　使われた材料はＤＮＡの四つの塩基です。Ａ《アデニン》、Ｔ《チミン》、Ｃ《シトシン》、Ｇ《グアニン》。これが鏡の理解の高まりにともなって、ＳｔＳａｔ反復として増大し、あるとき爆発を起こしたのです。そこで生まれたのが、われわれが意識と呼んでいるものです。もちろん、思考、心、精神などと呼んでもらっても結構です」

「ある特定の遺伝子配列が言語の起源だと言うのか――？――」

「はい。これ以外に考えられません」望は燃え上がるようなダニエル・キュイの視線を受け止める。「創世記には、ノアの洪水後、〈バベルの塔〉を築こうとした人間が神の怒りに触れるまで、地上の言語はたった一つだった――という物語があります。これに則《のっと》って言えば、『バベル以前の言語』というものは、ダニエル、あなたがさっきナプキンに書いた文字——四つの塩基でできた、あのたった三二個のプログラムだったのですよ——」

GATA
TTTC
CATG
TTTA
TACA
GATA
GCGG
TGTA

ナプキンの文字に目を落としたダニエル・キュイの思考が、すさまじい速度で情報処理をおこなっている。

ヘルベルト・フォン・カラヤン指揮の〈美しく青きドナウ〉が流れ、二人は口を閉ざし、皿の上の料理はとっくに忘れ去られている。

やがてダニエル・キュイが言う。「きみの話によれば、鏡の生んだＳｔＳａｔ反復の増大が何らかの特異点になり、爆発し、あたかも相転移を起こしたように物質ではなくなり、意識となる。これが言語の起源だということになる」

「はい」と望は答える。

「宇宙のファースト・ビッグバンで生まれてきた力は四つ――根源的な四つだ。そうなると、類人猿のゲノムで起きたセカンド・ビッグバンで誕生した力もまた、四つである姿が美しい。何もわれわれが美を求めなくとも、物質だったＡ《アデニン》、Ｔ《チミン》、Ｃ《シトシン》、Ｇ《グアニン》、この四つの塩基が意識という非物質に変容したものが、きみは言語の起源だというのだから、これが四つであることに不自然さはないだろう。原初の四つの言語。それはどんなものだったと考えている？」

「前、後、左、右です」望は即答する。「すべてのはじまりは、主語ではありません。原初の言語は、鏡に向かってその四つを区別するための音声であり、概念であったでしょう。僕の仮説では、ＳｔＳａｔ反復における塩基において、Ａ《アデニン》－前、Ｔ《チミン》－後、Ｃ《シトシン》－左、Ｇ《グアニン》－右です。かつてＡＴだったもの、すなわち前後は、のちに**わたし**という言語に生まれ変わります。ここでようやくヒト族は、類人猿の時代に鏡の前で経験していたフィードバック・ループ――映っているのは自分だ、自分でない――の無限循環を、はじめて言語として表現できる力を獲得します。同時にこのとき、かつてCGだったもの、すなわち左右が、**あなた**という言葉を生みだします。これらは視線の交錯にもとづき、主観―客観という概念を構築して、文明へと突き進んでいきます」

あっけに取られるダニエル・キュイ。

〈美しく青きドナウ〉が沈黙のなかで繰り返し流れている。

望はウエイターを呼び、ひと口も食べなかった食後のコーヒーを注文する。ウエイターはダニエル・キュイにもオーダーを訊くが、返ってくるのは沈黙ばかりだ。

「ダニエル」運ばれてきたコーヒーを飲みながら、望は静けさを破る。「あなたはAIの研究に行き詰まり、霊長類研究への投資を思いついた。今までのあなたが直面してきた問題は、『AIは本物の言語を持たない』ということです。どれほど人間に似せても、あるいは処理能力で人間を超えたとしても、AIの言語はサーカスの芸でしかない。

一方で僕には、人類進化の謎をチンパンジーとStSat反復の関わりから解明したい、という目的があります。そこで提案なのですが――いわいわれわれの新たなプロジェクトの照準をStSat反復に定めるのです。これが究極目標です。

究極目標のために、世界中から研究者をヘッドハンティングし、彼らの考案する独創的な認知トレーニングによって、より知能の高いチンパンジーを育てます。パズル、迷路、音声認知、いろいろな方法が出てくるでしょう。

こうして与えられた課題を、標準以上のレベルでクリアし、よりすぐれた個体を選抜して、自己鏡像認識を増大させるトレーニングを課します。たとえば、鏡の間に仮面をつけて送りこむような――ただしこれは秘密のうちにおこなわなくてはなりません。なぜならＳｔＳａｔ反復は誰でも知っているサテライト配列であり、鏡のトレーニングにしても、どの研究施設にでもたやすく真似ができるからです。

このような秘密の研究のうちに、ＳｔＳａｔ反復の増大が見られるような個体が見つかれば、僕の仮説は正しいことになります。

むろん、類人猿はコンピュータではありません。ですが、人工的な手法によって、自己鏡像認識の力を引き上げた飼育チンパンジーもまた、人工知能《アーティフィシャル・インテリジェンス》にちがいありません。彼らのゲノムでＳｔＳａｔ反復の占める割合が増えつづけ、万が一にもある日『消えた』りすれば、彼らが本物の言語を持つ確率はいっきに上昇します。ダニエル――そのチンパンジーこそが、あなたの望んだＡＩなのではないでしょうか？　ＡＩの答えを未来ではなく、過去から連れてくるのです。それもとてつもない遠い過去から――」

ダニエル・キュイは、マリーナベイ・サンズの高層階のレストランから、自分の会社に連絡する。そして資金を動かす準備に入るようにと伝える。一〇億ドル。日本円に換算して一〇〇〇億円をはるかに超える金額だ。

作戦開始

三発の銃弾を受けても、暴徒化した自衛隊員は倒れない。

頭部の狙いこそ外れたが、首筋からおびただしい量の血が噴きだしている。

肉体を鍛えた人間であるほど、アンクの警戒音《アラームコール》によって強力な暴徒になる。まして国防のための戦闘要員は、大型の獣だ。防衛側《ディフェンス》が攻撃側《オフェンス》となって望に襲いかかる。恐るべき鏡映反転の闇。

四発目の銃弾で指を吹き飛ばされながら、巨漢の自衛隊員は太い前腕を振り回す。頭を横殴りにされた望の意識が一瞬遠のきかけて、それでも倒れずに、レスリングの胴タックルのような姿勢で、相手の腰にしがみつく。地面に倒れれば頭を踏みつぶされる。望の背中に鉄槌が振り下ろされる。コンクリートブロックを上から落とされるような衝撃で、望は息ができず、声も出せない。

あいつなら気づく。気づいてくれ。

自分の背骨が砕けたのではと思ったとき、攻撃が止む。拳を振り上げた自衛隊員が後ろへ倒れていく。望はすぐに腰から手を放して、倒れた相手を見下ろす。

自衛隊員の側頭部が陥没し、筋膜と骨、そしてつぶれた脳の一部が見えている。

車に残っていた石——クリーバー——を自衛隊員の頭に叩きつけたシャガが、望に駆け寄って無事をたしかめる。

「だいじょうぶだ」望は咳きこみながら、血まみれのクリーバーを拾う。「予定とはかなりちがったが、ここから作戦開始だ」

シャガが打ち倒した暴徒とは別に、相討ちになった猿人《アウストラロピテクス》と原人《ホモ・エレクトゥス》の死体が転がっている。死んでしまえば三人とも迷彩服を着た自衛隊員にすぎない。

背中の激痛をこらえて望は立ち上がり、少しでも高い場所を求めて、逆さにひっくり返されたSLS‐AMGの上に立つ。口元に丸めた掌を添えて、円山公園の緑に向かって、力の限り叫ぶ。

——フゥホォ、フゥホォ、フゥウウ——ホワァァアッ——

見知らぬ土地。

暴徒化する人間。

アフリカからはるか遠くに離れ、KMWPセンターの仲間たちとも別れて、孤独と恐怖にさいなまれているアンクは、長距離音声《パントフート》に必ず反応するはずだ。

頼む。姿を見せてくれ。

ブドンゴの本物のジャングルや、温室ドームの人工のジャングルでやったのと同じように、望はチンパンジーの作法で呼びつづける。

暴徒化した自衛隊員が自分に向かってくる姿を目にしても動かない。

新たな暴徒との距離は一〇メートルもなかった。

シャガの示す方向にアンクがいた。

首に巻いた金属製のコルセットは泥まみれで、黒い体毛と見分けがつかないほど汚れている。左腕が垂れているのは、傷を負ったせいだろうか。あの様子ではうまく樹上に登れない。だから、平地を逃げ回るのだ。

暴徒の頭を望はクリーバーで殴る。そして少年に向かって叫ぶ。「行け」

シャガは試合前の計量に臨《のぞ》むボクサーのように、Tシャツを脱ぎ捨て、ジーンズのポケットからロレックスの〈エクスプローラー〉を取りだして地面に放る。少しでも身軽な方がいい。

アンクを追って半裸の少年が走りだす。

競走劇

円山公園の外へ。

参拝客が一人もいない八坂《やさか》神社。警察官が一人もいない祇園《ぎおん》交番。観光客の一人もいない四条通の商店街。

無人の京都をチンパンジーと少年が駆けていく。

シャガは水たまりでスリップしてバランスを崩しても、踏ん張ってこらえようとせず、その勢いをつぎの動作につなげて進む。まるでダンスを踊っているようだ。

アンクが歩道柵を跳び越えると、シャガもパルクールの〈トゥーハンド・ヴォルト〉のテクニックで歩道柵を跳び越える。陸上競技のハードルのように足だけで跳ぶのではなく、ガードレールに手を突いて確実に跳ぶ。体操の跳び箱と異なり、突いた両手の外側から足を投げだすのではなく、肩幅よりも開いて突いた両手の内側から足を抜く。

Tシャツを脱ぎ捨てた少年の上半身の筋肉が躍動し、踏みつけた水たまりから飛沫が舞い上がる。彼方の黒い雲のなかで音のない稲妻がきらめく。

類人猿と人類。街は彼らだけのものだ。障害をものともせず、ときおり宙で身を翻《ひるがえ》しながら四条通を疾走する。

懸命にシャガとアンクを追いかける望の視線の先で、ほとんど夢のような光景が繰り広げられている。どんなオリンピック競技も及ばないような空前絶後の競走劇。

八《や》ツ橋《はし》専門店の屋根に左腕の痛みをこらえてアンクがよじ登り、シャガは〈ウォール・ラン〉で駆け上がって追う。アンクが隣の店舗の屋根に跳び移ると、シャガも〈プレシジョン〉で跳び移る。両腕を前に振った勢いで跳び、空中で後ろに振る反動で距離を伸ばす。着地の瞬間、前へ倒れるのを防ぐためにふたたび両腕を前に振る。一瞬の跳躍のあいだに、計三度腕を振るテクニックだ。

シャガはアンクにプレッシャーを与えつづけ、どこかに隠れて警戒音《アラームコール》を叫ぶ隙を与えない。もし叫ばれたら、錯乱しないにせよ、ひどい頭痛で足を止められてしまう。

望とはちがった意味で、追跡をつづけるシャガも夢を見ている気がしている。

商店街——それも日本の——で、これほどやりたい放題にパルクールができるなど、到底信じられない。

店でも家でも、たとえ交番の屋根であっても、登り放題跳び放題なのだ。こんな自由はダヴィッド・ベルでさえ味わったことがないはずだ。

屋根から屋根へと跳ぶシャガが思い描くのは、川のある方角だ。〈左右〉や〈東西南北〉を指示されると混乱するが、車のなかで聞いた望の説明は、感覚的につかむことができるものだった。

「商店街が並んでいる向きに進め。細かく考えるな。店の並びに沿って走れ。もし逆走していたら、おれの顔が見えるはずだ」

店が並んでいる方へ。追ってくる望の顔が見えない方へ。

その先に鴨川《かもがわ》がある。

シャガは車のなかでの望の言葉を思いだす。

「まずアンクを鴨川まで追いつめる。チンパンジーは泳がない。水を恐れて絶対に泳がない生きものなんだ。だから川原を走るだろう。そのときアンクを下流の方へ走らせてくれ。右や左などと考える必要はない。川の水が流れている方へ向かえ。何があっても橋を渡らせるな」

川が見えてくる。

昨夜の雨で増水して、今にもあふれ返りそうだ。水は茶色に濁《にご》っている。

あれが鴨川か？　シャガは跳びながら考える。だとすると、後ろから追ってくる望さんは、もうすぐ方向を変えるはずだ。下流へ。川の水の流れている方へ。おれの役目はアンクを橋に向かわせないことだ。絶対に渡らせちゃだめだぞ。そしてアンクに川原を走らせる。望さんの待つ方へ。川の水の流れている方へ。できるか？　できるさ。おれなら朝飯前だ。でも、本当に朝飯食ってないな。

川端町《かわばたちょう》の路地で、シャガは心臓が破裂しそうなほどに速度を上げる。猛烈な追い上げに驚いたアンクは、いまだに警戒音《アラームコール》を発することができず、鴨川の方へ追いこまれていく。

チンパンジーと人間の単純な走力勝負になる。

アンクは水の流れを嫌がって、四条大橋へ逃げようとする。

シャガは橋の欄干《らんかん》に〈レイジー・ヴォルト〉の姿勢で手を突くと、欄干を越えずに片手に重心を預けて、体を水平に回転させる。スニーカーのつま先がアンクの鼻先をかすめ、跳びのいたアンクの背後に、斜め宙返りで跳んで着地する。

これで行く手をさえぎることができなければ、どうしようもない。

そう思ったつぎの瞬間、視界からアンクが消えている。背後を振り返り、四条大橋の上を探す。

いない。逃げられたか？

諦《あきら》めかけたとき、川原を逃げていくアンクを見つける。シャガはほっとして、すぐに追跡を再開する。

水の流れの向きを考える余裕はない。

重要なのは、チンパンジーを川原から逃さないことだ。

霧の向こう

シャガが鴨川の下流の方角——南——へアンクを追いこめるかどうかは、望にとって賭《か》けでしかない。

上流、下流、どちらへ走らせてもいいが、それは大勢で追っている場合だ。二人しかいない時点で、たとえ賭けになろうと方角を決めておく必要があった。

四条大橋と五条大橋《ごじょう》のあいだで、川岸の茂みに腹這いになって隠れていた望は、走ってくるアンクを見つける。下流の方へ走ってくる。望は大きく息を吸いこんだ。


——フゥホォ、フゥホォ、フゥウゥ——ホワァァァッ——


突然近くで放たれた長距離音声《パントフート》にアンクが立ち止まる。

川原を見回す。仲間はどこにいるのか？　水辺を追われる恐怖から救ってくれる仲間は？

背後から追ってくるシャガに気づいて、アンクは逃げる。姿は見えないが、そこにいるはずのチンパンジーのもとへ。声の聞こえた方へ。

川岸の茂みから、望が現れる。

アンクは驚き、怒りの表情で宙に跳ねる。望の頭上を越えようとする。望は傷ついたアンクの左腕をつかむ。

アンクが鳴いたのは、そのときだ。

生命の声が言語になる以前の、暗黒の混沌《カオス》――闇の彼方から甲高い金属音がやってくる。

アンクの腕を右手でつかんだ望の視界がゆがむ。シャガは頭を抱え、川原の水たまりの上でうずくまっている。

追跡中に警戒音《アラームコール》を耳にする危険は、望も想定していた。アンクが一度も鳴かないというのは希望的観測にすぎない。そして、その危機が現実になった場合は――

耐えろ。錯乱に襲われながら、望は自分に言い聞かせる。耐えるしかない。

だがアンクに密着した状態で聴覚に叩きこまれる警戒音《アラームコール》の威力は、京都御苑で味わったものとは比べものにならないほど強烈だ。

五感すべてに激痛が舞い降りる。

燃える光をじかに当てられるようなまぶしさ。

すさまじいノイズの嵐。

アンモニアを嗅がされるような鼻腔《びくう》の痛み。

舌をずたずたに切り刻まれたような血の味。

毛穴に残らず長い針を突き刺されたような皮膚感覚。

拷問《ごうもん》以外の何ものでもない。苦痛に身をゆだねれば、発狂してしまうだろう。

なぜこんな痛みが襲ってくるのか。それは、痛みこそが攻撃性を生むからだ。痛みは怒りと憎悪の火を燃え上がらせ、暴力のリミットを解除する。

あらゆる苦痛が、太陽光をレンズで一点に集めるように、ただ一つの情動へと収縮していく。

殺せ。

望の視界のなかで、頭痛に苦しむシャガの顔が拡大される。ひときわ大きく映る目は、蛾《が》の羽根に現れる擬態模様を思わせる。その醜悪な眼球の中心部に、望の姿が映りこんでいる。

殺せ。望は懸命に耐える。殺せ。あれは鏡にすぎない。殺せ。おれには、やらなければならないことがある。

おれには——

——気づくと、望はいつのまにかアフリカのジャングルのなかに立っている。傍《かたわ》らにはチンパンジーがいて、望と手をつないでいる。野生調査《フィールドワーク》の途中なのか。

そうだ、と望は思う。おれはまだアフリカにいるんだった。

ジャングルを見回すと、濃い霧が視界をさえぎっている。経験したことのない霧の深さだ。

ここで自分は何をする計画だったのか、望が思いだそうとしていると、手をつないだチンパンジーが、突然歯をむきだして敵意を示す。ふと、望は計画を思いだす。霧の向こうへ行くつもりだったんだ。このチンパンジーを連れて。

望とチンパンジーの先で、水の音がとどろいている。

霧を抜けると、滝が待っている――

望はアンクの腕をつかんだまま、増水した鴨川へと飛びこむ。

鴨川の姿は、川沿いを散策する人間たちが目にする普段の表情とはかけ離れている。

獰猛な水の流れ。

川原には誰一人立っていない。

水のなかでアンクは暴れ回る。望は腕を放さない。

彼らは濁流に運ばれ、五条大橋の橋脚《きょうきゃく》に激突し、望はコンクリートの窪《くぼ》みに引っかかっている流木に左手を伸ばすが、わずかに届かない。

口を開けて叫ぼうとするアンクを、望は頭ごと水に押しつける。七歳のチンパンジーが吐きだす空気の泡が、瞬時に濁流にかき消され、望がわずかに力をゆるめた隙に、アンクは類人猿特有の強い背筋力で水面に顔を突きだす。大きく息をしたつぎの一瞬、自分の左腕をつかんでいる望の右手に咬みつく。

チンパンジーの牙が手首に食いこみ、歯と骨のぶつかる骨導音《こつどうおん》が望の体の内側で響く。アンクは望の右手を食いちぎって自由になろうとしている。望がどれほど逃すまいと努力したところで、手首を切断されてしまえば終わりだ。もう一方の左手で捕まえても結果的には同じになる。アンクと自分を結びつけることさえできれば。固いロープさえあれば。

濁流の波が突然高くなり、彼らは水中に呑みこまれる。

息を止めて押し流される望は、たとえアンクが自分から逃げたとしても溺死するのではないかと考える。そうであれば、こんなに必死になってつかまえている必要もない。

だが、アンクが溺死するという保証はあるのか？　運よく陸に上がられてしまえば、それまでだ。そしてまた死者が増えるだろう。

望とアンクはそろって水面に顔を出し、泥の味がする淡水を吐き、酸素を肺に入れる。

望はジーンズのウエストから回転式拳銃を取りだす。利き手と逆の左手で撃鉄を起こす。右手はアンクをつかんでいる。火薬が濡れて発火しない恐れもある。それでも望はアンクのこめかみに銃口を押しつける。

濁流に翻弄《ほんろう》される望の目に、緑色に輝くブドンゴ森林保護区が浮かび上がる。ウガンダ共和国、アフリカの真珠。

五〇メートルを超す広葉樹に覆われた美しい迷宮に、七〇〇万年前の地球の面影を残す類人猿が静かに暮らしている。チンパンジーの群れ。彼らを捕獲し、売り飛ばしているのは誰か。あの美しい森から引き離すのは――

なぜ、おれとこいつは、泥の川に流されて溺れかけているのか。こんなに傷ついてまで。

何かの雄叫びが聞こえて、左目に強い痛みを感じる。すぐに全身の感覚が薄れていき、自分が生きているとは思えなくなる。

拳銃が暴発して、自分の目を撃ち抜いたのか？

粘り気のある赤黒い血で顔を覆われる望は、左手の拳銃をたしかめる。撃鉄は起こされたままだ。引き金を引いてなどいない。

左目がまったく見えない。

何かが突き刺さっている。

長い棒のようなものが――

川岸を男が走っている。

カーキ色の作業服を着た男。シャガではない。先のとがった流木を何本も抱えて、川を流されていく自分を追いかけてくる。

望は薄れていく意識のなかで男を見つめている。

――あれは――槍――

チンパンジーも木の枝を槍のように使うことがある。

だが、投擲《とうてき》はヒト族だけのテクニックだ。

人類が使ったもっとも古い投げ槍は、四〇万年前のものだったろうか。絶滅したホモ・ハイデルベルゲンシスが狩りに使った槍。射程距離は約一〇メートル。いや、もっと遠くまでだった気もするが、よく思いだせない――

望の意志と肉体がしだいに分離しはじめ、力が抜けていき、左手の拳銃が濁流へとすべり落ちていく。

ホモ・ハイデルベルゲンシスの身長は一八〇センチもあり、脳の容量は平均一二〇〇CCもあった。望はぼんやりと考える。脳のサイズだけ見れば現生人類並みだ。アルベルト・アインシュタインの死後、解剖して取りだされた彼の脳は一二三〇グラムしかなかったのだから――

何を。

何を考えている。

おれは。

こんなときに。

望の右手はまだアンクの左腕をつかんでいる。犬歯が深々と突き立てられている。ここで逃せば、もう二度と捕まえられない。

カーキ色の作業服を着たホモ・ハイデルベルゲンシスが川原を執拗《しつよう》に追ってくる。京都府建設交通部の職員だった男。増水した鴨川の調査に派遣され、警戒音《アラームコール》を耳にして暴徒化した男は、折れて先のとがった流木の槍を抱えて駆けている。

男が新たな槍を投げつけ、槍は望の頰をかすめて濁流に落ちる。驚くべき高い投擲能力だ。すでに左目を貫かれている望は、右側にだけしかない視界で、男がつぎの槍を手にする様子を見ている。それは流木ではない。鉄パイプのように見える。古代にはなかったものだ。しかし男の目には、ちょうどいい槍に映ったのだろう。木の枝の形をした石——そんな風に感じたのかもしれない。

あれを投げられたら。

望は必死で考えをまとめようとするが、うまくいかない。左目を貫いた槍の先端が脳にまで達している。

一つだけ、自分に問いかける。

あの槍がおれの頭に刺さったら。おれはアンクを逃さずにいられるのか。

答えは明白だ。

だとすれば、何をすればいいのかがわかる。

望は最後の力を振り絞って、アンクを引き寄せる。そして荒れ狂う水のなかへ潜る。底へ。もっと深い底へ。どこかでこれによく似た経験をしている。望はそう感じる。そうだ。おれはよく知っている。

敵を見失ったホモ・ハイデルベルゲンシスが濁流に向かって叫んでいる。

水仙

古代エジプト文明が滅びた後の時代。

ローマの詩人オウィディウスが、こんなギリシャの神話を語り残している。

かつて、テイレシアスという男がいた。彼は目が見えないが、未来を見とおすことができた。

あるときテイレシアスは、一人の赤ん坊について尋ねられる。

この男の子は、老いる日まで無事に生きていられるでしょうか？

赤ん坊の名は、ナルキッソス。

赤ん坊と言っても、人間ではない。

父親は、河神《かしん》ケピソス。

母親は、水に暮らす妖精レイリオペ。

神と妖精、この両親から生まれた子が長生きできるかどうか。

そんな問いに、テイレシアスはこう答える。

みずからを知らずにいれば。


絶世の美少年に育った十六歳のナルキッソスに、ある妖精が恋をする。

彼女の名はエコーといった。

ナルキッソスが肉体を持つように、エコーも自分の肉体を持っていた。彼女は、こだまの妖精として知られていた。

なぜ、こだまなのか。

それは、普通の会話ができないからだ。

相手が口にした言葉の、おしまいの部分を繰り返すことだけしかできない。ただ相手が何かを言うのを待って、最後の言葉と同じものを返す。

エコーが自分から話しかけることは不可能だ。まして、恋心を伝えることなどは。

エコーは森を出て、美しいナルキッソスを抱きしめようとするが、ナルキッソスに冷たくあしらわれる。ナルキッソスは恋に興味がない。それに加えて、こちらが何を言っても、最後の言葉を返してくるだけのエコーは不気味な存在でしかない。

ナルキッソスは逃げていく。

恥辱《ちじょく》と悲しみ。叶わぬ恋の苦しみ。打ちひしがれるエコーは、洞窟に閉じこもる。肉体はやせ衰え、朽ち果て、やがて彼女は骨だけになり、その骨も石になってしまう。

残ったのは声。

エコーは失恋の痛手のあまり、声だけの妖精になった。

ナルキッソスに恋い焦がれた一人の若者が現れる。しかし、若者もまた、少年に冷たくあしらわれてしまう。

深い失恋の痛手を負わせられた若者は、復讐の女神へ訴える。

ナルキッソスに私と同じ苦しみを与えてください。恋するものの、苦しみを。

銀色に輝く澄んだ泉があった。

あらゆる獣は近づかず、木の枝でさえも落ちてこない。永遠に静まり返ったような泉。

その水面に映る自分の姿を見たナルキッソスは、はじめて恋に落ち、泉のそばから離れられなくなる。そこに自分の心を奪った少年がいる。微笑みかければ、向こうも微笑んでくれる。

ナルキッソスは、泉をのぞきこんでいる。食べることも、眠ることも、忘れて。

滅びゆくナルキッソスの肉体。

命の火が燃えつきかけたとき、少年は気づく。

自分が見ている相手は、自分自身なのだ、と。

だが、真実が何だと言うのか。

狂おしい恋に身を焦がすものは、残らず知っている。

真実も、理性も、恋の呪いの前では、風のそよめきほどの力もない。水に映る少年とともに死ぬのが、彼の願いだ。

泉のほとりでエコーが悲しみに暮れている。

青草に横たわるナルキッソスが死にゆこうとしている。

泉に映る少年に別れを告げるナルキッソスが言葉を発するたびに、エコーは嘆く。

肉体のない、相手の言葉を繰り返すだけのこだまで。

さようなら。

狂気に囚われたナルキッソスにとって、エコーの声は泉に映る少年が自分に向けた言葉にしか聞こえない。

ナルキッソスは死ぬ。盲目のテイレシアスの予言どおりに。

泉のほとりにあったはずの少年の死体が、いつのまにか水仙《ナルキッソス》――*Narcissus*――の花に姿を変えている。

NSA（アメリカ国家安全保障局）押収資料
鈴木望からケイティ・メレンデス宛の録音
一部抜粋して再生
Wednesday, October 28, 2026
〔暴動発生第三日目〕

——ここまで、なるべく時系列に沿って録音してきたつもりだ。

科学誌『インターセクション』に発表した論文「ミラリング・エイプ」の内容。

二〇二一年に京都市内のスターバックスでダニエル・キュイに会い、その十一日後、シンガポールの高層ホテル、マリーナベイ・サンズのレストランを借り切っておこなった密談。

ケイティ、優秀なきみなら、わかるはずだ。

これがKMWPの正体なんだ。

ここまで説明した話の内容を、科学的に実証することが。

世界最高の言語能力を持つAIを生みながら、その未来を見限ったダニエルが、天文学的な資金を投じた霊長類研究とは、こういうプロジェクトなのさ。

亀岡市のセンターでおれが取り組んでいたのは、世界トップクラスの研究者たちによって、チンパンジーの知能を鍛えてもらい、〈月を見るもの《ムーンウオッチャー》〉に選抜されるほどのエリートに仕上げたところで、自己鏡像認識の進化につながるトレーニングを課すことだった。メディアには公開しなかった方法がいろいろとある。チンパンジーにマスクをつけさせて、鏡の部屋に入れて一定時間をすごさせるのも、その一つだ。

そしておれは、テレンス・ウェードに〈月を見るもの《ムーンウオッチャー》〉の遺伝子配列を解析し、ＳｔＳａｔ反復が増大するかどうかを調べさせる仕事を頼んでいた。

ダニエルとの会話のなかでも触れたように、この仕事は他の職員には極秘でおこなわれた。知っていたのはおれとテレンス、そしてダニエルだけだ。ＳｔＳａｔ反復は広く知られているので、〈オメガ棟〉ではいつも〈土星通のトラウマ〉という暗号で呼んでいたよ。

ケイティ、ここまでおれの話を聞いたきみは、当然こう質問する。

「鏡のトレーニングを課した〈月を見るもの《ムーンウオッチャー》〉に、ＳｔＳａｔ反復の増大は見られたのかしら？」と。

残念だが、答えはノーだ。

〈オメガ棟〉のどの個体においても、増大は見られなかった。成果なし。そんな状態がずっとつづけば、ダニエルに巨額の損失をもたらすことになる。小国の国家予算に匹敵する金が泡と消える。

おれは平気な顔をしていたが、少なからず重圧はあったよ。チンパンジーの自己鏡像認識のトレーニングをひたすらつづけるしかなかった。それでも仮説を裏付ける証拠は出ない。

ただし一頭だけ、おれが検査結果を知らないチンパンジーがいるんだよ。

昨日の午後にテレンスに頼んだばかりだ。おれはまだ報告を受けていない。

言うまでもなく、その被験体はアンクだ。

そして、アンクを調べたテレンスは、おそらく、もう――


（中断）


――すまない――話をつづけよう――おれが二十六日の深夜一時にＫＭＷＰセンターに着いたときには、もう暴動が起きたあとだった。

みんな、死んだよ。

チンパンジーも、人間も。

きみや世界中の人々と同じように、おれも感染爆発だと思った。
万全の検査体制を敷いていたのに、それでもＫＭＷＰセンターは何らかのウイルスを見逃して大事故を起こしたのだ、と。
だから、おれはウイルスの特定に必死になった。未知のウイルスを探して、仲間の死体をひっくり返し、採血し、服を脱がして症状を知ろうとしたよ。
今になって振り返れば、あのとき調べなくてはならなかったのは、そして調べることができたのは、とくにつぎの二つだ。

1・殺し合ったチンパンジーを調べ、ＳｔＳａｔ反復の増大の有無を確認する。

2・殺し合った人間のゲノムを調べ、人間にあるはずのないＳｔＳａｔ反復の検出の有無を確認する。

結果から言えば、おれはどちらも調べていない。
やったのは——いくつかのできごとは省くが——京都府の役人に電話して、軽くあしらわれたことだけだ。その時点で京都市に暴動は広がっていて、おれは相手にされなかった――

これらもまた、おれの犯した巨大な罪の一つだ。あのときＳｔＳａｔ反復を調べていれば、この暴動に自己鏡像認識が関わっていると気づくことができれば、それを対策本部に伝えられていたら、こんなに多くの死者を出さずに済んだ可能性がある。

おれは考えてもみなかった。鏡の持つ本当の恐ろしさを。進化の過程でＳｔＳａｔ反復に封じこめられた闇の深さを。

今すぐにでも、ＫＭＷＰセンターの遺伝子解析室で調査にかかるのが、おれの本来の役目なのかもしれない。だが。亀岡市に戻っている時間がない。夜が明けたらおれはアンクの捕獲に向かうつもりでいる。おれにできることはそれしかないと思う――

（中断）

――ケイティ、これだけは信じてくれ。おれは軍事研究をやっていたのではない。ＫＭＷＰセンターで何らかの生物兵器を作る気なんてこれっぽっちもなかったよ。そのつもりだったら、ネバダ州の砂漠に研究所を建ててもらっただろう。

暴動が起きるなんて、いっさい予期していなかった。おれを疑いたくなる気持ちはわかる。

だが、それは誤解なんだ。わかってほしい。もちろん、許しを乞うつもりはない。すべての責任はおれにある。パンドラの箱を開け、鏡の狂気を解き放ったのは、まちがいなくおれだ。何が起こるのか知らなかったでは済まされない――


（中断）


――二十四日のメディア公開、きみも参加したイベントについて語っておくよ。あの日に見せたチンパンジーの飼養施設や認知テストは、どれも学術的価値のあるものだ。それはきみもわかっている。

だがおれとテレンスにとっては、サーカスの曲芸にすぎなかった。特に認知テストに関してはね。おれたちの関心は〈土星通のトラウマ〉にしかなかったのだから。

メディア公開は、研究の核心を伏せたまま、プロジェクト全体に注目を集めさせ、より優秀な人材を世界中から引き抜くためのプロモーションになるはずだった。

はっきりさせておきたい。

ダニエルに「そうしろ」と命じられたことは、一度もない。

すべて研究者としての判断でおれが考えたことだ。

科学に秘密はつきものだ。多かれ少なかれ、世界中の施設は似たような状況下にあって、職員は全体像を知らずに各自の仕事をしている。そのために内紛が起きることもある。

ＫＭＷＰセンターの場合、カモフラージュ用の研究、それ自体のレベルがあまりにも高すぎて、誰もおれを疑わなかっただけの話だ――

――メディア公開を終えた翌日――午後四時ごろ――おれはひどい疲労と頭痛に襲われて、体を休ませるために右京区の自宅に戻った。思えばあの頭痛が、すでに暴動の兆候だったのかもしれないが――

あの日、おれがみんなといた時間までは、ＫＭＷＰセンターに問題などなかった。主だったメンバーを集めて、メディア公開の労をねぎらうささやかなパーティーを開いたくらいだよ。

二十五日の夕方から夜にかけて、おれが不在だったあいだに、ＫＭＷＰセンターで何があったのか？

その詳細は、いずれＫＭＷＰセンターの各所の監視カメラによって明らかになるだろう。

さっきも話したとおり、事故を知ったときのおれは感染爆発が起きたと思いこみ、ウイルスを特定するのに必死だった。監視カメラの録画を再生する余裕などなかった。そして今も同じように、亀岡市まで戻って映像を見る暇がない。

だから、おれはここできみに憶測を話すしかない。それでもかぎりなく正解に近いものを伝えられると思う。これでも総責任者だ。この二年間、KMWPセンターのことだけを考えて生きてきた。なかでも〈オメガ棟〉――あの正二十面体の建物は〈月を見るもの《ムーンウオッチャー》〉の家でもあるが、おれ自身の家でもあると思っている。

あの夜、おれが目にしたのは、〈プールの部屋〉で水に沈んで息絶えているリクターの姿だった。

〈オメガ棟〉のボス格のチンパンジー。彼がブロックを組み立てて〈橋〉を作り、水の上を渡ってフルーツを取りにいく様子はきみも見ただろう?

繰り返し言おう。

リクターがプールに落ちて溺死していた。

つぎに、実験を観察する人間側のブースで暴徒化して殺し合い、絶命していたのはこのメンバーだ。

ホルガー・バッハシュタイン。

劉立人《リユウ・リーレン》。

タチアナ・フエゴ。

それに、ルーシー・ギラードがプールで死んでいた。

KMWPセンターでも屈指の頭脳がそろっていた。

リクターが〈橋〉を架ける実験は、今さらこんな豪華メンバーが注視するものじゃない。

なぜ、彼らは一堂に会していたのか？

翌日、二十六日にプールの水を抜く予定だったのさ。

清掃やメンテナンスや排水設備の改良などで、当分プールに水は入らない。そこに水がなければリクターは〈橋〉など架けないだろう。

実験を再開できるのは、早くても来年の初春だ。

しばらく不可能になる実験の見納めに、みんな集まったんだ。

そして誰かが、おそらくルーシーあたりが、テレンスに声をかけて、そのテレンスがアンクを連れていった。

メディア公開できみも見たとおり、アンクは高い知能を持っている。模倣《イミテーション》の能力だと説明した立体パズルの組み立ては、じっさいは鏡像行為《ミラリング》にもとづくものだ。おれとテレンスはすでに、アンクの自己鏡像認識を可能なかぎり高めていた。おれたちが思っている以上に。

誤解のないように、ふたたび言っておこう。おれたちは警戒音《アラームコール》の研究などしていない。首のコルセットでもわかるとおり、もともとアンクは密猟者の散弾で喉を傷つけられていて、ほとんど声を出せなかったんだよ。少しずつ回復に向かってはいたが、大声で仲間とコミュニケーションが取れないから、温室ドームではなく〈オメガ棟〉に連れてこられたんだ。

話を戻そう。

あの日、テレンスは、プールに水が残っているうちに「アンクに〈橋〉を架けさせてみたい」と考えたのだろう。だが、チンパンジーの実験を許可する権限は、おれだけが持っている。テレンスはおれと秘密を共有しているが、同僚の目があるところでは、勝手な真似はできない。

それでテレンスは、リクターの姿をアンクに見学させることにしたんだ。

豪華なメンバーがあの場にいた理由は、これ以外に考えようがない。今こうやって話していても、確信が強くなるばかりだ。

プールの部屋に集まった彼らは、プールサイドやブース内で、おそらくリクターよりも、アンクに目を向けていたはずだ。彼らはアンクの知能の高さを知っている。

生まれつき水を恐れる同じ種。アンクは〈橋〉を架けてプールを渡るリクターの背中を目にして、どんな反応を見せてくれるのか?——

——ここで、思いがけないアクシデントが起きる。

リクターが〈橋〉から落ちたのだ。

一度も落ちたことはない〈橋〉から。

泳げない生きものすべてにとって、落水は死に直結する。

監視カメラの映像を見れば一目瞭然だが、おそらく二十五日の午後五時すぎ、滋賀県の琵琶湖付近を震源として近畿地方に広がった強い揺れで、バランスを失った可能性がある。綱渡り師が突風に飛ばされるようにだ。予想もしない偶発事がないかぎり、あれほど慎重なリクターが落ちる姿は思い浮かばない。

しかし、「どうして落ちたのか」という理由よりも、「なぜ溺死したのか」の方がはるかに重要だ。

普通に考えて、彼が溺死することはあり得ない。

プールには専任の救助スタッフが二名常駐している。きみも見たはずだ。チンパンジー一頭に人間二名。チンパンジーからは見えないが、プールサイドの壁のなかのブースで待機している。これくらいの配慮をしないと、この種の実験は動物虐待と見なされる。小学生が真夏のプールで泳ぐときよりもぜいたくな監視体制なんだ。

それなのに、助けは来なかった。

リクターはパニックになる。一・七メートルの水深であっても、脱出できない。人間の幼児や老人が浴槽で溺れるのと同じだ。

どうして助けが来なかったのか？　それは――

〈橋〉から転落して水に溺れるリクターを見て、アンクが叫んだからだ。あの警戒音《アラームコール》がプールの部屋に響き、人間は錯乱に襲われ、暴徒化する。溺れるリクターが声を聞いたかどうかはわからない。

確実なのは、おれとテレンスのただ一度だけの〈鏡の間〉の実験によって、自己鏡像認識の能力を極限まで高められたアンク、その脳の奥深くに秘められた記憶が呼び覚まされ、傷ついた喉から最初の警戒音《アラームコール》が解き放たれた。

そして京都暴動がはじまったんだ。

ケイティ、よく聞いてくれ。

アンクの警戒音《アラームコール》は遺伝子改良だとか、突然変異で発せられたものではない。

かつて類人猿に備わっていたもので、これこそが人類の進化を解く鍵なんだ。
どうしてそう言えるのか。それはつまり——

◀有史以前　九五〇万から一〇〇〇万年前
アフリカ大陸・ナイル川上流・熱帯雨林エリア
ヒト・チンパンジー・ゴリラの未分岐状態

まだアフリカという呼び名さえない古代の湿地に、ゾウの祖先デイノテリウムが現れる。

長い鼻。下顎から内向きに湾曲した牙。

現生アフリカゾウを凌駕するデイノテリウムの巨体に、それまで湿地の水辺で水を飲んでいた黒い影の群れは、鳴きわめきながら場所を明け渡す。

彼らはきびすを返すと、森へ向かってナックルウォークで戻っていく。樹上で体を休め、空を見上げ、尻をかき、毛づくろいをする。

尾はなく、猿ではない。

類人猿だ。

すでにオランウータン族との分岐は終了しているが、ゴリラ族とチンパンジー族とヒト族は、このときまだ一つの生きものだった。

隠れる場所のない危険な草原には進出せず、たいていは樹上で暮らしている。ゴリラほどには大きくない。チンパンジーよりは腕が長い。失われた類人猿の群れ。ロスト・エイプ族。

無限の可能性をその遺伝子に秘めながら、みずからは進化の途上で完全に姿を消すことになる。


およそ七〇〇万年後に登場する猿人《アウストラロピテクス》にはほど遠く及ばずとも、ロスト・エイプは地球上で、もっとも頭を使って生きている。

群れの結束は固い。空から襲ってくる鳥、枝を這ってくるヘビ、茂みに潜んでいる古代ネコ科の猛獣、こうした捕食者ごとに声音を使い分け、敵の襲来を仲間に知らせる警戒音《アラームコール》を、猿の先祖から受け継ぎ、より高度に発達させている。

ロスト・エイプ族の群れを率いる王は、仲間に比べてひときわ大きく、全身を覆う黒い体毛はあたかもライオンのたてがみのように逆立ち、森の木漏れ日に美しく輝いている。

彼は鏡を理解している。雨が降ったあとの水たまりに映る影が、ぼんやりとわかる。これは自分だ。

しかし、それ以上のことは謎に満ちている。

考える必要はないのかもしれない。

それはただ、そこにとどまっているだけだ。

テナガザルは、鏡を理解しなかった。水飲み場に行くたびに、何かの影を認めるが、自分だとはわからない。

オランウータンは、鏡を理解している。赤銅《しゃくどう》色の体毛に身を包む姿が、自分だと感じられる。それはかすかな風のそよめきに似ている。おぼろげな気配。予感。オランウータンにとって鏡像は、眠りに落ちる寸前に見る景色のようなものだ。すぐに暗闇へ消えていく。彼らはＳｔＳａｔ反復を必要としない。

だが、ロスト・エイプ族の王は、オランウータンを超えようとしている。オランウータンがそれ以上の関心を持たなかった水の面に興味を抱く。

いつも訪れる湿地の水飲み場。そこに自分が映っている。

これはいったい、何なのか？

ロスト・エイプ族の王――彼こそは鏡に執着した始原《アルファ》の類人猿、〈アルファ・ミラリング・エイプ〉だ。

ある穏やかな朝だ。群れの王たる〈アルファ・ミラリング・エイプ〉は、樹から地上へ降りると、仲間を引き連れて森を抜け、水飲み場に出かける。

彼の見つけた新たな水飲み場は、森の拓けた場所にある泉だ。そこならデイノテリウムの巨体におびやかされることもない。丈の低い草に囲まれ、水面はつねに穏やかで、湿地に住む忌《い》まわしいワニに引きずりこまれる心配もなかった。

〈アルファ・ミラリング・エイプ〉は泉をのぞきこむ。そよ風の立てるさざ波に、自分の姿と、はるか空の彼方で丸く燃える火がきらめいている。彼は泉に向かって、静かに手を伸ばす。

王が水を飲みはじめると、上位のオス、下位のオス、メス、子ども、老いたもの、怪我をして勢力争いから脱落したかつての強者——ロスト・エイプ族のそれぞれが泉を囲み、長い指で水をすくって口に運ぶ。

樹上生活者の彼らは、泳ぐ能力を失っている。それでも幼い子どもたちは水を叩いたり、すくい飛ばしたりして、まるで遠い未来に水辺で戯れるヒトのようにはしゃいでいる。

群れの渇きはじゅうぶんに癒され、森に帰ってもいいころ合いになるが、〈アルファ・ミラリング・エイプ〉は泉のほとりを離れようとしない。胡座《あぐら》をかくように座りこみ、じっと水面を見つめている。

そこに自分の姿が映っている。

いつものことだ。

自分が頬をかけば、向こうも頬をかく。

あごをかけばあごを。

胸を叩けば胸を。

牙をむきだしてあくびをすれば、同じようにあくびをする。

自分の影だとは理解している。テナガザルにはない能力。オランウータンにはわずかにもたらされた能力。それが〈アルファ・ミラリング・エイプ〉のなかで膨れ上がっていく。

森に帰りたくて不満の鳴き声を上げる仲間を、王は叫び声一つでだまらせる。怯えたものたちは、王の様子をうかがいながら、枝を拾ったり、毛づくろいをしてやりすごす。帰りたいが、王を残して勝手に行動することはできない。それは群れを去る意思表示につながる。単独で生きたいと願うものはいない。

鳥がさえずっている。

どこかで猿と猿が呼び合っている。

泉のほとりに二羽の蝶が現れ、軽やかに舞いはじめる。

〈アルファ・ミラリング・エイプ〉は、なおも水面を凝視しつづける。狩猟以外で集中を持続するという進化の壁を、王は打ち破ろうとしている。

それも、そこに鏡があるためだ。


映っているのは自分の影だとはわかるが――

これはいったい何なのか？

なぜ、そこに自分がいるのか？

この水の向こう側にも別の森があるのか？

同じような仲間の群れがいるのか？


言語以前の思考。

身を乗りだして泉をのぞきこむ王を見守っていた上位のオスたちが、一頭また一頭と隣りに並びはじめる。はじめは退屈していた彼らも、しだいに好奇心を刺激されてきた。

おれたちの王はいつまでも何をやっているのだろうか？　寝ているのか？　いや、寝てはいない。だったら、何かあるはずだ。

〈アルファ・ミラリング・エイプ〉の左右や背後に、上位のオスたちがずらりと並ぶ。まるで集合写真のような彼らの姿が泉に映りこむ。

〈アルファ・ミラリング・エイプ〉は、ある特別な思いを抱く。それは言葉になろうとして、いまだになりきれずにいる何かだ。

見えているのはおれだ。でもおれではない。でもおれだ。でもおれではない。

泉を眺める上位のオスたちの視線は、泉に映る王に向かっている。そこに自分たちが映っているのもわかるが、もとより彼らの鏡への興味はオランウータンの領域を出てはいない。普段の暮らしで王の動きに注意を払っているように、鏡のなかでも同じように王を見つめる。

頭上の丸い光がさらに傾いたころ、〈アルファ・ミラリング・エイプ〉は泉に向かって、ゆっくりと両腕を差しだす。水をすくうときの動作ではない。水面にたいして九〇度に、垂直に指を突き刺す。

手首まで。肘まで。そしてさらに深く。

水に映る自分の方も近づいてくる。

何が起きているのか。この水のなかで――

静けさを破って水が跳ね上がる。〈アルファ・ミラリング・エイプ〉の大きな体が泉へと落ちたのだ。長い腕をこれほど水中に差し入れて、前のめりの姿勢になったことがない。

転落した王は激しく腕をばたつかせ、飛沫を上げる。泳げない。

上位のオスたちは悲鳴を上げる。

彼らが見たものは、「水に映った自分に引きずりこまれる王」の姿だった。みずから落ちたのではない。あの力強い王を、まったく同じ容姿をした相手が、ワニのような恐ろしい力で瞬時に水のなかへと引きずりこんだのだ。

上位のオスたちは、恐怖に襲われるが、王を見捨てて逃げることもできない。なすすべもなく叫び、泉のほとりを跳ね回る。王が悲鳴を上げながら水と戦っている。暴れれば暴れるほど、岸から遠ざかっていく。

パニックのなかで、序列第二位のオスが最初に気づく。水のなかに未知の敵がいるのだ。仲間に警戒音《アラームコール》を発さなくてはならない。だが、どのように叫べばいいのか。鳥でもヘビでもヒョウでもない敵。

序列第二位のオスは怯えながら、ふたたび泉に近づき、もう一度のぞきこむ。そこに自分の姿が映っている。

こいつだ。序列第二位のオスはそう判断する。こいつがおれを狙っている。王のときといっしょだ。水のなかのこいつはおれだが、おれではないのだ。腕の長さも、体の大きさも、牙の太さも、おれと同じだが、おれではないのだ。ワニ相手なら勝ち目はないが、同じなら戦える。

序列第二位のオスは雄叫びを上げ、仲間を呼ぶ。そして敵の存在を知らせる。王を奪われた群れのパニックは怒りに変わり、つぎつぎと水のなかの相手に襲いかかる。拳を叩きつけ、引っかき、咬みつこうとする。上位のオスだけでなく、下位のオスやメスまでもが、敵に引きずりこまれて泉へと落ちる。そして王と同じように溺れ、死の恐怖に叫ぶ。

いったい何頭が溺れたのか。

どうにか陸に這い上がった序列四位のオスは、恐るべき泉から逃がれようとして、老いた別の一頭と鉢合わせになる。その一瞬に目にしたものを、彼は見逃さない。老いた仲間の顔を引き寄せ、琥珀色の目のなかをのぞきこむ。そこに自分が映っている。

敵はここにもいる。序列四位のオスは、恐怖に凍りつく。王を水に引きずりこみ、おれを水に引きずりこんだ奴らだ。

警戒音《アラームコール》を叫んだ序列四位のオスは、老いた仲間の頭を猛然とわしづかみにし、目をのぞきこみ、自分が映っているとたしかめた瞬間、全力で殴りつける。倒れた体に、さらに腕を振り下ろす。警戒音《アラームコール》。敵はここにいる。おれたちのなかに。溺死をまぬがれた別のオスが口から水を吐き、警戒音《アラームコール》を耳にする。彼は近くにいるメスの頭を押さえつけ、目をのぞきこむ。そこに自分がいる。水のなかにいたように。

こいつらが群れを皆殺しにする。奴らはおれたちと同じ姿をしていて、音もなく忍び寄ってくるのだ。

殺さなくては。

殺せ。

穏やかな日差しに照らされる泉のほとりで、虐殺が起きる。

同じ種族が、たがいに殺し合う。

殴り、咬み、引っかく。

仲間が敵。

同時にそれは自分。

泉から漂ってくる血のにおいに引き寄せられた小型肉食獣が、茂みから鼻先をのぞかせている。見たこともない光景に、彼らは躍り上がる。まるでスコールが降るように、新鮮な類人猿の肉がつぎつぎと地面に並べられていくのだ。腐肉を漁る必要も、狩りの必要もない。解体の必要さえない。肉片にもこと欠かない。


たった一日。嵐も、噴火も、地震もない平穏だったはずの一日で、ロスト・エイプ族は絶滅寸前にまで追いこまれる。生き残ったのはわずかなものたちだ。彼らは必死に森を逃げ回り、仲間を見つけても殺される危険を感じて、たがいに何日も近づこうとはしなかった。


数百年後。

泉のほとりで滅びかけたロスト・エイプ族は、少しずつ数を増やして、かつてより大きな群れを形作っている。

新たな〈アルファ・ミラリング・エイプ〉が王として君臨し、嵐や落雷、肉食獣の恐怖と戦いながら、すぐれた知能で群れを導く。

王はある日、泉に映る自分の姿を見つめる。

NSA（アメリカ国家安全保障局）押収資料
鈴木望からケイティ・メレンデス宛の録音
一部抜粋して再生
Wednesday, October 28, 2026
〔暴動発生第三日目〕

――ケイティ――

――おれが今話したこの物語の意味を、きみはわかってくれただろうか？――

――鏡の理解――それは進化の袋小路なんだ。

大型類人猿が自己鏡像認識の能力を得た以上、必ず起こってしまう破局《カタストロフィ》が、そこにある。

進化の最先端にいるロスト・エイプ族のなかで、もっともすぐれているのは〈アルファ・ミラリング・エイプ〉だ。

それゆえに彼は水に溺れる運命から逃れられない。みずからの分身に引きずりこまれるのさ。

溺れるのは、おれたち人間といっしょだよ。最初から泳げるものはいない。

完全樹上生活を送っていた生物が、ふたたび地上に降りて、泳げるようになるには、水中を自分たちのフィールドに組みこもうという強い欲求が必要だ。ロスト・エイプ族には、泳ぎたいという欲求がなかった。彼らは別に泳ぎたいわけではなかったんだ。水に映る自分の姿について、もっと知りたいだけだった。

水、鏡、溺死、殺戮。

こうした悲劇のサイクルは、気の遠くなるほどの年月のなかで、数限りなく繰り返されたはずだ。

ロスト・エイプ族は、地球にとってとてつもなく奇妙な生きものだった。群れが増えてくると、すぐれたリーダーが生まれ、そのリーダーが「水の鏡」をのぞきこむたびに、同種間でひたすら殺し合う。

この悲劇的な運命は彼らの脳の奥底に刻まれ、親の世代から子の世代へと受け継がれていく。

おそらく、これが強烈な警戒音《アラームコール》を生むメカニズムだよ。

人類とチンパンジーの共通祖先がロスト・エイプ族である以上、おれたち全員の脳の奥にも、警戒音《アラームコール》への反応回路が生まれつき眠っている。一度もヘビを見たことがない猿《モンキー》に、ヘビのおもちゃを放り投げると、彼らは瞬時に逃げだすのを知っているかい？　それが本能《インスティンクト》というものだ。本能は、生きるための呪いのようなものなんだよ——

（中断）

——泉に沈んだロスト・エイプ族のゲノムのなかに、ＳｔＳａｔ反復はすでに生まれていた、というのがおれの考えだ。

彼らは、オランウータンが鏡を理解するレベルを超えていた。

だが、ロスト・エイプ族のＳｔＳａｔ反復は、チンパンジーやゴリラのものとはちがっていたはずだ。そうでなければならない。

なぜかと言えば、チンパンジーやゴリラは仲間を殺さない。チンパンジーの群れ同士が殺し合うことはある。しかし、ＫＭＷＰセンターで起きた殺戮のレベルではない。

ロスト・エイプ族と彼らの「鏡の理解」は、何がちがうのか？

チンパンジーやゴリラのＳｔＳａｔ反復は、三二塩基対を繰り返すサテライト配列だ。

三二。この数字に注意してほしい。

おれは、この数字は「八の倍数」ではないかと考えている。理由はあとで説明する。

この考えにしたがって、チンパンジーとゴリラのＳｔＳａｔ反復を八つずつ並べると、つぎのようになる。

1・GATATTTC
2・CATGTTTA
3・TACAGATA
4・GCGGTGTA

八つの塩基が四行。八×四＝三二。これを自己鏡像認識のフィードバック・ループで起きる刺激と並べて、同時に呼び表してみる。いいかい？　注意して聞いてみてくれ。

GATATTTC／鏡に映っているのは自分

CATGTTTA／鏡に映っているのは自分ではない

TACAGATA／でも鏡に映っているのは自分

GCGGTGTA／でも鏡に映っているのは自分ではない

どうだろう。録音だとわかりにくいかもしれない。

だが、ケイティ、きみ自身が「鏡」にたいして特別な感情を抱いて生きてきたのなら、何かを感じられるはずだ。

このサテライト配列にもう一つの呼び方を与えて、より問題をはっきりさせてみる。

ＧＡＴＡＴＴＣ／映っているのは自分／鏡の暴走

ＣＡＴＧＴＴＡ／映っているのは自分ではない／鏡の制御

ＴＡＣＡＧＡＴＡ／でも映っているのは自分／鏡の暴走

ＧＣＧＧＴＧＴＡ／でも映っているのは自分ではない／鏡の制御

ここに見えているのは、進化がともなうリスクだよ。

自己鏡像認識を低いレベルにとどめるのであれば、ＳｔＳａｔ反復の必要はない。オランウータンはその道を選んだ。しかし、鏡の謎に深く入りこめば、自動的にサテライト配列が生まれてしまう。

ＳｔＳａｔ反復とは、アクセルとブレーキのようなものなんだ。それは類人猿の鏡像行為《ミラーリング》を暴走させる力であり、制御しようとする力にほかならない。

暴走と制御の繰り返し。

奇数列がアクセル。

偶数列がブレーキ。

おれが言いたいのは、こういうことだ。古代のロスト・エイプ族のＳｔＳａｔ反復は八×三、つまり二四列ではなかったのか？　それは鏡の理解を進めたが、アクセルは踏みっぱなしだ。鏡の暴走を止めるには、もう一行のプログラムがいる。

八つの塩基をもう一行。

鏡を制御する四行目。

これを最初に成し遂げたのが、ロスト・エイプ族と分岐したゴリラだった。そしてチンパンジーが、ボノボが、あとにつづく。

だから、彼らのＳｔＳａｔ反復は、八つの塩基が四行の三二列で閉ざされ、そのループを繰り返しているのだ。

鏡の暴走と制御。

おれが思い浮かべるのは、古代ローマで語られた物語だ。

そう、オウイディウスの『変身物語』だ。

ナルキッソスが泉に映る自分の姿に恋をする。

彼を愛した妖精エコーは、自分自身の像に囚われたナルキッソスに真実を伝えたいが、その声はナルキッソスの言葉を繰り返すほかはない。ついにナルキッソスは非業の死を遂げる。死体は消え、そこに一輪の水仙《ナルキッソス》が咲く。

この神話こそ、ロスト・エイプ族の時代から人類の無意識にまで受け継がれる、自己鏡像認識の物語なんだよ。

ナルキッソスは、〈アルファ・ミラリング・エイプ〉。

エコーは、警戒音《アラームコール》。

泉のほとりに咲いた水仙《ナルキッソス》は、ＳｔＳａｔ反復——

（中断）

——きみも考えたことがあるだろう？

地球上に現存するヒト族は、どうしておれたち現生人類だけなのか？

人類《ホモ・サピエンス》が、唯一のヒト族として繁栄しているのは、鏡像《ミラリング》行為の暴走と制御を、究極までやりつくした種であるがゆえなのだ。

おれたちは過去にＳｔＳａｔ反復をどこまでも増幅させ、仲間を殺しつづけ、無限の殺戮の果てに閾値に達したＳｔＳａｔ反復が、あたかも特異点が爆発するように状態を変えて、言語の母胎となるまでを生き延びた。

他のヒト族は、進化の途上でたがいを殺戮して死に絶えたのだ。彼らがおれたちより劣っていたとは言えない。彼らは単純に、ナイフや銃、毒ガスや核兵器を持つ以前の段階で、ＳｔＳａｔ反復による鏡の暴走によって、自滅してしまっただけなんだ——

(中断)

——おれとテレンスの実験によって自己鏡像認識の能力を急激に高めたアンク。リクターがプールに落ちた瞬間、彼の脳でよみがえった警戒音《アラームコール》の背景には、こういう物語がある。

きっとアンクは、自分が何を見て、何を感じ、何を叫んでいるのか、まるでわかっていなかっただろう。彼に罪はない。ただ本能にしたがって、仲間のために警戒音《アラームコール》を発信しただけなんだ。

警戒音《アラームコール》を聞いたチンパンジーのなかで、ＳｔＳａｔ反復が増大する。おそらく三二列でなく、四〇列になる。暴走のスイッチが入る。

警戒音《アラームコール》を聞いた人間のなかで、消滅したはずのＳｔＳａｔ反復がふたたび出現する。脳の旧皮質に眠っていた警戒音《アラームコール》の記憶が、ゲノムの非コードDNAを瞬時に書き換える。音が遺伝子に優先する。京都暴動のありさま――鏡の暴走のすさまじさから見て、配列は七行の五六列か、あるいは九行の七二列、もしくは、はるかに多い数かもしれない――

（中断）

――アンクの警戒音《アラームコール》によって、封印されたはずの鏡の暴走によって、多くの命が奪われた。

ＫＭＷＰセンターの全員。アンクをのぞくチンパンジーの全個体。錯乱のなかでわが子を手にかけた親もいただろう。親を殺した息子や娘もいただろう。夫婦。兄弟。姉妹。友人。京都を観光に訪れた世界中の人々。

殺戮の果てに、理性を取り戻す。きみの言葉を借りれば、約八分二〇秒後に。とてつもない地獄だ。万人の万人に対する戦争だ。

おれは、その地獄の扉を開けた。

この録音が――せめて人類とチンパンジーの役に立ってくれることを願うしかない

——そして悪夢に巻きこまれたすべての人々やきみ自身の役に——

おれはどんなに呪われても構わない——それでもアンクは許してやってくれないか——

アンク——彼には本当に悪いことをした——恐い思いをさせた——

おれにできるのは彼を捕まえることとしか——

そのためにおれはシャガに——あの十六歳の少年に協力を依頼したんだよ——

あとで知るきみは怒るだろうな——彼を危険に巻きこむことはおれが重ねるもう一つの罪だ——

すまない——そしてありがとう——

きみとシャガのおかげでおれは暴動の原因にたどりついた——

京都が美しい街に戻ったらまた来てくれよ——つぎは優秀な観光ガイドをつけてさ

——おれみたいな霊長類研究者じゃない、まともな奴を——

カバー・ザ・ミラー

京都市全域の封鎖が報じられた直後、インターネット上のデマやフェイクニュースはさらに増加する。

この世の終末が語られ、不安と恐怖が蔓延《まんえん》していく。

一方でこうした扇動とは別の動きも起きる。

鏡を黒い布で覆い隠す――暴動の被害区域で自然発生し、日本全国に広がったその行為が、海外で大きな広がりを見せはじめる。

それは、人種や宗教や言語を超えた〈祈り〉の様式となる。


鏡に黒い布を垂らすこと。それだけでいい。それが祈り。京都暴動の死者の魂が安らかに眠れますように。生き残った人々の心の傷がいつか癒されますように。人間と人間が殺戮を繰り広げる、この恐ろしい世界が暗闇から救いだされますように。

京都暴動が発生した翌日には、〈鏡を覆う《カバー・ザ・ミラー》〉を合言葉に、大小さまざまな鏡を黒い布で覆った人々が、世界各地の広場で集会を開く。参加者の数はふくれ上がり、数千人を超えて数万人にまで達する。

鏡を覆って悲しみに暮れる人々は、『謎の感染爆発を防ぐために国連は京都への空爆を！』というプラカードを掲げる別の集団と衝突する。広場に集まった人々の頭をよぎるのは、あらゆる人間が暴徒化した京都の悪夢だ。

警察や軍隊の緊急出動。敵対する二つの勢力の鎮圧。負傷者。逮捕者。抗議の声。泣きわめく声。大規模な衝突が起きたあとに、砕けた鏡の破片がきらめいている。

鏡を覆う《カバー・ザ・ミラー》集会を政府に禁じられても、人々は広場に集まることをやめない。家や職場や学校から持ちだした鏡を黒い布で覆って胸に抱き、続々とやってくる。

なぜこうするのか、本人たちもよくわからない。祈るのであれば、正当なやり方を知っている。それぞれの信仰があり、それぞれの聖なるシンボルがある。それに教会や寺院でなく、公共の場に集ったときの祈りは、たいていロウソクに火を灯《とも》す行為だったはずだ。だから今回も、ロウソクに火を灯せばいい。

しかし、なぜか人々は鏡を選ぶ。鏡を覆う《カバー・ザ・ミラー》。

かつて、こういう儀式があったのかもしれない。人々はそう感じている。この行為はロウソクに火を灯したり、死者の墓に花を供えたりする行為と、きっと同じものなのだ。やってみるとごく自然に思えるのが不思議だった。それでいて、理由を問われると誰もうまく説明することができない。

人々の祈りが通じたのか、京都暴動は事実上、鏡を覆う集会《カバー・ザ・ミラー》が世界的に広がった時点で終息する。

発生第三日目に当たる十月二十八日には、一件の暴動も対策本部に報告されない。午前十時に陸上自衛隊が封鎖区域に正式に派遣され、行方不明者の捜索を開始する。正午には国連の代表とＷＨＯからなる調査団が入洛《じゅらく》する。彼らは航空自衛隊のヘリに搭乗し、封鎖区域の京都市北区を視察する。日本人のみならず、二十ヵ国以上の国民の犠牲者を出した鹿苑寺――通称、金閣寺――へ。

捜索や視察がつづくあいだにも、報道各局が伝える被害の規模は分刻みで深刻さを増していく。

二十八日の正午の段階で報じられている死者数は、日本人二万八七八九人、外国人四七六二人の計三万三五五一人。京都市の被害総額は一兆円に上ると見られ、暴動によるパブリック・イメージの低下をふくめた経済的損失は予測不可能とされた。

午後五時すぎの日没で陸上自衛隊は行方不明者の捜索を打ち切ったが、終了直前の四時四十三分、水位の下がった鴨川下流で日本人男性一名とチンパンジー一頭の遺体を回収する。

回収地点は伏見区中島河原田町《なかじまかわらでんちょう》。

鴨川流域最南端の橋、京川橋《きょうかわばし》の橋脚付近。

男性の左眼窩《がんか》には先端のとがった流木が突き刺さり、脳挫傷で意識を失ったのちに、腕に抱いたチンパンジーとともに溺死したと推測された。身分証明証のない男性の遺体は河川敷の仮設テントに運ばれ、歯型によって身元の照合がおこなわれる。チンパンジーの遺体はビニール袋に詰められ、段ボールに入れられて仮設テント外に一時保管された。


下鴨神社の西側、アクアテラリウム専門店に一人取り残されたケイティは、バックパックのなかに見覚えのないコーラのペットボトルがあるのに気づく。ペットボトルは空で、そのキャップに直径二センチほどのシールレコーダーが貼ってある。

ノートPCに転送されたデータを再生し、望の残した録音を聞き終えて、大きな衝撃に襲われた彼女は、自分が何をすべきなのかがわからない。考えたあげく、下京区のホテルに徒歩で戻る決断をする。

歩きはじめてまもなく、黒塗りのセダンが彼女の正面に停まり、日本人の男女がドアを開けて降りてくる。二人は日本政府のＮＳＳ――国家安全保障局――の職員と名乗り、ケイティに任意の同行を求める。

ケイティは混乱しながらも、自分はアメリカ合衆国の人間だと主張して二人の要求を拒否し、これ以上つきまとうのであれば総領事館か大使館に連絡すると警告する。しかし、日本人の男女に動揺は見られない。その自信がどこから来るのか、まもなく現れた男たちによってケイティは知る。

新たに到着した黒塗りのセダンから、大阪市のアメリカ合衆国総領事館にいるはずの総領事が姿を見せる。つづいて在日アメリカ陸軍の大佐が現れ、そしてＮＳＡ――アメリカ国家安全保障局――の上級職員がドアを降りてきて彼女に握手を求める。国防総省《ペンタゴン》の諜報機関であるＮＳＡの人間を目の前にして、ケイティは怖気《おじけ》づく。

〈保護〉という名目で京都から出され、大阪の合衆国総領事館に軟禁されたケイティは、会ったこともない男や女たちにしつこく尋問される。

「ＫＭＷＰセンターの鈴木望の居場所を知っているか？」

「シンガポールにあるダニエル・キュイの会社〈ムカク〉に、なぜ何度も電話したのか？」

彼らは一様にあせっている。政府側の人間の余裕は感じられない。

ケイティは彼らがどうやって自分の居場所を突き止めたのかはわからなかったが、その尋問のなかで答えにたどり着く。簡単な話だった。携帯を見せていないにもかかわらず、自分の通話記録が知られている。つまり携帯の電波を調べたのだ。暴動のさなかで、京都からシンガポールのダニエル・キュイの会社に連絡した人間をピンポイントで捜索し、おそらく自分だけが引っかかったのだ。

そうだったの、とケイティは思う。私以上にアメリカという国家がずっと知りたがっていたんだわ。ダニエル・キュイが類人猿を使って何を研究しているのかを――

ノートＰＣ。携帯電話。シールレコーダー。そのほか日本滞在中に使用したすべての端末の提供をケイティは求められる。

望の残した録音を秘密にする気などなかったケイティは、合衆国政府の強引な接触に不信感を抱いて拒否する。端末を手放せば二度と返却されない恐れもある。録音に関しては、まだコピーも作っていない。

ケイティは焦っている総領事の説得を聞き流していたが、「暴動の犠牲者が増えるのを食い止められるかもしれない」と言われて、結局は全面的に要求に応じる。すべての端末をＮＳＡの上級職員の手に渡すとき、ケイティは自分の要求を伝える。私も鈴木望と内藤シャガの居場所を知らない。人命を守るために何でも話すから、その代わりに二人の居場所がわかったら教えてほしい、と。

午後十時になって、総領事館の応接室で紅茶を飲んでいるケイティのもとにＮＳＡの上級職員がやってくる。彼は一枚の手書きのメモを彼女に見せてこう言う。「シャガ――という少年は見つからないが、鈴木望は遺体で見つかった。日本の自衛隊がすでに回収済みだ。死んだチンパンジーといっしょに。残念だ」

彼はケイティにメモを読み取る時間をじゅうぶんに与えたと判断すると、そのメモを掌で丸めて持ったまま部屋を出ていく。

ドアが閉まり、ケイティは椅子に倒れこむ。張りつめていた緊張の糸が切れ、呆然と壁の星条旗を見つめる目に、手書きのメモの文字が焼きついている。

A Dead Person
name: Nozomu Suzuki
sex: Male
age: 31
This body was found in the Kamogawa Riv.
(Nakajimakawaraden-cho, Fushimi-ku, Kyoto-shi)

死者
氏名:鈴木望
性別:男性
年齢:31
遺体は鴨川で発見された。
(京都市伏見区中島河原田町)

ケイティが望とアンクの死を知らされた二時間後、午前十時を迎えたワシントンDCの国務省で、京都暴動《キョート・ライオット》についての国務長官会見がおこなわれる。
ケイティは総領事館のテレビで会見の中継を見る。

詳細はわからないと語る国務長官の言葉は、感染爆発ではないという点に関しては虚偽ではないが、彼女が政府に渡した情報量とは遠くかけ離れている。

合衆国政府が会見に及んだときには、彼らは亀岡市のKMWPセンターの完全封鎖を終え、日本のNSSと合同で取り組んだ暴動発生区域の監視カメラ映像の分析も終えていた。さらに脱走したチンパンジーの死亡も確認し、ケイティ・メレンデスの所持していた録音データも入手していた。KMWPセンターの総責任者の名はアナウンサーが読み上げる死亡者リストから削除され、溺死したチンパンジーの存在をメディアが報じることもない。

何もかも考え抜かれ、計算済みだった。

用語の定義から見れば、この惨劇を暴動《ライオット》と呼ぶことはむずかしいにもかかわらず、国務長官があえて京都暴動《キョート・ライオット》の呼び名を連呼することにすら、大きな意味が隠されていた。彼らは世界中の人々に印象づける必要があったのだ。

——この悲劇は、同盟国日本で起きた暴動《ライオット》であり、戦争《ウォー》ではない、と。

京都暴動の原因。この惨劇が起きるメカニズムは誰にも知られてはならない。

真実を覆い隠せ《カバー・ザ・ミラー》。

鏡。
それが戦争の本質なのだ。

◀2030年11月10日・日曜日
京都暴動発生より四年後
京都市・上京区
京都国際慰霊公園《キョート・インターナショナル・メモリアル・パーク》

駅を出て感じる風のやわらかさは、彼女が覚えているとおりだ。

大きく息をついて周囲を見渡す。

〈八ツ橋〉の紙袋を提げて歩く着物姿の婦人。

地図を眺めて話し合う観光客。

レトロな容姿のタワー。

十一月の空は青く澄み切っている。

何もかもが、なつかしく彼女の心を打つ。駅前広場でずっと風景を見てすごしていたくなる。約束がなければ、きっとそうしていただろう。

ケイティ・メレンデスはタクシーを拾い、行き先を告げる。

あれから四年、とケイティは思う。

アメリカに帰国した自分が、ふたたび京都を訪れるまで四年もかかるなど考えもしなかった。後部座席に寄りかかった彼女の胸の奥でいくつもの感情が激しく渦巻く。そして彼女はそれを表情に出さずに、静かに窓の外を見つめている。

四年の月日は長かったのか？　短かったのか？


――京都暴動の真実について、ケイティが考えなかった日は一日もない。総領事館で危惧したとおり、提供した端末は合衆国政府の手に渡ったまま戻ってこなかった。彼女は返却を要求して政府を訴えることを考え、裁判を起こそうとした矢先に、理由もなく『ザ・ダークマター』編集部を解雇される。

フリーのサイエンス・ライターに転身して、やっと家賃が払えるようになったころ、「京都暴動の原因は大気中の汚染物質にあり、男性ホルモンのテストステロンと同じような効果を持つ汚染物質を吸入した結果、人間が興奮して暴れたもの」という話を耳にする。情報の出所を調べたケイティは、すぐにそれが日本政府の公式発表だと知る。

ケイティが合衆国と日本政府を批判する文章をインターネットに掲載すると同時

に、脅迫電話がかかってくる。外出先にはつねに怪しい人物が現れ、警察に相談しても受け付けてもらえず、それどころか突然にアパートを追いだされてしまう。

新しい部屋を借りたケイティは、めげずに調査をつづける。京都暴動で命を落としたアメリカ人の遺伝子を調べたという進化遺伝学者の居場所を突き止め、取材の確約を取りつける。もちろんStSat反復について訊くつもりだった。

取材当日の朝、アパートに警察官がやってきて、行ったこともない研究施設への不法侵入容疑を告げられ、ケイティは逮捕される。

この逮捕によって、彼女の名前は業界のブラックリストに載った。ケイティ・メレンデスの取材に応じる科学者はいない。大学の構内にさえ入ることも許されない。

彼女は方針を変える。戦うのをあきらめたわけではなく、アメリカや日本の政府批判をやめて、StSat反復をひっそりと一人で調べはじめる。十代のドラッグ依存症者を扱ったノンフィクションを発表して生計を立て、表立って京都暴動の話題に触れなくなると、脅迫電話やつきまとう人影もいつしか消えていった。

自分の無力さに絶望しかけた夜は、数えきれない。

そのたびにケイティは鏡に映る自分を見つめ、わずか数日の京都での記憶を思いだし、みずからを奮い立たせてきた。

裸になって鏡文字のタトゥーを映す必要はもうなかった――

四年振りの上京区でタクシーを降りたケイティは、石畳の上を歩き、前に訪れたときにはなかった公園の入口で立ち止まる。

色落ちした秋の芝生が、夕日を受けて黄金色に輝いている。ケイティは公園に入っていく。

京都国際慰霊公園《キョート・インターナショナル・メモリアル・パーク》は、二〇二八年、京都御苑の東側に作られた。敷地内の芝生には、五十四個の石が点々と置かれているだけだ。木は一本もない。石は重さ一〇〇キロの長方形のものから、二トンを超える直方体のものまで、さまざまなサイズがある。

何の造形もなく、彫刻も施されていない単純な石が並ぶ。

その眺めは、崩れ落ちた古い城壁を人々に想像させ、たった二年前に作られたばかりの場所に、合戦のむなしさを一〇〇〇年にもわたり伝えてきた遺跡のような風格を与えた。寺院や神社や城ほどには観光客が訪れないが、この慰霊公園を散策する京都人は少なくない。

ケイティの頭上で、木の葉が風に舞っている。

隣接する京都御苑から風に乗って運ばれてきた紅葉だ。伊藤若冲《いとうじやくちゆう》の色使いを思わせる鮮烈な赤。宙で太陽を背にすると、逆光のなかで一休《いっきゅう》禅師の墨絵に変わる。

やがてケイティの待ち合わせた相手が現れる。

彼の歩いてくる姿を見つめながら、ケイティは人生の不思議さに思いを馳せずにはいられない。あれほど会ってみたかった人物と、ペンシルベニアを遠く離れたアジアの果て、日本の京都で会うのだ。その人物はもう目の前にいる。

「ケイティ・メレンデス」と男が言う。「連絡をありがとう。会えてうれしいよ」

ネクタイなしの黒いジャケット姿で現れた男は、穏やかな微笑みを浮かべている。その目に湛えられた迫力のすさまじさに、ケイティはたじろぐ。科学者ともビジネスマンともちがう。永遠に虚空を漂う隕石の孤独が、男の目に宿っているような気がする。

――これが、ダニエル・キュイ――

男はケイティと握手を交わし、そっと彼女の肩を引き寄せてハグをする。彼に軽く背中を叩かれたとき、彼女の脳裏にすべてがよみがえる。過ぎ去った日々のすべてが。

母親の歌声。美術館。ドラッグ依存症者ケアセンター。ルイとの会話。ガブリエラのタトゥーショップ。ＫＭＷＰセンター。鈴木望のインタビュー。アンク。警戒音《アラームコール》。暴動。

　気がつくとケイティは泣きだしている。言葉が出ない。自分は目の前にいるこの人物を追いかけて、今ここに立っているのだ。

　ダニエル・キュイは、ケイティが泣き止むまでじっと待っている。なぐさめの言葉も口にしない。

　だが、涙が涸《か》れるまで泣いている時間はない。手首の内側で涙をぬぐったケイティは大きく息をついて、たかぶる感情を抑える。言いたいこと、訊きたいことがあまりにもありすぎて、まるで話すことが何もないように感じられる。

　ダニエル・キュイはまっすぐな目でケイティを見つめている。「手紙をもらったときは、私たちを引き合わせるのは〈ルイ〉だと思った。けれども、それはちがうな。ここに立ってみてよくわかったよ。望が私たちを引き合わせたんだ。私には――鈴木望の死が、なかなか信じられなくてね。いろんな人間の死を見てきたが、あいつが死んだことだけは、なぜか信じられずにいる。彼の遺体もこの目で見たよ。それでも――」

「――ＫＭＷＰセンターは――どうなったの？」ケイティは訊く。「研究データは？

監視カメラの映像は？」

「いっさいは私の手から離れた」ダニエル・キュイが答える。「建物も解体されて残っていない」

「暴動で亡くなった犠牲者のゲノムにＳｔＳａｔ反復は見つかったの？」ケイティは激しく詰め寄る。「アンクのＳｔＳａｔ反復はどうなっていたの？　ダニエル、答えて。あなたしかいないの。このままだとみんな闇に葬《ほうむ》られるわ」

「私が何を言っても」ダニエル・キュイはケイティから目を逸らさずに言う。「きみに不確定情報を与えることになってしまう。それに反応して行動するきみは、危険に巻きこまれるだろう。私の伝えることが真実ならまだいい。しかし誤っている場合、あるいはアップデートされていないがらくたである場合——きみの行動は完全に無駄になる。勇気も、使命感も、泡となって消える」

「——そんな——」

「いいかい、ケイティ」とダニエル・キュイは言う。その口調には、どこかしら鈴木望に似たところがある。「人間の作った世界には、機密というものが存在する。そして、その機密を知る権限の争いがある。きみがそこに関わって生きるのは、やはり人生の浪費だよ」

ケイティはダニエル・キュイの表情をじっと見つめる。そしてこう思う。これ以上質問を繰り返しても、出口のないループに陥るだけにすぎない。

彼女は吹っ切れたように、ため息をつく。「相変わらず謎のままってわけね。鈴木望の話はでたらめで、京都暴動の原因は大気汚染ってことなのね」

「私が言っているのは、機密を知る権限の争いについてであって」とダニエル・キュイは言う。「真実についてではない」

「どういう意味？」

「私の知る限り――真実という面で見れば、鈴木望ほどそこに迫ったものはいないよ。きみが悪の根源として認識しているようなどこかの政府も、鈴木望が最後に立った地点からたいして先に進んじゃいない。むしろ、まったく動いていないくらいだ」

「そうかしら？」ケイティはしだいに、いつもの自分を取り戻す。「たとえば暴徒化した人間が暴れる八分二〇秒間。あの時間が何を意味するのか、それを極秘に研究しているグループが実在するわ。どこかの政府の管轄下でね。彼ら以外には誰もわからない。調べる手がかりすらない。あなたの言う〈機密を知る権限〉のある人だけがわかればいいんでしょうね。くだらないわ」

「よく調べたな」ダニエル・キュイははじめて声を上げて笑う。「そういう連中がいるのも事実だ。しかし、きみがまちがっている点もある。正確には八分一九秒だ」

ケイティは自分が何を耳にしたのか、すぐにはわからない。この人は何を口にしたのか？　聞きまちがえでなければ、この人は、ダニエル・キュイは、たしかに八分一九秒と言ったのだ――

「――八分――一九秒――？――」

「驚くほど正確に定められた時間だ」ダニエル・キュイは枯れた芝生を眺めて淡々と話す。「二度目、あるいは三度目の警戒音《アラームコール》で錯乱が更新されなかった場合、もしくは心臓が限界を超えて停止しなかった場合、襲撃者《アサルター》は八分一九秒だけ暴れて、突然倒れる」

「――襲撃者《アサルター》――？――」

「〈機密を知る権限〉のある場所では、暴徒《ライオッター》とは呼ばずに襲撃者《アサルター》と呼んでいる。なぜなら、四年前にここで起きたことは本来の意味での暴動《ライオット》ではないからね」

「ダニエル――あなたが言っているのは――」予期しなかった突然の情報開示にケイティはめまいを覚える。「つまりアンクの一度の警戒音《アラームコール》で人間が暴れるのは、正確に八分一九秒ってこと？」

「これは法則だ。平均値ですらない。誰だろうと、それ以上でも以下でもないのさ」

「じゃあその時間は何なの？　その――襲撃者《アサルター》が暴れる八分一九秒に、どんな意味があるの？」

「残念だが、誰も知らない」ダニエル・キュイはスラックスのポケットに手を入れて空を見上げる。「ただ、同じだけの時間がかかる現象として、広く知られているものはある」

「――同じだけの時間――？――」

「きみも知ってるはずだ。何しろ、最初の夢はNASAの職員だったんだからな」

自分の過去をダニエル・キュイが調査していたことには、ケイティは驚かない。逆の立場だったら、私だって調べるだろう。それよりも、この会話で彼が何を示唆《しさ》しているのかが重要だ。

口を閉ざしたダニエル・キュイの視線の先に、京都の山々を赤く染めようとする夕日がある。

夕日。

太陽。

太陽と――地球――

ケイティの頭に、ある天文学の常識が浮かび上がる。

太陽と地球の距離――一億四九六〇万キロ。

そして太陽の光が地球に到達するまでに要する時間は、一億四九六〇万キロを秒速二九万九七九二・四五八キロで割ることで求められ、その解答は――

八分一九秒。

ばかげてるわ、とケイティは思う。あり得ない。光を探知できる地球上の全生物は過去――すなわち八分一九秒前――の太陽しか見ていない。しかし、太陽の光が地球に届くまでのタイムラグを経験した種は存在しない。

原理的には太陽が光を放ち、地球に到達するまでの八分一九秒は〈完全なる暗黒〉と言えるだろう。だが、その闇を知るのは不可能なのだ。

なぜなら、地球が誕生した時点で、太陽はすでに核融合によって輝いていたからである。

ケイティは激しく混乱する。

ダニエル・キュイが微笑んでいる。

脳どころかＤＮＡにも、八分一九秒の暗黒を記憶するチャンスは一度もない。それでも私たちが、生命が、どこかでそれを記憶しているとすれば、いったい何によって記憶しているのか？　その記憶が可能な――私たちの意識を突き動かすＤＮＡ以前のもの——

光。

光自身は、太陽から地球までの八分一九秒を経験している。みずからがたどった孤独な旅路の所要時間を覚えている。

思えば望は、録音のなかで何度も語っていたではないか。鏡以外に人類を進化させた要因が見つからない、と。

その鏡とは何か。

鏡とは、光の認識にほかならないではないか——

でも。まさか。そんな。

「ケイティ、この国の人々はある鏡を祀《まつ》っている」とダニエル・キュイは言う。「古代エジプトの〈アンク〉同様、選ばれたものしか見ることのできない鏡だ。それは〈八咫鏡《ヤタノカガミ》〉と呼ばれている。望がいなくなってからというもの、私はその鏡のことばかり考えるんだ——さて、話の途中ですまないが、そろそろ行かなくては。ケイティ、きみも誰かと約束しているんじゃなかったのか？」

現在のダニエル・キュイがどんな仕事をしているのか、ケイティは何の情報も持っていない。それでも、過密スケジュールだけは昔と変わらないのだと察する。彼を引き止めることはできない。そして、つぎにいつ会えるのかはわからない。

「——私の約束の相手——もう来てるわ——」

「どこだ？」ダニエル・キュイは驚いた顔をする。

ケイティは慰霊公園の南側に目を向け、彼女の視線をダニエル・キュイが追いかける。

沈みかけた夕日に燃え上がる芝生に配置された、大小さまざまな五十四個の石。装飾のない、単純な石。

いつのまにか十人ほどの若者の集団が現れ、石に群がっている。ただ群がっているだけではない。三メートルの垂直の石壁を瞬時に駆け上がり、加速をつけずに別の石へ跳び移って、みごとな宙返りで芝生に着地する。頼るのは肉体のみだ。道具は一つも使わない。

「何だ、あれは？」あっけに取られたダニエル・キュイがケイティの顔をのぞきこむ。

「パルクールよ」とケイティは答える。「彼らのなかに待ち合わせをしている相手がいるの」

大地を跳ね、壁を越え、空中で回転する若者たちの動きを、ダニエル・キュイは無言で眺めている。夕日が燃え上がり、風景が一つの影のなかに溶けこんでいく。やがてダニエル・キュイは感心したように肩をすくめ、ケイティに向かって軽く片手を上げると、迎えの車へと歩き去る。

巨石から跳び降りたシャガはめずらしく着地に失敗して、尻もちをつき、悲鳴を上げる。彼の仲間たちの笑い声が、秋の風が吹き抜ける慰霊公園にこだましている。

ケイティは耳を澄ます。彼らの笑い声に。

エピローグ

石。

泥。

濁流。

ここは。

にぎっているこの手は。

豪雨で増水した鴨川に呑まれる望の耳には、水の低い響きのほかには何も聞こえない。もう息をするつもりはないのに、濁った水がひとりでに口から流れこむ。

力が入らないはずの腕に何かを抱きしめている。まるでわが子を救おうとする親のように。抱いているのは毛むくじゃらの生きものだ。懸命にもがき、自分の手から逃れようとしている。小さいが、とても力強い。

川底の石に叩きつけられ、槍の刺さった左目の奥で奇妙な音がこだまする。槍を伝って頭のなかに水が入ってくる音だ。

アンク、と望は心のなかでつぶやく。

水中を流れてくる金属片がこめかみにぶつかり、目からも、耳からも、鼻からも血が噴きだす。赤い煙が立ちのぼって、流れにかき消される。

視界が暗くなっていく。耳栓をしたように水の轟音が遠ざかっていく。そうか、と望は思う。時間がないのか。


——頭に浮かんだのは、ケイティ・メレンデスに残した録音のことだ。

あれは彼女の元に届いただろうか。許されるのなら、もっと研究してみたかった。それでも、上出来だ。限られた時間で、あれだけの考えをまとめられたんだから。たったひと晩で——

たったひと晩？

本当にそうか？

もっと以前から、おれは彼女に残した録音のようなことを、ずっと考えてきたんじゃないのか？

そうだ。

おれは、ケイティに残した録音のような思考をしなければ、どうしても解けない自然の謎を、ずっと前から知っていたじゃないか。


あれは、西暦二〇〇〇年以降の研究だった。

京都大学霊長類研究所が、チンパンジーの母子関係を細かく観察したんだ。


たがいの目と目を合わせる——つまり見つめ合う——生物は地球上で人類しかいないと、長く信じられてきた。

ただし、人間であっても、知らないもの同士で目を合わせることは避ける。

都会の犬猫や、サバンナのライオンなどにとっては、もってのほかだ。相手と目を合わせることなどしない。それは攻撃のサインを送るときだ。動物が目と目を合わせるのは、人間で言えば、銃口を向けるのにも等しい。

この通説を覆したのが、京都の研究チームだ。

母親のチンパンジーは、胸に抱いた赤ん坊の目を何度ものぞきこんでいることがわかった。

その回数は、一時間に二十五回。

二十五回。

地球上の他の種のことを思えば、とてつもない数だ。相手の目をのぞきこむ生物が人類以外に存在する。その事実を証明した偉大な観察の成果だった。

そこからこんな仮説が導かれた。

――チンパンジーの赤ん坊が母親と目を合わせるのは、あくまでも抱かれているときだ。チンパンジーの背中は曲がっていて、人間のようにきれいに仰向けになることができない。

チンパンジーの赤ん坊が、母親の腕に抱かれずに、ずっと母親と目を合わせているためには、何が必要だろう？

答えは明らかだ。

人間と同じように、水平に近い、平らな背中が不可欠になる。ベビーベッドに仰向けになっていられるような。

その平らな背中は、母子がいつまでも見つめ合えることのほかに、とてつもない変革をもたらす。

両手が、空く。

これで赤ん坊は、視線や表情だけではなく、自由になった手を使い、意志を伝達することが可能になる。幼い脳にとって、この選択肢《オプション》がもたらす恩恵は計り知れない。コミュニケーション能力の驚異的な飛躍が、ここから生まれるのだ。しがみつくことなく、ベッドの上でいつまでも母親の目を見つめていられる平らな背中、それこそが、類人猿を人類の高みへと押し上げたものの正体だ。

この仮説はすばらしかった。

アインシュタインの$E=mc^2$のように単純で、美しい。それでいて、壮大なスケールに満ちている。ほとんど真実と言ってもいいような説だと、おれには思えた。今だってそう感じている。それが人類進化の解答なのだと。

でも——おれには——

おれ——私——

僕——

僕には、どうしてもわからないんだ。

なぜ、チンパンジーの母親は、一時間に二十五回も、子どもの目をのぞきこまなければならないの？

そこに何が映っているの？

見えているのは母親の目？

母親の目のなかに映りこんだ自分の姿？

——母さん——

今ならわかるよ。

あなたのやろうとしたことが。

あなたは呪いを解こうとしたんだ。

僕らが何百万年にもわたって、自分自身を死の淵に追いやってきたあの呪い。

映っているのは僕。でも僕じゃない。僕じゃないけど僕。僕じゃない僕だけど僕じゃない。だから殺す必要はない。誰も。

——母さん——

僕らの呪いを解こうとするあなたの願いは、僕らに呪いをかけることでもあるんだよ。

だって、それはどちらも同じものなんだから。

鏡を知れば殺したくなる。

鏡を知らなければ殺してしまう。

僕はチンパンジーなの？

それとも人間なの？

ほら、チンパンジーの母親が、子どもの目をじっと見つめているよ。

父さんはどうして、僕らをあんなに殴ったんだろうね。

何がそこまで憎かったんだろう。

――母さん――

あなたは、僕を乗せて車ごと海に飛びこみました。ちょうど僕が、今こうやって溺れているように。逃げようとした僕の足をあなたはつかみました。ちょうど僕がこうやってチンパンジーを抱きしめているように。

どうしてなんだろう。

僕には、わからないんだ。僕を殺したいほど憎いなら、二人はなぜいっしょになったのですか？　なぜ僕は生まれたのですか？　なぜ僕に望なんて名前がついたんですか？　あなたたちは何を望んでいたのですか？

あなたたちの望み。

そして――おれの望みはいったい――

この手を放すな。

石や漂流物、そしてコンクリートの橋脚に、望は何度も、何度も叩きつけられる。水中でもがくアンクを、指先にしか残っていない感触を頼りに抱きしめている。

望の右目は開いているが、濁流のほかに何も見えない。

許してくれ、と望は心のなかでアンクに呼びかける。おれは母親と同じことをやる。必死に生きようとする罪のないおまえを引き止めて、水の底に沈んでいく。だけど、これだけは信じてくれ。おれは、おまえが憎いわけじゃないんだ。


母親を乗せて沈んでいった車が足元に見える。

それから鏡の応接間が見えてくる。父親が立っている。ただじっと望を見つめている。

鏡の応接間を抜けると、完全に音が聞こえなくなる。

静寂のなかで望が目にするのは、はてしない荒野だ。

その荒野を類人猿が駆けていく。仲間はいない。たった一頭の、孤独な背中が、オレンジ色の岩肌がむきだした大地を突き進んでいる。

類人猿が、ふと立ち止まる。何かに勘づいたように振り向き、眉間に皺を寄せて鼻をひくつかせる。
琥珀色をした古代の目に、望が映っている。

参考資料

書籍

『現実を生きるサル 空想を語るヒト』トーマス・ズデンドルフ著　寺町朋子訳／白揚社
『認知科学への招待』苫米地英人著／サイゾー
『文化の誕生――ヒトが人になる前』杉山幸丸著／京都大学学術出版会
『東京防災』／東京都総務局総合防災部防災管理課
『変身物語（上）』オウィディウス著　中村善也訳／岩波文庫
『２００１年宇宙の旅―決定版―』アーサー・Ｃ・クラーク著　伊藤典夫訳／ハヤカワ文庫ＳＦ
『ＩＣＯＮＳ　Ｈ・Ｒ・ギーガー』／TASCHEN
『幻獣辞典』ホルへ・ルイス・ボルへス著　柳瀬尚紀訳／河出文庫
『砂の本』ホルへ・ルイス・ボルへス著　篠田一士訳／集英社文庫
『ナチュラル・ボーン・ヒーローズ――人類が失った〝野生〟のスキルをめぐる冒険』クリストファー・マクドゥーガル著　近藤隆文訳／ＮＨＫ出版
『西洋が西洋について見ないでいること――法・言語・イメージ〔日本講演集〕』ピエール・ルジャンドル著　森元庸介訳／以文社

『バルトルシャイティス著作集4　鏡――科学的伝説についての試論、啓示・SF・まやかし』ユルギス・バルトルシャイティス著　谷川渥訳／国書刊行会
『若い読者のための第三のチンパンジー――人間という動物の進化と未来』ジャレド・ダイアモンド著　レベッカ・ステフォフ編著　秋山勝訳／草思社文庫
『チンパンジーはなぜヒトにならなかったのか――99パーセント遺伝子が一致するのに似ても似つかぬ兄弟』ジョン・コーエン著　大野晶子訳／講談社
『ゲノムを司るインターメア――非コードDNAの新たな展開』小林武彦編／化学同人
『鏡映反転――紀元前からの難問を解く』高野陽太郎著／岩波書店
『高次脳機能障害ポケットマニュアル　第3版』原寛美監修／医歯薬出版株式会社
『言語を生みだす本能（下）』スティーブン・ピンカー著　椋田直子訳／NHK出版
『政治学』アリストテレス著　牛田徳子訳／京都大学学術出版会

PDF
「平成28年度　京都府国民保護共同実動訓練の概要」／内閣官房　京都府　京都市（平成29年2月）
「京都府新型インフルエンザ等対策行動計画」／京都府（平成25年7月）
「サル類の飼育管理及び使用に関する指針（第3版）」／京都大学霊長類研究所（2010年6月9

日）

映像

『STANLEY KUBRICK COLLECTION　2001：a space odyssey』ＤＶＤ／ワーナー・ホーム・ビデオ

謝辞

本作品を終えるにあたって、筆者はパルクールチーム〈NaGaRe〔流〕〉のメンバーであるシュガ（作中に登場するシャガとはもちろん完全な別人である）こと佐藤大氏、並びにひろき氏、両名の取材協力に謝意を表したい。彼らがこころよく解説および実演してくれたパルクールの技術は、本作品に詩的な深みをもたらしてくれた。大阪城を背景に自在に跳び回る二人の姿を眺めていたとき、筆者の脳裏に浮かんでいたのは、〈忍者〉の二文字である。きっと鈴木望も、シャガと出会って同じ印象を抱いたにちがいない。

解説

今野敏

『Ａｎｋ』は、私にとって衝撃だった。

どれくらい衝撃だったかというと、読後、小説家を辞めてしまおうかと思ったくらいだった。

冗談ではなく、本当にそう感じていた。こんなすごい小説を書く新人が現れたのでは、もう自分の出る幕はないと思ったのだ。

それくらいに力のある作品だ。

すでにご存じのこととは思うが、佐藤究《さとうきわむ》は江戸川乱歩賞を『ＱＪＫＪＱ』で受賞した。当時、選考委員をやっていた私は、この作品を強く推した記憶がある。

一歩間違えば暗く陰惨な物語になるところを、佐藤究は端正な筆致で読ませ、さらに、いくつかの救いを感じさせ、読後感がよかった。なおかつ、この作品には深い思慮があった。それが私を惹《ひ》き付けたのだ。

江戸川乱歩賞受賞者は、選考会の翌日、日本推理作家協会の代表理事と昼食を共にするのだ。する習わしになっている。私は代表理事として、彼と会うことになったのだ。

初対面の印象がまた強烈だった。まずは彼の眼だ。おそろしく鋭い目つきをしているのだ。凶眼《きょうがん》と言ってもいい。気の弱い者なら、たちまち目をそらすだろう。彼が正面から歩いてきたら、思わず道を空けるかもしれない。

本人から、実際に繁華街で、人がよけていくのを楽しんでいたというような話を聞いたことがある。記憶が定かでないので、詳しい状況はわからないが、さもありなんと思って話を聞いていたのを覚えている。

その眼差しのせいだろうか。佐藤究には、どこか危険な香りがする。それは、一種反社会的な雰囲気を感じさせるが、実は反社会的なのではなく、超社会的なのだと、私は思っている。

作家にとって危険な香りというのは、実に大切なものではないかと思う。プロの小説家は、いろいろな意味で社会と対峙している。当たり障りのないエンターテインメントを書いている作家でさえ、それは避けられないのだ。

自分の書いたものが出版されるということは、それに対する責任を問われることだ。そして、その責任に萎縮するようではダメなのだ。

佐藤究は決して萎縮などはしないだろう。社会性などはどうでもよく、より作品が高度なものになることを求めつづけるのだ。私にはそう思える。

その作家としての「大きさ」に、私は恐れをなし、小説家を辞めようとまで思ったわけだ。その「大きさ」は、時として「危険な香り」となる。佐藤究はそれを持っている。

ちなみに、佐藤究はペンネームで、名付け親は私だ。彼は、佐藤憲胤《のりかず》名義で純文学を発表していた。かつて群像新人文学賞の優秀賞に選ばれたことがあり、その後単行本を二作発表している。

江戸川乱歩賞に応募したときは、「犬胤究《けんいん》」というペンネームだった。犬胤というのは妙な姓だが、これは純文学時代の佐藤憲胤（たぶん、本名）から来ているのだろう。

ペンネームにそれほどこだわりがあるわけではないと本人が言ったので、では「佐藤究」がいいのではないかと、私が言ったのだ。このネーミングは成功だったと、私は密かに自負している。

だが実は名前などどうでもいい。どんなに平凡な名前でも、奇妙な名前でも、売れてしまえばビッグネームになるのだ。佐藤究は確実にビッグネームになりつつある。

『Ａｎｋ』はスケールの大きな小説だ。一匹のチンパンジーを巡って、大暴動が巻き起こる。そのバイオレンスの描写にも才能を感じる。私も若い頃は、バイオレンスシーンやアクションシーンをずいぶんと書いたものだ。その結果悟ったことがある。そうした描写は、インフレーションを起こすのだ。

「これでもか、これでもか」と書いていくうちに、次第に感覚が麻痺《まひ》してくる。これは書き手にも読者にも言えることだ。だから、バイオレンスシーンやアクションシーンこそ、抑えて書かなければならない。

抑制した描写で読者に迫力を感じさせなければならないのだ。私がそれを悟ったのはデビューしてずいぶん経ってからのことだが、佐藤究はすでにそれができている。それも、私が彼を恐れる理由の一つだ。こんな若手に出てこられたのではたまらない。

さらに、私が『Ａｎｋ』に衝撃を受けたのは、おそらく、いつかこういう小説を書きたいと思っていたからだろう。そういう意味で私にどんぴしゃの作品で、読み終えた後、さまざまな人に「『Ａｎｋ』はすごいぞ」と言って回った覚えがある。

本来なら宣伝などしたくはない。できれば足を引っ張りたい。それでも、話題にせずにはいられなかった。

私がデビューした時代は、ＳＦ小説が盛んで、私も当然ＳＦ小説を書くものと思っていた。ＳＦの最も重要な要素は「センス・オブ・ワンダー」だと言われる。作品に接したときに味わう不思議な感覚のことだ。

昔、空想科学小説などと言われたＳＦは、宇宙とか超能力とか未来の科学文明とかを扱うことが多かった。日常では味わえない感動を得るためだ。かつて、宇宙や未来は間違いなく不思議に満ちた世界だったのだ。

『Ａｎｋ』を読んで私は間違いなく「センス・オブ・ワンダー」を感じた。人によって差異があるかもしれないが、私は理論的に納得しないと「センス・オブ・ワンダー」を感じない。つまりは、私は未知の科学理論や、現在の科学技術にしっかり裏打ちされた上で、さらにその先にあるものに、強く「不思議さ」を感じるようだ。

『Ａｎｋ』はそうした「不思議さ」に満ちている。佐藤究は、『ＱＪＫＪＱ』の時から、いや、もしかしたらそのはるか前から、一つのこだわりを持ちつづけていて、それが強く私を惹き付けるのだ。

「人間とは何か？　何が人間たらしめているのか」というテーマだ。

他の動物と人間はどう違うのか。いつから人間は人間になったのか。こうしたテーマは長い間ＳＦ小説が担っていた。現代では、ＳＦが小説だけでなくアニメなどの映像やゲームといったものに拡散して、特別のものではなくなった。

こうしてミステリーの中にもその要素が鏤《ちりば》められるようになった。これは、SFファンでありミステリー作家である私にとって、大きな喜びだ。

さて、『Ａｎｋ』に衝撃を受けた私が、小説家を辞めたかというと、まあ、そういうわけにもいかなかった。だが、ある変化が起きたことは事実だった。安穏《あんのん》として仕事を続ける気分ではなくなった。

「佐藤究に負けてなるものか」と、挑戦する気持ちが芽生えたのだ。その結果、『キンモクセイ』という作品が生まれた。まあ、作家が「挑戦」などと力んで書くとろくな結果にならず、この作品は世間では話題にもならなかった。それでも私にとっては大切な作品になった。

『Ａｎｋ』はそれほどすごい作品だ。しかし、何も身構えることはない。気軽に読みはじめても、次々とページをめくらずにはいられなくなること必至だ。

きっと佐藤究は、また次の作品でも私を驚かせてくれることだろう。そのたびに、私は作家としての危機感を抱く。

そして、その危機感が創作のエネルギーにもなるのだ。

●本書は二〇一七年八月に、小社より刊行されました。
文庫化にあたり、一部を加筆・修正しました。

|著者|佐藤 究　1977年福岡県生まれ。2004年に佐藤憲胤名義で書いた『サージウスの死神』が第47回群像新人文学賞優秀作となりデビュー。'16年、『QJKJQ』で第62回江戸川乱歩賞を受賞。'18年、受賞第一作の『Ank: a mirroring ape』（本書）で第20回大藪春彦賞および第39回吉川英治文学新人賞を同時受賞。さらに'21年、『テスカトリポカ』で第34回山本周五郎賞と第165回直木賞のダブル受賞を果たす。'24年、『幽玄F』で第37回柴田錬三郎賞を受賞した。ほかの著書に『爆発物処理班の遭遇したスピン』がある。

Ank《アンク》: a mirroring ape《ア ミラリング エイプ》

佐藤《さとう》 究《きわむ》

2019年9月13日第1刷発行
2025年4月17日第8刷発行

発行者——篠木和久
発行所——株式会社　講談社
東京都文京区音羽2-12-21　〒112-8001
電話　出版（03）5395-3510
　　　販売（03）5395-5817
　　　業務（03）5395-3615

Printed in Japan

講談社文庫
定価はカバーに
表示してあります

KODANSHA

デザイン—菊地信義
本文データ制作—講談社デジタル製作
印刷———株式会社KPSプロダクツ
製本———株式会社KPSプロダクツ

ISBN978-4-06-517124-0

講談社文庫刊行の辞

二十一世紀の到来を目睫に望みながら、われわれはいま、人類史上かつて例を見ない巨大な転換期をむかえようとしている。

世界も、日本も、激動の予兆に対する期待とおののきを内に蔵して、未知の時代に歩み入ろうとしている。このときにあたり、創業の人野間清治の「ナショナル・エデュケイター」への志を現代に甦らせようと意図して、われわれはここに古今の文芸作品はいうまでもなく、ひろく人文・社会・自然の諸科学から東西の名著を網羅する、新しい綜合文庫の発刊を決意した。

激動の転換期はまた断絶の時代である。われわれは戦後二十五年間の出版文化のありかたへの深い反省をこめて、この断絶の時代にあえて人間的な持続を求めようとする。いたずらに浮薄な商業主義のあだ花を追い求めることなく、長期にわたって良書に生命をあたえようとつとめるところにしか、今後の出版文化の真の繁栄はあり得ないと信じるからである。

同時にわれわれはこの綜合文庫の刊行を通じて、人文・社会・自然の諸科学が、結局人間の学にほかならないことを立証しようと願っている。かつて知識とは、「汝自身を知る」ことにつきていた。現代社会の瑣末な情報の氾濫のなかから、力強い知識の源泉を掘り起し、技術文明のただなかに、生きた人間の姿を復活させること。それこそわれわれの切なる希求である。

われわれは権威に盲従せず、俗流に媚びることなく、渾然一体となって日本の「草の根」をかたちづくる若く新しい世代の人々に、心をこめてこの新しい綜合文庫をおくり届けたい。それは知識の泉であるとともに感受性のふるさとであり、もっとも有機的に組織され、社会に開かれた万人のための大学をめざしている。大方の支援と協力を衷心より切望してやまない。

一九七一年七月

野間省一